KB249106

BESTSELLERWORLDBOOK 80

더블린 사람들

제임스 조이스 지음 | 임병윤 옮김

소담출판사

임병윤

서울대학교 언론정보학과 졸업. 영어 저술 및 번역 프리랜서로 활동 중.
저서로는 『영어로부터의 자유』가 있고,
주요 역서로는 『동물농장』『포우 단편집』『데미안』등 다수가 있다.

sodampublishingcompany

BESTSELLERWORLDBOOK 80

더블린 사람들

펴낸날 | 2005년 7월 10일 초판 1쇄

지은이 | 제임스 조이스
옮긴이 | 임병윤
펴낸이 | 이태권
펴낸곳 | 소담출판사
　　　　서울시 성북구 성북동 178-2 (우)136-020
　　　　전화 | 745-8566~7　팩스 | 747-3238
　　　　e-mail | sodam@dreamsodam.co.kr
　　　　등록번호 | 제2-42호(1979년 11월 14일)

ISBN 89-7381-848-1　03840
● 책 가격은 뒤표지에 있습니다

www.dreamsodam.co.kr

Dubliner

James Joyce

온 누리를 뒤덮으며 흩날리는 눈송이의 아스라한

소리를 들으며 그의 영혼은 천천히 스러졌다. 마치 다시는 내리지 않을

최후의 하강인 양 살아 있는 모든 사람들과 죽은 사람들 위로

눈은 소리 없이 흩날리고 있었다.

Dubliner

자매

이제 그에게는 더 이상 희망이 없었다. 뇌출혈로 쓰러진 게 이번이 세 번째였으니 말이다. 나는 밤마다 하루도 거르지 않고 그의 집 앞을 지나가면서—사실 그 당시는 방학 기간이었으니까— 불 켜진 네모난 창문을 유심히 올려다보곤 했는데, 창문은 한결같은 모습으로 우중충한 전등 빛을 힘없이 흘리고 있었다. 나는 이렇게 생각했다. 그가 만약 죽었다면 창문을 가린 어두운 차일 너머로 촛불의 그림자가 어른거렸을 거라고 말이다. 사람이 죽으면 반드시 그 시신의 머리맡에 촛불 두 개를 밝혀두는 법이니까.

그는 종종 나에게 이렇게 말했다.

"이제 떠날 날이 얼마 남지 않은 거 같다."

나는 사실 그가 괜히 하는 소리이려니 했는데, 지금 이렇게 되고 보니 그때 그 말은 빈말이 아니었다. 매일 밤 그 창문을 쳐다볼 때면 내 입에서 나지막이 새어나오는 말이 있었다.

"전신 마비……."

이렇게 중얼거리면서도 이전에는 그 말이 도무지 실감이 나지 않았다. 그건 유클리드 기하학에서 말하는 노몬(gnomon, 평행사변형의 한 모서리를 전체와 닮은꼴로 잘라낸 그 나머지 부분)이라는 말이나 교리문답서에 나오는 시모니(simony, 성직매매죄)라는 말처럼, 알 듯하면서도 아주 헷갈려버리는 그런 느낌이었다. 그런데 이제는 그 말이 뭔가 죄악으로 가득 찬 존재들이 겪어야 하는 숙명적인 업보 같다는 느낌이 들었다. 그러자 온몸에 소름이 돋으면서, 그 무시무시한 고통이 과연 어떤 느낌일까 하는 생각 속으로 점점 빨려 들어가는 것이었다.

저녁을 먹으려고 아래층으로 내려가니 코터 영감이 파이프를 입에 물고 화롯가에 앉아 있었다. 그는 숙모님이 국자로 오트밀을 떠 주는 사이에 이야기를 꺼냈는데, 마치 전에 하다가 만 이야기를 다시 하려는 듯한 말투였다.

"뭐 꼭 그렇다고 할 수는 없겠지만 그래도…… 뭔가 이상한 게 있었거든, 그 친구는……. 딱 꼬집어서 말할 수는 없지만 말이지. 어디 내 이야기를 한번 들어봐……."

이렇게 말해놓고 그는 파이프를 빨아대고 있었는데, 하는 모양새로 보아서는 생각나는 대로 자기 이야기를 장황하게 늘어놓을 게 뻔했다. 정말 덜떨어진 피곤한 영감이다!

우리가 코터 영감을 처음 알았을 때는 그래도 제법 재미있는 구석이 있었다. 그가 해준 증류할 때 나오는 알코올 찌꺼기들과 꼬불꼬불한 증류관 이야기는 꽤 흥미진진했기 때문이었다. 그러나 나는 얼마 되지 않아 허구한 날 증류 방식으로 술을 빚는 양조장 이야기만 하는 그가 피곤해지기 시작했다.

"내 생각엔 분명히 이런 거 같아."

그가 다시 말을 꺼냈다.

"정말 특이한 경우라고 봐야지……. 그 뭐 이상한 병 가운데 하나인데……, 그렇지만 설명을 하려면 참 애매하고 말이지……."

하겠다던 이야기는 쑥 들어가 버리고 그는 파이프만 다시 빨아대기 시작했다.

나는 영감을 빤히 쳐다보고 있었는데, 그런 내 모습을 본 삼촌이 이렇게 말을 던졌다.

"그래, 네가 좋아하는 그 영감님이 세상을 떠나셨다는구나. 너에겐 참 안된 이야기지만 말이야."

"죽었다고요? 누가요?"

"플린 신부님 말이야."

"돌아가셨단 말이에요, 그분이?"

"여기 계신 코터 씨한테 방금 들은 이야기란다. 마침 신부님 댁을 지나오셨다는구나."

내 표정이 어떻게 변할까 하고 모두들 유심히 살피고 있을 거라는 생각에, 나는 애써 태연한 척하며 숟가락만 열심히 놀렸다. 삼촌이 코터 영감에게 이야기를 해주었다.

"우리 조카애와 그분은 그렇게 가까울 수가 없었죠. 아시다시피, 조카애한테 참 많이도 가르침을 주셨는데. 사람들 말로는 우리 조카애에게 대단한 기대를 하고 계셨다는군요."

"하느님, 그분의 영혼을 보살펴주시옵소서."

숙모님이 잠시 경건한 표정으로 기도를 올렸다.

코터 영감은 한동안 나를 쳐다보았는데, 좁쌀만 한 눈을 동그랗게 뜨고는 그 까만 눈동자로 내 표정을 유심히 뜯어보고 있었다. 하지만 그런 영감의 기분을 맞춰줄 내가 아니었으므로 나는 접시에 코만 박고 있었다. 그는 다시 파이프를 빨아댔고, 끝에 가서는 벽난로 아궁이에다가 볼썽사납게 가래를 탁 내뱉으면서 말했다.

"나 같으면 우리 애들이 그런 양반이 늘어놓는 이야기에 혹해서 앉아 있는 꼬락서니를 못 볼 건데 말이지."

"그건 무슨 말씀이에요, 코터 영감님?"

숙모님이 물었다.

"무슨 얘긴가 하면, 어린애들에게 좋지 않다는 거요. 다시 말해, 어린애들은 또래들과 어울려 뛰어놀게 해야 한다는 거지요. 퍼질러 앉아서 늙은이의 이야기나 들을 게 아니라…… 어때, 내 말이 맞지,

책?"

"내 생각도 바로 그겁니다."

삼촌이 영감 말에 맞장구를 쳤다.

"애들은 애들답게 자라야 한다는 거죠. 이건 제가 장미십자회원인 저 조카애에게 정말 귀가 따갑도록 하는 이야기랍니다. 운동을 해야 된다고 말이에요. 난 말이죠, 어릴 적에 새벽마다 늘 냉수욕을 했답니다. 여름이든 겨울이든 말이에요. 그 덕분에 아직도 난 이렇게 튼튼하잖아요. 하기야 애들이 교육을 받는다는 건 아주 좋은 일이고, 또 배울 것도 많겠지만……."

말끝에 삼촌이 숙모님에게 한마디 덧붙였다.

"여보, 코터 씨께 그 양고기 좀 드리지 그래요."

"아니, 아니, 난 됐어요."

코터 영감이 손사래를 치는데도, 숙모님은 찬장에서 접시를 꺼내 식탁 위에 올려놓았다. 그러고는 코터 영감에게 물었다.

"그런데 왜 그게 아이들에게 안 좋다고 생각하시는 거죠, 코터 영감님은?"

"그게 아이들에게 안 좋은 이유는 애들은 감수성이 너무 예민하거든요. 아시다시피, 애들이 그런 것들을 알게 되면 아무래도 나쁜 영향을 받게 되니까……."

나는 하도 열을 받아 입에서 무슨 말이라도 튀어나올 것만 같아 오트밀만 죽으라고 입 속에 퍼 넣고 있었다.

'지긋지긋한 바보천치 주정뱅이 딸기코 영감탱이야!'

나는 늦게서야 잠이 들었다. 코터 영감이 넌지시 나를 어린애 취급한 것에 화도 나 있었지만, 그보다도 그 영감이 하다 만 말이 과연 무얼까 하는 생각에 머리가 지끈거렸다. 중풍으로 뒤틀린 신부의 얼굴이 깜깜한 방 안에서 거무스름한 모습으로 나를 내려다보고 있는 것만 같았다. 나는 담요를 얼른 뒤집어쓰고는 크리스마스날이라도 떠올려보려고 애를 썼다. 그러나 아무리 애를 써봐도 그 얼굴은 계속해서 나를 따라오는 것이었다. 뭐라고 중얼거리는 듯했는데, 그가 뭔가를 고백하고 싶어한다는 느낌이 들었다. 마치 내 영혼이 어디론가 쑥 끌려가는 듯했고, 그곳은 사악하면서도 감미로운 기운이 감돌고 있었다. 그런데 그곳에서도 그 얼굴은 나를 기다리고 있었다. 그 얼굴은 중얼중얼 뭔가를 털어놓기 시작했고, 침으로 번들거리는 입술로 연신 웃음을 흘려대며 중얼거리는 모습이 너무나 이상했다. 그러다 문득 그가 중풍으로 죽었다는 생각이 스치면서, 덩달아 실없이 웃음을 흘리고 있는 내 얼굴이 보였는데, 마치 그가 저지른 성직매매죄도 뭐 그럴 수 있다는 듯한 표정이었다.

다음날 아침 식사 후에 나는 그레이트 브리튼 가街에 있는 그 아담한 집을 찾아갔다. 그 집은 그저 평범한 가게로, '포목점'이라는 다소 애매한 간판을 내걸고 있었다. 주로 어린아이들의 털신과 우산을

14

취급하고 있었는데, 어느 날 같으면 '찢어진 우산 수리함' 이라는 팻말이 창문에 걸려 있는 집이었다. 그런데 오늘은 셔터가 닫혀 있어 그 팻말도 눈에 띄지 않았고, 검은 리본을 매단 조화弔花 다발이 도어노커(문을 열어달라고 두드리는 쇠로 만든 문고리)에 묶여 있었다. 초라한 행색을 한 두 여자와 전보 배달부인 한 사내아이가 조화 속에 꽂혀 있는 카드를 읽어보고 있었다. 나도 가까이 가서 그 카드를 보았다.

1895년 7월 1일

제임스 플린 신부(전前 미드 가街 성 캐서린 성당의 사제)

향년 65세,

영면.

카드의 내용을 보고 나자 비로소 그가 죽었다는 걸 실감하였는데, 뭔가가 앞을 가로막는 듯한 느낌이 들면서 집 안으로 들어서기가 망설여졌다. 그가 살아 있었다면 나는 가게 안 뒤쪽에 있는 어둠침침한 조그만 방으로 쑥 들어섰을 테고, 그는 헐렁한 외투를 둘러쓰다시피 하고는 벽난로 옆의 안락의자에 푹 파묻혀 앉아 있었을 텐데 말이다. 아마 내 손에는 숙모님이 그에게 보내는 하이 토스트 담배 한 봉지가 들려 있었을 테고, 비몽사몽 정신없이 졸고 있던 그는 그 선물을 보고는 의자에서 벌떡 일어나 앉았을 텐데 말이다. 봉지에 든 담배를 까만 코담배 통에 옮겨 담는 일은 언제나 내 몫이었는데, 그가 하려면 손이 너무 떨리다 보니 거의 반 이상을 마룻바닥 여기저기에 흘려 놓기 때문이었다. 심지어 그 커다란 손을 들어 코에 가루담배를 한 번 가져갈라치면 하도 떨다 보니 담배 가루가 손가락 사이로 흩어져 날리면서 코트 앞자락이 그 분진으로 온통 뿌옇게 뒤덮일 정도였다. 오랜 세월 입은 그의 푸른 법의法依가 색이 바랜 듯 보이는 것도 아마 한 주 내내 이렇게 쉴새없이 코담배를 들이키기 때문이었을 것이다. 그는 빨간 손수건으로 떨어진 담배 가루를 털어내려고 했지만 그것마저도 쉬운 일이 아니었다. 사실 그 빨간 손수건조차 한 주 내내 들이켜대는 담배 가루 분진이 배어 늘 시커먼 색을 띠고 있었으니 말이다.

집 안으로 들어가 조문을 하고 싶은 마음이었지만 노크할 용기가 나지 않았다. 나는 발길을 돌려 양지바른 길을 따라 천천히 걸어 내려가며 상점들의 유리창에 붙은 극장 광고를 하나도 남김없이 모두 읽으면서 지나갔다. 그런데 참 이상한 것은 그가 세상을 떠났는데도 애석한 기분이 별로 들지 않는 듯했고, 마을 분위기도 역시 그런 것 같았다. 아니, 그가 죽고 나자 무언가에서 해방된 듯한 야릇하면서도 홀가분한 느낌이 문득 들었는데 그게 오히려 기분이 나빴다. 어젯밤 삼촌의 말씀처럼 그에게서 참 많은 가르침을 받았는데 왜 이런 느낌이 드는 걸까 하는 생각이 얼른 스쳤다. 왕년에 그는 로마에 있는 아일랜드계 신학교에서 신부 수업을 받은 적이 있었기에, 내게 정확한 라틴어 발음을 가르쳐주기도 했다. 로마시대의 지하 묘지와 나폴레옹 보나파르트에 관한 이런저런 얘기도 들려주었고, 미사를 올릴 때의 여러 가지 의식儀式이 갖는 종교적 의미와 성직자들이 입는 다양한 제의祭衣는 또 어떤 의미를 가지고 있는지 등에 대해서도 이야기를 해줬다. 그는 가끔 나에게 까다로운 질문을 던져놓고는 혼자서 재미있어하곤 했는데, 이런저런 상황에서는 어떻게 행동하는 게 맞는가 라고 묻는다든지, 이런저런 죄를 예로 들면서 그것이 씻을 수 없는 큰 죄인가 아니면 보통 죄인가, 그것도 아니면 인간이기에 흔히 저지를 수 있는 실수나 결점인가 하고 묻기도 했다. 그가 묻는 질문을 통해 나는 그저 아주 단순하게만 생각해왔던 성당의 여러 가지 관례들이 얼마나 복잡하고 신비스러운 것인가를 알게 되었다. 성찬식을 주재하는 지위에 다다르기까지, 또 비밀을 끝까지 안고 가야 하는 고해성사를 담당하는 자리에 이르기까지 성직자들이 지켜야 하는 그 많은 의무들이 너무나 힘겹게 느껴졌기 때문에 용감하게 그 길로 선뜻 들어설 사람이 이 세상에 과연 누가 있을까 하는 생각까지 들기도 했다. 그래서 그 이후로는 교회의 초기 설립자들이, 우체국의 명부名簿만큼이나 엄청나게 두껍고, 신문에 실리는 법률 공고문만큼이나 작은 깨알같은 글씨로 책을 만들어 그 안에 이런 복잡한 모든 질문에 관한 문답을 정리해놓았다는 말을 들었을 때도 새삼 놀라지 않았다. 그런 질문에 대해 답을 생각해보았지만, 나는 거의 대답을 못하거나 아니면 우물쭈물 더듬거리면서 말도 안 되는 답을 겨우 늘어놓곤 했는데, 그런 나를 보고 그는 빙긋이 웃으면서 고개를 몇 번 끄덕이곤 했다. 가끔은 나더러 외우라고 했던, 미사를 볼 때 부르는 응답 성가를 불러보게 했다. 그러고는 내가 나지막한 소리로 빠르게 부르는 모습을 보면서 그윽한 생각에 잠긴 듯한 표정으로 미소를 띤 채 고개를 끄덕이곤 했는데, 이따금 가루담배를 한 줌 가득 집어서 양쪽 콧구멍으로 번갈아가며 들이마시곤 했다. 그는 웃음을 흘릴 때면 누런 이를 드러낸 채 축 처진 혀를 내미는 습관이 있었는데, 사실 우리가 만난 지 얼마 되지 않아 그를 잘 알기 전까지는 그런 그의 모습이 왠지 겁이 나기도 했다.

화창한 거리를 따라 걷는 동안에 코터 영감쟁이가 했던 말들이 떠오르면서 내 꿈이 그 뒤로 어떻게 되었더라 하고 애써 떠올려보았다. 꿈속에서 길게 드리워진 벨벳 커튼과 고풍스런 등잔불이 흔들거리는 것을 본 듯도 했다. 마치 저 멀리의 전혀 낯선 나라에 와 있는 것 같았는데, 지금 생각해보면 페르시아인 듯했다. 그러나 꿈이 어떻게 결말이 났는지는 더 이상 생각이 나지 않았다.

저녁때 숙모님이 나를 데리고 그 상갓집으로 갔다. 해가 저문 뒤였지만, 서향으로 나 있는 창문에는 커다란 짙은 황금빛 구름이 드리워져 있었다. 내니가 우리를 현관에서 맞아주었다. 그녀에게 큰 소리로 애도를 표한다는 것이 왠지 이상할 것 같아서인지, 숙모님은 하릴없이 내니의 손만 잡고 있었다. 노부인은 이쪽 의향을 묻는다는 듯이 손가락으로 위를 가리켰고, 숙모님이 고개를 끄덕이자 곧바로 우리보다 앞서 좁은 난간을 끙끙대면서 올라갔다. 고개를 숙이고 올라가고 있는 부인의 몸집은 겨우 계단 난간 높이만 했다. 첫 층계 칸에 이르자 노부인은 허리를 펴면서 방문은 열려 있으니 시신이 안치된 방으로 들어가 보라고 했다. 숙모님이 방으로 들어서자, 머뭇거리고 있는 나를 본 노부인은 들어가 보라며 다시 한 번 손짓으로 재촉했다.

나는 발끝으로 조심조심 들어섰다. 방 안은 차일 끝에 달린 레이스 사이로 누런 황갈색 빛이 스며들고 있었고, 그 빛 때문에 촛불은 파리한 불빛을 힘없이 흘리고 있었다. 이미 입관을 마친 후였다. 내니가 침대 발치에 먼저 무릎을 꿇자 우리도 따라서 무릎을 꿇었다. 나도 기도를 하는 척했지만, 노부인의 기도 소리 때문에 정신을 집중할 수가 없었다. 노부인이 치마를 한갓지게 뒤로 접어 올려 허리춤에 꿰찬 모습이나 한쪽으로만 닳은 버선발의 모양새가 너무 볼썽사나웠다. 관 속에 누워 있는 신부님마저도 그 모습에 웃고 있을 거라는 생각이 들 정도였다.

그러나 그렇지 않았다. 우리가 몸을 일으켜 침대 머리맡 쪽으로 가서 보니 그는 웃고 있지는 않았다. 그는 성단에 오를 때처럼 거창한 옷차림을 하고 아주 엄숙한 모습으로 관 속에 누워 있었는데, 그 커다란 두 손에는 성배聖杯가 허름하게 쥐어져 있었다. 넓적한데다가 창백하기까지 한 그의 얼굴은 너무나 무섭게 보였고, 시커먼 콧구멍 두 개는 얼굴 한가운데에 커다란 구멍을 뚫어놓은 것만 같았으며, 얼굴 주위에 드문드문 억센 털이 허옇게 나 있었다. 방 안에서 짙은 향내가 난다 싶었는데, 그건 꽃향기였다.

우리는 십자성호를 긋고는 그 방에서 나왔다. 아래층으로 내려와 조그만 방으로 들어서니 엘리자가 신부님이 사용하던 안락의자에 단아한 모습으로 앉아 있었다. 내가 이 집에 올 때면 언제나 앉았던 한쪽 구석에 있는 의자 쪽으로 조심스럽게 발걸음을 옮기자, 내니는 찬장으로 가더니 셰리주(에스파냐에서 양조되는 백포도주)가 들어 있는 유리병과 포도주잔 몇 개를 꺼내 들고 왔다. 그녀는 그것들을 식탁 위에 올려놓고는 우리더러 와서 한 잔씩 마셔보라고 했다. 그러고는 곧 언니가 시키는 대로 셰리주 몇 잔을 쭉 따른 후에 우리 쪽으로 내밀었다. 또 그녀는 나에게 크림 크래커를 좀 들어보라고 자꾸 권했지만, 먹는 소리가 시끄러울 것 같기에 사양을 했다. 내가 사양하자 그녀는 잠시 서운한 듯한 눈치였는데, 그러다 입을 다문 채 소파 있는 곳으로 가서 자기 언니 뒤에 가만히 앉았다. 우리는 아무도 말이 없었다. 모두 텅 빈 벽난로만 묵묵히 바라보고 있었다.

그러다 엘리자가 한숨을 쉬었고, 그 소리에 숙모님이 기다렸다는 듯이 말을 꺼냈다.

"아, 어쨌든 그분은 더 좋은 세상으로 가신 거죠."

엘리자가 다시 한숨을 내쉬더니 고개를 끄덕였다. 숙모님은 포도
주잔의 다리를 만지작거리더니 한 모금 마시고 나서 물었다.

"평온하게……가셨겠죠?"

"네, 맞아요, 부인. 아주 평온하게 숨을 거두셨어요."

엘리자가 말을 받았다.

"언제 숨을 거두셨는지 모를 정도였으니까요. 정말 곱게 가셨어요.
다 하느님의 보살핌이죠."

"그럼 준비는 다들 어떻게……?"

"오로크 신부님께서 화요일에 오셔서 그분께 성유聖油 세례를 해
주시며 모든 마음의 준비를 하도록 해주셨죠."

"그럼 본인도 그때를 알고 계셨군요?"

"마음을 다 비우고 계셨죠."

"정말 그러신 것처럼 보여요."

엘리자의 말을 숙모님이 받았다.

"돌아가신 후에 그분의 몸을 씻기려고 부른 아주머니도 같은 말을
하더군요. 어찌나 평온한 모습인지 정말 주무시는 분처럼 보였다고
말이에요. 그분이 저렇게도 평온한 모습으로 돌아가시리라고는 정
말 누구도 생각지 못했을 겁니다."

"네, 정말 그래요."

다시 숙모님이 맞장구를 쳤다.

술 한 모금을 살짝 들이킨 후에 숙모님이 다시 말을 꺼냈다.

"그래요, 플린 양. 아무튼 그분께 할 수 있는 모든 것을 다 해드렸다고 생각하시고 마음을 아주 편하게 가지세요. 두 분 모두 그분께 정말로 잘하셨잖아요."

그 소리에 엘리자가 치마의 무릎 부분을 쓰다듬었다.

"아, 가여운 오라버니! 하느님은 아실 거예요. 비록 저희들이 가진 것 없이 가난하지만 얼마나 최선을 다했는지 말이에요. 생전에 오라버니에게는 정말 원도 없이 다 해드렸으니까요."

내니는 소파 베개에 머리를 기대고 있었는데, 금방이라도 잠에 떨어질 것 같은 모습이었다.

"내니가 참 안됐어요."

그녀를 바라보던 엘리자가 말했다.

"기운이라곤 하나도 없을 거예요. 내니랑 저랑 둘이서 그 많은 일을 다 했으니까요. 아주머니를 불러서 오라버니를 씻기게 하고, 시신을 단장하고, 관을 준비하고, 성당에서 미사를 드릴 준비까지 죄다 둘이서 했으니까 말이에요. 오로크 신부님마저 안 계셨더라면 정말 아무것도 못했을지 몰라요. 신부님이 저 많은 꽃들도 가져다주시고, 성당에서 촛대 두 개도 가져오셨어요. 또 《프리맨즈 제너럴》에다 부고도 내주신데다가, 장지 문제와 오라버니의 보험 관계 서류들도 모두 맡아서 처리해주셨답니다."

"정말 고마우신 분이군요."

숙모님이 이렇게 말하자 엘리자는 두 눈을 감고 천천히 고개를 끄덕였다.

"그래요, 죽마고우만 한 친구가 어디에 있겠어요. 이 세상을 정리하면서 믿고 맡길 수 있는 사람은 그런 친구뿐이죠."

"당연한 얘기예요."

숙모님이 맞장구를 치면서 말을 이었다.

"이제 신부님도 영생의 하늘나라로 가셨으니, 두 분과 그분에게 베푼 두 분의 정을 틀림없이 잊지 않으실 거예요."

"아, 가여운 오라버니!"

엘리자가 다시 말을 이었다.

"그분은 집에서도 정말 조용하셨죠. 지금 모습처럼 소리 하나 내는 법이 없었으니까요. 그런데도 저 세상에 가셨다고 생각하니……."

"그렇게 떠나고 나면 다 아쉬워지는 법이죠."

숙모님이 다시 말을 받았다.

"맞아요. 이젠 더 이상 오라버니에게 고깃국을 가져다 드릴 일도 없겠죠. 아주머니도 코담배를 보낼 일도 없고 말이죠. 불쌍한 오라버니!"

엘리자는 잠시 지난 일들이 떠오르는지 말을 끊는 듯했다가 곧바로 이어나갔다.

"그런데 있잖아요, 최근에 오라버니에게 무언가 이상한 일이 있다는 느낌을 받았거든요. 내가 고깃국을 가져다 드릴 때마다 방바닥에 일과日課 기도서가 떨어져 있었고, 오라버니는 의자에 기댄 채 입을 헤벌리고 있었거든요."

엘리자는 손가락을 콧등에 갖다대고는 미간을 찡그리면서 말을 이었다.

"그런 지경인데도 오라버니는 늘 입버릇처럼 말씀하셨죠. 여름이 다 가기 전에 화창한 날을 잡아 우리 삼 남매가 태어난 아이리시 타운에 있는 그 옛집에 한번 가야겠는데, 그때는 내니와 나를 함께 데려가겠다고 말이에요. 오로크 신부님이 이야기해준, 소리 나지 않는 고무바퀴로 가는 그 최신식 마차를 길 건너편 조니 러시네 가게에서 하루 동안 싸게 빌리기만 하면, 일요일 저녁에 우리 남매 셋이 함께 갈 수 있을 거라고 했어요. 늘 그 생각을 하고 있었던 것 같았죠. 그런 오라버니를 생각하면 너무 마음이 아파요."

"하느님, 그분의 영혼을 보살펴주옵소서!"

숙모님이 얼른 기도를 올렸다.

엘리자가 손수건을 꺼내 잠시 눈물을 훔쳤다. 그러고 나서 손수건을 다시 호주머니에 집어넣고는 한동안 입을 꾹 다문 채 텅 빈 벽난로 아궁이를 물끄러미 쳐다보았다.

엘리자가 다시 입을 열었다.

"오라버니는 언제나 너무 고지식했죠. 신부라는 직책이 오라버니에겐 너무 버거웠어요. 그런 연유로 그의 일생도, 뭐라고 할까, 꼬여 버렸다고 할 수 있죠."

"맞아요. 그분은 불우한 분이었죠. 다들 아는 사실 아니겠어요?"

숙모님의 말에 잠시 그 좁은 방이 침묵으로 가득 찼다. 나는 그 틈을 타 식탁으로 가서 셰리주를 살짝 맛본 다음 조용히 돌아와 구석에 있는 내 의자에 앉았다. 엘리자는 무언가를 골똘히 생각하는 것 같았다. 우리는 그녀가 다시 먼저 말을 꺼내기를 숨죽여 기다렸다. 한참 후에 그녀가 느릿한 말투로 입을 열었다.

"오라버니가 깨뜨린 그 성배였어요……. 그게 모든 일의 발단이었죠. 물론 사람들은 괜찮다고들 하죠. 별다른 이유가 있어 깬 것은 아니니까 괜찮다는 뜻이겠죠. 그런데 그러면서도……사람들 말로는 같이 있던 애가 잘못해서 그랬다고 하더군요. 그런데도 불쌍한 오라버니는 그 죄책감이 너무 컸던 거죠. 하느님, 저희 오라버니에게 자비를 베풀어주옵소서!"

"그럼, 그게 사실이군요."

숙모님이 말을 받았다.

"실은 나도 그런 이야기를 좀 듣기는 했지만……."

엘리자가 고개를 끄덕였다.

"그 일이 오라버니에겐 큰 충격이었어요. 그 일 이후로는 혼자 침울해하고, 어느 누구와도 말을 하지 않고, 혼자서 이리저리 배회하기 시작했어요. 그러다 보니 어느 날 저녁 오라버니를 찾는 전갈이 있어 사람들이 찾아 나섰지만 그의 행적을 전혀 알 수가 없었어요. 정말 샅샅이 뒤졌는데도 그의 그림자 하나 찾을 수 없었답니다. 그러다 집사님이 성당 안을 한번 찾아보는 게 어떻겠냐고 하셨죠. 그래서 열쇠를 가져다가 성당 문을 열고 집사님과 오로크 신부님, 또 일행 중의 한 신부님 이렇게 세 분이 등불을 들고 안으로 들어가 보니 그곳에 오라버니가 있었던 거죠……. 그런데 어떠했는지 알아요? 깜깜한 고해소 안에 그가 혼자 앉아 있더라는 거예요. 두 눈을 크게 부릅뜬 채 비웃음 같은 실없는 웃음만 흘리면서 말이에요."

엘리자가 여기서 갑자기 말을 멈추었는데 무슨 소리를 들은 듯한 표정이었다. 그런데 내 귀에도 무슨 소리가 들리는 것 같았다. 그러나 집 안에서는 아무 소리도 나지 않았다. 그래, 소리가 날 리 없었다. 죽은 신부님도 조금 전에 보았던 그 모습 그대로 거창한 수의를 걸치고 엄숙한 표정으로 관 속에 조용히 누워 있을 것이기 때문이었다. 가슴에는 성배를 비스듬히 안은 채 말이다.

엘리자가 다시 말을 이었다.

"눈은 부릅뜬 채 자신을 비웃는 듯한 웃음을 흘리면서 말이에요……. 그러니 그런 꼴을 본 사람들은 아무래도 오라버니가 뭔가 잘 못되었다고 생각들을 하게 되었죠……."

이상한 아저씨

미국의 서부 개척시대에 관한 이야기를 우리에게 해준 녀석은 바로 조 딜론이었다. 녀석은 제법 책이랍시고 여러 권을 가지고 있었지만 그것들은 『더 유니온 잭』, 『플럭』, 『더 하프페니 마블』 따위 같은 다 지나간 잡지들이었다. 우리는 학교가 파한 후에 저녁마다 녀석의 집 뒤뜰에 모여서 인디언 싸움 놀이를 했다. 딜론 녀석과 게을러터진 녀석의 동생인 뚱뚱보 레오 녀석이 한편이 되어 마구간 다락을 요새로 삼고, 우리가 습격을 해서 그것을 빼앗는 놀이였는데, 때로는 풀밭에서 정정당당하게 내놓고 맞서 싸우기도 했다. 하지만 우리 딴에는 열심히 싸운다고 해도 습격 놀이든 맞싸움이든 우리가 이겨본 적은 한 번도 없었으며, 끝에는 언제나 조 딜론 녀석이 승리의 춤을 춰대고 있었다. 녀석의 엄마와 아버지는 아침마다 가디너 가에 있는 성단의 8시 미사에 꼬박꼬박 나갔는데, 녀석의 집 거실은 제 엄마의 분 냄새에 찌들어 머리가 아플 지경이었다. 어쨌든 어리고 겁 많은 우리로서는 딜론 녀석이 노는 모양새가 너무도 난폭해 보였다. 낡은 주전자 커버를 머리에 쓴 채 "야! 야카 야카, 야카!"라고 고함을 질러대면서 주먹으로 깡통을 때리며 마당을 이리 뛰고 저리 뛰고 할 때는 정말 인디언처럼 보였다. 그런 녀석이었으니 녀석이 장차 신부가 되고 싶어한다는 이야기를 들었을 때 우린 모두 귀를 의심했다. 하지만 그것은 사실이었다.

우리끼리는 반항정신 같은 게 몸에 배어 있었고, 그래서 그런지 집안 내력이나 성격이 서로 달라도 별로 개의치 않았다. 우리는 서로 의기투합했는데, 본래 용감한 녀석도 있었지만 재미 삼아 그러는 녀석들도 있었고, 또 좀 불안한 마음에 하는 수 없이 동참하는 녀석들도 있었다. 바로 이 마지막 부류는 책벌레니 약골이니 하는 놀림을 당하기 싫어 마지못해 이 인디언 놀이에 낀 녀석들이었으며 나도 그 중의 하나였다. 서부 개척시대를 다룬 이야기 속에 나오는 온갖 모험담들은 내 기질하고는 전혀 맞지 않았지만, 그래도 그것들을 읽을 때면 답답한 마음에서 조금은 벗어날 수 있었다. 사실 제멋대로 구는 앙칼지면서도 예쁜 여자들이 자주 등장하는 미국의 탐정소설이 더 마음에 들었다. 이러한 소설에는 우리에게 해가 될 내용이라곤 하나도 없었고 때로는 상당히 문학적인 이야기도 있었는데도, 우리는 학교에서 그것들을 볼 때 몰래몰래 돌려가며 읽었다. 어느 날 버틀러 신부가 로마사 네 페이지를 애들에게 읽히고 있었는데, 눈치라곤 없는 레오 딜론이 『더 하프페니 마블』을 보다가 그만 들키고 말았다.

"이 페이지야, 응? 아니면 이 페이지? 음, 이 페이지야? 자, 딜론 일어나서 읽어봐."

"그날이 채……."

"좋아! 뭐? 그날이라니."

"그날이 채 밝기도 전에……."

"너 공부를 하기나 했어? 호주머니에 있는 그건 뭐야?"

레오 딜론이 그 잡지를 버틀러 신부에게 내밀었을 때 반 아이들은 모두 가슴이 두근거리면서도 짐짓 자신하고는 아무런 관계가 없다는 듯 저건 뭐지 하는 표정들을 지었다. 잡지를 뒤적이는 버틀러 신부의 이맛살이 잔뜩 찌푸려졌다.

"도대체 이 쓰레기 같은 잡지는 뭐냐? 아파치 추장! 로마사가 아니라 요런 걸 읽었단 말이지. 다시 한 번 학교에서 이런 걸레 같은 것이 눈에 띄기만 해봐! 내 생각엔 이런 글을 쓴 작자는 한잔 술값이나 벌려고 글을 긁적거려대는 아주 형편없는 놈일 게다. 난 정말 놀랐다. 너희들처럼 교육을 제대로 받은 녀석들이 이따위를 읽고 있다니 말이야. 만약 너희들이 음…… 공립학교 아이들이라면 그럴 수도 있겠지만 말이지. 이봐 딜론, 단단히 일러두는데, 공부 좀 해. 그렇지 않으면……."

수업 시간에 정신이 번쩍 들도록 꾸지람을 들어서인지 그토록 멋져 보이던 서부 개척시대의 이야기가 시들해지면서 한편으로는 혼쭐나서 불퉁한 얼굴로 씩씩거리는 레오 딜론을 보니 미안한 마음에 가슴 한구석이 조금 찔렸다. 그러나 답답했던 수업 분위기에서 조금 벗어나자 다시 내 마음대로 하고픈 기분이 물밀듯이 밀려왔다. 무법천지인 서부시대의 이야기를 읽다 보면 답답한 가슴이 왠지 탁 트이는 것만 같았다. 그러다 마침내는 저녁마다 하던 인디언 놀이가 매일 아침 가야만 하는 그 지긋지긋한 등굣길만큼이나 신물이 났는데, 실제로 그와 같은 모험을 한번 해보고 싶은 마음이 일었기 때문이었다. 그러나 곰곰이 생각해보니, 그런 실제 모험은 집에서 앉아 기다린다고 찾아오는 것이 아니었다. 즉, 내가 직접 찾아 떠나야만 하는 것이었다.

여름 방학이 거의 코앞에 다가온 어느 날, 나는 딱 하루만이라도 지긋지긋한 학교 수업을 땡땡이를 쳐버려야지 하고 마음을 다잡아먹었다. 레오 딜론과 마호니라는 이름의 아이, 그리고 나 이렇게 셋이서 하루 동안 땡땡이칠 계획을 세웠다. 우리는 각자 6펜스씩 마련했다. 그리고 운하 다리 근처에서 오전 10시에 만나기로 했다. 마호니는 자기 큰누나가 적당한 구실을 댄 결석계를 학교에 내기로 했고, 레오 딜론은 동생을 시켜 몸이 아파서 학교에 못 나온다고 말을 전하기로 했다. 우리는 워퍼 로드 부둣길을 따라 내려가다 선착장에서 나룻배를 타고 강을 건너 피전 하우스를 구경하기로 계획을 세웠다. 레오 딜론은 혹시 버틀러 신부나 다른 선생들과 마주치면 어쩌나 하고 겁을 먹고 있었다. 그러자 그런 시간에 버틀러 신부가 뭐하러 피전 하우스 같은 곳에 가 있겠느냐고 마호니가 되물었는데, 정말 똑 부러지는 말이었다. 이 말에 우리는 다시 안심했다. 나는 우리 계획의 첫 번째 단계인 수금을 했는데 두 아이들로부터 각각 6펜스씩 걷고 내가 가진 6펜스도 아이들에게 내보여주었다. 저녁 늦게까지 이런저런 계획을 짜고 있던 우리 모두는 묘한 흥분을 느끼고 있었다. 우리가 킬킬대며 악수를 나누면서 헤어질 때 마호니가 말했다.

"자, 그럼 내일 봐."

그날 밤 나는 좀처럼 잠이 오지 않았다. 다음날 아침 약속 장소인 다리에 나가 보니 내가 제일 먼저였는데 사실 약속 장소에서 우리 집이 제일 가까웠다. 나는 인적이 아주 드문 정원 한구석에 있는 쓰레기웅덩이 근처의 무성한 수풀 사이에 책가방을 숨겨놓고 운하의 둑을 따라 총총걸음으로 다리 쪽으로 갔다. 6월 첫 주의 온화한 아침이었다. 나는 돌다리 난간에 올라앉아 밤새도록 열심히 파이프 점토 칠을 해놓은 얇은 운동화를 흐뭇하게 내려다보기도 하고, 또 일터로 나가는 사람들을 마차 하나 가득 싣고 언덕 위를 오르고 있는 착한 말들을 물끄러미 바라다보기도 했다. 산책로를 따라 죽 늘어선 높다란 수목들 가지마다 나뭇잎들은 상쾌한 햇살을 받아 파릇파릇한 미소를 흘리고 있었고, 햇빛은 그 사이로 나지막이 미끄러지듯 물 위에 내려앉고 있었다. 화강암으로 만든 다리가 점점 따뜻해져오기 시작했고, 나는 속으로 콧노래를 불러대면서 그 장단에 맞춰 돌다리를 가볍게 두드려대기 시작했다. 나는 꽤 흥이 나 있었다.

그렇게 5분인가 10분인가 앉아 있었는데 회색 옷차림을 한 마호니가 다가오는 것이 보였다. 싱글벙글거리며 언덕을 올라온 그는 바로 내 옆의 다리 난간 위에 걸터앉았다. 같이 딜론을 기다리는 동안 마호니 녀석은 안주머니에 불룩이 넣고 있던 새총을 꺼내 들고는 자기가 더 멋지게 개량을 했다고 자랑삼아 늘어놓았다. 그건 뭐하려고 가져왔냐고 내가 물으니 녀석은 새들을 좀 놀래주려고 가져왔다고 말했다. 녀석은 거침없이 상말을 썼는데, 버틀러 신부를 기차 화통 영감이라고 불렀다. 우리는 15분도 더 넘게 기다려봤지만 레오 딜론은 코빼기도 보이지 않았다. 마침내 마호니가 껑충 뛰어내리면서 말했다.

"자, 가자. 뚱뚱보 새끼, 이럴 줄 알았다니까."

"그럼, 그 애 돈은 어떻게……."

내가 이렇게 말하자 마호니가 받아쳤다.

"몰수지 뭐. 그만큼 우리가 더 쓸 수 있으니 잘됐잖아. 겁쟁이 하나 빠지는 대신 1실링하고 6펜스가 고스란히 우리 몫이니 말이야."

우리는 노스 스트랜드 거리를 걸어 내려와 염산 공장까지 와서는 오른편으로 돌아 부둣길을 따라 걸었다. 사람들의 눈에 띄지 않는 곳에 이르자마자 마호니는 곧장 인디언 놀이를 시작했다. 녀석은 돌을 재지도 않은 채 새총을 머리 위로 휘두르며 남루한 옷차림을 한 한 무리의 여자아이들을 뒤쫓아갔는데, 역시 누덕누덕 기운 옷을 입은 사내아이 두 명이 여자애들을 보호한답시고 우리에게 돌을 던지기 시작했다. 그러자 마호니는 그 애들을 혼쭐내주자고 했지만, 나는 애들이 너무 어리다고 하면서 그만두자고 했다. 그렇게 해서 우리는 그냥 계속 걸어갔다. 그런데 누더기를 입은 그 아이들이 뒤따라오며 우리 뒤통수에다 대고 "신교도다! 신교도다!" 하고 고함을 지르면서 놀려댔다. 가무잡잡한 안색에다 모자에 크리켓 클럽의 은배지를 달고 있는 마호니의 모습 때문에 아이들의 눈에는 우리가 신교도처럼 비쳐지는 모양이었다. 스무싱 아이언 제철 공장까지 왔을 때 그 아이들을 한번 포위해버릴까 하는 생각도 해보았지만 그건 불가능했다. 알다시피 그렇게 하려면 적어도 세 명은 되어야 하니까. 이런 상황이 되자 우리는 레오 딜론에게 화풀이를 했는데, 녀석은 정말 겁쟁이라고 놀려대면서, 또 3시가 되면 라이언 선생에게 엄청 혼이 날 거라는 생각으로 재미있어 했다.

그러는 동안 우리는 강 가까이 다다랐다. 우리는 높은 돌담이 길게 늘어선 시끄러운 거리를 쏘다니면서 분주하게 움직이는 각종 기중기들과 기계들을 구경하면서, 때로는 삐걱거리는 마차를 끄는 마부들로부터 길을 비키라는 호통을 듣기도 하면서 오랜 시간을 돌아다녔다. 우리가 부둣가에 다다랐을 때는 정오였다. 노동자들 모두가 점심 먹을 채비를 하는 듯한 모습이기에 우리도 커다란 건포도빵 두 개를 사서는 강가에 쌓아둔 쇠파이프 더미 위에 앉아서 먹었다. 우리는 교역으로 활기차게 움직이고 있는 더블린 항만의 모습을 보면서 즐거워했다. 저 멀리서 마치 양모 같은 연기를 송송 뿜어내고 있는 바지선들이 눈에 들어왔다. 링센드 너머로 보이는 갈색 고기잡이배들, 그리고 건너편 부두에서 짐을 부리는 커다란 흰 돛단배로 항만은 분주했다. 마호니는 저런 커다란 배를 타고 먼바다로 나간다면 기분이 정말 끝내줄 거라고 말했는데, 나 역시도 높다란 돛대들을 바라다보고 있으려니 학교에서 찔끔찔끔 배운 지리 지식이 바로 눈앞에서 점점 훤하게 이해되는 것 같은 느낌이 들었다. 우리는 학교와 집이 별거 아닌 것 같은 느낌이 들면서 또 별로 겁도 나지 않았다.

우리는 뱃삯을 치른 다음 노동자 두 명과 가방을 든 체구가 조그마한 유대인과 함께 섞여 나룻배를 타고 리피 강을 건넜다. 우리 둘은 몹시 긴장한 나머지 얼굴 표정까지 아주 근엄해졌는데, 강을 건너는 그 짧은 시간 동안 딱 한 번 서로 눈이 마주쳤을 때는 우리의 그런 모습에 웃음이 절로 나왔다. 뭍에 내려선 다음에는 아까 저 건너편에서 보았던 돛대가 셋 달린 아주 멋진 배가 짐을 부리는 광경을 흥미롭게 바라보았다. 옆에 있던 어떤 사람이 그 배는 노르웨이 국적의 배라고 했다. 나는 배 뒤편으로 가서 그 배의 내력을 알 수 있는 것들을 이것저것 살펴보려 했지만 결국 허탕만 치고 돌아오면서 선원들이 다들 푸른색 눈동자를 갖고 있나 싶어 얼굴을 유심히 살펴보았다. 사실 난

외국 사람들은 다들 눈동자가 푸를 것이라는 막연한 생각을 갖고 있었기 때문이었다. 그러나 선원들의 눈동자는 파란색이거나 회색이었고, 심지어는 까만 눈동자도 있었다. 그래도 그 정도면 푸른색이라고 할 수 있는 눈동자를 가진 선원이 딱 한 명 있었는데, 키가 큰 이 선원은 널빤지가 아래로 떨어질 때마다 씩씩하게 소리를 질러대면서 부두에 나와 있는 사람들을 웃겨댔다.

"좋아요! 좋아!"

이 구경거리도 재미가 시들해지자 우리는 링센드 쪽으로 털레털레 걸음을 옮겼다. 날씨는 이미 찌는 듯이 더웠으며, 가게 진열장 안에 놓인 비스킷들은 곰팡이가 허옇게 피어 있었다. 우리는 비스킷과 초콜릿을 제법 많이 사서는 어부들이 사는 마을의 지저분한 거리를 구석구석 쏘다니는 동안 꾸역꾸역 열심히 먹어치웠다. 우유 파는 곳을 아무리 찾아봐도 없었기 때문에 우리는 구멍가게로 들어가서 나무딸기 레몬수를 한 병씩 샀다. 음료수를 마시고 나니 기운이 나는지 마호니는 오솔길을 따라 고양이 한 마리를 열심히 쫓아갔으나, 결국 고양이는 널따란 들판으로 멀리 달아나버렸다. 우리는 둘 다 꽤 지쳐 있었다. 그래서 들판에 이르자 곧바로 경사진 둑 쪽으로 향했는데, 그 등성이 너머로 저만치에 도더 강이 보였다.

시간도 늦은데다가 지치기도 했기 때문에 피전 하우스를 구경하려던 애초 계획은 취소할 수밖에 없었다. 우리의 오늘 행각이 발각되지 않으려면 4시까지는 집으로 돌아가야 했다. 그래서 나는, 시큰둥한 표정으로 자기의 새총을 쳐다보고 있는 마호니의 눈치를 살피면서 녀석이 다시 놀 기분이 생기면 안 된다 싶어 갈 때는 기차를 타고 가자고 재빨리 말했다. 태양은 뭉게구름 속으로 숨어버렸고, 이런저런 생각에 지친 우리에게 남은 거라곤 빵 부스러기밖에 없었다.

황량한 들판에 우리 말고는 아무도 없었다. 한참 동안 아무 말 없이 둑 위에 드러누워 있는데, 들판 저 끝에서 어떤 사람이 우리 쪽으로 다가오고 있는 것이 보였다. 나는 여자아이들이 점을 치고 노는 그런 종류의 풀줄기 하나를 뜯어 질겅거리며 그 사람을 물끄러미 쳐다보았다. 그 사람은 둑을 따라 천천히 걸어오고 있었다. 그는 한 손을 허리에 얹고 다른 한 손에는 지팡이를 들고 있었는데 그 지팡이로 풀밭을 가볍게 툭툭 치면서 걸어오고 있었다. 그는 약간 푸른색이 감도는 검은색 낡은 정장 차림이었으며, 머리에는 우리가 제리모라고 부르던 꼭지가 높은 모자를 쓰고 있었다. 콧수염이 반백인 것으로 보아 꽤 늙은 나이인 듯했다. 그는 우리 발치 아래를 지나칠 때 재빠르게 힐끗 한 번 우리를 노려보는 것 같더니만 그냥 그대로 지나갔다. 우리는 멀어지는 그의 뒷모습을 계속해서 쳐다보고 있었다. 그런데 한 50보 정도 걸어갔다 싶었을 때 그가 몸을 돌려 이쪽으로 되돌아오기 시작했다. 그는 아주 천천히 걸어왔는데, 걸음걸이가 너무도 느린데다가 한 발짝 뗄 때마다 지팡이로 풀밭을 툭툭 치고 있어서 나는 그가 풀밭에서 뭘 찾고 있는 중인가 하는 생각마저 들었다.

우리 발치에 다다른 그는 걸음을 멈추고 우리에게 인사를 건넸다. 우리가 답례를 하자 그는 천천히 그리고 아주 조심스럽게 우리 곁 비탈진 둑 위에 앉았다. 그는 날씨 얘기부터 꺼냈는데, 올여름 날씨는 유난히 더울 거라고 하면서 자신의 어린 시절에 비하면, 아주 오랜 세월이 흐르긴 했지만 그래도 기후가 참 많이도 변했다고 했다. 그는 인생에서 가장 행복한 시기는 말할 것도 없이 학창 시절이며 만약 다시 젊어질 수만 있다면 무엇이든 다 내놓겠다고 했다. 우리야 그가 늘어놓는 그런 이야기가 지겹다 보니 대꾸도 않고 잠자코 있었다. 그러다가 그는 갑자기 책과 학교 이야기를 꺼냈다. 그는 우리더러 토머스 무어의 시를 읽어보았느냐, 월터 스콧 경과 로드 리튼 경의 작품을 읽어보았느냐 하면서 물어댔는데, 나는 그가 말한 책들을 죄다 읽어본 체했다. 그러자 끝에는 그가 이렇게 말했다.

"그래, 너도 나처럼 책벌레인 모양이구나."

그러더니 그는, 휘둥그런 눈으로 우리 둘을 쳐다보고 있는 마호니를 가리키며 이렇게 덧붙였다.

"그런데 요 녀석은 아닌 거 같은데. 장난꾸러기겠어."

그는 자기 집에 월터 스콧 경의 전집과 리튼 경의 전집이 다 있다고 하면서 그 책들은 언제 읽어도 재미가 새롭다고 했다. 물론 아이들이 읽을 수 없는 리튼 경의 책들도 있다고 덧붙였다. 그러자 마호니가 왜 아이들은 읽을 수 없냐고 물었다. 마호니가 이런 질문을 하는 것을 보고 나는 가슴이 두근거리면서 아프기까지 했다. 왜냐하면 혹시 이 사람이 나도 마호니와 똑같은 멍청이로 생각할까 봐 걱정되었기 때문이었다. 그러나 그 사람은 그냥 웃기만 할 뿐이었다. 웃는 입술 사이로 누런 이빨 사이가 크게 벌어져 있는 것이 보였다. 그러다 그는 우리 둘 중에 누가 애인이 더 많으냐고 물었다. 마호니는 자기에겐 애인이 셋 있다고 가볍게 대답했다. 그 사람은 나는 몇이나 있느냐고 물었다. 나는 없다고 대답했다. 그는 내 말을 믿으려 하지 않으면서 틀림없이 애인이 하나쯤은 있을 거라고 확신한다고 말했다. 나는 그냥 잠자코 있었다.

"아저씨는 애인이 몇 명인데요?"

마호니가 불쑥 시건방지게 물었다.

그 사람은 여전히 실실 웃어대며 자기가 우리 나이만 할 때는 여자들을 줄줄이 거느리고 다녔다고 말했다.

"사내라면 누구나 다 애인이 있어야 하는 게지."

이렇게 말하는 그의 태도를 보면서 그 나이의 어른치고는 이성 문제에 관해 정말 이상하리만큼 너그럽다는 생각이 스쳤다. 그가 들려주는 사내아이들과 애인들 이야기가 제법 가슴에 와 닿는다 싶었다. 그런데도 그가 그런 이야기를 하는 게 난 싫었다. 그는 뭐가 두려운지 아니면 갑자기 한기가 들어 그러는지 이따금 몸을 부르르 떨어댔는데 그런 모습도 이상해 보였다. 하지만 이야기를 듣다 보니 그의 발음이 참 좋다는 생각이 들었다. 그는 본격적으로 여자애들에 대한 이야기를 늘어놓기 시작했는데, 여자애들의 머리칼이 얼마나 아름답고 부드러우며, 손결은 또 얼마나 보들보들하냐고 하면서도 사실 알고 보면 겉보기하고는 딴판인 여자애들도 정말 많다고 했다. 그는 예쁜 여자애들과 여자애들의 뽀얀 손과 아름답고 부드러운 머리칼을 보고 있노라면 기분이 그렇게 좋을 수가 없다고 했다. 그런데 내 느낌으로는 그의 말투는 뭔가를 외워서 반복하는 듯했고, 자신의 말에 스스로 도취되어 끌려 들어가는 듯한 표정으로 앞에서 했던 이야기들을 다시금 되뇌고 있는 것만 같았다. 어떤 때는 누구나 다 알고 있는 이야기를 그냥 넌지시 내던지듯 말하다가도, 또 어떤 때는 목소리를 낮춰서 마치 누군가가 엿들으면 안 되는 비밀스런 이야기를 하는 듯 아주 은밀하게 말하기도 했다. 그는 했던 말을 계속 되풀이했는데, 조금씩 말을 바꿔가며 같은 말을 똑같은 목소리로 해대고 있었다. 나는 둑 아래쪽을 멍하니 쳐다보면서 그의 말에 귀를 내맡기고 있었다.

그렇게 한참이 지나서야 그의 주절거림이 멈췄다. 그는 천천히 몸을 일으키면서 잠시 동안, 아니 몇 분 정도 다녀올 데가 있다고 했다. 나는 눈길을 돌리지 않고 여전히 둑 아래쪽을 쳐다보고 있었고, 그의 모습은 들판 저 반대편으로 느릿느릿 멀어지고 있었다. 그의 모습이 사라지고 난 뒤에도 우린 한참 동안 말이 없었다. 그렇게 몇 분이 지났나 싶었는데, 마호니가 갑자기 소리를 질렀다.

"이봐! 저 아저씨 하고 있는 꼴 좀 봐라!"

나는 대꾸는커녕 눈도 돌리지 않고 있었는데, 마호니가 다시 한 번 버럭 소리를 질렀다.

"야! 진짜 이상한 영감탱이다!"

"만약 저 아저씨가 우리 이름을 물으면 말이야. 넌 머피, 난 스미스 라고 하는 거야."

내가 이렇게 말한 뒤로는 둘 다 입을 꾹 다물고 있었다. 내가 자리를 뜰까 말까 몹시 망설이고 있는데 그 사람이 돌아와 우리 곁에 다시 앉았다. 그 사람이 막 앉자마자 마호니는 아까 놓쳤던 고양이를 보더니 얼른 일어나 뒤를 쫓아 들판을 가로질러 달려가 버렸다. 그 사람과 나는 고양이를 쫓아가는 마호니 녀석을 쳐다보고 있었다. 고양이가 다시 자취를 감춰버리자 마호니 녀석은 고양이가 타고 넘어간 벽을 향해 돌을 냅다 던져댔다. 돌팔매질이 시들해진 녀석은 제일 먼 들판 저쪽 끝에서 뭘 하는지 그냥 어슬렁어슬렁 거리고 있었다.

잠시 뜨음하게 있던 그 사람이 내게 말을 건넸다. 그는 마호니 녀석이 아주 버릇없는 아이라고 하면서 학교에서 가끔 회초리를 맞을 때도 있을 거라고 물었다. 나는 모욕감이 치밀면서 아저씨가 한 말처럼 회초리나 맞는 그런 공립학교 아이들하고 우리하고는 질적으로 다르다고 대들고 싶은 기분이 들었지만, 그냥 아무 말 않고 참았다. 그는 아이들은 매로 다스려야 한다고 말을 시작했다. 그러고는 다시 자기 말에 도취되는 듯 새로 꺼낸 이야기를 느릿한 말투로 하고 또 했다. 마호니 같은 저런 애들은 매를 맞아야 하는데 그것도 혼쭐나도록 단단히 맞아야 한다고 했다. 거칠고 막무가내인 아이의 버릇을 고치는 데는 따끔한 매질만 한 게 없다고 했다. 손바닥을 때리거나 뺨 한 대 올리는 것으로는 별 효력이 없다는 것이었다. 자기 같으면 온몸이 후끈 달 정도로 독하게 매질을 할 거라고 했다. 이런 그의 말에 어찌나 놀랐는지 그만 나도 모르게 힐끗 그의 얼굴을 쳐다보았다. 그 순간 짙은 푸른색 두 눈동자와 딱 마주쳤는데, 마치 꿈틀하는 미간으로부터 툭 튀어나올 듯이 나를 노려보고 있었다. 나는 얼른 눈을 피해버렸다.

그 사람은 쉬지 않고 주절댔다. 얼마 전까지 보여주었던 그 너그러움은 온데간데없었다. 여자애들에게 말을 걸거나 애인이 있는 사내아이가 눈에 띄기만 하면 사정없이 매질을 할 거라고 했다. 그렇게 혼쭐난 아이는 다시는 여자애들에게 말을 걸지 않을 거라는 것이었다. 또 애인이 있으면서도 없다고 거짓말하는 아이는 정말 난생처음 맞아보는 아주 혹독한 매질을 당할 거라고도 했다. 그러면서 자기는 이 세상에서 그런 매질을 할 때가 가장 속이 후련하다는 것이었다. 그리고 그런 아이들을 어떻게 매질하는지 나에게 자세히 이야기해줬는데, 그 모습은 마치 정교하게 만든 무슨 공예품 같은 것을 하나하나 공들여 펼치고 있는 사람 같았다. 그는 이런 얘기를 할 때가 세상에서 제일 좋다고 했다. 이렇게 나를 붙잡고 대단한 비밀인 양 주절거리는 그의 목소리는 조금씩 다정해진다 싶었는데, 나중에는 나더러 자기 말을 좀 알아달라고 애원하는 사람 같았다.

나는 그의 주절거림이 다시 잠깐 멈추기를 기다렸다. 그리고 이때 다 싶어 벌떡 일어섰다. 나는 기분 나쁜 내색을 하지 않으려고 잠시 구두끈을 고쳐 매는 척하면서 시간을 벌다가 이젠 가야겠다고 말하고선 작별 인사를 했다. 나는 태연한 척 언덕을 올라갔지만 그가 내 발목을 낚아채지나 않을까 싶어 속으로는 심장이 두방망이질을 해대고 있었다. 언덕 꼭대기에 다다르자 뒤돌아선 나는 애써 그 사람을 쳐다보지 않은 채 들판 저쪽을 향해 큰 소리로 외쳤다.

"머피!"

나는 목소리에 힘을 잔뜩 주고 억지 허세를 부리고 있었고, 이렇게 잔머리를 굴리고 있는 내 모습이 창피스러웠다. 그래도 다시 한 번 똑같은 이름을 부를 수밖에 없었는데, 이윽고 마호니가 알았다고 큰 소리로 응답을 해왔다. 마호니가 들판을 가로질러 나에게로 달려올 때 내 가슴은 반가움에 얼마나 뛰었던가! 달려오는 그의 모습은 마치 구세주 같았다. 순간 나는 뉘우쳤다. 왜냐하면 나는 그전까지는 늘 마음속으로 그를 상당히 멸시해왔기 때문이었다.

애러비

　노스 리치먼드 가는 막다른 길이라서 그런지 수업을 파한 크리스천 브라더스 학교에서 아이들이 쏟아져 나오는 그 시간 말고는 아주 한적한 거리였다. 그 막다른 골목길 끝에는 사람이 살지 않는 2층집 한 채가 있었는데, 인근에 들어선 고급 주택가와는 뚝 떨어져 있었다. 이 거리의 주택들은 그 안에서 살고 있는 고상한 위인들을 대변이라도 하는 듯 갈색 얼굴을 꼿꼿이 세운 채 서로를 노려보고 있었다.

　예전에 우리 집에 세를 들었던 사람은 신부였는데, 그는 뒤편 응접실에서 세상을 떠났다. 집 안은 오랫동안 밀폐된 채로 내버려두었기 때문에 온 방마다 쾨쾨한 냄새에 찌들어 있었고, 부엌 뒤편에 있는 헛간에는 낡은 폐지들이 널브러져 있었다. 나는 그 속에서 표지가 종이로 된 책자 몇 권을 찾아냈는데, 책장은 습기에 눅눅해져 돌돌 말려 있었다. 그 책들은 월터 스콧 경이 쓴 『수도원장』, 『독실한 성찬자』, 그리고 『비독의 회상록』 따위였다. 나는 맨 마지막 책을 제일 좋아했는데, 그 이유는 책장이 노란색이기 때문이었다. 집 뒤편에 있는 정원은 아무렇게나 내버려져 있었고, 그 한가운데에는 사과나무 한 그루가 서 있었으며, 여기저기에 잡목 덤불이 흩어져 있었다. 어느 덤불 밑에는 전에 살던 신부가 사용하던 자전거 펌프가 녹슨 채로 있었다. 그는 매우 자선심이 많은 신부였다. 그는 전 재산을 공공단체에 기부하고 집에서 사용하던 가구는 누이에게 준다는 유지를 남겼다.

해가 짧은 겨울이라 저녁 식사를 채 마치기도 전에 벌써 어둑어둑 땅거미가 내렸다. 우리가 길에서 만났을 때에는 집들은 이미 어둠 속에 잠겨 있었다. 머리 위의 하늘은 시시각각 짙은 보랏빛으로 물들어가고 있었고, 거리의 가로등불은 희미한 불빛을 그 짙은 허공을 향해 토해내고 있었다. 한기가 뼛속까지 파고들었지만 우리는 몸에서 더운 김이 나도록 뛰어놀았다. 한적한 거리는 우리가 뛰어노는 소리로 메아리쳤다. 우리는 늘 고급 주택가 뒤편에 있는 깜깜한 진흙탕 오솔길에서 뛰어놀았는데, 그럴 때마다 주택에 살고 있는 돼먹지 못한 족속들이 우리에게 상스러운 욕설을 퍼부어댔다. 그곳을 지나 악취가 진동하는 재 구덩이와 물이 질퍽질퍽한 컴컴한 정원의 뒷문을 거쳐 이상한 분뇨 냄새가 나는 어두운 마구간들을 지나면, 한 마부가 말의 갈기를 빗질해주거나 말 등에 얹은 마구의 장신구를 흔들어 음악 소리처럼 들려주는 모습을 볼 수 있었다. 우리가 다시 훤한 거리로 되돌아왔을 때에는 부엌 창문에서 나오는 빛이 그 일대를 훤히 비추고 있었다. 길모퉁이를 돌아오는 삼촌의 모습이 보이면 우리는 그가 집으로 들어갈 때까지 어두운 곳에 숨어 있었다. 혹은 맹건의 누나가 남동생에게 다과를 먹으라고 부르러 문간에 나올 때면, 길 너머를 두리번거리며 동생을 찾고 있는 그녀의 모습을 우리는 숨어서 지켜보곤 했다. 우리는 그녀가 계속 그대로 있는지 아니면 안으로 들어가고 없는지 살피다가, 그녀가 계속 그대로 있을 때는 하는 수 없이 숨은 곳에서 나와 맹건네 문간 쪽으로 갔다. 우리를 맞이하는 그녀의 몸매는 반쯤 열린 문틈 사이로 흘러나온 불빛을 받아 뚜렷한 윤곽을 드러내고 있었다. 동생 녀석은 언제나 누나를 골려주고 나서야 말을 들었는데, 나는 난간 옆에 서서 그런 그녀의 모습을 쳐다보고 있었다. 그녀가 몸을 움직일 때마다 옷이 한들거렸고, 곱게 땋아 내린 머리채는 이리저리 가볍게 찰랑댔다.

매일 아침마다 나는 거실 바닥에 누워 그녀 집의 문을 유심히 지켜보았다. 창틀에서 1인치 정도의 틈만 남기고 차일을 내려놓았기 때문에 내 모습이 그녀의 눈에 띌 리는 없었다. 그녀가 문간 밖으로 모습을 보일 때면 내 가슴은 마구 뛰었다. 나는 현관으로 달려가 책을 끼고는 그녀의 뒤를 따라갔다. 나는 한시도 가무잡잡한 그녀의 모습에서 눈을 떼지 못했는데, 그러다가 서로 길이 갈라지는 지점에 이른다 싶으면 얼른 발걸음을 빨리 해서 그녀의 곁을 슬쩍 지나쳤다. 매일 아침마다 나는 이런 짓을 하고 있었다. 어쩌다 우연히 몇 마디 하는 거 말고는 나는 아직 그녀에게 제대로 말을 붙여보지 못하고 있었다. 그녀의 이름을 부르려 하면 바보같이 온몸의 피가 확 달아오르는 것만 같았다.

정말 로맨스 감정 따위는 전혀 어울리지 않는 그런 곳에까지도 그녀의 영상은 나를 따라다녔다. 숙모님은 토요일이면 언제나 장을 보러 갔는데 그럴 때면 나도 따라가서 짐을 들어주어야 했다. 우리는 술 취한 주정꾼과 흥정을 하느라고 정신없는 여자들에게 떠밀리기도 하면서 번잡한 시장통을 지나갔는데, 욕설을 씨부렁거리고 있는 일꾼들이며, 돼지머리 고기가 담긴 통들을 지키고 서서 귀가 따갑도록 손님들을 불러대는 점원 녀석들, 그리고 오도노번 로사 사건과 관련하여 〈그대들 모두 오라〉를 불러대면서 고국의 시련을 민요로 읊어대는 길거리 악사들의 콧노래 소리 때문에 정신이 하나도 없었다. 나는 이 시끌벅적한 소리들 속에서 생동하는 나의 삶을 느꼈다. 마치 내 가슴에 성배를 품고 적들의 무리 속을 무사히 헤치고 나가는 듯한 기분이었다. 내 입에서는 시도 때도 없이 그녀의 이름이 무슨 뜻인지 나도 모르는 이상한 기도와 찬사가 되어 튀어나왔다. 이따금 눈에는 눈물이 고였다─왜 그랬는지는 나도 모르겠다─. 또 어떤 때는 심장이 들끓으며 뜨거운 피가 가슴속을 와락 덮쳐버리는 느낌이었다. 나는 앞으로 어떻게 해야 할지 알 수 없었다. 그녀에게 말을 붙여봐야 하는 건지, 또 만약 말을 건다면 이 혼란스런 연모의 마음을 어떻게 전해야 하는 건지 알 수가 없었다. 그러나 내 몸뚱이는 마치 하프와도 같았다. 그녀의 말과 몸짓에 스스로 제 현을 울리는 그런 하프였다.

어느 날 저녁, 나는 신부가 세상을 떠난 뒤편 응접실로 들어갔다. 비 내리는 어둑한 저녁이었고, 집 안에서 인기척이라고는 없었다. 땅바닥을 두드리는 빗소리와 실바늘 같은 빗줄기가 흠뻑 젖은 화단 위를 뿌려대는 소리가 깨어진 창문 사이로 들려왔다. 저 멀리 등불인지 불 켜진 창문인지 모를 희미한 불빛이 내려다보였다. 거의 아무것도 보이지 않는 그런 날씨가 나는 무척 고마웠다. 나의 모든 감각은 제 스스로를 마비시켜버리고 싶은 듯했는데, 막 그런 느낌이 들면서 나는 두 손이 부들부들 떨리도록 손바닥을 꼭 모은 채 중얼거렸다.

"오, 사랑이여! 오, 사랑이여!"

나는 그렇게 기도하고 또 기도했다.

드디어 그녀가 나에게 말을 걸어왔다. 처음 그녀가 말을 건넸을 때 나는 얼마나 당황했는지 무슨 말로 대답을 해야 할지 몰랐다. 그녀는 나더러 애러비(더블린에서 5월에 열렸던 바자회)에 가볼 거냐고 물었다. 그때 뭐라고 대답했는지 난 기억이 나지 않는다. 아주 멋진 바자회일 텐데 가봤으면 좋으련만 하고 그녀는 말했다.

"그런데 왜 못 간다는 거지?"

내가 물었다.

그녀는 이야기를 하면서 손목에 찬 은팔찌를 빙빙 돌리고 있었다.

그 주일은 자기가 다니는 수도회에서 모임이 있기 때문에 갈 수가 없다고 했다. 그녀의 남동생과 사내 녀석 두 명은 서로 모자 뺏기 장난을 치는 중이어서 나만 혼자 난간 옆에 서 있었다. 그녀는 커다란 대못 하나를 붙잡은 채 약간 내 쪽으로 고개를 숙이고 있었다. 맞은편에 있는 등불 빛을 받아 그녀의 하얀 목덜미가 부드러운 곡선을 그려내고, 그 빛은 그 곡선 위의 머리칼에서 다시 밝게 부서지더니 그 아래쪽 난간을 잡고 있는 손을 하얗게 비추고 있었다. 등불 빛은 다시 그녀의 한쪽 치맛자락을 타고 내려와 무심히 서 있는 그녀의 하얀 속치마 단을 보일락말락 비추고 있었다.

"넌 한번 가보면 좋을 텐데."

그녀가 말했다.

"내가 가면 네 것도 좀 살게."

나는 이렇게 대답했다.

그날 저녁 이후 나는 자나깨나 정말 지지리도 못난 생각만 수없이 굴리면서 시간만 쓸데없이 흘려보냈다. 마음 같아서는 바자회 날짜까지 몸을 뒤틀며 기다려야 하는 그 지루한 날들을 확 없애버리고만 싶었다. 나는 안달이 난 나머지 학교 수업도 뒷전이었다. 밤에는 침대 위에서, 그리고 낮이면 교실에서 애써 책을 읽으려고 해도 그녀의 영상이 어른거리며 눈앞을 가로막았다. 아주 깊은 적막감에 취해 있을 때에도 '애러비'라는 말은 귓전을 맴돌았는데, 그럴 때면 나는 동방의 신비감 속으로 젖어들었다. 나는 토요일 저녁에 있는 바자회에 다녀올 수 있게 해달라고 부탁했다. 숙모님은 깜짝 놀라면서 무슨 비밀결사 같은 모임은 아니겠지 라고 말했다. 수업 시간에는 선생님의 질문에 대답을 거의 하지 못했다. 온화했던 선생님의 얼굴은 점점 더 굳어졌다. 그러면서 선생님은 나더러 공부에 게으름을 부리면 안 된다고 하셨다. 나는 갈피를 못 잡고 있는 내 마음을 다잡을 수가 없었다. 나라는 녀석은 공부처럼 심각한 인생사를 참고 해나갈 그런 인내심이라곤 거의 없었다. 그런데 지금은 더더욱 그게 내 욕망을 가로막고 있으니, 그게 나에게는 유치한 애들 장난처럼, 그것도 아주 볼썽사납고 재미라곤 하나도 없는 애들 장난처럼 여겨졌다.

토요일 아침에 나는 저녁때 바자회에 가고 싶다는 이야기를 삼촌께 다시 한 번 했다. 현관 옷걸이에서 모자용 솔을 찾느라고 경황이 없던 삼촌은 내 말에 짤막하게 대답했다.

"그래, 알아."

삼촌이 현관에 있었기 때문에 나는 앞 거실로 가서 창가에 드러누울 수가 없었다. 나는 시큰둥한 기분으로 집에서 나와 학교 쪽으로 터벅터벅 걸어갔다. 공기는 매서울 정도로 차가웠고 마음은 벌써부터 불안했다.

저녁을 먹으러 집에 돌아와 보니 삼촌은 아직 귀가해 있지 않았다. 식사 때까지는 시간이 조금 남아 있었다. 한참 동안 괘종시계를 쳐다보며 앉아 있던 나는 똑딱거리는 시계추 소리가 거슬리기에 방에서 나왔다. 나는 층계를 지나 위층으로 올라갔다. 높다란 천장에 차가운 공기가 감도는 우중충한 텅 빈 방으로 들어서니 마음이 한결 가벼워졌다. 나는 노래를 불러대며 이 방 저 방으로 돌아다녔다. 앞 창문으로 밖을 내다보니 또래 아이들이 길 저쪽 아래에서 놀고 있었다. 애들이 놀며 떠드는 소리가 희미하게 잦아들었을 즈음 나는 차가운 창문에 이마를 기댄 채 불 꺼진 그녀의 집을 건너다보았다. 아무것도 보이지 않았지만 한 시간 동안이나 그렇게 서 있었던 같다. 오직 그녀의 부드러운 목선과 난간을 잡고 있던 하얀 손, 그리고 치마 아래로 내비치던 속단을 생각하며 조심스레 떠올린 그녀의 영상만이 어둠 속에서 묻어나 갈색 형상으로 어른거릴 뿐이었다.

아래층으로 내려와 보니 머서 부인이 난롯가에 앉아 있었다. 그녀는 전당포집 과부로 나이 많은 수다쟁이 아줌마였는데, 무슨 종교적 목적으로 헌 우표를 모으고 있었다. 차를 마시면서 떠들어대는 그녀의 수다를 나는 참아야만 했다. 저녁 식사를 한 시간 이상 늦추었는데도 아직 삼촌이 돌아오지 않자, 머서 부인은 가려고 일어섰다. 더 이상 기다릴 수 없어 미안하다고 하면서, 시간이 8시가 넘었고, 사실 밤공기가 건강에 나쁘기 때문에 자기는 밤늦은 시간에 나다니는 것을 싫어한다고 했다. 그녀가 가고 난 뒤 나는 두 주먹을 움켜쥐고 방 안을 오락가락했다. 그러자 숙모님이 말을 꺼냈다.

"오늘밤은 바자회에 가는 것을 좀 미루어야 할까 보다."

9시가 되자 삼촌이 현관문을 따는 소리가 들렸다. 삼촌은 뭔가 중얼거리고 있었고, 삼촌의 무거운 외투가 턱 걸리면서 옷걸이가 흔들흔들 소리를 냈다. 나는 상황이 대충 짐작되었다. 삼촌이 한참 식사 중일 때 나는 바자회에 가려고 하니 여비를 좀 달라고 했다. 삼촌은 그 일을 까맣게 잊고 있었다.

"사람들은 지금 잠자리에 들어 곯아 떨어졌을 텐데."

삼촌은 이런 식으로 말했다.

나는 웃지 않았다. 그러자 숙모님이 자르듯이 그에게 말했다.

"애에게 돈을 줘서 보내시구려. 당신 때문에 이렇게 늦어졌잖아요."

삼촌은 깜빡 잊어버려 너무 미안하다고 말했다. 일만 하고 놀 줄 모르면 그것도 멍청한 인간이라는 속담이 참 맞는 말이라고도 했다. 삼촌은 어딜 간다는 거야 하고 물었는데 내가 두 번씩이나 설명을 하고 나니까 〈아랍인들은 말에게 이렇게 작별을 하지〉라는 시를 아느냐고 물었다. 내가 식당에서 나올 때 삼촌은 그 시의 첫 구절을 숙모님 앞에서 막 읊는 참이었다.

나는 손에 플로린(2실링짜리 은화)을 꼭 쥐고 버킹엄 가를 따라 역쪽으로 성큼성큼 걸어갔다. 가스등불로 훤하니 밝은 거리에 물건을 사러 나온 사람들이 북적대는 모습을 보자 내가 이렇게 길을 나선 목적이 다시금 새삼스레 느껴졌다. 나는 텅 빈 기차의 3등 칸에 올라탔다. 한참을 꾸물거리고 나서야 기차는 역을 천천히 빠져나갔다. 기차는 거의 허물어질 듯한 집들 사이를 지나 반짝이는 강물 위를 마치 기어가듯 느리게 지나고 있었다. 웨스트랜드 로路 정거장에서 한 무리의 사람들이 몰려들어 객차의 문짝을 밀치면서 타려고 했지만, 역무원들은 이 기차는 바자회로 가는 특별열차라고 하면서 이들을 제지했다. 나는 텅 빈 객차를 그렇게 혼자 타고 갔다. 얼마 후에 기차는 임시로 만든 나무 플랫폼에 멈춰 섰다. 나는 얼른 기차에서 내려 길로 나왔는데 거리의 불빛을 받은 시계는 10시 10분 전을 가리키고 있었다. 그리고 내 바로 앞에는 커다란 건물 하나가 그 신비스런 이름을 내보이며 우뚝 서 있었다.

아무리 찾아봐도 6페니 입장료가 붙어 있는 입구가 보이지 않아 혹 바자회가 끝난 것은 아닌가 덜컥 걱정이 되는 바람에, 따분한 표정으로 회전문을 지키고 있는 어떤 사람에게 얼른 1실링을 주고 안으로 들어갔다. 안에는 널따란 홀이 있었고 중간쯤 되는 높이에 어느 회랑에서 내건 휘장이 길게 걸려 있었다. 거의 모든 점포들이 문을 닫은 상태였고 홀의 대부분은 어두컴컴했다. 마치 성당에서 예배를 막 마치고 난 뒤에 감도는 정적 같은 느낌을 받았다. 나는 멈칫거리며 바자회장 가운데로 걸어갔다. 아직 문을 닫지 않은 점포 주변에는 꽤 사람들이 모여 있었다. '카페 샹탕'이라고 색색의 전구로 간판을 달아놓은 점포의 커튼 앞에서 남자 두 명이 쟁반 위에 동전을 놓고 세고 있었다. 나는 그 동전 떨어지는 소리에 정신이 팔려 있었다.

그러다 내가 여기에 왜 왔는지 겨우 정신을 차리고는 한 점포에 들러 도자기 꽃병들과 꽃무늬가 수놓아진 찻잔 세트들을 유심히 살펴보았다. 그 점포 문간에서 어떤 젊은 여자가 젊은 사내 두 명과 농담을 주고받는지 시시덕거리고 있었다. 나는 그들의 말씨가 영국식 억양이라고 생각하면서 막연히 그들의 이야기를 흘려듣고 있었다.

"아이, 내가 언제 그런 말을 했어요!"

"아니, 했다니까요!"

"아이, 안 했다니까요!"

"너도 들었지?"

"응, 나도 들었어."

"이런……, 말도 안 돼!"

나를 보더니 그 젊은 여자는 다가와서 사고 싶은 게 뭐냐고 물었으나, 적극적으로 물건을 팔고 싶어하는 말투가 아니었다. 그냥 의무감에 마지못해 하는 말처럼 들렸다. 나는 그 매점의 어두컴컴한 입구 양편에 마치 동방의 파수병 같은 모습으로 서 있는 커다란 항아리 두 개를 슬며시 쳐다보며 우물거리듯 말했다.

"아뇨, 됐어요."

그 젊은 여자는 꽃병 하나를 옆으로 옮겨놓고는 다시 두 젊은 사내들에게로 갔다. 그들은 아까 하던 말다툼을 계속했다. 한두 번인가 그 젊은 여자는 어깨너머로 나를 흘깃 쳐다보았다.

그래 봤자 별 소용없다는 걸 알면서도 짐짓 정말로 물건을 살 것같이 보이려고 나는 그녀의 점포 앞에서 왔다갔다했다. 그러다가 천천히 발길을 돌려 바자회장 한가운데로 걸어갔다. 나는 손에 쥐고 있던 1페니짜리 동전 두 닢을 주머니 안에 있는 6펜스 동전 위에다 떨어뜨렸다. 회랑 한쪽 끝에서 불을 끈다는 목소리가 들려왔다. 홀 위쪽은 이제 완전히 깜깜해졌다.

깜깜한 홀의 천장 쪽을 쳐다보고 있노라니 내 자신이 허영심에 사로잡혀 농락만 당한 얼뜨기 같다는 생각이 밀려왔다. 그러자 눈이 확 뜨거워지면서 울화와 분노 같은 게 치밀어 올라왔다.

이블린

그녀는 창가에 앉아 어둠이 내리고 있는 가로수 길을 내려다보고 있었다. 그녀는 창가의 커튼에 머리를 기대고 있었는데, 먼지 낀 크레톤 냄새가 기분 나쁘게 코를 찔렀다. 그녀는 피곤했다.

지나가는 사람은 별로 없었다. 제일 끝 집에서 나온 한 남자가 귀갓길을 재촉하며 지나갔다. 콘크리트 바닥을 울리는 그의 구두 소리가 들려오다가 새로 지은 빨간색 집들 앞에 재를 깔아놓은 길을 밟고 가는 바삭거리는 소리가 이어졌다. 옛날 한때 그곳은 들판이어서 저녁마다 마을 사람들이 아이들과 어울려 놀던 곳이었다. 그러다 벨파스트에서 온 어떤 사람이 그 땅을 사서 거기에 집을 몇 채 지었는데, 마을의 다른 집들처럼 갈색으로 아담하게 지은 것이 아니라 번쩍거리는 지붕을 얹은 밝은 색 벽돌집이었다. 그 동네 아이들은 그 들판에서 같이 뛰어놀곤 했다. 더바인네 아이들, 워터네 아이들, 던네 아이들, 발을 저는 꼬마 키오, 그리고 그녀와 그녀의 남매들이 그들이었다. 그렇지만 어니스트는 절대로 같이 어울리지 않았다. 사실 같이 놀기에는 너무 덩치가 컸다. 때때로 그녀의 아버지는 자두나무로 만든 지팡이를 휙휙 휘두르며, 노는 아이들을 집 안으로 몰아넣곤 했다. 그렇지만 꼬마 키오가 늘 망을 보고 있다가 그녀의 아버지가 오는 모습이 보이면 큰 소리로 신호를 보내주었다. 그래도 그때 그 시절이 오히려 행복했던 것 같았다. 그때만 해도 그녀의 아버지가 지금처럼 저렇게 피폐한 위인은 아니었다. 더구나 어머니도 살아 계셨으니 말이다. 오래전의 일이다. 그녀와 그녀의 남매들이 모두 다 컸다 싶었을 때 그녀의 어머니가 세상을 떠났다. 티지 던도 죽었고, 워터네 사람들은 영국으로 돌아가 버렸다. 모든 것이 다 변하고 있었다. 이제는 그녀마저 다른 사람들과 마찬가지로 고향집으로부터 멀리 떠나려 하고 있었다.

"아, 우리 집!"

그녀는 방 안을 한 번 빙 둘러보았다. 정들었던 방 안의 물건들을 한 번 둘러보자니, 매주마다 한 번씩 도대체 그 많은 먼지들이 어디서 생기는 건가 하면서 먼지를 털어내던 일들이 새삼 떠올랐다. 그녀는 이제 정말 헤어지리라고는 꿈에도 생각지 못했던 이 정든 물건들을 다시는 보지 못할지도 모를 일이다. 그렇지만 그 오랜 세월을 지나면서도 성녀 마거릿 메리 엘러코크 앞에 맹세한 채색 판화로 만든 서약문 바로 옆에 놓인 망가진 풍금 위의 벽면에 걸려 있는, 누렇게

빛 바랜 사진 속 신부의 이름이 무엇인지 아직도 알아내지 못하고 있었다. 그 신부는 그녀 아버지의 학창 시절 친구였다. 그녀의 아버지는 손님을 맞을 때면 항상 그 사진을 보여주면서도 그가 누구인지에 대해 언제나 어정쩡한 말로 넘어가곤 했다.

"그는 지금 멜버른에 살지요."

그녀는 고향에서 멀리 떠나자는 말에 동의를 한 상태였다. 그게 현명한 짓이었을까? 그녀는 이렇게도 생각해보고 저렇게도 생각해보았다. 집에 있으면 먹고 자고 하는 것은 걱정 없다. 그리고 평생 동안 잘 알고 지내온 사람들이 함께 있다. 물론 열심히 일을 하기는 해야한다. 집에서든 일터에서든. 어떤 놈팡이를 따라 도망쳐버렸다는 것을 알았을 때 잡화점 사람들은 과연 뭐라고 쑥덕댈까? 나더러 바보라고 하겠지. 아마 그럴 거야. 그리고 구인 광고를 내서 빈자리를 채우겠지. 거번, 그 여자는 좋아라 하겠지. 늘 나를 못 잡아먹어 안달이었으니까. 특히 사람들이 옆에 있을 때는 항상 그랬으니까.

"미스 힐, 여기 아주머니들이 기다리는 게 안 보여요?"

"정신 좀 차려요, 미스 힐, 제발 좀!"

잡화점을 그만두는 건 별로 가슴 아파할 일이 아니었다.

그러나 낯선 먼 타지에서의 새로운 생활은 사정이 다를 것이다. 아마 그때는 결혼한 몸이 되어 있을 것이리라. 이블린이라는 여자가 말이다. 그러면 사람들이 정중히 대해주리라. 어머니같이 그런 대접은

받지 않으리라. 그녀는 열아홉이 넘었지만 아직도 가끔은 아버지가 폭력을 휘두르지는 않을까 하는 두려움에 떨 때가 있었다. 가슴이 울렁대는 증세도 그 때문에 생겼다는 것을 그녀는 알고 있었다. 그들 남매가 성장하면서 아버지는 해리나 어니스트에게는 자주 손찌검을 하면서도 딸이라서 그런지 그녀에게는 한 번도 그런 적이 없었다. 그렇지만 최근에 와서 아버지는 그녀를 봐주는 것은 죽은 어머니를 생각해서 그런 거라고 하면서 넌지시 위협을 하기 시작했다. 그리고 이제는 그녀를 보호해줄 사람이라곤 아무도 없었다. 어니스트는 이미 죽었고, 교회 장식일을 하고 있는 해리는 거의 매일 마을 어딘가에 나가 있었다. 게다가 토요일 밤만 되면 빠지지 않고 돈 문제 때문에 옥신각신 입씨름을 해야만 하는 것도 이루 말할 수 없이 진절머리 나는 일이었다. 그녀는 언제나 벌어온 돈 7실링을 아버지에게 몽땅 바쳤고, 해리도 여력이 되는 대로 꼬박꼬박 돈을 부쳐왔지만 아버지에게서 돈을 타내려면 어지간히 말썽이 생겼다. 아버지는 그녀더러 돈을 물 쓰듯 한다는 둥, 도대체 생각이 없다는 둥, 어렵게 번 돈을 그냥 길에다 뿌리고 다니라고 내줄 것 같으냐는 둥, 별의별 이야기를 다 늘어놓곤 했는데, 토요일 밤이면 아버지는 대개 술에 곤드레만드레 취해 있었다. 그러다가 결국 돈을 내어주면서 다음날 저녁 장거리나 좀 봐올 거냐고 묻곤 했다. 그러면 그녀는 있는 힘을 다해 쏜살같이 달려나가 장을 봐야만 했고, 까만 가죽 지갑을 꼭 움켜쥔 채 사람들 사이를 팔꿈치로 헤치고 다니다 밤늦게야 찬거리를 가득 이고 집으로 돌아왔다. 집안일을 돌보며 그녀에게 맡겨진 두 동생들을 시간에 맞춰 학교에 보내고, 또 제때 식사를 하도록 챙겨주는 것은 여간 힘든 일이 아니었다. 그건 힘든 일이었다. 아니, 고달픈 삶이었다. 그러나 막상 그런 생활에서 떠나려 하니 그게 그렇게 하기 싫은 일만은 아니라는 생각도 들었다.

그녀는 이제 막 프랭크와 함께 새로운 삶을 꾸리려 하고 있었다. 프랭크는 매우 자상하고 남자다웠으며 마음이 넓었다. 그녀는 이제 밤배를 타고 그와 함께 떠날 참이었다. 그의 아내가 되어 그녀를 위해 그가 마련해둔 집이 있는 부에노스아이레스에서 함께 살 계획이었다. 프랭크를 처음 만났던 때를 그녀는 생생히 기억한다. 그는 그녀가 자주 지나다니던 큰길가에 있는 어느 집에서 하숙을 하고 있었다. 마치 몇 주 전 일인 것만 같다. 그는 대문 옆에 서 있었는데, 머리에 쓴 뾰족한 모자가 머리 뒤로 젖혀진 채로 머리칼은 구릿빛 얼굴 위로 흘러 내려와 있었다. 그때부터 두 사람은 서로 사귀게 되었다. 그는 저녁마다 잡화점 밖에서 기다리다 그녀를 만났고 항상 집까지 바래다주었다. 또한, 그녀를 데리고 〈보헤미안 처녀〉라는 오페라를 보러 갔는데, 처음 가보는 극장 안에 그와 함께 앉아 있으려니 그녀는 하늘을 나는 기분이었다. 그는 음악을 무척이나 좋아했으며, 노래도 제법 잘 불렀다. 두 사람이 사랑하는 사이라는 것을 사람들도 알게 되었고, 그가 선원을 사랑하는 어린 소녀에 관한 노래를 부를 때면 그녀는 언제나 황홀감에 젖었다. 그는 곧잘 그녀를 포펜스라고 부르면서 장난을 치곤 했다. 무엇보다 그녀에게도 남자가 생겼다는 사실이 가슴을 뛰게 만들었으며 그러자 그가 더욱 좋아지기 시작했다. 그는 먼 나라들의 여러 이야기를 알고 있었다. 그는 캐나다로 가는 앨런 선박회사 소속의 어떤 배에서 월급 1파운드를 받는 갑판 청소부로 일을 시작했다고 했다. 그는 자기가 타보았던 배들과 여러 선박회사들의 이름도 가르쳐주었다. 마젤란 해협을 지난 적도 있었다고 했고, 무시무시한 파타고니아 족들에 관한 이야기도 들려주었다. 그러다 부에노스아이레스에 정착하게 되었는데, 휴가 삼아 잠시 고국을 찾은 것이라고 했다. 물론 그녀의 아버지는 두 사람의 일을 알게 되자, 다시는 그와 말하지 말라고 그녀에게 엄포를 놓았다.

"그런 뱃놈들 속을 내가 다 알지."

하루는 아버지가 프랭크와 말다툼을 한 적이 있었는데, 그 후로 그녀는 프랭크를 몰래 만나야만 했다.

내려다보이는 거리에는 점점 더 짙은 어둠이 스며들고 있었다. 그녀의 무릎 위에 놓인 하얀 편지 두 통도 어둠에 묻혀 잘 보이지 않았다. 한 통은 해리에게 남기는 것이었고, 다른 한 통은 아버지에게 쓴 편지였다. 그녀는 어니스트를 가장 아꼈지만 해리도 역시 좋아했다. 최근에는 아버지가 부쩍 늙어 보인다는 생각이 들었다. 내가 떠나버리면 이 딸을 그리워하겠지. 아버지도 무척 자상할 때가 있긴 있었다. 얼마 전 그녀가 몸이 아파 하루 종일 누워 있을 때에는 곁에서 유령 이야기를 읽어주기도 하고, 손수 토스트를 구워주기도 했다. 또하루는, 그때는 어머니도 살아 계실 때인데, 가족 모두가 호스 동산으로 소풍을 간 적이 있었다. 그때 아버지가 어머니의 모자를 쓰고서 애들을 웃기던 일도 생각이 났다.

시간은 그렇게 빠르게 흘러가고 있었지만, 그녀는 여전히 커튼에 머리를 기댄 채 창가에 앉아 있었다. 매캐한 크레톤 냄새는 그녀의 가슴 깊숙이 파고들고 있었다. 저 멀리서 길거리 악사가 연주하는 풍금 소리가 들려왔다. 귀에 익은 멜로디였다. 하필 오늘 같은 밤에 저 음악 소리가 들려오면서 어머니와 한 약속, 할 수 있을 동안은 오래도록 집안 살림을 보살피겠다고 한 어머니와의 그 약속이 다시금 떠오르는 것은 정말 묘한 일이었다. 그녀는 어머니가 임종하던 그날 밤이 생각났다. 그날도 그녀는 거실 맞은편에 있는 어둡고 답답한 방안에 있었는데, 창밖에서 구슬픈 이탈리아 곡조가 들려오고 있었다. 아버지는 6페니를 쥐어주면서 그 풍금 치는 사람을 멀리 쫓아버렸다. 아버지가 으쓱대며 병실로 다시 들어서면서 했던 말이 새삼 떠올랐다.

"우라질 이탈리아 놈들! 감히 여기가 어디라고 와!"

이런 생각에 잠겨 있으려니 어머니의 가여운 일생이 눈앞에 어른거리면서 살아생전의 어머니 모습이 스쳐 지나갔다. 한평생 묵묵히 희생만 하다가 결국에는 정신이 돌아버린 어머니의 삶이었다. 멍한 표정으로 끈덕지게 외치던 어머니의 목소리가 귓전을 울리면서 그녀는 몸서리가 쳐졌다.

"데러본 세라온! 데러본 세라온!"

갑자기 두려움이 왈칵 치밀자 그녀는 벌떡 일어섰다. 벗어나자! 그래, 벗어나야 한다! 프랭크가 나를 구해줄 거야! 새로운 삶을, 그리고 사랑도 주리라. 난 제대로 살고 싶어. 왜 내가 불행해야만 한단 말인가? 행복할 권리는 내게도 있어. 프랭크가 나를 안아주겠지, 가슴 깊이. 그가 나를 구해주리라.

*

그녀는 노스 월 선착장에서 이리저리 북적대고 있는 사람들 사이에 끼어 있었다. 프랭크가 자신의 손을 꼭 잡고서 이야기하고 있다는 것을 그녀는 깨닫고 있었다. 그는 앞으로 있을 항해에 대한 이야기를 하고 또 했다. 선착장은 갈색 군장을 둘러멘 군인들로 넘쳐났다. 널따란 창고의 문틈 사이로 엄청나게 커 보이는 시커먼 덩치리 같은 배 한 척이 언뜻 보였는데, 부두를 따라 드러누운 듯 길게 정박하고 있는 배의 선창들 사이로 불빛이 훤하게 비치고 있었다. 그녀는 아무

대답도 하지 않았다. 뺨이 싸늘하게 굳으면서 창백해진다는 느낌이 들었다. 그녀는 답답하고 괴로운 마음을 어찌해야 할지 몰라 하늘에다 대고 자기를 인도해주시고 어떻게 해야 하는지를 가르쳐달라고 기도했다. 타고 갈 배는 구슬피 우는 듯한 뱃고동 소리를 안개 속으로 길게 토해냈다. 그냥 이대로 떠난다면 내일은 부에노스아이레스로 가는 증기선에 프랭크와 함께 타고 있을 것이다. 승선도 이미 예약되어 있었다. 그녀를 위해 모든 것을 다했던 프랭크인데 이제 와서 안 가겠다고 해도 되는 걸까? 머리가 너무 아픈 나머지 그녀는 속까지 메스꺼워졌지만 그러면서도 쉬지 않고 움직이고 있는 입술은 소리 없는 기도를 열심히 올리고 있었다.

어디선가 종소리가 한 번 울렸는데, 그 소리는 마치 심장을 때리는 것 같았다. 프랭크가 자기의 손을 꽉 붙잡는 걸 그녀는 느꼈다.

"자, 가자!"

이 세상의 모든 바다가 그녀의 심장을 덮쳐왔다. 프랭크가 그 바다 속으로 그녀를 끄집어 들어가고 있었다. 마치 그녀를 물 속에서 익사시킬 작정인 것 같았다. 그녀는 두 손으로 쇠난간을 움켜잡았다.

"가자니까!"

안 돼! 안 돼! 안 돼! 이래서는 안 돼. 그녀는 미친 듯이 쇠난간을 부여잡았다. 그녀의 고통스런 비명 소리가 바다 한가운데에서 메아리치고 있었다.

"이블린! 이비!"

프랭크가 개찰구 저 너머로 달려가서 그녀에게 따라오라고 불렀다. 길을 막지 말고 앞으로 움직이라고 사람들이 고함을 쳐도 프랭크는 계속 그녀를 부르고 있었다. 프랭크를 쳐다보는 그녀의 얼굴은 백짓 장같이 하얗게 변했다. 마치 돌봐줄 이 하나 없는 버림받은 가여운 동물의 표정이었다. 그를 쳐다보는 그녀의 눈길에는 사랑도 작별의 아쉬움도 담겨 있지 않았다. 그냥 낯선 사람 하나를 쳐다보고 있었다.

경주가 끝난 뒤

경주용 자동차들이 횡대로 줄을 지어 푹 파인 나스 로路를 따라 더 블린을 향해 쏜살같이 질주해 들어왔다. 인치코어 언덕의 고갯마루 에는 벌써부터 구경꾼들이 떼로 몰려나와 결승점으로 속속 들어오는 자동차들을 구경하고 있었다. 이 가난하고 무기력한 마을의 길 한복 판을 유럽 대륙의 부와 산업의 상징이 내달리고 있었던 것이다. 이따 금 구경꾼들은 억눌린 감정을 발산이라도 하는 듯한 환호성을 질러 대기도 했다. 그렇지만 그들의 환호는 파란색 자동차, 바로 그들의 친구 나라인 프랑스 선수들 차를 응원하는 소리였다.

더구나 프랑스 팀이 사실상 우승을 한 거나 다름없었다. 그들은 멋 진 단합을 보여주며 훌륭한 성적을 거두었다. 그들은 2위와 3위를 차 지했으며, 1등을 한 독일 차를 몰았던 선수는 벨기에 사람이라는 이 야기가 나돌았다. 그러므로 파란색 경주차들이 한 대씩 고갯마루로 올라왔을 때 모두 두 바퀴씩 돌면서 갈채를 받았는데, 자동차에 탄

선수들은 환한 웃음을 지으며 목례로 사람들의 환호에 답했다. 아주 맵시 있게 만들어진 이들 자동차 중 한 대에는 한 팀을 이룬 청년들 넷이 타고 있었는데, 프랑스 사람들이 그처럼 즐거워하는 모습은 다시 보기 어려울 정도로 그들은 한창 신이 나 있었다. 사실 이 네 명 젊은이들은 한껏 들떠 있었다. 그들은 차주인 샤를 세구앵, 캐나다 출신의 전기 기술자인 앙드레 리비에르, 그리고 덩치가 큰 헝가리 청년인 빌로나와 말쑥한 차림새의 도일이라는 청년이었다. 세구앵은 뜻하지 않은 주문을 미리 받은 터라 흐뭇해 있었고—그는 곧 파리에 자동차회사를 차리려는 중이었다—, 리비에르는 그 세구앵의 회사 지배인으로 내정되었기 때문에 기분이 좋았다. 게다가 프랑스 자동차들의 성적이 좋았기 때문에 이 두 청년은—그들은 사촌간이었다—더 기분이 좋았다. 빌로나가 기분이 좋았던 이유는 점심을 아주 푸짐하게 먹었기 때문이기도 하지만 천성적으로 낙천주의자이기도 했다. 그렇지만 그들 중 네 번째 청년은 너무나 흥분한 나머지 기쁜 줄도 몰랐다.

그는 나이가 스물여섯 살 안팎이었고, 연한 갈색의 부드러운 콧수염에다 다소 순진해 보이는 회색 눈동자를 갖고 있었다. 그의 아버지는 처음 사회 생활을 할 때에는 열렬한 민족주의자였지만 일찌감치 생각을 바꾼 사람이었다. 그는 킹스턴에다 푸줏간을 열어서 돈을 벌었는데, 그 후로 더블린과 근교에다가 가게들을 차려서 재산을 몇 배나 더 늘렸던 것이다. 또한 운까지 잘 따라서 경찰청 납품 건수까지 챙기게 되었고, 나중에는 더블린의 신문들이 그를 호상豪商으로 대접할 정도로 큰 부자가 되었다. 그는 아들을 영국으로 유학 보내 유명한 가톨릭계 대학에서 공부시켰으며, 그 후 다시 더블린 대학에 보내 법학을 공부하게 했다. 지미는 그다지 열심히 공부하지 않았고 잠시 나쁜 길로 빠진 적도 있었다. 그는 돈도 있고 인기도 좋았다. 그는 자신의 시간을 둘로 나누어 음악과 자동차 경주 서클 활동에 심취했다. 그러다 한 학기 동안은 케임브리지로 보내져 세상 물정도 좀 배웠다. 그의 아버지는 겉으로는 못마땅한 듯했지만, 내심 아들의 이런 행실을 대견하게 생각하던 터라 아들의 빚을 다 갚아주고는 다시 집으로 데려왔다. 그가 세구앵을 만난 것은 바로 케임브리지에 있을 때였다. 두 사람은 아직 서로 안면이 있는 정도에 지나지 않았지만, 지미에게는 세상 물정에 훤하고 또 프랑스에서 가장 큰 호텔을 몇 개씩이나 가지고 있다는 인물과 사귀는 것은 큰 즐거움이었다. 이런 사람이라면, 설령 인간적인 매력이 없다고 해도 사귀어둘 만한 가치가 충분히 있었다—이 점은 그의 아버지 생각도 똑같았다—. 빌로나도 역시 재미있는 인물이었는데, 그의 피아노 연주 솜씨는 아주 멋졌다. 하지만 불행하게도 그는 매우 가난했다.

자동차는 기쁨에 들떠 있는 청년들을 태우고 신나게 달리고 있었다. 사촌지간인 두 사람이 앞자리에 앉았고 지미와 헝가리 친구는 뒷자리에 앉았다. 빌로나는 하는 모양새로 보아 정말 기분이 좋은 것 같았다. 그는 몇 마일을 달리는 동안 쉬지 않고 목소리를 쫙 깔아 콧노래를 흥얼대고 있었다. 두 프랑스 청년은 가벼운 농담을 어깨너머로 웃음과 함께 던졌고, 지미는 빠른 그들의 말을 알아듣기 위해 자주 몸을 앞좌석 쪽으로 쭉 내밀어야만 했다. 이건 그로서도 전혀 유쾌한 일이 아니었다. 거의 그럴 때마다 대충 말뜻을 짐작하고는 세차게 얼굴을 때리는 바람에다 대고 소리를 쳐대며 적당한 대답을 해야 했기 때문이었다. 게다가 빌로나가 흥얼거리는 소리도 모두에게 방해가 되는데다가 달리는 자동차의 소음도 시끄럽기는 마찬가지였다.

빠른 속도로 공간을 질주하다 보면 우리는 기분이 좋아진다. 큰 인기를 누릴 때도 마찬가지다. 그리고 돈이 생겨도 역시 그렇다. 지미를 흥분시키고 있는 것도 바로 이 세 가지였다. 그날 유럽 대륙의 이 친구들과 그가 친하게 어울리는 모습을 그의 많은 친구들도 보았다. 자동차 경주 정비구역에서는 세구앵이 다른 프랑스 선수 한 명에게 그를 소개해줬는데, 당황하여 뭐라고 중얼거리면서 인사말을 하는 그에게 그 상대방 선수는 검게 그을린 얼굴에 새하얀 이를 드러내며 웃음으로 답했다. 그런 우쭐한 시간을 가진 뒤에 서로 밀치며 먼저 보려고 야단법석을 떨고 있는 속된 구경꾼들 앞에 나서는 것은 기분 좋은 일이었다. 그리고 돈으로 말하자면, 아주 상당한 돈을 자기 마음대로 주무를 수 있었다. 세구앵은 아마 그 정도 돈을 큰돈이라고 생각하지 않을지 모르겠지만, 잠시 실수를 몇 번 한 적이 있긴 해도 부친의 착실한 성품을 그대로 이어받은 지미였기에 그 돈이 얼마나 애써서 모은 돈인지 잘 알고 있었다. 이런 생각 덕분에 이전에 그가 남에게 돈을 빌릴 적에도 항상 분수를 벗어나지는 않았으며, 머리를 써 좀더 쉽게 돈을 버는 사업을 해보면 어떨까 하는 생각이 잠시 들었을 때도 돈에 담겨 있는 노동의 가치를 그토록 생각하던 그였으니, 지금 거의 전 재산을 걸려고 하는 이 마당에 그것을 얼마나 더 깊이 생각하고 있겠는가! 그것은 그에게 아주 중대한 문제였다.

물론 그 투자는 잘되었고, 세구앵은 몇 푼 안 되는 아일랜드 사람의 돈을 자기 회사 자본으로 받아들인 건 바로 우정의 표시라는 것을 애써 드러내 보였다. 지미는 아버지의 날카로운 사업 수완을 존경하고 있었으며, 이번 경우도 투자를 먼저 권유한 사람은 다름 아닌 바로 그의 아버지였다. 자동차 사업이 돈이 될 거라는 것이었다. 그것도 아주 큰돈을 벌 수 있을 거라고 했다. 게다가 세구앵은 틀림없이 큰 부자같이 보였다. 지미는 지금 자기가 타고 있는 이 호화스런 차를 만들려면 며칠이 걸리는지 헤아려보기 시작했다. 달리는 기분은 얼마나 경쾌했던가! 시골길을 쏜살같이 질주하던 그 모습은 또 얼마나 멋있었던가! 그들의 질주는 마치 생명을 요동치게 하는 신비한 마법이었고, 그들의 온 신경은 쏜살같이 내달리는 이 파란 짐승의 뜀박질을 따라 춤을 춰댔다.

그들은 데임 가로 내달렸다. 그날따라 거리는 차량들로 혼잡했는데, 운전자들이 눌러대는 경적 소리와 성질 급한 전차 운전기사들이 쳐대는 종소리로 귀가 따가웠다. 은행 근처에 이르자 세구앵은 차를 세웠고 지미와 그의 친구는 차에서 내렸다. 인도엔 꽤 많은 사람들이 몰려들어서 부르릉거리는 자동차를 부러운 눈초리로 바라보았다. 그들 일행은 그날 저녁 세구앵의 호텔에서 식사를 하기로 되어 있었기 때문에, 잠시 후 지미와 그의 집에 함께 머물고 있는 친구는 옷을 갈아입으러 함께 집으로 갔다. 자동차는 그래프튼 가를 향해 서서히 움직이고 있었고, 한편 두 젊은이는 구경꾼들 사이를 헤치며 걸어갔다. 두 사람은 북쪽으로 걸어가고 있었는데 이상하게도 차에서 내려 걷는 게 좀 섭섭한 느낌이 들었다. 그들 머리 위로 여름날 저녁의 옅은 안개 속에 둥근 가로등들이 창백한 불빛을 흘리고 있었다.

지미의 집에서는 이날 저녁 식사를 집안의 중대한 행사로 받아들이고 있었다. 양친의 들뜬 모습에는 자긍심 같은 것도 배어 있었고, 또 너무 열성적이다 보니 주체를 못하는 면도 있었다. 사실 외국의 유명 대도시들은 이름만 들어도 이처럼 주눅들게 하는 그 무엇이 있었다. 지미도 정장을 차려입으니까 아주 멋졌다. 그가 현관에 서서 나비넥타이에 마지막 손질을 하고 있는 모습을 보면서 그의 아버지는 돈으로도 얻을 수 없는 훌륭한 자질을 아들에게 갖추게 했다는 사실을 생각하며 아마 그간 아들에게 투자한 돈이 하나도 아깝지 않다는 생각이 들었을 것이다. 그래서 그의 아버지는 빌로나에게 평소에 볼 수 없는 환대를 하며 그의 소양에 대해 진정으로 존중하는 태도를 보였다. 그러나 그 집 가장이 이렇게 세심하게 대접을 하는데도 이 헝가리 친구는 별 반응이 없었다. 그의 마음은 온통 그날 저녁 식사만 기다리고 있는 중이기 때문이었다.

　그날 만찬은 아주 멋지고 고상했다. 지미는 세구앵이 아주 멋진 취향을 가진 사람이라고 생각했다. 그 파티에는 라우스라는 영국인 청년 한 명이 더 끼어 있었는데, 지미가 케임브리지에 있을 때 세구앵과 함께 만난 적이 있는 사람이었다. 젊은이들은 전등불이 환히 켜진 아늑한 방에서 식사를 했다. 그들은 서로 거리낌없이 대화를 나누었다. 갖은 상상을 다 해보던 지미는 프랑스 친구들의 젊은 활력과 영국인 친구의 절제된 품위가 우아하게 어우러지는 생각을 해보았다. 바로 자신이 원하는 바로 그 모습이라는 생각이 들었다. 그는 대화를 이끌어나가는 세구앵의 그 능숙한 화술이 정말 존경스러웠다. 다섯 청년의 취미는 무척이나 다양했고 모두들 청산유수로 떠들어댔다. 빌로나는 대단히 정중한 태도로 영국 마드리갈(madrigal, 16세기 르네상스 시대의 세속음악)의 아름다움을 장황하게 늘어놓으면서 옛 악기들이 사라져버린 것을 한탄해 마지않았는데, 정작 영국인 친구는 다소 의외라는 듯한 표정이었다. 리비에르는 다소 의도적으로 지미의 이야기를 받아 프랑스 기술공들의 우수성을 늘어놓았다. 헝가리 친구인 빌로나가 아주 우렁찬 목소리로 낭만파 화가들의 그림에서 볼 수 있는 류트(lute, 르네상스 시대에 유럽에서 쓰이던, 만돌린 비슷하게 생긴 현악기)는 정말 터무니없이 엉터리라고 막 떠들어대자, 세구앵이 화제를 정치 쪽으로 돌려버렸다. 정치는 모두 다 관심이 있는 분야였다. 이런저런 이야기를 듣다 보니 지미는 아버지의 못다한 정치적 야망이 자신의 가슴속에서 꿈틀대는 것을 느꼈으며, 마침내는 조용히 있는 라우스까지 흥분하게 만들었다. 방 안의 열기는 점점 더 뜨거워지고 대화를 이끄는 세구앵의 주인 역할도 점점 더 어려워졌다. 심지어 인신공격까지 할 분위기였다. 그러자 눈치 빠른 세구앵은 인류를 위해 축배를 들자고 했고, 다들 쭉 들이킨 후에는 이쯤에서 대화를 그만두자는 뜻으로 창문 하나를 활짝 열어젖혔다.

그날 밤 그 도시는 대도시다운 면모를 보여주었다. 이 다섯 청년은 향긋이 감싸는 은은한 담배 연기 속에서 스티븐스 그린 공원을 따라 어슬렁어슬렁 거닐고 있었다. 그들은 망토를 휘날리며 아주 큰 소리로 즐겁게 떠들어댔다. 사람들은 그들을 피했다. 그래프튼 거리의 한 모퉁이에서 키가 작달막한 뚱뚱보 사내가 잘빠진 여자 둘을 또 다른 뚱보 사내 한 명이 앉아 있는 자동차에 태우고 있었다. 차가 떠나고 난 뒤 그 작달막한 사내가 일행을 보더니만 소리쳤다.

"앙드레!"

"파알리 아냐?"

갑자기 이야기가 쏟아졌다. 파알리는 미국인이었다. 무슨 이야기인지 그 내용을 정확히 아는 사람은 아무도 없었다. 빌로나와 리비에르가 제일 많이 떠들었지만 흥이 올라 있기는 모두 마찬가지였다. 그들은 자동차 하나를 잡아타고 꼭 끼어 앉은 채 열심히 웃고 떠들었다. 그들이 탄 차는 군중 사이를 지나갔다. 사람들은 형형색색으로 흩어지며 멀어지고 있었다. 즐거운 종소리가 점점 다가왔다. 그들은 웨스트랜드 로路 역에서 기차를 잡아타고 순식간에—지미에게는 그렇게 느껴졌다—킹스타운 역을 빠져나오고 있었다. 차표를 받는 사람이 지미에게 인사를 했다. 나이 많은 늙은이였다.

"안녕하세요, 선생님!"

맑게 갠 여름밤이었다. 발 아래에 펼쳐진 항구는 마치 깜깜한 거울 같았다. 그들은 서로 팔을 끼고 〈카데트 루셀〉(Cadet Roussel, 18세기 말에 생긴 프랑스 민요)을 합창하며 항구를 향해 걸었다. 그들은 후렴을 부를 때마다 발을 쿵쿵 굴렀다.

"호! 호! 호에! 브라망!"

그들은 조선대造船臺에서 보트를 타고 노를 저어 그 미국인의 요트로 갔다. 그곳에서 저녁 식사를 하고 음악을 즐기며 카드놀이도 할 참이었다. 빌로나가 자신 있게 말했다.

"신나겠구먼!"

선실 안에는 요트용 피아노가 있었다. 빌로나가 왈츠 곡을 연주하고 파알리와 리비에르는 음악에 맞춰 춤을 췄는데, 파알리가 남자 역을, 리비에르는 여자 역을 했다. 그 다음에는 즉흥 스퀘어댄스를 췄는데, 두 사람 모두 제각기 자기 멋대로 춤을 췄다. 정말 즐겁게들 춤췄다. 지미도 신이 나서 춤에 끼어들었다. 적어도 이 정도는 되야 사는 멋을 아는 거다. 그러다 파알리가 숨을 헐떡거리면서 "그만!" 하고 소리쳤다. 한 남자가 가벼운 요리를 내오자 젊은이들은 예의상 그 앞에 앉았다. 그러나 술들은 마셨는데 보헤미안산産 술이었다. 그들은 아일랜드, 영국, 프랑스, 헝가리, 그리고 미국을 위해 건배를 했다. 지미가 일장 연설을 했다. 잠시 말을 쉴 때마다 빌로나가 "자 자, 들어봐요! 들어봐!" 하고 말했다. 지미가 연설을 끝내고 자리에 앉았을 때 박수갈채가 터져 나왔다. 지미가 멋진 연설을 한 게 틀림없었다. 파알리가 그의 등을 가볍게 두드리면서 큰 소리로 웃었다. 정말 유쾌한 젊은이들이었다! 또한 참으로 좋은 친구들이었다!

"카드! 카드!"

식탁이 말끔히 치워졌다. 빌로나는 조용히 피아노로 돌아가 그들을 위해 피아노 독주곡을 연주했다. 나머지 청년들은 카드놀이에 푹 빠져서 판이 돌면 돌수록 더욱 대담해지면서 커지고 있었다. 그들은 하트의 여왕과 다이아몬드의 여왕을 위해 건배를 들었다. 지미는 재미있는 이야기를 쏟아냈지만 별로 귀담아 들어주는 사람도 없는 듯했다. 판이 점점 더 커지면서 어음이 오가기 시작했다. 지미는 누가 따고 있는지는 확실히 몰랐지만 자기가 잃었다는 것은 알았다. 그렇지만 누굴 탓할 일이 아니었다. 종종 자기 패를 잘못 판단하는 바람에 다른 사람들에게 자신의 차용증을 내놓아야만 했기 때문이었다. 정말 죽여주게 재미있는 친구들이었다. 하지만 이제는 그만했으면 싶었다. 밤도 점점 깊어가고 있었다. 누군가가 '뉴포트의 미녀'라는 그 배의 이름을 부르면서 건배를 들자고 했다. 그러자 누가 크게 딱 한판만 하고 진짜 그만두자고 제의했다.

피아노 소리가 그친 것으로 보아 빌로나는 갑판에 나가 있는 게 분명했다. 마지막 판은 정말 겁나는 판이었다. 그들은 마지막 패를 내려놓기 전에 행운을 비는 잔을 들었다. 지미의 판단으로는 그 판은 라우스와 세구앵 중에 한 명이 먹을 것 같았다. 정말 짜릿한 순간이었다. 지미도 덩달아 흥분이 되었다. 물론 뻔히 잃을 것을 알면서도. 차용증을 얼마나 써재꼈을까? 젊은이들은 모두 일어서서 웃고 떠들면서 마지막 뒤풀이를 했다. 라우스가 판을 먹었다. 선실 안은 젊은이들의 환호 소리로 떠나갈 듯했고, 그렇게 카드 판은 끝났다. 곧바로 그들은 딴 돈을 모두 모으기 시작했다. 파알리와 지미가 가장 많이 잃었다.

지미는 아침이 되면 잃은 돈 때문에 속이 쓰릴 것을 알고 있었지만 지금만큼은 친구들이 좋았고, 돈 잃고 바보가 된 듯한 기분을 덮어주는 몽롱하면서도 멍한 느낌이 좋았다. 그는 두 팔꿈치를 테이블에 괴고 두 손을 관자놀이에 댄 채 맥박 수를 세어보았다. 선실 문이 열리면서 빌로나가 서 있었는데, 희뿌연 한 줄기 빛이 그를 감싸고 있었다.

"동이 틉니다, 여러분!"

두 건달들

　더위가 아직 남아 있는 8월의 어둑한 저녁 속으로 시가지는 잠기어 가고, 거리는 여름을 보내기 아쉬운 듯 다소 후텁지근한 기운이 감돌고 있었다. 일요일의 휴식을 위해 상점들이 덧문을 내린 거리에는 형형색색으로 차려입은 사람들이 즐겁게 북적대고 있었다. 높다란 가로등 꼭대기에서는 마치 영롱한 진주를 닮은 불빛이 그 아래에 꿈틀대는 군상들의 머리 위로 뽀얀 빛의 세례를 내리고 있었다. 군상들은 쉼 없이 색상을 바꿔 입으면서 정말 똑같은 소리를 지치지도 않고 잿빛 더위가 배어 있는 저녁 하늘로 웅얼웅얼 쏘아 올리고 있었다.

　젊은이 두 명이 러트랜드 광장(더블린 동북부에 있는 광장)의 언덕을 내려왔다. 그 중 한 명은 아까부터 계속 중얼거리고 있었는데 이제 끝나가고 있는 중이었다. 다른 한 명은 이따금 친구에게 떠밀려 차도 안으로 발을 내딛기도 하면서 보도 가장자리를 따라 걸으며 친구가 중얼거리는 소리를 재미있다는 표정으로 듣고 있었다. 그는 땅

딸막한 키에 얼굴이 불그스레했다. 요트용 모자를 뒤로 젖혀 쓰고는 친구의 중얼거리는 소리가 무에 그리 재미있는지 눈이며 코며 입술을 연신 실룩거리며 갖은 표정을 다 짓고 있었다. 그러다 연거푸 몸을 들썩거리며 킬킬 웃어댔다. 그는 번들거리는 눈빛으로 친구의 얼굴을 연방 힐끔힐끔 쳐다보며 친구의 비위를 맞추는 게 즐거운 것 같았다. 그는 마치 투우사인 양 한쪽 어깨에 걸친 엷은 비옷을 한두 번인가 바로잡아 추슬렀다. 그가 입은 바지나 하얀색 고무 장화, 또 멋지게 걸친 비옷으로 봐서는 젊은이가 분명했다. 그러나 배가 나온 몸집에 희끗희끗한 머리칼은 숱이 듬성듬성 빠져 있었고, 연신 재밌다고 실룩대던 표정이 멎은 뒤 드러난 얼굴은 세상풍파에 찌든 모습이었다.

친구의 이야기가 이제는 분명히 끝났다고 확신한 그는 거의 30초가량 소리도 내지 않고 웃더니 이렇게 말했다.

"야!……그거 정말 끝내주는데!"

그의 목소리는 기운이 하나도 없어 보였다. 그래서 그는 말뜻을 분명히 하려고 농을 섞어 이렇게 덧붙였다.

"정말 듣도 보도 못한 이야긴데, 차라리 신기하다고 하는 게 낫겠어."

이 말을 하고 난 뒤 그는 진지한 표정을 지으며 입을 다물었다. 도셋 가의 어떤 선술집에서부터 오후 내내 지껄인 터라 혀도 지치는 게 당연했다. 사람들은 대부분 이 레너한이라는 자를 거머리 같은 작자라고 생각하고 있었지만, 이런 평판 속에서도 워낙 눈치 빠르고 언변이 좋다 보니 주위 사람들도 그를 따돌리지 못했다. 그는 술집에 사람들이 모여 있으면 대담하게 그 속에 들어가 그들 주변에서 눈치를 보며 죽치다가 끝내는 함께 어울려버리는 재주가 있었다. 그는 놀기 좋아하는 부랑자였고, 엄청나게 많이 알고 있는 이야기와 노래와 수수께끼가 그의 재산이었다. 예절 따위는 전혀 아랑곳 않는 위인이었다. 그런 그가 이 험한 세상에서 어떻게 먹고사는지는 아무도 몰랐다. 다만 막연히 여자들을 등쳐먹고 사는 놈이겠거니 생각하는 것 같았다.

"그래, 그 여자는 어디서 낚은 거야, 콜리?"

그가 물었다.

그러자 콜리는 혀로 자기 윗입술을 살짝 훔치면서 말했다.

"이봐, 어느 날 밤 데임 가를 지나다가 워터하우스 시계탑 밑에서 잘빠진 깔치 하나를 딱 만났지. 그래서 으레 서로 인사하고. 그러다 운하를 따라 한 바퀴 같이 걷는데, 그 여자 말로는 자기는 바고트 가에서 어느 집 하녀 노릇을 하고 있다는 거야. 팔로 허리를 좀 안아주다 그날 밤 꼭 껴안아줬지. 다음 일요일에 약속대로 다시 만났어. 우린 도니브루크(더블린 동남쪽에 있는 마을)로 나갔는데 그곳 들판으로 그녀를 끌고 갔지. 전에는 우유 배달하는 어떤 녀석하고 놀았다더구먼……. 아무튼 좋더라고. 밤마다 시가를 가져다주지 않나, 전차 삯은 왕복 모두 자기가 내고. 그리고 어느 날 밤엔 아주 근사한 시가 두 개를 가져왔는데, 야, 정말 끝내주더구먼. 전에 그 작자가 피우던 거라나……. 근데 이러다가 살림 차리자고 하는 건 아닐까 싶어 걱정 이 되더라고. 근데 그런 것도 아냐."

"혹시 그 여잔 자네 쪽에서 결혼하잔 말을 꺼낼 거라고 생각하는 거 아냐?'

레너한이 말했다.

"난 직장도 없는 놈이라고 말했어. 핌(퀘이커교도의 양복점) 가게 에서 죽친다는 얘기도 했지. 그 여잔 내 이름도 몰라. 알려주었다가 는 감당 못할 거 같아서 말이지. 그런데 그 여잔 내가 꽤나 뭐 있는 사 람인 줄 알거든, 원 참."

콜리가 죽 늘어놓았다.

레너한이 다시 소리 없이 웃었다.

"내가 지금껏 들은 얘기 중에 최고로 죽여주는 얘기구먼."

콜리는 그 말에 기분이 좋은지 성큼성큼 걸었다. 우락부락한 몸을 어찌나 흔들어댔던지 레너한은 몇 번을 차도로 팅겨나갔다가 다시 보도로 올라서곤 했다. 콜리의 아버지는 경감 출신이었는데, 그는 자 기 아버지의 풍채와 걸음걸이를 그대로 빼닮았다. 그는 몸을 꼿꼿이 세운 채 양팔을 휘저으며 머리를 좌우로 건들거리며 걸었다. 둥그렇게 생긴 커다란 머리에다 기름을 번지르르하게 바르고 다녔다. 날씨가 어떻든 머리에는 항상 땀이 났고, 비스듬히 쓰고 다니는 챙이 넓은 모자는 마치 큼지막한 전구에 다른 전구 하나가 떡 붙어 있는 것처럼 보였다. 그는 언제나 마치 행군 대열에 끼어 있는 사람처럼 정면을 똑바로 쳐다보며 걸었는데, 그러다가 거리를 지나가는 누군가를 봐야 할 때는 상반신을 돌려야만 했다. 지금 그는 시내 근처에서 살고 있었다. 어디 일자리가 하나 났다 하면 항상 그에게 부탁을 하러 달려오는 친구도 있었다. 사복을 입은 경찰들과 어울려 돌아다니는 것도 종종 눈에 띄었다. 그는 모든 사건의 내막에 대해서 모르는 게 없었고 그것에 대해서 이러쿵저러쿵 결론 내리기를 좋아했다. 그는 친구들의 말은 아예 듣지도 않고 자기 말만 해댔는데, 그 내용도 주로 제 자랑이었다. 그러다 보니 자기가 누구에게 뭐라고 했고, 그가 자기에게 뭐라고 했는데, 결국은 자기 말이 옳았다는 그런 식이었다. 그가 이런 식으로 이야기를 할 때면 플로렌스 사람들 흉내를 내어 자기 첫 이름자에 잔뜩 콧바람을 넣어 말했다.

레너한은 친구에게 시가를 하나 권했다. 이 두 젊은 녀석은 사람들 사이를 헤치고 지나갔다. 콜리는 지나치는 젊은 여자들에게 가끔 몸을 돌려가며 실실 웃음을 던지곤 했지만, 레너한은 두 겹의 달무리 속에서 희미한 빛을 흘리고 있는 커다란 달만 뚫어져라 쳐다보고 있었다. 그는 거뭇거뭇한 구름이 달 표면을 스쳐 지나가는 것을 열심히 쳐다보고 있었다. 이윽고 그가 입을 열었다.

"그래…… 자, 콜리. 지금 당장에라도 손을 털 수 있겠는데, 응?"

콜리가 무슨 말인지 알았다는 듯 한쪽 눈을 찡긋했다.

"그냥 한번 놀아본 여자야?"

레너한이 아닐 거라는 투로 물었다.

"여자들이란 정말 알 수 없다니까."

"그 여자는 신경 꺼. 이봐, 후리는 법이 다 있다니까. 그 여잔 지금 나한테 완전히 빠졌단 말이야."

콜리가 대답했다.

"자넨 말 그대로 난봉꾼이야. 정말 타고난 난봉꾼이라니까!"

레너한은 이렇게 말했지만 이 같은 조롱 조의 말투에는 부러워하는 마음이 숨어 있었다. 그래도 체면이랍시고 그는 아첨을 할 때는 조롱하는 척 내뱉는 습성이 있었다. 하지만 콜리는 이런 것까지 알아차릴 만한 위인은 못 되었다.

"착한 하녀를 건드리는 게 최고라니까. 내 말 귀담아들어."

콜리는 자신 있게 말했다.

"완전히 도가 튼 양반같이 말씀하시는군."

레너한이 받았다.

"이봐, 처음엔 나도 새파란 것들하고 놀았거든."

콜리가 터놓고 이야기를 꺼냈다.

"저 사우스 서큘러의 여자애들 말이야. 걔들을 전차에 태우고 요금
은 내가 다 내면서 데리고 다녔지. 악대 구경도 하고, 극장에서 연극
도 보고, 또 초콜릿이나 사탕 같은 뭐 그런 걸 사줘가면서 말이야."

레너한이 못 믿겠다는 듯한 표정인 것 같아서 콜리가 다시 힘주어
말했다.

"돈이 무지 많이 나갔다니까, 걔들한테."

그러나 레너한이야 곧이곧대로 들을 위인이었다. 그가 진지한 얼
굴로 고개를 끄덕끄덕했다.

"나도 그런 짓 해봤지. 하지만 그건 바보 같은 짓이야."

"그래, 정말 멍청한 짓거리지."

콜리의 말에 레너한이 재빨리 말했다.

"암, 그렇다니까!"

"그래도 딱 한 번은 그런 게 아니었는데."

이렇게 말하면서 콜리는 혀를 돌리면서 윗입술에 침을 한 번 발랐
다. 옛날 생각이 나는지 눈동자가 번득거렸다. 그도 거의 구름에 가
려 있는 희미한 달을 물끄러미 쳐다보면서 뭔가 생각에 잠긴 듯했다.

"그 여잔…… 그래도 괜찮았는데."

콜리가 아쉬운 듯이 말했다. 잠시 입을 다물고 있던 그가 이렇게
덧붙였다.

"그 여잔 지금 몸을 팔고 있지. 어느 날 밤에는 얼 가에서 어떤 놈

팡이 두 놈하고 자동차를 타고 가는 걸 봤지."

"자네 탓에 그렇게 됐을지도 모르지."

레너한이 말했다.

"나 먼저도 다른 놈들이 있었어."

콜리가 싸늘하게 말했다.

이번에는 레너한도 별로 믿고 싶지 않아서 고개를 설레설레 흔들며 씨익 웃었다.

"에이 농담하지 마, 콜리."

"정말이야! 그 여자가 직접 한 말이라니깐."

레너한이 측은하다는 듯한 표정을 지었다.

"에이, 치사한 배신자 양반!"

두 사람이 트리니티 대학의 담장을 따라 걷고 있을 때 레너한이 잠시 차도로 달려가서 시계탑을 쳐다보았다.

"20분이 지났네."

"시간은 충분해. 여잔 분명히 나와 있을 거야. 늘 내가 조금 기다리게 하거든."

콜리 말에 레너한이 씨익 웃으면서 말했다.

"역시, 콜리! 여잘 다룰 줄 안단 말이야."

"사실, 나야 여자들 수를 뻔히 다 알지."

"그런데 자네, 이번에 분명히 잘 해낼 수 있겠어? 알다시피 만만한 일이 아니잖아. 그런 쪽은 여자들 눈치가 귀신같은데. 안 그래? 응?"

그는 조그만 두 눈동자를 번득이며 친구의 표정을 살폈다. 콜리는 마치 끈덕지게 달려드는 파리를 쫓는 양 고개를 앞뒤로 흔들면서 이맛살을 찌푸렸다.

"완전히 끝내주지. 내가 알아서 할 테니까, 자넨 그냥 구경만 해."

레너한은 더 이상 말하지 않았다. 공연히 친구의 기분을 거슬렀다가, 네 충고 따윈 필요 없다는 식으로 면박당하기는 싫었다. 어느 정도 전략이 필요한 일이었다. 그런데 콜리가 찌푸렸던 얼굴을 폈다. 그는 뭔가 다른 생각을 하고 있었다.

"그런 계집치고는 괜찮지. 뭐 그렇다는 얘기야."

콜리의 말은 두둔하는 투였다.

두 사람은 나소 가를 지나 킬데어 가로 접어들었다. 클럽 입구에서 그리 멀리 떨어지지 않은 노상에서 누군가가 하프를 켜고 있었고, 사람들이 빙 둘러서서 구경을 하고 있었다. 그는 악기를 대충 연주하며 새 구경꾼이 올 때마다 그 사람의 얼굴을 힐끗 쳐다보고, 또 가끔은 지친 기색으로 하늘을 올려다보곤 했다. 연주에 신경을 쓰지 않다 보니 그는 하프 덮개가 무릎에 떨어진 것도 모르고 있었는데, 역시 그의 하프도 구경꾼의 눈만큼이나, 또 연주하는 그의 손만큼이나 지쳐 보였다. 한 손으로는 낮은 음조의 〈오 그대, 조용히〉의 멜로디를 연주했고, 한 구절을 마친 다음에는 다른 손으로 빠르게 현을 긁듯이 튕겼다. 묵직한 곡조는 가슴 깊숙이 파고들었다.

두 젊은이는 말없이 거리를 걸었다. 구슬픈 하프 소리가 뒤를 따랐다. 스티븐스 그린 공원에 이르자 두 사람은 길을 건넜다. 전차 지나다니는 소리를 들으며, 휘황한 불빛과 수많은 사람들을 보면서 두 사람은 다시 입을 열었다.

"저기 있군!"

콜리가 말했다.

흄 가 모퉁이에 한 여자가 서 있었다. 그녀는 파란색 옷에다 하얀 선원 모자를 쓰고, 보도의 연석緣石 위에 서서 한 손으로 파라솔을 빙빙 돌리고 있었다.

레너한은 잔뜩 신이 나서 이죽거렸다.

"어디 한번 구경이나 좀 하실까, 콜리?"

콜리는 레너한의 얼굴을 보며 눈을 흘겼는데 얼굴에는 불쾌한 기색이 역력했다.

"뭐? 서로 동서라도 하자는 이야긴가?"

"천만에! 소개 따윈 필요 없어. 그냥 얼굴 한번 보자는 건데. 안 잡아먹을 테니 걱정하지 말라고."

"어…… 얼굴만 보겠다 이거지?"

콜리의 표정이 누그러졌다.

"그럼…… 자, 내가 가서 이야기를 할 테니 지나가면서 한번 보라고."

"좋지!"

콜리가 사슬 너머로 한쪽 다리를 걸쳤을 때 레너한이 말했다.

"또 만나야지? 나중에 우리 언제 만나지?"

"10시 반에."

콜리의 두 다리는 사슬을 완전히 넘었다.

"어디서?"

"메리온 가 모퉁이에서 봐. 우리가 곧 그리로 갈게."

"그럼, 잘해봐."

레너한이 마지막으로 말했다.

콜리는 아무 말도 하지 않았다. 그는 머리를 좌우로 건들거리며 어슬렁어슬렁 길을 건너갔다. 커다란 덩치에 느릿한 걸음걸이, 그리고 묵직한 구둣발 소리에는 마치 정복자 같은 풍채가 엿보였다. 그는 그 젊은 여자에게 다가가더니만 인사도 없이 곧장 이야기를 나누기 시작했다. 그녀는 파라솔을 아까보다도 더 빠르게 돌리면서 발뒤꿈치로 몸을 반쯤씩 비틀고 있었다. 한두 번 그가 몸을 바짝 가까이 대고 이야기를 할 때면 여자는 고개를 숙인 채 깔깔 웃어댔다.

레너한은 이러고 있는 그들을 몇 분 동안 지켜보았다. 그러다가 보도의 사슬을 따라 빠른 걸음으로 걷다가 길을 대각선으로 비스듬히 건넜다. 흄 가의 모퉁이에 가까워지자 향수 냄새가 진동했고, 그는 그 여자의 온몸을 호기심 어린 눈으로 재빠르게 쭉 훑어보았다. 여자는 일요일 나들이옷을 걸치고 있었다. 파란색 서지 치마에 검은 가죽 벨트가 그녀의 허리를 졸라매고 있었다. 몸 한가운데의 커다란 은빛 버클은 그녀의 허리를 더욱 잘록하게 보이도록 했고, 하늘하늘한 그녀의 하얀 블라우스에 마치 클립처럼 매달려 있는 것 같았다. 그녀는 진주조개 껍데기로 만든 단추가 달린 저고리를 걸치고 얼룩덜룩한 무늬의 털목도리를 두르고 있었으며, 얇은 명주천의 레이스 끝단은 일부러 살짝 늘어뜨리고, 불룩 솟은 가슴 위에는 커다란 붉은 꽃묶음을 꽂고 있었다. 레너한은 그 정도면 됐다는 듯한 눈초리로 아담하지만 탄력 있는 여자의 몸매를 훑어보았다. 그녀의 얼굴과 발그스레한 통통한 뺨, 또 부끄러움을 모르는 듯한 그녀의 파란 눈동자에서 가식 없고 꾸밈없는 건강미가 넘쳐흘렀다. 얼굴은 별로 볼 게 없었다. 널따란 콧구멍에, 뭐가 좋은지 유리병 주둥이같이 헤벌린 입하며, 뻐드러진 앞니 두 개가 눈에 띄었을 뿐이었다. 옆을 지나면서 레너한이 모자를 벗어 인사했다. 그러자 콜리는 거의 10초나 지난 뒤에 건성으로 답례를 했는데, 그것도 모자를 드는 둥 마는 둥 그저 약간 돌려 보이는 것이 전부였다.

레너한은 셸버른 호텔까지 가다가 걸음을 멈추고 기다렸다. 한참을 그렇게 기다리고 있는데 그들이 자기 쪽으로 오고 있는 것이 보였다. 그들이 오른쪽으로 돌아가는 것을 보자 레너한은 뒤를 밟으려고 흰색 구두를 사뿐사뿐 옮기며 메리온 광장 한쪽으로 따라갔다. 그들과 걸음걸이를 맞추면서 천천히 뒤를 따라가다 보니 콜리의 머리가 연방 여자의 얼굴 쪽으로 돌아가는 것이 보였다. 그 꼴이 마치 커다란 공 하나가 무엇에 매달려 빙글빙글 도는 것 같았다. 레너한은 계속 그렇게 두 사람 뒤를 밟다가 그들이 도니브루크로 가는 전차에 오르는 것을 보고는 발걸음을 돌려 오던 길을 되돌아왔다.

혼자 남아서 그런지 그의 얼굴은 더 늙어 보였다. 쾌활했던 기색은 온데간데없고, 듀크 공원 난간을 따라 걸을 때는 한 손으로 그것을 잡고 걸었다. 앞서 들었던 하프 곡조가 자꾸만 떠올랐다. 그는 발을 가볍게 굴러 그 멜로디에 맞추면서 한 소절이 끝날 때마다 손가락으로 난간을 천천히 두드리며 제멋대로 곡을 붙여댔다.

그는 축 처진 모습으로 스티븐스 그린 공원을 돌아 그래프튼 가 쪽으로 내려갔다. 사람들 사이를 지나치면서 이것저것 눈에 띄는 것도 많았지만 하나같이 기분만 언짢아졌다. 마음을 잡아끌려는 모든 것들이 죄다 하찮게만 느껴지고, 도발적으로 던져대는 유혹의 시선들에도 아랑곳하지 않았다. 얼마 후에는 꾸며내서라도 재미있게 온갖 이야기를 떠벌려야 한다는 것을 알고 있었지만, 머리는 굳고 목구멍도 말라붙어 그럴 엄두가 나지 않을 것만 같았다. 콜리를 다시 만날 때까지 시간을 어떻게 때워야 할지 고민이었다. 그는 딱히 생각나는 것도 없고 해서 그냥 길이나 걸으면서 때울 생각이었다. 왼편으로 접어들자 러틀랜드 광장 귀퉁이가 나왔다. 어둡고 인적 드문 거리로 들어서니 마음이 한결 편해졌는데 칙칙한 거리 분위기가 기분에 맞았다. 이윽고 그는 허름하게 보이는 점포의 창문 앞에서 잠시 걸음을 멈췄다. 위쪽엔 흰 글씨로 쓴 '간이주점'이라는 간판이 붙어 있었고, 유리창에는 흘린 글씨로 '진저 비어'와 '진저 에일'이라고 쓰여 있었다. 커다란 햄 하나가 파란 접시 위에 올려져 있고, 그 옆 접시에는 아주 잘 발효가 된 건포도 푸딩 한 조각이 놓여져 있었다. 한동안 이 음식을 요모조모 살펴보던 그는 거리 이쪽 저쪽을 두루 살피더니 가게 안으로 잽싸게 들어갔다.

그는 배가 고팠다. 아까워서 인상 쓰는 조수 목사들에게 비스킷 몇 조각을 얻어먹은 것 말고는 아침부터 지금까지 먹은 것이라곤 없었기 때문이었다. 그는 식탁보도 덮지 않은 나무 테이블에 두 여직공과 남자 직공 하나를 마주보고 앉았다. 헤프게 생긴 여급이 주문을 받았다.

"콩 한 접시는 얼마지?"

"1페니 반이에요."

"콩 한 접시하고, 진저 비어 한 병 갖다줘."

그는 일부러 말을 거칠게 했는데, 그가 안으로 들어설 때 점포 안 이야기가 잠시 끊겨 조용했기 때문에 짐짓 좀 껄렁껄렁하게 보이고 싶어서였다. 그는 얼굴이 후끈 달아올랐다. 태연한 척하면서 모자를 뒤로 젖혀 쓰고 테이블 위에 팔꿈치를 괴었다. 남자 직공과 두 여직공은 그의 행색을 하나하나 뜯어본 뒤에야 소곤소곤 이야기를 다시 나누기 시작했다. 여급이 식초로 양념을 한 뜨끈뜨끈한 콩 한 접시와 포크 하나, 그리고 진저 비어를 가져왔다. 그는 게걸스럽게 먹어치우며 매우 맛있다는 생각에 그 점포를 마음속에 새겨두었다. 콩 한 접시와 진저 비어를 다 먹어치운 뒤 얼마 동안 그대로 앉아 있으려니 콜리는 어떻게 하고 있을까 궁금해졌다. 머릿속에서 그 두 애인이 컴컴한 길을 따라 걷고 있는 그림이 보였다. 굵고 힘찬 목소리로 허풍을 떨어대는 콜리의 목소리가 들리고, 앞서 보았던 헤벌린 여자의 입술이 눈앞에 어른거렸다. 이런 생각이 들자 돈도 없고 정력도 별 볼 일 없는 자신의 처지가 뼈저리도록 아팠다. 아무 데나 돌아다니면서 갖은 말썽 다 피우며 속이고 빼앗고 하는 짓거리도 신물이 났다. 11월이면 나이도 서른한 살이 된다. 그런데 일자리 하나 없고, 제 집 하나 없단 말인가? 따뜻한 난롯가에 앉아 멋진 저녁을 먹을 수 있다면 참 좋겠다는 생각이 들었다. 그도 친구들과 원 없이 어울려 다니고, 여자들과도 쏘다닐 만큼 쏘다녔다. 그런 친구들이 무슨 소용이 있으며, 또 그런 여자들 역시 아무 소용 없다는 것을 알고 있었다. 지금껏 살아온 세상을 생각하니 가슴이 미어지는 것 같았다. 그러나 희망이 아주 없는 것은 아니었다. 음식을 먹고 나니 전보다 몸이 좀 나아졌고, 다시 사는 기분도 좀 들었으며, 기운도 꽤 솟는 듯했다. 착하고 순박한 성격에 돈도 좀 있는 어떤 처녀를 만날 수만 있다면 어느 아늑한 구석에 자리를 잡고 행복하게 살 수 있을 것 같기도 했다.

그는 헤퍼 보이는 여급에게 2페니 반을 치르고 그 점포에서 나와 다시 정처 없이 걷기 시작했다. 그는 케이플 가로 들어갔다가 다시 시청 쪽을 향해 걸었다. 그러다 방향을 바꾸어 데임 가로 들어갔다. 조지 가의 한 모퉁이에서 그는 친구 둘과 마주쳐 걸음을 멈추고 그들과 얘기를 나누었다. 무턱대고 걷다가 잠시 쉴 수 있어서 좋았다. 친구들은 그더러 콜리를 본 적이 있는지, 가장 최근에 만난 게 언제인지를 물었다. 그는 하루 종일 콜리와 같이 있었다고 했다. 친구들은 별로 말이 없었다. 그들은 지나가는 여러 사람들을 멍하니 쳐다보다가 이따금 이러쿵저러쿵 입을 열곤 했다. 그 중 하나가 웨스트모어랜드 가에서 한 시간 전에 맥을 보았다고 했다. 이 말에 레너한은 자기가 전날 밤 맥하고 같이 이건 술집에 있었다고 말했다. 웨스트모어랜드 가에서 맥을 보았다던 그 친구는 내기 당구에서 맥이 돈을 좀 땄다는 게 정말이냐고 물었다. 레너한은 잘 모르는 일이었다. 이건 술집에서 그들에게 술을 사준 사람은 홀로한이었다고 그는 대답했다.

그는 10시 15분 전에 친구들과 헤어져 조지 가를 걸어 올라갔다. 그는 시립 시장 근처에서 왼편으로 길을 꺾어 그래프튼 가로 계속 걸었다. 거리에는 남녀들의 수가 눈에 띄게 줄었고, 길을 올라가는 동안에도 여러 무리들과 남녀들 쌍쌍이 서로 작별 인사를 나누는 소리가 들렸다. 그는 외과대학의 시계탑이 있는 곳까지 걸어갔다. 시계는

10시를 울리고 있었다. 그는 그린 가의 북쪽 편을 따라 빠른 걸음으로 성큼성큼 걷기 시작했다. 혹 콜리가 먼저 와 있을지도 모른다는 생각에 걸음을 재촉했다. 메리온 가의 모퉁이에 이르렀을 때 그는 가로등 그늘 아래에 잠시 서서 시가 하나를 꺼내 물고 불을 붙였다. 그는 가로등 기둥에 기대어 서서 콜리와 그 여자의 모습이 보일 법한 지점에 눈길을 고정하고 있었다.

그의 머릿속은 다시 바빠지기 시작했다. 콜리가 과연 제대로 일을 해냈을까? 이미 여자에게 그 말을 했을까, 아니면 좀더 있다가 하려는 것일까? 그는 자기 처지도 처지지만 친구의 상황을 생각하니 가슴이 뛰면서 긴장이 되었다. 그러나 콜리의 머리가 여자 쪽으로 천천히 돌아가던 모습을 생각하니 마음이 좀 놓이는 것 같았다. 그 생각을 하니 콜리가 분명히 잘 해낼 것만 같았다. 그런데 갑자기 콜리가 다른 길로 해서 여자를 집까지 바래다주고 자기를 따돌려버린 것은 아닐까 하는 생각이 들었다. 두 눈으로 거리를 샅샅이 살펴봤지만, 두 사람은 기척조차 없었다. 그가 외과대학의 시계탑을 쳐다본 지도 벌써 반 시간이 지났다. 콜리가 정말 그런 짓을 했을까? 그는 마지막 남은 시가에 불을 붙여 초조한 마음으로 뻑뻑 빨아대기 시작했다. 저 멀리 광장 귀퉁이에서 전차가 설 때마다 그는 실눈을 해가며 그들이 오나 살폈다. 다른 길로 집에 가버린 것이 분명한 것 같았다. 담배를 말은 종이가 터지는 바람에 그는 투덜대면서 시가를 길바닥에 내던져버렸다.

갑자기 그 두 사람이 이쪽으로 걸어오는 모습이 보였다. 반가움에 놀란 그는 가로등 기둥에 바짝 붙은 채 두 사람이 걸어오는 모습을 보면서 그 일이 잘되었나 안 되었나를 살폈다. 그들은 빠른 걸음으로 오고 있었다. 여자는 총총걸음으로 걷고 있었고, 콜리는 그 옆에서 성큼성큼 걷고 있었다. 그들은 아무 말도 하지 않는 것 같았다. 그 모습에 이런 틀렸구나 하는 생각이 날카로운 칼끝처럼 머리를 찔러왔다. 콜리가 일을 그르칠 줄 알았다. 그런 솜씨론 어림도 없을 줄 알았다.

그들 두 사람은 바고트 가로 방향을 틀었고, 그는 건너편 보도를 따라 재빨리 그들의 뒤를 밟았다. 그들이 걸음을 멈추면 그도 멈췄다. 그들이 잠시 이야기를 나눈 뒤 여자가 계단을 내려가서 어느 집 뜰로 들어갔다. 콜리는 그 집 현관 계단에서 좀 떨어진 길가에 그대로 서 있었다. 그렇게 몇 분이 지났다. 그러다 그 집 현관문이 살며시 열렸다. 여자 하나가 현관 계단을 뛰어내려오더니 기침 소리를 냈다. 콜리가 돌아서서 여자 쪽으로 걸어갔다. 그의 커다란 덩치 속으로 여자가 숨어버렸는데, 잠시 후에 여자가 계단을 달려 올라가는 모습이 보였다. 문이 그녀 등뒤로 세차게 닫히자, 콜리는 스티븐스 그린 공원 쪽으로 빠른 걸음으로 성큼성큼 걷기 시작했다.

레너한도 그 뒤를 쫓아 빠르게 걸었다. 가벼운 빗방울이 하나 둘 떨어졌다. 그는 그게 무슨 경고나 되는 것처럼 여자가 들어간 집 쪽을 흘깃 뒤돌아보며 자기 모습이 발각되지 않았다고 확인하고는 열심히 길을 가로질러 달려갔다. 조급한 마음으로 헐레벌떡 뛰다 보니 숨이 찼다. 그가 소리를 질러 불렀다.

"이봐, 콜리!"

콜리는 누가 부른다 싶어 고개를 돌리긴 했지만 그대로 계속 걸어 갔다. 레너한은 한 손으로 비옷을 어깨에다 걸치고 그의 뒤를 쫓아 달려갔다.

"이봐, 콜리!"

그가 다시 한 번 크게 불렀다.

이윽고 그는 콜리와 나란히 서서 그의 얼굴을 찬찬히 살폈다. 달라진 기색이라곤 하나도 없었다.

"그래, 잘된 거야?"

그들은 엘리 광장 모퉁이까지 왔다. 그렇지만 여전히 아무 말도 않는 콜리는 왼편으로 길을 꺾어 샛길로 들어섰다. 그는 아주 태연자약한 모습이었다. 레너한은 헐레벌떡거리며 친구 뒤를 따랐다. 그는 콜리가 왜 말을 않는지 영문을 알 수 없었다. 그러자 다소 악에 받친 듯한 목소리가 레너한의 입에서 튀어나왔다.

"말 못 하겠다 이거지? 여자에게 말을 해보기나 한 거야?"

콜리는 첫 번째 가로등 밑에서 걸음을 멈추고는 심각한 표정으로 앞을 응시하더니, 잔뜩 무게를 잡으면서 한 손을 불빛 쪽으로 쑥 내밀었다. 그는 씨익 웃으면서, 빤히 보고 있는 레너한의 눈앞에 천천히 손바닥을 펴 보였다. 조그만 금화 하나가 손바닥 안에서 반짝이고 있었다.

하숙집

　무니 부인은 푸줏간 집 딸이었다. 모든 일을 척척 알아서 처리할 줄 아는, 또 결단력도 있는 그런 여자였다. 그녀는 아버지 가게의 지배인과 결혼하여 스프링 가든 근처에다 푸줏간을 열고 있었다. 그런데 장인이 세상을 떠나자마자 무니 이 친구는 타락하기 시작했다. 술을 마시고, 돈 서랍을 마구 털어가고, 빚더미 속에서 허우적거렸다. 주초마다 맹세를 하도록 해보았자 아무 소용 없는 짓이었다. 며칠도 못 가서 으레 그 행실머리가 도졌다. 손님들이 보는 앞에서 마누라와 싸우고, 질 나쁜 고기를 들여놓아 장사를 망치고 있었다. 어느 날 밤에는 식칼을 들고 마누라에게 달려드는 바람에 그녀는 이웃집에서 잘 수밖에 없었다.

　그 일이 있고 난 후 두 사람은 별거를 했다. 그녀는 신부에게 가서 그와 별거하고 아이들은 자신이 돌본다는 허락을 받아냈다. 남편에게는 돈도 음식도 지낼 방도 못 내놓겠다고 했다. 그래서 남편은 하는 수 없이 군청에서 일자리를 구해야만 했다. 구부정한 허리에다 볼품없는 주정뱅이인 그는 희멀건 얼굴에 흰 콧수염을 기르고 조그만 두 눈 위로는 마치 연필로 그린 듯한 흰 눈썹이 나 있었는데, 두 눈동자는 벌건 혈관이 드러난 채 번들번들했다. 그는 온종일 집달리 대기실에서 죽치면서 어디 일 건수라도 하나 없나 하고 기다리고 있었다. 푸줏간 장사에서 남은 돈을 모아 하드워크 가에서 하숙집을 시작한 무니 부인은 당당하고 커다란 체구의 소유자였다. 하숙집 손님 대부분은 리버풀이나 맨 섬(더블린에서 아주 가까운 섬)에서 온 뜨내기들이었고, 어쩌다가 음악당에서 일하는 배우들이 묵기도 했다. 장기 투숙을 하는 손님들은 시내에 직장이 있는 사람들이었다. 그녀는 단호하면서도 영리하게 하숙집을 꾸렸는데, 어떤 때 외상을 주며, 또 어떤 때는 쌀쌀맞게 대하고, 어떤 때는 슬그머니 눈감아줘야 하는지를 잘 알고 있었다. 장기 투숙을 하는 젊은 친구들은 그녀를 마담이라고 불러주었다.

무니의 하숙집 젊은이들은 식비와 방세로 일주일에 15실링을 냈다 —저녁 식사 때 나오는 맥주나 스타우트는 따로 계산했다—. 이들은 취미와 직업이 비슷했기 때문에 서로들 굉장히 친하게 지냈다. 그들은 경마의 우승 예상 말과 별 볼일 없는 말들을 두고 서로 의견을 나누곤 했다. 이 집 마담의 아들인 잭 무니는 플리트 가에서 위탁매매상 점원으로 일했는데, 다들 아주 골칫덩어리라고 말했다. 군인들이 내뱉는 음담패설을 즐겨 썼고, 새벽 한두 시나 되어야 집으로 기어 들어오곤 했다. 친구들을 만날 때면 누가 어쨌다는 둥, 뭐가 어떻다는 둥 늘 재미있는 이야깃거리를 늘어놓았는데, 말하자면 어느 말이 유망하다느니, 어느 배우가 그렇다느니 하는 내용들이었다. 그는 주먹질도 잘했고 우스개 노래도 잘 불렀다. 일요일 밤이면 무니 부인 하숙집의 큰 응접실에서 친목회가 열렸다. 음악당의 배우들도 선뜻 응해주었으며, 셰리던이 왈츠와 폴카를 연주하여 즉석에서 반주를 넣어주기도 했다. 마담의 딸인 폴리 무니도 가끔 노래를 부르곤 했는데, 이런 노래였다.

나는…… 나쁜 계집애.
놀라는 척 마세요.
아시면서 왜 그래요.

폴리는 열아홉 살 된 날씬한 처녀였다. 윤기 흐르는 부드러운 머릿결에다 통통하면서도 조그마한 입술을 가지고 있었다. 그녀는 약간 푸른 기를 머금은 회색 눈동자를 사람들과 이야기를 나눌 때면 위로 흘기는 듯한 습관이 있었는데, 그럴 때의 모습은 마치 심드렁한 어린 수녀를 연상케 했다. 무니 부인은 먼젓번에 딸을 어떤 곡물상에 타이피스트로 내보냈는데, 군청 잡부인 행실 나쁜 아버지가 딸애하고 딱 한마디만 할 테니 만나게 해달라고 이틀이 멀다 하고 찾아오는 바람에 다시 집으로 불러들여 집안일을 거들게 하고 있었다. 한편으론, 폴리가 성격이 활달하니까 하숙집의 젊은 청년들과 어울리게 해보자는 속셈도 있었다. 말할 것도 없이, 젊은이들이야 싱싱한 처녀가 눈앞에서 어른거리면 그저 좋은 법이다. 폴리는 물론 젊은이들과 시시덕거렸지만, 눈치 빠른 무니 부인에게는 청년들이 단지 심심풀이로 시간을 때우는 정도로만 보일 뿐이었다. 아무도 딸아이에게 딴 생각을 가지고 있는 것 같지는 않았다. 그렇게 꽤 시일이 흘러갔을 즈음, 무니 부인은 딸을 다시 타이피스트로 내보낼까 하고 생각하던 차에 폴리와 어떤 젊은 하숙생 사이에 무언가 일이 벌어지고 있다는 것을 직감했다. 그녀는 두 사람을 쭉 지켜보면서 입을 꾹 다물고 있었다.

폴리는 어머니가 주시하고 있다는 것을 알았다. 그리고 여태껏 어머니가 입을 다물고 있는 의미도 모를 리 없었다. 두 모녀가 서로 내놓고 일을 꾸민 것도 아니고, 또 공식적으로 허락한 것도 아니지만, 하숙집 사람들 사이에서 수군덕거리는 소리가 들리기 시작할 때에도 무니 부인은 전혀 관여하지 않았다. 폴리의 태도에도 다소 이상한 점이 보이기 시작하고, 젊은이도 분명히 마음이 흔들리고 있었다. 이윽고 부인은 지금이 적시라고 판단하고 두 사람 사이에 끼어들었다. 그녀는 남녀 사이의 도덕적 문제를 마치 칼로 무를 자르듯 다뤘다. 사실 이 일에 대해서는 벌써부터 작정해둔 것이 있었다.

초여름의 화창한 어느 일요일 오전이었다. 오후가 되면 더워질 듯한 날씨였지만 신선한 바람이 솔솔 불고 있었다. 하숙집 창문은 모두 열려 있고, 올린 창문 아래로 레이스 커튼들이 바람에 날려 길 쪽으로 둥그렇게 부풀어올라 있었다. 조지 성당의 종루에서는 쉬지 않고 종소리가 울려 나오고 있었고 신자들은 혼자서 혹은 여럿이 어울려 성당 앞 조그만 원형 광장을 가로질러 가고 있었다. 장갑 낀 손에 들려 있는 조그만 책자들이야 물론이지만, 그게 아니라도 말없는 그들의 태도만 보아도 그곳에 무슨 일로 모이는 사람들인지를 알 수 있었다. 하숙집에서는 아침 식사가 끝난 뒤라 식탁 위에는 달걀노른자가 묻은 채 베이컨 비계와 베이컨 껍질이 얹혀 있는 접시들이 흩어져 어수선했다. 무니 부인은 밀짚으로 만든 안락의자에 앉아 메리가 식탁 치우는 것을 지켜보고 있었다. 그녀는 화요일에 만들 브레드 푸딩에 쓰도록 메리에게 빵 껍질과 부스러기를 모으게 했다. 식탁이 치워지고 빵 부스러기도 마련되고, 설탕과 버터를 찬장에 넣어 잠그고 난 후, 그녀는 전날 밤 폴리와 나누었던 이런저런 이야기들을 하나씩 되새겨보기 시작했다. 모든 일이 그녀가 생각한 그대로였다. 그녀는 망설임 없이 물었고, 폴리 역시 숨기지 않고 죄다 대답했다. 물론 서로 어색한 점도 없지는 않았다. 부인은 부인대로 그 일을 아주 당연한 일처럼 받아들인다는 인상을 딸에게 주고 싶지도 않았지만, 한편으로는 그 일에 대해서 전혀 모르고 있었다는 듯한 인상도 주기 싫었기 때문이었다. 폴리는 폴리대로 넌지시 둘러치는 어머니의 그런 말이 늘 불편한데다, 또 어머니가 모르는 척하는 의중이 무엇인지 자기가 다 알고 있었다는 것을 드러내 보이기가 좀 민망스러웠기 때문이었다.

한참 생각에 빠져 있는 중이었는데도 조지 성당의 종소리가 그치자마자 무니 부인은 벽난로 위에 있는 조그만 금박 시계에 자기도 모르게 눈이 갔다. 시계는 11시 17분을 지나고 있었다. 도런 씨를 만나 일을 처리하고 12시까지 멜버러 가로 서둘러 간다면 아직은 시간이 여유 있었다. 그녀는 이길 자신이 있었다. 먼저 사람들의 여론이 자기편이라고 생각했다. 자기는 모욕당한 딸의 어머니다. 점잖은 사람이라 믿고 같은 지붕 아래서 살게 했는데, 그런 사람이 자신의 호의를 그냥 짓밟아버리지 않았는가. 나이도 서른넷인가 서른다섯인가 되는데, 그 나이라면 어려서 그랬다는 것도 말이 되지 않을 테고, 세상 물정을 뻔히 아는 작자가 철이 없어서 그랬다는 변명도 통하지 않을 것이다. 어리고 철없는 폴리를 그냥 데리고 놀았다고 할 수밖에 없는 거지. 이건 빼도 박도 못하는 사실이고. 문제는 보상인데, 그가 어떤 보상을 하겠다고 나올는지?

이런 일에는 반드시 보상이 따르게 마련이다. 남자야 이런 일이 별대수가 아니다. 실컷 재미 보고 난 뒤에는 마치 아무 일 없었다는 듯 휙 가버리면 그만이지만, 여자는 쏟아지는 비난을 모면할 길이 없다. 이런 일을 당하고도 돈 몇 푼에 만족하며 어물쩍 덮고 넘어가는 어머니들이 있을 것이다. 부인도 그런 경우를 많이 보아왔다. 하지만 자기는 어림없다고 생각했다. 이미 상처를 입은 딸의 정조를 보상할 수 있는 방법은 딱 한 가지밖에 없었다. 그건 두 사람의 결혼이었다.

그녀는 다시 한 번 이런저런 궁리를 다 해본 후에 메리를 도런 씨 방으로 보내 할 이야기가 있다고 전했다. 분명히 이길 자신이 있다고 생각했다. 그는 생각 있는 젊은이로 다른 하숙생들과는 달리 경망하다거나 방자하지 않았다. 만약 도런이 아니고 셰리던이나 미드 혹은 밴텀 라이언스였더라면 일은 아마 훨씬 어려웠을 것이다. 이들 같으면 세상의 이목 따윈 안중에도 없을 인물들이었다. 모든 하숙생들도 이 일을 어느 정도는 알고 있었다. 누가 꾸몄는지 없는 이야기도 나돌았다. 더구나 도런은 어느 가톨릭 교인이 운영하는 대형 주류상에서 13년 동안이나 근무해오고 있는 터라 사람들의 평판은 그에게 큰 부담이 될 것이었다. 까딱 잘못하면 직장을 잃어버릴지도 몰랐기 때문이었다. 아무튼 그가 결혼에 동의만 한다면 만사형통이었다. 그녀가 알기로는 그가 봉급을 많이 받는데다 저축해놓은 돈도 꽤 있는 듯 싶었다.

거의 30분이 다 되었다! 그녀는 벌떡 일어나 벽걸이 거울 앞에 서서 자신의 모습을 가다듬었다. 혈색 좋게 단호한 인상을 하고 있는 자신의 얼굴이 흡족해지면서 자기가 알고 있는 어머니들 가운데 딸을 시집보내지 못해 쩔쩔매고 있는 사람들의 모습이 떠올랐다.

도런 씨는 아닌 게 아니라 이날 일요일 아침, 마음이 아주 뒤숭숭했다. 수염을 깎으려고 두 번이나 면도질을 해봤지만 손이 너무 떨려서 아직도 하지 못하고 있었다. 사흘 동안이나 깎지 못한 붉은 턱수염이 터부룩한데다 2, 3분마다 안경에 김이 서려서 계속 손수건으로 닦아내야만 했다. 전날 밤에 했던 고해성사를 돌이켜 생각해보니 오히려 마음만 더 괴롭게 만든 꼴이 되어버렸다. 신부는 이번 사건에서 아무것도 아닌 시시콜콜한 일까지 다 들춰내어 결국에는 죄책감만 더 크게 만드는 바람에, 보상을 해주고 사건을 마무리하라는 그의 말이 오히려 감사하게 여겨질 정도였다. 기왕 일은 벌어진 거고, 그렇다면 그녀와 결혼을 하거나 아니면 도망치거나 하는 거 말고는 다른 방도도 없는 것 같았다. 그냥 잡아떼는 것은 그로서는 안 될 일이었다. 이번 일은 세상 사람들 입에 오르내릴 테고, 그러면 회사 주인의 귀에도 틀림없이 들어갈 것이기 때문이었다. 더블린이야 아주 좁은 도시였다. 누구나 남의 이야기를 서로 훤히 알고 있었다. 레너드 노인 양반이 껄껄한 목소리로 "도런 군을 이리로 보내주게." 하고 쏘듯이 말하는 모습이 눈앞에 확 다가오는 듯하여, 도런 씨는 가슴이 두근거리면서 답답해졌다.

그 오랜 세월 동안 열심히 일해놓은 모든 공이 다 수포로 돌아간다! 성실하고 근면하다는 평판이 일시에 다 날아가 버린다! 새파랬을 때는 물론 젊은 혈기에 난봉꾼 짓도 해보았다. 술집에 걸터앉아 친구들

앞에서 자유로운 사상을 뽐내기도 했고, 신의 존재를 부정해보기도 했다. 그러나 그건 다 지나간 일이었다. 아직은 주말마다 《레이놀즈》(폭로기사가 많은 급진파 신문)를 사보기는 하지만, 성당에도 충실히 다니며 한 해의 10분의 9는 절도 있는 생활을 해오고 있었다. 가정을 꾸릴 만한 충분한 돈도 있었지만, 문제는 그게 아니었다. 집안 식구들은 이 여자를 멸시할 것이었다. 먼저 행실 나쁘기로 유명한 여자의 아버지가 문제였고, 어머니의 하숙집에 대해서도 이상한 소문이 나돌기 시작하는 중이었다. 단단히 잘못 걸려들었구나 하는 생각이 들었다. 친구들이 그 이야기로 수군덕거리며 놀려대는 모습이 눈에 선했다. 이 여자도 조금은 천박한 구석이 있다. 가끔 "됐네, 아네요", "눈에 딱 걸렸다만 해봐라" 같은 말을 쓰곤 했다. 그렇지만 여자를 내가 진정으로 사랑한다면 그런 식의 말을 쓴다고 해서 무슨 문제가 되는가? 여자가 보여준 지금까지의 행실을 생각해보니 자기가 그녀를 사랑하는 건지 아니면 경멸하는 건지 분간이 되지 않았다. 물론 자기도 맞장구를 친 적이 있었다. 본능은 그더러 절대로 결혼하지 말고 버티라고 했다. 일단 결혼하는 날에는 끝장이라고 말하고 있었다.

그가 셔츠에 바지 차림으로 침대 모서리에 축 처진 모습으로 하릴없이 앉아 있는데, 폴리가 가만히 문을 노크하고 안으로 들어왔다. 그녀는 자기 어머니에게 모든 것을 털어놓았으며, 이날 아침 어머니가 그에게 무슨 이야기를 할 것인지에 대해 죄다 말했다. 그녀는 소리 내어 울면서 두 팔로 그의 목을 감싸안고는 이렇게 말했다.

"아, 보브, 보브! 난 어떡하죠? 어떻게 해야만 하는 거예요?"

그러면서 차라리 죽어버리면 좋겠다고 했다.

그는 울지 말라고 다독거리며 모든 게 잘될 테니 두려워하지 말라고 그녀를 달랬다. 울먹이는 그녀의 가슴이 셔츠를 헤집고 들어왔다.

이런 일이 생기게 된 것은 전적으로 그의 잘못만은 아니었다. 호기심 많은 독신이지만 인욕忍欲주의자답게 그는 아주 우연하게 그녀의 옷자락과 숨결, 그리고 손결에서 느꼈던 첫 번째 애무의 감촉을 생생하게 기억하고 있었다. 밤늦은 어느 날, 그는 막 잠자리에 들려고 옷을 벗고 있었는데, 그녀가 수줍은 듯한 모습으로 그의 방문을 두드렸다. 갑작스런 세찬 바람에 자기 방의 촛불이 꺼져버렸다고 하면서 그의 촛불로 불을 다시 붙이려고 왔다는 것이었다. 그날 밤은 그녀가 목욕한 날 밤이었다. 그녀는 무늬 있는 플란넬 소재의 잠옷을 걸치고 있었는데 앞이 약간 타져 있었다. 모피 슬리퍼 밖으로 뽀얀 발등이 빛나고, 향수를 머금은 피부에는 붉은 혈관이 살짝 돋아 있었다. 그녀가 촛불을 붙이고 촛대를 바로 세울 때 손과 손목에서도 은은한 향내가 피어올랐다.

그가 밤늦게 하숙집으로 돌아오는 날이면 언제나 따뜻한 저녁상을 마련해주는 사람은 바로 그녀였다. 모두가 잠든 늦은 밤에 그녀의 체취를 혼자만 느끼면서 함께 있다는 기분에 취해 그는 입에 들어가는 음식이 무엇인지도 거의 모를 지경이었다. 또 그녀의 예쁜 마음씨는 어떻고! 조금이라도 쌀쌀한 기운이 있거나, 비가 오거나, 바람이 있는 날이면 어김없이 그를 위해 따뜻한 펀치 한 잔을 마련해두었으니. 이런 걸 보면 두 사람이 같이 살게 되면 아마 행복할 것도 같은데······.

두 사람은 제각기 초를 하나씩 들고 같이 이층으로 살금살금 발끝으로 걸어 올라가 세 번째 층계 칸에서 밤이 야속한 아쉬운 작별을 나누곤 했으며, 그곳에서 서로 키스도 나누었다. 그녀의 두 눈과 그녀의 손결, 그리고 아련한 황홀감이 새삼 그를 감싸왔다.

그러나 그런 황홀감은 사라졌다. 그는 그녀가 한 말을 되새겨보았다.

"어떻게 해야만 하는 거예요?"

이것은 곧 자기 자신에게도 해당되는 말이었다. 독신자의 본능은 꽁무니를 빼야만 한다고 재촉한다. 그러나 그건 바로 죄악이었다. 저지른 죄에 대해서는 반드시 보상을 해야만 하는 것이라고 그의 양심은 꾸짖고 있다.

침대 모서리에 그녀와 그렇게 앉아 있는데, 메리가 문간에 나타나 마님이 응접실에서 그를 기다리고 있다고 전했다. 자리에서 일어나 저고리와 조끼를 입는 그는 정말 하릴없이 축 처진 모습이었다. 그는 옷을 차려입고는 그녀에게로 가서 달래주었다.

"잘될 테니 너무 걱정하지 마."

그는 방을 나섰고, 그녀는 침대에 남아 괴로운 한숨을 내쉬었다.

"오, 제발!"

계단을 디디며 아래층으로 내려가는데 안경에 너무 김이 서려 그는 안경을 벗어 들고 닦지 않을 수 없었다. 어디 지붕이라도 뚫고 이번 일을 까맣게 잊어버릴 수 있는 아주 먼 나라로 날아가 버리고만 싶은 생각이 간절했지만, 몸은 어떤 힘에 떠밀리듯 아래층으로 한 걸음 한 걸음 내려가고 있었다. 회사 주인과 하숙집 마담의 험악한 얼굴이 당혹해하는 자신을 노려보고 있었다. 마지막 계단을 내려올 때에는 바스 맥주 두 병을 찬방饌房에서 들고 나와 계단을 오르는 잭 무니와 마주쳤다. 둘은 쌀쌀맞게 인사를 나누었다. 사랑에 빠진 이 사나이의 두 눈에 불독같이 험상궂은 얼굴과 짧고 굵다란 팔뚝이 잠시 들어왔다. 계단을 다 내려와서 고개를 돌려보니 구석방 문 앞에서 무니가 그를 노려보고 있었다.

문득 그날 밤의 일이 생각났다. 그날, 음악당 배우인 조그마한 체구의 금발인 런던 사람 하나가 폴리에게 상스런 말로 넌지시 빈정댔던 일이 있었다. 그날 밤 친목회는 잭의 폭력으로 인해 거의 난장판이 되다시피 했고, 모두가 나서서 그를 말려야만 했다. 음악당 배우는 그렇지 않아도 하얀 얼굴이 더 새파랗게 질린 채 연신 웃음을 머금어 가며 별다른 악의가 있었던 것은 아니라고 매달리다시피 하면서 말했다. 그러나 잭은 어떤 놈이든 폴리에게 그런 식으로 지껄이다간 아예 모가지를 물어 뜯어버릴 거라고 그의 얼굴에다 대고 퍼부어댔다.

*

폴리는 한동안 침대 모서리에 울먹이며 앉아 있었다. 그러다 눈물을 훔치고는 거울 앞으로 갔다. 그녀는 수건 끝을 물병의 찬물에 살짝 적셔 눈가를 닦았다. 그녀는 자신의 옆모습을 비추어보고 귀 위에 꽂은 머리핀을 다시 손질했다. 그러고는 다시 침대로 돌아와 발치 끝에 앉았다. 그녀는 한동안 베개를 물끄러미 보고 있었는데, 그러자 그 위로 혼자만이 간직하고 있는 추억들이 아련히 피어올랐다. 그녀는 쇠로 된 차가운 침대틀에다 목덜미를 기댄 채 옛 생각에 잠겼다. 그녀의 얼굴에는 이미 불안한 기색이라곤 조금도 보이지 않았다.

그녀는 꾹 참으면서 기다렸다. 기분도 좋은 편이었고, 마음도 가벼웠다. 옛 생각들을 하면 할수록 점점 장래에 대한 희망과 기대감이 밀려왔다. 그 희망과 기대감 속에서 얼마나 많은 생각들을 복잡하게 하고 있었던지 뚫어져라 쳐다보던 바로 앞의 베개도 눈에 들어오지 않았고, 또 무언가를 기다리고 있다는 것조차 잊고 있었다.

마침내 어머니가 부르는 소리가 들렸다. 그 소리에 그녀는 벌떡 일어나 난간 쪽으로 달려갔다.

"폴리! 폴리!"

"네, 어머니!"

"애야, 내려오렴. 도런 씨가 너에게 하실 말씀이 있다는구나."

그 소리에 이제까지 자기가 무엇을 기다려왔는지 그녀는 홀연 생각이 났다.

뜬구름

　8년 전에 그는 한 친구를 노스 월 정거장에서 배웅하며 그의 성공을 빌었던 적이 있었다. 갤러허는 성공을 했다. 그의 세련된 분위기와 멋지게 빼입은 의상하며 거침없는 그의 말투에서 단번에 그가 성공했다는 것을 누구든 읽을 수 있을 것이다. 그 친구만큼 재주 많은 사람도 드물지만 그 같은 성공을 한 후에도 사람이 변하지 않는다는 것은 더욱 쉽지 않은 일이었다. 갤러허는 마음가짐이 발라서 성공하고도 남을 사람이었다. 그런 친구가 있다는 것은 상당한 자랑이었다.

　점심 식사 이후부터는 갤러허를 만날 일과 갤러허의 초대와 그가 살고 있는 런던이라는 대도시에 대한 기대감으로 꼬마 챈들러의 머리는 꽉 차 있었다. 그는 평균키보다 조금 작은 정도였을 뿐인데도 사람들의 눈에는 꽤 작아 보였는지, 그를 꼬마 챈들러라고 불렀다. 그는 하얀 손에다 호리호리한 키, 조용한 목소리에 몸가짐도 세련돼 보였다. 그는 비단결같이 보드라운 금발머리와 콧수염을 지극 정성으로 매만지고 손수건에도 착실하게 향수를 뿌리고 다녔다. 또한 손톱의 흰 부분은 뚜렷하고 아름다웠으며, 그가 웃음을 보일 때면 마치 어린아이 같은 하얀 이가 가지런히 드러나 보였다.

그는 킹스 법학원의 자기 책상 앞에서 지난 8년간의 세월이 가져다준 변화를 곰곰이 생각해보고 있었다. 가난하고 볼품없는 존재로만 여겼던 그런 친구가 런던의 신문가新聞街에서 가장 유명한 인물이 되어 있었던 것이다. 그는 쓰고 있는 글이 가끔은 지겨운 듯 펜을 멈추고 창밖을 바라다보곤 했다. 잔디밭과 산책로는 늦가을의 황금빛 석양으로 물들고 있었다. 옷을 흐트러뜨린 채 벤치에서 꾸벅꾸벅 졸고 있는 유모들이며 늙어빠진 노인네들 위로 금빛 햇살이 내려앉으며 따뜻하게 어루만지고 있었다. 또한 햇살은 자갈길을 따라 소리를 지르며 달리는 아이들, 공원을 지나가고 있는 사람들이며, 움직이는 모든 것들을 뒤쫓아 다니는 듯 반짝이고 있었다. 그런 정경을 바라보며 그는 인생을 생각해보았다. 삶에 대한 생각은 언제나 그랬듯이 그를 슬프게 만들었다. 살포시 묘한 우수에 젖어들었다. 그는 운명에 대적해 싸운다는 것이 얼마나 무모한 일인가 절감이 되었다. 아주 오랜 세월 동안의 삶이 그에게 남겨준 유산과도 같은 그 무거운 지혜를 도대체 어찌한단 말인가.

문득 집 장서에 있는 시집들이 생각났다. 총각 시절에 샀던 것들로 거실에서 뚝 떨어진 조그만 방에 앉아 있는 저녁이면 마음 같아서는 시집을 한 권 꺼내 들고 아내에게 읽어주고 싶은 생각이 참 많이도 일었지만, 왠지 어색한 마음에 그만두곤 했다. 그렇게 그대로 책장에 꽂아두고 있었다. 가끔 혼자서 시 몇 구절을 되뇌면서 위안을 삼곤 했다.

퇴근 시간이 되자 그는 책상에서 일어나 동료 사무원들에게 일일이 인사를 하고 나왔다. 그는 아주 단정한 옷차림으로 킹스 법학원의 중세풍 아치형 문을 지나 빠른 걸음으로 헨리에터 가를 걸어 내려갔다. 황금빛 석양은 점점 이지러지고, 공기는 이미 쌀쌀해졌다. 땟국이 질질 흐르는 아이들이 길거리를 채우고 있었다. 멍하니 서 있는 녀석들, 또 뛰어놀고 있는 녀석들, 그리고 열린 문 앞 계단을 기어오르는 녀석들, 마치 생쥐같이 문턱에 웅크리고 앉아 있는 녀석들까지 별의별 모습을 다 하고 있었다. 꼬마 챈들러는 아무 생각 없이 녀석들을 지나쳤다. 그는 꼬물대는 하찮은 벌레 같은 이 아이들을 요리조리 피해 옛날 더블린의 귀족들이 거들먹거리며 살았을, 금방이라도 유령이 튀어나올 것처럼 을씨년스런 대저택의 그늘진 담벼락을 따라 걸었다. 지난 기억들은 아예 떠올릴 생각도 안 했다. 그는 오늘 있을 즐거움에만 도취되어 있었다.

콜레스 식당에는 한 번도 가본 적이 없었지만 그 명성은 익히 알고 있었다. 연극 구경을 마친 사람들이 굴 요리 안주에 술을 즐기러 그곳에 들른다는 것도 알고 있었다. 그리고 그 식당의 웨이터들은 독일

어에 불어까지 구사한다는 이야기까지도 알고 있었다. 밤에 빠른 걸음으로 그 식당 앞을 지나노라면 자동차 여러 대가 식당 문 앞에 줄지어 늘어서고, 사치스런 옷차림을 한 여자들이 번지르르한 사내들의 에스코트를 받으며 사뿐대는 총총걸음으로 안으로 사라지는 광경을 많이도 보았다. 여자들은 요란한 옷차림에다 이것저것 많이도 걸치고 있었다. 짙은 화장을 한 여자들은 차에서 내릴 때면 마치 자기들이 아탈란테(Atalante, 그리스 신화에 나오는 달리기 잘하는 여자)인 양 기겁을 하면서 치마를 살짝 들어올렸다. 그는 고개 한 번 돌리지 않고 그곳을 지나다녔다. 그는 낮에도 빠르게 길을 걷는 습성이 있었지만, 밤길에는 특히 뭔가에 쫓기는 사람처럼 상기된 표정으로 더 빠르게 걸었다. 그렇지만 때로는 일부러 그런 두려움 속으로 빠져들어보곤 했다. 그럴 때면 가장 좁고 어두운 길을 선택해 걸었는데, 대담하게 그 길을 갈 때면 자신의 구두 소리를 감싸버리는 주위의 정적이 무서웠다. 아무 소리도 없이 얼렁거리고만 있는 사람들의 형체가 두려웠다. 때로는 문득문득 들려오는 낮은 웃음소리에 온몸이 사시나무처럼 떨렸다.

그는 오른쪽 길로 접어들어 케이플 가로 향했다. 런던의 신문가를 주름잡고 있는 이그네이셔스 갤러허! 8년 전만 하더라도 누가 꿈인들 꾸었던가? 하지만 지난 시절을 되돌아보니 꼬마 챈들러는 옛날 친구의 모습에서 장래에 큰 인물이 될 비범함이 제법 엿보였던 것 같기도 했다. 한때 사람들로부터 이그네이셔스 갤러허는 언행이 거칠다는 말을 들었다. 물론 그때의 그는 난봉꾼들과 어울리면서 술을 퍼대고 돈 때문에 여기저기 손을 벌리지 않은 데가 없었다. 그러다 결국은 돈 문제로 인한 어떤 불미스런 사건에 말려들었다. 적어도 그게 그가 도망치게 된 원인 중의 하나라는 설도 있었다. 그래도 그의 재능을 무시하는 사람은 아무도 없었다. 이그네이셔스 갤러허에게는 사람들을 자신들도 모르게 끌려오게 하는 그 어떤 매력 같은 것이 있었다. 돈에 있는 대로 쪼들리고 변통할 방도도 전혀 없는 궁색한 처지에도 그는 늠름한 얼굴을 하고 있었다. 정말 처참할 정도로 궁지에 몰렸을 때 이그네이셔스 갤러허가 했던 어떤 말 하나가 떠올랐는데, 꼬마 챈들러는 그 말이 생각나자 뭐가 그리 뿌듯한지 뺨까지 발그레해졌다.

"잠깐, 이봐들, 이젠 좀 쉬었다 하자고. 근데 약발이 있어야 생각이 날 거 아냐?"

그는 늘 이 말을 대수롭지 않다는 듯 가볍게 툭 던지곤 했다.

정말 이그네이셔스 갤러허의 진면목을 보여주는 말이라고나 할까. 이러니 어찌 그에게 끌리지 않겠는가 말이다.

꼬마 챈들러는 걸음을 재촉했다. 난생처음으로 그는 지나가는 사람들보다 자기가 더 잘났다는 느낌이 들었다. 케이플 거리가 따분하고 저속하다는 느낌이 든 것도 처음이었다. 그건 틀림없는 사실이었다. 성공을 원한다면 그곳에서 뛰쳐나와야 한다. 더블린에서는 그 무 엇도 할 수 없으니까 말이다. 그래튼 다리를 건너면서 강 하류 저편에 있는 항구를 내려다보니 가난에 찌든 낡고 초라한 집들이 눈에 들어왔다. 그 집들은 마치 한 무리의 뜨내기들 같았다. 낡아 헤진 옷 위로 먼지와 검댕을 뒤집어쓴 채, 강둑을 따라 떼를 지어 부서지는 석양의 노을을 넋 놓고 바라보며 차가운 밤바람이 불기를 기다리다 홀쩍 일어나 툭툭 털고 어디론가 뿔뿔이 흩어지는 뜨내기들의 모습……. 어쩌면 시 한 편이 나올 것도 같은 느낌이 스쳤다. 그러면 갤러허는 아마 런던의 어떤 신문에 그 시를 실어줄 수도 있겠지. 그런데 과연 독창적인 시가 나올 수 있을까? 그는 시상의 방향이 정확히 잡히는 것은 아니었지만, 그래도 어떤 시상이 떠올랐다는 사실만으로도 활기가 느껴지면서 마치 어린애같이 마음이 들떴다. 그는 아주씩씩하게 걸음을 옮겼다.

한 걸음 한 걸음 런던이 다가오고 있었다. 자신이 살고 있는 멋없고 무미건조한 그 동네는 등뒤로 점점 더 멀어지고 있었다. 가슴속저 너머 어디에선가 불꽃같은 환희가 일렁이기 시작했다. 그렇게 많은 나이도 아니었다. 그는 서른두 살이었다. 한 인격으로서 이제 겨우 막 무르익으려고 하는 정도라고나 할까. 넘칠 정도의 시적 감성에다가 표현하고픈 시상도 다양했다. 스스로도 그런 기질을 느끼고 있었다. 자신에게 과연 시인의 영혼과 감성에 걸맞은 무언가가 있는 것일까 하고 그는 무던히도 생각했다. 그의 정서는 멜랑콜리하다고 보는 게 아주 제격이었다. 그러나 이런 우울한 정서는 스스로의 신념과 체념 그리고 소박한 즐거움이 뒤엉켜 생기는 것이었다. 이런 정서를 시집으로 내놓을 수만 있다면 관심 있게 읽어줄 사람들도 아마 있을 것이다. 그러나 결코 대중의 인기를 얻을 수는 없을 것이다. 그건 그도 잘 알고 있었다. 대중의 마음을 사로잡을 수는 없겠지만 자신을 이해하는 일단의 사람들에게는 분명 호소력이 있을 것이리라. 영국의 비평가들은 아마 그의 시에 흐르고 있는 이런 우울한 분위기를 들어 그를 켈트파派 시인으로 평가할지도 모를 일이었다. 더불어 그는 시에다가 풍자를 담아볼 생각이었다. 그는 자신의 시집에 대한 비평가들의 이런저런 평가를 스스로 머릿속에 그려보았다. '챈들러 시인의 시에는 물 흐르는 듯한 우아함이 배어 있다' …… '애절한 감성이 시 전편에 녹아 흐르고 있는' …… '켈트풍의 애수'. 그의 이름이 아일랜드의 때를 벗지 못하고 있는 것이 유감이었다. 그는 성姓 앞에 어머니의 이름을 넣는 것이 어쩌면 다 나을 것도 같았다. 토머스 말론 챈들러, 아니면 그냥 T. 말론 챈들러라고 하는 게 더 나을는지, 그는 이 문제를 갤러허와 상의해봐야겠고 생각했다.

그는 생각에 너무 골똘한 나머지 길을 지나치는 바람에 다시 되돌아와야 했다. 콜레스 식당이 다가오자 전처럼 다시 가슴이 심하게 울렁거려 문 앞에서 마음을 가다듬었다. 한참을 그런 후에 드디어 문을 열고 안으로 들어섰다.

식당 안의 화려한 불빛과 시끄러운 소리에 눌려 그는 한동안 문간 앞에서 얼쩡댔다. 주위를 둘러보았지만 붉은 술병과 푸른 와인 잔들이 번득여대는 바람에 제대로 앞이 보이지 않았다. 식당 안은 온통 사람들로 꽉 차 있는 듯했고, 그 사람들 모두가 자기를 호기심 어린 눈길로 뜯어보고 있는 것만 같았다. 그는 좌우를 두리번거렸는데— 마치 중요한 일이나 있는 사람처럼 약간 인상을 쓰면서— 내부가 좀 눈에 들어온다 싶어 둘러보니 자기를 쳐다보고 있는 사람은 아무도 없었다. 이윽고 카운터에 등을 기댄 채 두 다리를 떡 벌리고 서 있는 한 인물이 보였는데, 틀림없는 이그네이셔스 갤러허였다.

"어이, 토미, 이 친구 여기네. 드디어 왔군! 뭘로 할까? 뭘 마시겠나? 난 위스키를 마시는 중이네만. 저 바다 건너 것보다는 맛이 괜찮군. 소다? 아니면 리디아? 탄산수는 싫어? 나도 그래. 술맛이 달아나니까……. 이봐, 보이, 여기 몰트 위스키 반 잔씩 두 개, 빨리 부탁해……. 그래 그동안 어떻게 지낸 거야? 이런, 우리도 이젠 제법 늙는가 보네! 어때, 자네 눈엔 내가 좀 늙어 보이나? 으잉, 뭐라고? 흰머리에 가운데가 좀 빠져 보인다고, 정말이야?"

이그네이셔스 갤러허는 얼른 모자를 벗고 짧게 바싹 깎아 올린 커다란 머리를 내보였다. 넓적한데다 창백한 느낌까지 주는 얼굴은 아주 깔끔하게 면도질이 되어 있었다. 약간 회색빛이 감도는 파란 눈의 형형한 눈빛은 밝은 오렌지색 넥타이와 선명하게 대조되면서 창백한 그의 얼굴에 약간 생기가 감도는 듯한 느낌을 주었다. 이처럼 뚜렷이 대비되는 눈과 넥타이와는 달리 그의 입술은 유난히 길고 윤곽이 없는데다 핏기마저 없었다. 그는 머리를 숙이더니 한가운데에 듬성듬성 나 있는 머리칼을 두 손가락으로 살며시 쓰다듬었다. 꼬마 챈들러는 그 정도 머리숱이면 그래도 괜찮다는 듯 고개를 가로저었다. 이그네이셔스 갤러허는 다시 모자를 썼다.

"골병드는 일이지, 기자 생활 말이야. 어디 기삿거리가 될 만한 게 없나 하고 밤낮 허둥지둥 뛰어다니는데 허탕을 치는 경우도 많거든. 허구한 날 따끈따끈한 새 기사를 물어와야 하지, 또 며칠 동안 그 지긋지긋한 교정이니 교열이니 하면서 씨름까지 해야 하니 말이야. 이렇게 고향에 돌아오니 정말 좀 사는 것 같아. 역시 좀 쉬면 다시 활력이 생기거든. 너저분한 이 더블린에 오고 난 후로 기분이 훨씬 나아졌단 말이지……. 토미 자네도 이렇게 만나보고 말이야. 물 좀 타? 어디 얼마나?"

꼬마 챈들러는 위스키 잔에 물을 잔뜩 타게 했다.

"이봐 자네, 그렇게 마시면 술맛이 안 나지. 난 그냥 쭉 마시잖아."

이그네이셔스 갤러허의 이 말에 꼬마 챈들러는 샌님처럼 말했다.

"난 술은 별로 못 해. 친구들을 만나면 어쩌다 한 잔 정도 하는데, 그게 다야."

"아, 그래! 자, 우리의 건승과 옛 추억과 그리고 오랜 우정을 위해서."

두 사람은 잔을 서로 맞부딪치고 건배를 들었다.

"오늘 옛 친구들을 몇 명 만났거든. 오하라는 아주 곤란한 처지인 듯하던데, 그 친구 하는 일이 뭐야?"

이그네이셔스 갤러허가 말했다.

"백수지 뭐. 그 친구 신세 버려놨지."

"그렇지만 호건은 재미가 있나 보던데?"

"응, 그 친군 토지 위탁소에서 일하고 있지."

"언젠가 한번은 밤에 런던에서 그 친구를 만났는데, 신수가 훤하더구먼……. 근데 오하라가 안됐군! 혹 술에 빠져 있는 건 아냐?"

"딴 얘기하지."

꼬마 챈들러가 말을 끊었다. 그러자 이그네이셔스 갤러허는 껄껄 웃었다.

"토미, 자넨 예나 지금이나 하나도 변한 게 없어. 머리가 깨질 것 같고 혓바닥이 깔깔해 미칠 것만 같던 일요일이면 늘 나에게 군소리를 해대던 그때 그 범생이 모습 그대로라니까. 바깥 세상 구경도 좀 해야 하는 거야. 어디 여행이라도 한번 해본 적은 있어?"

"맨 섬에는 가본 적 있지."

꼬마 챈들러의 이 말에 이그네이셔스 갤러허는 껄껄 웃으면서 말했다.

"맨 섬에! 런던이나 파리에 가봐야지. 그래, 파리가 낫겠어. 자네에겐 많은 도움이 될 거야."

"자넨 파리에 가본 적이 있나?"

"음, 그렇고말고! 꽤 오가곤 했지."

"소문대로 정말 그렇게 아름다운가?"

꼬마 챈들러가 물었다. 그러면서 그는 술잔에 살짝 입을 갖다댔는데, 이그네이셔스 갤러허는 꿀꺽 잔을 들이키며 말했다.

"아름다우냐고?"

그는 술맛을 잠시 음미하는 듯 말을 멈췄다.

"그렇게까지 아름답지는 않지. 물론 아름답기는 하지……. 하지만 정말 멋진 것은 파리에서의 생활이지. 파리만큼 환락과 활력 그리고 자극이 넘치는 도시는 없지……."

꼬마 챈들러는 위스키 잔을 다 비우고는 잠시 정신을 추스르다 겨우 바텐더의 얼굴을 쳐다보았다. 그는 같은 것으로 다시 주문했다.

"물랭루즈에도 가보았고 말이야."

바텐더가 그들의 잔을 치웠을 때 이그네이셔스 갤러허가 말을 이었다.

"보헤미안 카페는 죄다 돌아다녀 봤지. 거기에선 몸이 후끈 달지! 자네같이 독실한 친구에게는 큰일 날 곳이지, 토미."

꼬마 챈들러가 한참을 말도 못하고 있을 때 바텐더가 주문한 술을 내놓았다. 그러자 그는 친구의 술잔에 가볍게 잔을 맞대고는 앞서의 건배에 화답했다. 그는 다소 환멸감이 들기 시작했다. 갤러허의 말투나 태도가 언짢게 다가왔다. 그에게서 뭔가 전에는 느끼지 못했던 속물 근성 같은 게 느껴졌다. 그러나 런던 신문가의 시끌벅적한 경쟁 속에서 살다 보니 그럴 것이라는 생각이 들기도 했다. 그런 번지르르한 모습 가운데에서도 옛날의 인간적이 매력이 여전히 남아 있었다. 그리고 누가 뭐라 해도 갤러허는 세상 물정 훤하게 큰물에서 살았다는 생각에 꼬마 챈들러는 그의 친구를 부러운 눈길로 쳐다보았다.

"파리에서는 모든 게 즐거워. 그 사람들은 삶은 즐기는 것이라고 믿고 있지. 자넨 생각이 다르겠지, 아마? 정말 제대로 한번 즐겨보려면 파리로 가야 하는 거야. 참, 이건 알아둬. 그네들은 아일랜드 사람들에 대해선 다들 대단하게 생각한다니까. 내가 아일랜드에서 왔다고 하니깐 그냥 날 잡아먹을 듯하더구먼, 글쎄."

꼬마 챈들러는 잔을 들어 몇 모금 홀짝거렸다.

"사람들 말처럼 파리가 그렇게 음…… 문란하다는 게 사실인가?"

이그네이셔스 갤러허는 오른손으로 성호를 긋는 시늉을 했다.

"다 그렇다는 건 아니지. 물론 파리에는 품위 있는 곳들도 많기는 하지. 학생 무도회 같은 데 한번 가보면 알아. 코코트(파리의 고급 매춘부)들이 아양을 떨어댈 때면 신이 나지. 생각 있으면 자네도 한번 가봐, 몸이 단다니까. 무슨 말인지 자네도 알겠지?"

"얘기는 들었어."

이그네이셔스 갤러허는 위스키 잔을 쭉 비우고는 고개를 저으면서 말했다.

"자네대로 취향이 있기는 하겠지만, 파리 여자들 같은 여자는 없어. 생긴 것은 물론, 그것도 그렇고 말이야."

"그래, 문란한 도시가 맞구먼. 내 말은 런던이나 더블린과 비교해서 그렇지 않는가 이 말이야."

꼬마 챈들러는 눈치를 보면서도 기는 죽지 않으려고 계속 말했다.

"런던! 런던도 거의 매한가지야. 자네, 호건에게 한번 물어봐. 그 친구가 런던에 왔을 때 내가 구경깨나 시켜줬으니 말이야. 아마 자네의 궁금증을 확 풀어줄 거야. 이봐, 토미. 지금 위스키 만드는 중이야 뭐야. 어서 마시라니까."

"정말, 이제 그만……."

"이런 친구 봤나. 한 잔 더 한다고 죽는 것도 아닌데. 뭐 할래? 같은 걸로 할까?"

"음……, 좋아."

"프랑수아, 여기 같은 걸로 한 잔 더……. 담배 태우나, 토미?"

이그네이셔스 갤러허는 담뱃갑을 꺼냈다. 두 사람은 담배에 불을 붙이고 술이 다시 나올 때까지 말없이 담배만 빨아대고 있었다.

"이봐, 내 얘기 한번 들어봐."

이윽고 이그네이셔스 갤러허가 자욱한 담배 연기 사이로 얼굴을 드러내며 말을 꺼냈다.

"세상은 요지경이야. 도덕은 완전히 맛이 갔어! 나도 그런 일은 많이 들어 알고 있지—이런 내가 무슨 소릴 하고 있는 거야—. 그런 꼴은 많이도 봤다니까…… . 썩어 문드러진 도덕…… ."

이그네이셔스 갤러허는 뭔가 깊이 생각하는 듯한 표정으로 담배를 빨아대다가, 마치 역사가가 된 듯한 냉정한 말투로 바다 건너에서 한창 벌어지고 있는 여러 가지 부패상을 친구 앞에 계속해서 늘어놓았다. 그는 각국의 수도에서 벌어지고 있는 여러 가지 추악한 일들을 간략하게 설명했는데, 그 중에서도 베를린이 가장 심하다는 듯이 말했다. 때로는 장담할 수 없다는 이야기도 있었지만—친구들에게 들은 이야기라서—, 자기가 직접 경험했던 일도 많았다. 그는 지위나 신분을 가리지 않았다. 그는 유럽 대륙의 많은 성직 단체들의 비행을 까발렸으며, 상류사회에서 자주 벌어지고 있는 여러 추태들을 세세히 설명했고, 그리고 마지막엔 그가 사실이라고 믿고 있다면서 영국의 한 공작 부인 이야기를 아주 자세하게 이야기했다. 꼬마 챈들러는 너무나 놀랐다.

"이런, 이 더블린에서 우물 안 개구리같이 살고 있으니 어디 그런 이야기가 들리기나 하겠어."

이그네이셔스 갤러허가 말했다.

"그런 곳들을 돌아다니던 자네니까 이곳을 보면 참 따분하기도 할 거야!"

꼬마 챈들러가 말했다.

"글쎄, 그래도 여기에 오니 마음은 편해. 그리고 뭐니뭐니해도 고향이 좋다고들 하잖아. 아무래도 정이 가게 마련 아니겠나. 사람 마음이란 다 그런 거지······. 근데 자네 이야기 좀 듣고 싶네. 호건이 그러는데······ 자네 신혼 재미가 좋다면서. 2년 됐다고 그랬나?"

꼬마 챈들러는 얼굴을 붉히며 웃었다.

"지난 5월로 열두 달째가 됐지."

"지금 축하해도 그렇게 늦은 것은 아니구먼. 그땐 자네 주소를 몰랐네. 그렇지 않았더라면 그때 축하 인사를 했을 텐데 말이야."

그는 손을 내밀었고, 꼬마 챈들러는 그 손을 잡았다.

"그래, 토미. 자네와 식구들 모두 행복하게 살고, 복 많이 받고, 돈도 산더미같이 벌고, 오래오래 살기를 바라네. 이건 정말 절친한 친구의 바람일세, 알겠지?"

"물론 알고말고."

"아기는 있나?"

꼬마 챈들러의 얼굴이 다시 붉어졌다.

"하나 있어."

"아들이야, 딸이야?"

"아들."

이그네이셔스 갤러허가 그의 등을 세차게 치면서 말했다.

"대단하군, 과연 토미 자네야!"

꼬마 챈들러는 싱긋 웃고 나서 멍하니 그의 술잔을 내려다보다가 어린애 이빨 같은 앞니 세 개로 아랫입술을 지그시 깨물었다.

"떠나기 전에 우리 집에서 하루 저녁 놀다 가면 어떻겠나. 집사람도 자넬 무척 반길 텐데. 음악도 좀 들으면서 말이야……."

"정말 고마우이, 이 사람. 좀더 일찍 만났으면 좋았을 텐데 말이야. 사실 난 내일 밤에는 떠나야 한다네."

"그럼, 오늘밤은……?"

"정말 미안하네. 같이 온 동행이 있어. 머리 좋고 젊은 친구지. 근데 조그만 카드놀이 모임에 함께 가기로 선약이 되어 있거든. 그것만 아니면……."

"아, 그렇다면……."

"하지만 또 모르지. 일단 한번 길을 텄으니 내년에 잠시 들를 수도 있겠지. 그때까지 잠시만 미루기로 하세."

"알겠네. 다음에 올 때는 꼭 저녁 시간을 함께하는 거네. 약속한 거지?"

"그래, 약속했어. 내년에 오게 되면 약속 꼭 지키지."

"그럼 그 약속을 지킨다는 뜻으로 우리 딱 한 잔만 더 하세."

꼬마 챈들러가 이렇게 말하자 이그네이셔스 갤러허는 커다란 금시계를 꺼내어 들여다보면서 말했다.

"이게 마지막 잔이라는 거지? 알다시피 약속이 있어서 말이야."

"아, 그럼."

"그렇다면 좋아. 딱 한 잔만 더 건배하는 의미로 드세. 하고 보니 조그만 위스키 잔에 딱 어울리는 말이네그려."

꼬마 챈들러는 술 두 잔을 주문했다. 조금 전까지 발그스레했던 얼굴이 취기가 올라 점점 더 뻘개지고 있었다. 그는 아무 때나 아주 사소한 것에도 얼굴이 빨개졌다. 몸이 달아오르면서 흥분도 되었다. 술과 담배를 하지 않는 섬세한 체질의 소유자인 그로서는 위스키 석 잔에 머리가 어질어질한데다가, 갤러허가 내뿜어대는 독한 시가 연기에 머리가 아팠다. 8년 만에 갤러허를 만난 일, 번쩍거리는 조명과 소음에 둘러싸여 콜레스 식당에서 갤러허와 자리를 함께했다는 사실, 그리고 갤러허의 이야기들을 듣고 잠시나마 그의 호탕한 생활을 같이 느껴봤다는 흥분된 생각이 그의 여린 성격을 뒤흔들어놓았던 것이다. 자신의 삶과 친구의 삶이 완전히 딴판이라는 사실이 너무도 뼈저리게 느껴지면서 뭔가 불공평하다는 생각이 들었다. 갤러허는 출신 가문이나 교육도 자기보다 못했다. 갤러허가 했던 것들보다는 훨씬 훌륭하게 일을 해낼 수 있으며, 기회만 주어진다면 싸구려 언론보다는 더 멋진 일을 해낼 수 있다는 자신이 있었다. 도대체 나의 길을 막고 있는 건 뭐란 말인가? 타고난 나의 소심한 성격이다! 그는 어떻게든 자신의 진가를 내보이고 싶었고, 남자다운 면목을 드러내 보이고 싶었다. 갤러허가 초대를 왜 거절했는지 알 것 같았다. 갤러허는 아일랜드를 찾아 고국에 선심을 쓰는 체하는 것처럼, 그를 만나주는 정도로 우정을 선심 쓴 것이었다.

바텐더가 술잔을 내어왔다. 꼬마 챈들러는 한 잔을 친구에게 밀어주고, 다른 잔을 아주 호기 있게 쳐들었다.

"혹시 알아? 내년에 자네가 올 때면 이그네이셔스 갤러허 씨와 부인 되는 분의 건강과 행복을 내가 빌게 될지."

두 사람이 잔을 들자 챈들러가 말했다.

이그네이셔스 갤러허는 술잔 가장자리 너머로 한쪽 눈을 찡긋하고는 술을 들이켰다. 그는 입맛을 쩍쩍 다시고는 잔을 내려놓으면서 말했다.

"이 친구야, 그런 걱정은 말게. 우선 재미나 실컷 보고 난 뒤에 말이야, 또 세상 사는 모습도 좀 즐기고 난 뒤에 고생바가지를 뒤집어써도 써야 하지 않겠나. 만약 뒤집어쓰게 된다면 말이야."

"언젠가는 그럴 날이 있겠지."

꼬마 챈들러는 조용히 말을 받았다.

이그네이셔스 갤러허의 푸른 회색빛 두 눈이 둥그레지면서 오렌지색 넥타이와 함께 챈들러를 향해 돌아보았다.

"그렇게 생각하나, 자네?"

"자네도 고생바가지는 뒤집어쓰게 되어 있다니까. 여자가 생기면 누구나 다 어쩔 수 없는 거지."

꼬마 챈들러는 같은 말을 잘라 말하듯이 되풀이했다.

제법 단호한 어조로 말한 것 같아 그는 혹 속내가 드러나지 않았나 싶었다. 하지만 얼굴이 좀 빨개지기는 했으나 친구의 시선을 계속해서 노려보았다. 이그네이셔스 갤러허는 그를 잠시 노려보다가 다시 입을 열었다.

"그런 일이 만약 생긴다 하더라도 여자에게 정신이 나갔다느니 반했다느니 하는 일은 절대로 없을 걸세. 난 돈과 결혼할 테니까 말이야. 은행에 두둑한 계좌를 가지고 있는 여자라야지. 아니면 나하고는 인연이 아니야."

꼬마 챈들러는 고개를 가로저었다.

"아니, 이 사람 보게."

이그네이셔스 갤러허가 열을 내어가면서 말했다.

"무슨 말인지 모르겠나? 내가 내일이라도 입만 뻥긋하면 그런 여자와 돈이 굴러 들어온다니까. 못 믿겠다 이거지? 그렇겠지. 돈이 썩어나자빠지는 독일 여자, 유대인 여자가 수백, 아니 수천도 더 된다니까. 얼씨구나 좋다 하고 달려올 여자가 말이야. 조금만 기다려봐, 이 친구야. 내 솜씨가 어떤지 두고 보란 말이야. 나는 한번 했다 하면 끝장을 보는 놈이야. 정말이야, 두고 봐."

그러면서 그는 잔을 선뜻 입으로 가져가 쭉 비우고는 호탕하게 웃었다. 그러다 무슨 생각을 하는 듯 앞을 물끄러미 쳐다보다가 목소리를 낮춰서 말했다.

"하지만 난 서두르지 않아. 여자들더러 기다리라지. 난 한 여자에게 얽매일 생각은 없단 말일세."

그는 입맛을 다시는 시늉을 하더니 인상을 찌푸렸다.

"김빠진 거 같은데."

*

꼬마 챈들러는 현관에서 좀 떨어진 방에서 아기를 안고 앉아 있었다. 돈을 절약하기 위해서 그들은 하녀를 두지 않았는데, 애니의 동생인 모니카가 아침저녁으로 와서 한 시간씩 일손을 도와주고 있었다. 하지만 지금은 모니카도 집으로 돌아간 지 오래였다. 시간은 9시 15분 전이었다. 꼬마 챈들러는 다과 시간이 지난 후에 돌아온데다, 뷰울리 가게에 들러 애니가 부탁한 커피를 사오는 것도 잊어먹어 버렸다. 물론 아내는 기분이 좋을 리 없었고 그의 말에도 퉁명스럽게 대꾸했다. 그녀는 차 없이 지내겠다고 했지만, 길모퉁이에 있는 가게

가 문을 닫을 즈음이 되자 직접 나가서 차 4분의 1파운드와 설탕 2파운드를 사오겠다고 했다. 그녀는 자고 있는 아기를 맵시 있게 그의 팔에 안겨주면서 말했다.

"자요, 깨우지 마세요."

하얀 사기 갓을 씌운 작은 램프 하나가 테이블 위에 있었고, 휘어진 뿔로 만든 장식 속에 사진 하나가 그 빛을 받아 빛나고 있었다. 그건 애니의 사진이었다. 꼬마 챈들러는 사진을 쳐다보다, 잠시 꼭 다문 가느다란 입술을 들여다보았다. 사진 속의 그녀는 연한 푸른색 여름 블라우스를 입고 있었는데, 어느 토요일에 선물로 그가 사다준 것이었다. 10실링 11펜스나 주고 샀는데, 그것을 사느라고 그는 정말 진땀을 흘렸다. 그날 이만저만 고생한 게 아니었다. 가게 안의 사람들이 다 나갈 때까지 가게 문 앞에서 기다리다, 카운터 앞에 서서 여점원이 여성용 블라우스를 자기 앞에 이것저것 내놓는 동안 태연한 척하려고 무진 애를 썼으며, 계산을 치르고 난 뒤에도 거스름돈 챙기는 것을 깜빡하는 바람에 다시 계산대로 불려 들어가, 나중에 가게를 나올 때는 빨개진 얼굴을 감추느라 포장이 잘 되었는지 살피는 척하며 딴전을 피워댔던 그였다. 블라우스를 가지고 집으로 돌아오자 애니는 그에게 키스하며 아주 예쁘고 맵시가 있다고 좋아했다. 그러나 그 값을 듣자 테이블 위로 블라우스를 집어던지며 그런 터무니없는 가격이 어디 있냐고 하면서 이건 완전히 사기당한 거나 마찬가지라고 난리를 피웠다. 처음에는 환불을 해야겠다고 떠들어댔지만, 한번 입어보더니 무척 마음에 들어했는데 특히 옷소매 맵시가 멋지다며, 이렇게까지 자기를 생각해주다니 너무 자상한 남편이라고 하면서 그에게 키스를 했다.

"홍……!"

그는 싸늘한 눈초리로 사진 속의 두 눈을 쏘아보았다. 사진 속의 두 눈도 차갑게 그를 노려보고 있었다. 분명 아름다운 눈이었다. 얼굴도 예뻤다. 그러나 뭔가 좀 모자라는 듯이 보였다. 왜 저렇듯 철이 없으면서도 고상한 척하는 걸까? 차분한 눈매가 오히려 기분이 나빴다. 자기를 무시하고 반항하는 듯한 느낌이었다. 아무런 열정도, 아무런 환희도 모르는 눈이었다. 돈 많은 유대인 여자를 들먹이던 갤러허의 말이 생각났다. 유대인 여자의 그 검은 두 눈동자는 얼마나 정열적이며 또 얼마나 육감적일까……! 나는 왜 사진 속의 이런 눈의 여자와 결혼했던가?

이런저런 생각에 취해 있다가 정신을 차린 그는 신경질적인 눈으로 방 안을 둘러보았다. 집 안을 꾸미기 위해 할부로 장만한 멋진 가구에서도 뭔가 천한 느낌이 들었다. 애니가 직접 고른 것이다 보니 가구를 보면 그녀가 떠올랐다. 가구도 아내만큼이나 깔끔하고 예뻤다. 자신의 삶에 대한 이상한 반감이 속에서 꿈틀했다. 이 하찮은 공간에서 도망칠 수는 없는 걸까? 갤러허처럼 담대하게 한번 살아보기

에는 너무 늦어버린 것일까? 런던으로 가면 어떨까? 아직 가구 대금
도 다 치르지 못했는데. 책을 한 권 써서 출판만 된다면 길이 트일 것
도 같았다.

바이런의 시집 한 권이 그의 앞 테이블 위에 놓여 있었다. 그는 잠
든 아기를 깨우지 않으려고 왼손으로 가만히 그 시집을 들춰 첫 번째
시를 읽어 내려갔다.

바람은 숨을 죽이고 멎어버린 듯한 황혼,

실바람 한 올 지나지 않는 숲 속,

마거릿의 무덤으로 나 이제 돌아와

사랑하는 이의 흙 위에

꽃잎을 뿌리노라.

그는 잠시 멈췄다. 시의 운율이 방 안을 휘돌며 자신을 감싸는 듯
한 느낌이 들었다. 아, 정말 우수적이야! 나도 이런 시를 쓸 수 있다
면, 우수에 젖은 내 영혼을 이렇듯 표현해낼 수 있을까? 그는 쓰고 싶
은 것이 너무나 많았다. 몇 시간 전에 그래튼 다리에서 느꼈던 그 시
상도 그런 것이었다. 그때의 감성으로 다시 되돌아갈 수 있다면…….

아기가 잠에서 깨어나 울기 시작했다. 그는 시집에서 눈을 떼고 아
이를 달래려고 했다. 그러나 아기는 좀처럼 울음을 그치려고 하지 않

왔다. 팔에다 안고 이리저리 얼러보아도 아기의 울음소리는 점점 커지기만 했다. 그는 아기를 더 빠르게 흔들어대면서 눈은 그 시의 두 번째 연을 읽기 시작했다.

이 좁은 공간 속에 그대는 흙으로 누워
한때는 그렇게……

소용이 없었다. 시를 읽을 수가 없었다. 아무 일도 할 수가 없었다. 아기의 울음소리가 마치 귀청을 찢는 듯 울려댔다. 부질없어, 다 부질없단 말이야! 난 한평생 감옥에 갇힌 게지. 울화가 치밀어오르면서 두 팔이 부르르 떨리더니 갑자기 아기의 얼굴에다 큰 입을 갖다대고는 고함을 버럭 질렀다.

"그쳐!"

아기는 잠시 울음을 그쳤다가 놀라 자지러지면서 비명을 지르다시피 울어댔다. 그는 자리에서 벌떡 일어나 두 팔로 아기를 안고 총총걸음으로 방 안을 왔다갔다했다. 아기는 경기가 들은 듯 흐느끼다가, 4, 5초 동안 숨을 제대로 가누지 못하다가 겨우 울음을 토해내곤 했다. 얇은 벽으로 둘러싸인 방 안은 아기 울음소리로 진동하고 있었다. 그는 아기를 달래려고 애를 써봤지만 아기는 더더욱 기를 쓰며 울어댔다. 그는 아기의 얼굴이 새파래지면서 바르르 떨리는 것을 보

자 겁이 덜컥 났다. 아기가 쉬지 않고 일곱 번이나 흐느껴대는 것을
세어보고는 와락 겁이 나 아기를 가슴에다 껴안았다.

"아기가 죽으면……!"

방문이 활짝 열리더니 아내가 숨을 헐떡이며 뛰어 들어왔다.

"왜 그래요? 왜 그래요?"

엄마 목소리를 들은 아기는 더한층 자지러지게 울기 시작했다.

"아무것도 아냐, 여보…… 아무것도 아니라니깐…… 그냥 애가 막
울잖아……."

그녀는 짐꾸러미를 바닥에 내던지고는 얼른 아이를 낚아채갔다.

"무슨 짓을 한 거예요?"

그녀는 남편을 노려보며 소리를 질렀다.

꼬마 챈들러는 잠시 노려보는 아내의 눈초리에 증오가 서려 있는
것을 느끼자 가슴이 철렁 내려앉았다. 그는 말을 더듬거렸다.

"아무것도 아냐…… 그 애가…… 그냥 울더라고…… 뭘 어떻게 해
야 할지…… 아무 짓도 안 했단 말이야…… 응?"

아내는 그의 말에는 아랑곳하지 않고 두 팔로 아기를 꼭 껴안고서
방 안을 왔다갔다하면서 얼렀다.

"아가야, 우리 아가야. 놀랐어, 응? …… 자, 아가야, 우리 아가야.
……귀여운 우리 아가야. ……예쁜 우리 아기, 여기 엄마가 있잖아
요."

꼬마 챈들러는 부끄러움에 얼굴이 확 달아오르는 것을 느끼고는 램프 불빛을 비켜섰다. 그는 자지러지게 울어대던 아이의 울음소리가 점점 잦아드는 것을 가만히 듣고만 있었다. 그의 두 눈엔 뉘우침의 눈물이 고이고 있었다.

분풀이

전화벨 소리가 사납게 울리자 파커 양이 전화기 쪽으로 갔다. 곧 아일랜드 북부 말씨의 몹시 화난 목소리가 새어나왔다.

"패링턴을 이리로 보내!"

파커 양은 타자기 있는 곳으로 돌아와 책상에서 무언가를 쓰고 있는 한 사내에게 말했다.

"앨린 씨께서 위층으로 올라오시랍니다."

그 남자는 나지막하게 "망할 자식!" 하고 투덜거리면서 의자를 뒤로 획 밀치며 벌떡 일어섰다. 일어선 그의 모습은 훤칠한 키에다 체구도 당당했다. 약간 앞으로 숙인 검붉은 포도주색 얼굴에 그린 듯한 멋진 눈썹과 콧수염에다 두 눈은 약간 툭 튀어나와 있었으며 흰자위는 탁해 보였다. 그는 카운터를 들치고 고객들을 지나 무거운 발걸음으로 사무실을 나왔다.

그는 느릿느릿 계단을 오르다 두 번째 층계참에 다다르자, '미스터 앨린' 이라고 새겨놓은 동판으로 만든 문패 앞에 멈춰 섰다. 화도 나고 숨도 차고 해서 그는 헉헉거리다 문을 두드렸다. 안에서 째지는 듯한 목소리가 튀어나왔다.

"들어오시오!"

사내는 앨린 씨 방으로 들어갔다. 그 순간, 깔끔하게 면도한 얼굴에 금테 안경을 둘러쓴 자그마한 체구의 앨린 씨가 서류 더미 위로 고개를 번쩍 쳐들었다. 머리칼이라곤 하나도 없는 불그레한 그의 머리통은 마치 종이 뭉치 위에 올려놓은 커다란 알처럼 보였다. 앨린 씨는 다짜고짜로 퍼부어댔다.

"패링턴? 도대체 이게 뭐란 말이오? 왜 허구한 날 당신을 붙잡고 싫은 소리만 하게 만드는 거요? 보들리와 커원 간의 그 계약서를 왜 아직까지 작성해놓지 않았죠? 4시까지는 반드시 해놓아야 한다고 단단히 말했을 텐데?"

"그게 저, 셸리 과장께서 말씀하시기를……."

"셸리 과장께서 말씀……? 그따위 소린 집어치우고 내 말을 들으란 말이오, 내 말을! 일은 하지 않고 뺀들거리면서 날마다 이 핑계 저 핑계야. 점잖게 말하는데, 오늘 저녁까지 계약서가 작성 안 되면 그땐 크로즈비 씨에게 사실을 알리겠소. 내 말 알아듣겠소?"

"예, 알겠습니다."

"무슨 말인지 알겠죠? …… 아, 그리고 또 한 가지! 뭐 벽에다 대고

하는 게 더 나을지 모르지만 말이지. 허나 이번만은 명심해요. 점심
밥 먹으면서 한 시간 반씩 죽치지 말고 30분으로 줄여요. 도대체 뭘
얼마나 먹는 건지…… 지금 뭐 좀 언짢아요?"

"예, 알겠습니다."

앨린 씨는 다시 서류 더미 위로 머리를 숙였다. 사내는 크로즈비
앤 앨린 회사를 굴리고 있는 그 번들번들한 머리통을 뚫어져라 쳐다
보며 저게 얼마나 단단할까 생각해보았다. 울화가 치미는 바람에 얼
마 동안 꽉 막힌 듯했던 목구멍이 풀어진다 싶더니 심한 갈증이 확
들이닥쳤다. 사내는 이런 기분일 땐 당연히 밤에 술 한잔 걸치는 거
라고 생각했다. 이달도 중순을 넘어섰으니, 시간 내에 계약서 작성을
마치면 아마 앨린 씨도 가불 좀 해주라고 경리에게 지시할지도 모른
다고 생각했다. 그는 여전히 서류 더미 위로 보이는 머리를 뚫어져라
쳐다보며 서 있었다. 갑자기 앨린 씨가 서류 더미를 온통 뒤적거리기
시작했는데, 뭔가를 찾는 듯했다. 그러다 사내가 아직 그러고 있는
줄 전혀 몰랐다는 표정으로 고개를 쳐들고 말했다.

"으응? 하루 종일 그렇게 서 있을 작정인가? 이것 참, 자넨 진짜 태
평이구먼!"

"저, 사실은……."

"됐네, 사실이고 뭐고 간에 내려가서 당신 일이나 해요!"

사내는 문 쪽으로 무거운 발걸음을 옮겼다. 막 방을 나서는 그의

뒤통수에 저녁때까지 계약서 작성을 마치지 않으면 크로즈비 씨에게 고해 바치겠다는 앨린 씨의 악다구니 같은 소리가 울렸다.

그는 아래층 사무실로 내려와 앞으로 작성해야 하는 계약서 매수를 세어보았다. 펜을 들어 잉크를 찍었으나 '결코 본건本件의 버나드 보들리는……'이라고 조금 전에 써놓은 마지막 문구를 멍하니 바라만 보고 있었다. 저녁이 곧 다가올 테고 그러면 등불을 켤 테니 그때 쓰면 되겠다고 생각했다. 우선 갈증부터 좀 해결해야겠다고 생각했다. 그는 책상에서 벌떡 일어나 전처럼 카운터를 들치고는 사무실을 빠져나갔다. 그가 사무실 밖으로 나가는 것을 본 과장이 의아한 눈초리로 쳐다보았다.

"별일 아니에요, 미스터 셸리."

사내는 손가락으로 어딘가를 가리키며 거기에 간다는 시늉을 했다.

모자걸이를 흘깃 본 과장은 그의 모자가 그대로 있는 것을 보고는 더 이상 아무 말도 하지 않았다. 층계참으로 나서자마자 사내는 주머니에서 나사천으로 된 체스판 무늬의 모자를 꺼내 쓰고는 꺼질 것만 같은 계단을 빠르게 뛰어 내려갔다. 정문에서부터 벽면을 따라 길모퉁이 쪽으로 살금살금 걸어가던 그는 갑자기 어느 문간 안으로 펄쩍 뛰어들었다. 이제 오닐 선술집의 어두운 구석에 편안히 자리를 잡은 그는 적포도주색 같기도 하고, 검붉은 쇠고기 색깔 같기도 한 벌건 그의 넓적한 얼굴을 바가 들여다보이는 작은 유리창에 꽉 채우고 소리를 버럭 질렀다.

"이봐 패트, 여기 흑맥주 한 잔, 빨리 좀 줘!"

급사는 보통 마시는 흑맥주 한 잔을 내어왔다. 사내는 단숨에 들이키고는 캐러웨이 씨를 하나 달래서 안주 삼아 씹었다. 그러고는 계산대 위에 술값을 턱 던지고, 어둠 속에서 돈을 더듬대며 찾고 있는 급사를 뒤로하고 들어올 때만큼이나 슬그머니 자리를 빠져나갔다.

2월 초저녁의 황혼은 짙은 안개에 묻혀 어둠 속으로 잠기고 있었고, 유스터스 가에는 가로등이 이미 들어와 있었다. 쭉 늘어선 주택을 따라 걸으며 과연 시간 내에 계약서를 다 작성할 수 있을까 생각하는 사이에 그는 사무실 문 앞에 와 있었다. 계단을 올라가는데 짙은 향수 냄새가 코를 찔렀다. 오늘 선술집에 가 있는 동안에 델러코 여사가 와 있는 게 틀림없었다. 모자를 다시 호주머니에 구겨 넣고는 아주 태연한 척하며 사무실 안으로 들어섰다.

"앨린 씨가 부르고 난린데, 도대체 어디 있었소?"

과장이 무거운 목소리로 캐물었다.

사내는 카운터 곁에 서 있는 손님 두 사람을 흘낏 쳐다보고는 그들이 있어서 뭐라고 말하기 곤란하다는 듯한 눈길을 보냈다. 두 손님 모두 남자였기 때문에 과장은 혼자 쓴웃음을 지으면서 말했다.

"또 그 뻔한 수작. 하루에 다섯 번이야 그리 많은 편도 아닐 테지……. 어쨌든 정신 차리고 델러코 부인 건에 관한 우리 회사 서류를 챙겨서 앨린 씨께 올라가 봐요."

사람들 있는 데서 이런 말을 들은데다가, 위층을 급히 오르락내리락했으며, 또 허겁지겁 들이킨 술기운까지 겹치자 기분이 아주 뒤숭숭해진 그는 밀린 업무를 보려고 책상에 앉았지만 5시 반 전에 그 계약서 작성을 마친다는 것은 도저히 불가능하다는 생각이 들었다. 비가 추적추적 내리는 밤이면 그는 술집에 앉아 휘황한 불빛 아래 친구들과 어울려 잔을 맞대가며 시간을 보내고 싶은 마음이 굴뚝같았다. 델러코 부인 건의 서류를 꺼내 들고 그는 사무실 밖으로 나왔다. 그는 서류 중에서 편지 두 통이 없어진 사실을 앨린 씨는 모를 거라고 생각했다.

앨린 씨의 방에 다다를 때까지 줄곧 그 지독한 향수 내가 코를 찔렀다. 델러코 부인은 유대계로 보이는 중년 여자였다. 앨린 씨가 이 부인과 부인의 돈에 침을 흘리고 있다는 소문이 있었다. 부인은 사무실을 자주 찾아오는 편이었고, 한번 올 때면 꽤 오랜 시간을 머물다 갔다. 그녀는 향수 냄새를 있는 대로 풍기면서 앨린 씨의 책상 옆에 앉아 있었는데, 파라솔 손잡이를 만지작거리면서 모자에 꽂은 커다란 검은 깃털을 끄덕대고 있었다. 앨린 씨는 자리를 돌려 부인과 마주보고 앉아 있었는데, 오른쪽 발을 왼편 무릎에 척 걸치고 있었다. 사내는 서류철을 책상 위에 내려놓으면서 정중하게 머리 숙여 인사했지만, 앨린 씨도 델러코 부인도 그의 인사는 거들떠보지도 않았다. 앨린 씨는 서류철을 손가락으로 툭툭 치더니, '됐소, 가보시오.' 라는 듯 사내를 향해 손가락을 저었다.

사내는 아래층 사무실로 내려와 자기 책상에 다시 앉았다. 그는 작성하다 만 '결코 본건의 버나드 보들리는……' 이라는 문구를 뚫어져라 쳐다보면서, 끝의 세 구절 모두가 같은 철자로 시작하는 게 참 묘하게 재미있다는 생각이 들었다. 과장은 그런 식으로 타이핑을 하다간 우편물 발송 시간을 놓쳐버릴 거라고 파커 양에게 닦달을 해대고 있었다. 사내는 얼마 동안 타자 치는 소리에 귀를 내맡기고 있다가 계약서 작성을 마감하기 위해 일을 시작했다. 그러나 머리도 맑지 못한데다가 휘황한 불빛 아래 잔 부딪치는 소리가 요란한 선술집이 자꾸만 눈앞에 어른거렸다. 독한 펀치 술을 한잔 걸치기에 딱 좋은 저녁이었다. 계약서를 잡고 씨름을 했지만, 시계가 5시를 쳤을 때도 써야 할 것이 아직 15페이지나 남아 있었다. 제기랄! 시간 안에 마치기란 다 틀렸다! 그는 큰 소리로 욕을 질러대고 아무거나 걸리는 대로 때려부수고만 싶었다. 그는 너무 열을 받은 나머지 '버나드 보들리'라고 써야 할 것을 '버나드 버나드'라고 쓰는 바람에 새 종이에다 다시 고쳐 써야 했다.

몸에 힘이 확 솟구치면서 혼자서 사무실 전체를 몽땅 청소하라고 해도 거뜬히 해낼 것 같은 기분이었다. 몸뚱이는 뭔가를 하고 싶어

근질근질했는데, 밖으로 뛰쳐나가 한바탕 난리를 피우고 싶은 그런 기분이었다. 이처럼 온갖 수모를 당하며 살아가야 하는 자신의 처지에 울화가 솟구쳤다. 그러다 잠시 경리에게 가불 좀 하면 어떨까 하고 생각해보았다. 아냐, 성질머리 더러운 작자가 되어놔서…… 정말 더럽지. 절대로 안 해줄 거야……. 레너드와 오핼로런 그리고 노지 플린 같은 친구들이 어디서 놀고 있을지는 뻔했다. 거기에 가면 그들을 만날 수 있다. 지금 그는 한바탕 신나게 놀지 않고서는 도저히 참을 수 없는 그런 기분이었다.

이런 생각에 푹 젖어 있다 보니 그는 두 번이나 자기 이름을 부르는 소리를 듣고서야 겨우 대답했다. 앨린 씨와 델러코 부인이 카운터 바깥쪽에 서 있었고, 사무원들 모두는 뭔가 심상치 않은 낌새를 알아차린 듯 이쪽으로 고개를 돌리고 있었다. 사내는 책상에서 일어섰다. 앨린 씨는 다짜고짜로 욕설을 퍼붓기 시작하더니만 편지 두 통은 어디 갔느냐고 질책했다. 사내는 모르는 일이라고 딱 잡아떼면서 자신은 성실하게 그것들을 작성했을 뿐이라고 대답했다. 욕설이 계속되었다. 어찌나 심하고 모욕적인지 하마터면 사내는 자기 앞에 있는 마네킹의 머리를 주먹으로 마구 내리쳐버릴 뻔했다.

"이 서류 말고는 다른 두 통의 편지에 대해선 전 정말 아무것도 모릅니다."

사내는 엉거주춤하게 서서 대답했다.

"전혀…… 모른다. 물론 모르시겠지!"

앨린 씨는 이렇게 쏘아붙이고는 먼저 곁에 있는 부인에게 동의를 구하는 듯한 눈길로 한번 쳐다보고 난 뒤에 이렇게 덧붙였다.

"날 바보로 아는 거야? 아주 바보 천치인 줄 아는구먼?"

사내는 부인의 얼굴과 빛깔 좋은 계란같이 생긴 앨린 씨의 머리통을 번갈아 보다가 자기도 모르게 그만 묘한 대답이 튀어나왔다.

"저에게 하실 말씀은 아닌 것 같습니다만."

사무원들 모두 잠시 숨이 멎은 듯했다. 너무 놀란 나머지 모두가 어안이 벙벙한 모습이었는데—이 말을 한 장본인도 놀라기는 마찬가지였지만—, 토실토실 귀엽고 상냥하게 생긴 델러코 부인은 싱글벙글 웃기 시작했다. 앨린 씨는 너무 열을 받은 나머지 얼굴이 홍당무처럼 새빨개지면서 입이 뒤틀리는 듯했다. 그는 주먹을 사내의 얼굴에 갖다대고 삿대질을 해댔는데, 마치 전기 기계에 붙어 있는 전구가 빙빙 돌고 있는 듯한 광경이었다.

"이 뻔뻔스런 자식! 이 뻔뻔스런 자식! 내가 당장 잘라주지! 어디 한번 보자고! 방금 한 짓거리에 대해 지금 여기서 사과해! 아니면 당장 나가! 회사를 그만두란 말이야! 아니면 당장 사과해!"

＊

사내는 사무실 건너편의 어느 문간에 서서 경리가 혼자 나오기를 지켜보고 있었다. 다른 사무원들이 모두 나온 다음 맨 마지막에 경리가 과장과 함께 문에서 나왔다. 과장과 함께 있으니 경리에게 말을 해봤자 소용없는 일이라 생각했다. 사내는 자기 입장이 참 난처하게 여겨졌다. 앨린 씨에게 무례함에 대한 사과를 부득이 하기는 했지만, 앞으로 사무실에서는 마치 벌집 쑤셔놓은 것같이 안절부절 못하며 지내야 할 거라는 생각이 들었다. 앨린 씨가 꼬마 피크를 내쫓고 그 자리에 자기 조카를 앉혔던 일이 생생하게 떠올랐다. 울화가 치밀면서 목에는 갈증이 확 올라오고 증오감이 북받쳐 오르면서, 자신은 물론 세상 모든 사람들이 다 귀찮게만 느껴졌다. 앞으로 앨린 씨는 나를 한시도 가만두지 않고 들볶아대겠지. 정말 지옥 같은 회사 생활이 되겠군. 참 바보 같은 짓을 했다는 자괴감이 밀려왔다. 그냥 입을 꾹 다문 채 참고 버텼어야 하는 건데. 사실 그들 두 사람은 애초부터 사이가 원만하지 못했다. 히긴스와 파커 양을 웃겨보려고 앨린 씨의 북부 아일랜드 말씨를 흉내 내다가 그에게 들킨 적이 있었는데, 그때부터 두 사람 사이는 삐걱댔던 것이다. 히긴스에게 돈을 좀 꾸어달라고 해볼까 싶었지만 그 위인은 원래 가진 거라곤 없는 인물이었다. 두 집 살림을 해야만 하는 처지이니 사실 그럴 만도 했다……

아늑한 술집 분위기가 떠오르자 그 커다란 몸뚱이가 온통 쑤셔대는 것 같았다. 습한 안개가 몸을 감싸왔다. 오닐 술집의 패트에게 말해볼까 생각해보았으나 기껏해야 1실링 정도 빌릴 수 있을 것 같았다. 그까짓 1실링은 있으나 마나 한 돈이었다. 어디서든 돈을 구하긴 구해야 하는데, 가지고 있던 한 푼 돈마저 흑맥주를 사서 마시느라고 써버렸고, 조금만 더 늦어지면 어디 가서 구할 데도 없었다. 시곗줄을 만지작거리고 있자니, 문득 플리트 가에 있는 테리 켈리의 전당포가 생각났다. 바로 그거야! 왜 진작 이 생각을 못했지?

그는 템플 주점의 좁다란 골목길을 빠르게 걸으면서 오늘밤 한바탕 신나게 놀아볼 테니 네까짓 놈들은 모두 꺼져버리라고 중얼대고 있었다. 테리 켈리의 점원이 1크라운(5실링짜리 은전 한 닢) 쳐주겠다고 하자, 사내는 6실링 아니면 절대로 안 된다고 우겼고, 결국은 그의 말대로 6실링을 받고 시계를 잡혔다. 그는 손에다 동전들을 둥그렇게 말아 쥐고 득의만면한 표정으로 전당포를 나왔다. 웨스트모어랜드 거리는 일을 마치고 나오는 젊은 남녀들로 북적대고 있었고, 누더기를 걸친 꼬마 녀석들이 석간신문 이름을 외치며 이리저리 뛰어다녔다. 사내는 지나치는 광경들을 아주 뿌듯하게 바라보면서, 또 한편으로는 지나가는 여사무원들을 능숙한 시선으로 뜯어보면서 사람들 사이를 헤집고 걸어갔다. 전차의 종소리와 휙 지나가는 트롤리 버스 소리가 그의 머릿속을 울려대고, 코는 이미 감칠맛 나는 술 향기를 킁킁대며 맡고 있었다. 그는 걸어가면서 오늘 있었던 일을 친구들에게 어떤 식으로 이야기하면 좋을지 미리 생각해보았다.

"그래, 난 그 자식을 똑바로 쳐다봤거든—싸늘한 눈초리로 말이야. 또 이번엔 여자를 노려봤지. 그러고는 다시 그 자식을 노려봤어—천천히 말이야. 그러면서 내가 이렇게 쏘아붙인 거야. '저에게 하실 말씀은 아닌 것 같습니다만.' 이렇게 말이지."

노지 플린은 데이비 번 술집의 으레 죽치는 자리에 앉아 있었다. 이야기를 듣고 난 그는 지금껏 들은 것 중에 가장 유쾌한 이야기라고 하면서 패링턴에게 술을 한 잔 샀고, 그 다음에는 패링턴이 답주로 한 잔을 샀다. 잠시 후 오핼로런과 패디 레너드가 들어오자 그들에게도 이 이야기를 되풀이했다. 오핼로런은 일행들에게 독한 몰트 주를 한 잔씩 사더니, 포운즈 가에 있는 캘런 사무실에서 근무할 때 과장에게 했던 말대꾸 이야기를 꺼냈다. 자신이 했던 말은 전원시에 나오는 버릇없는 목동의 말을 흉내 낸 것일 뿐이며, 사실 패링턴의 대꾸에 비하면 아무것도 아니라고 하면서 패링턴을 치켜세웠다. 이 말에 흡족해진 패링턴은 다들 죽 들이키고 한 잔씩 더 하자고 신이 나서 말했다.

다들 마실 술을 한참 고르고 있을 때 아나나 다를까 히긴스가 술집으로 들어섰다. 물론 그도 이들과 한패로 어울렸다. 친구들은 히긴스에게 목격담을 요청했고, 그러자 그는 흥을 내가며 죄다 이야기를 해쳤다. 조그마한 독한 위스키 잔 다섯 개가 앞에 탁 놓여 있으니 이야기가 절로 나올 수밖에 없었다. 앨린 씨가 패링턴의 얼굴 앞에다 주먹을 휘두르는 모습을 묘사할 때는 모두가 배꼽을 쥐고 뒤로 넘어갔다. 그러고는 패링턴의 말대꾸를 흉내 낸 다음, "여기까지가 본인이 봤던 이야기입니다, 다들 재미가 있으셨는지요." 하면서 이야기를 끝맺었다. 그러는 동안 패링턴은 희멀건 눈동자를 굴려대며 좌중을 둘러보다가 가끔 씩익 웃으면서 아랫입술로 콧수염에 묻어 있는 술방울을 훑었다.

한바탕 술잔이 돌고 나자 잠시 조용해졌다. 오핼로런에게는 돈이 있었지만, 나머지 두 사람에겐 돈이 아예 없는 것 같았다. 그래서 일행은 좀 섭섭하다는 표정으로 술집을 나왔다. 듀크 가 모퉁이에 이르자 히긴스와 노지 플린은 왼편으로 떨어져 나가고, 나머지 세 사람은 시내 쪽으로 다시 발길을 돌렸다. 차가운 거리엔 비가 부슬부슬 내리고 있었고, 일행 셋이 밸라스트 사무소가 있는 곳까지 왔을 때 패링턴이 스카치 바에서 한잔 더 하자고 제안했다. 그 술집은 사람들로 꽉 들어찬데다가 떠드는 소리와 잔 부딪치는 소리로 아주 소란스러웠다. 세 사람은 문 입구에서 성냥을 팔아달라는 앵벌이 애들을 떨쳐내고 안으로 들어가 카운터 근처 한구석에 자리를 잡았다. 그들은 또 노닥거리기 시작했다. 레너드는 웨더스라는 한 젊은 친구에게 일행을 소개했는데, 이 친구는 티볼리 극장에서 곡예사 겸 엉터리 악사로 출연하는 배우였다. 패링턴이 일행들에게 한 잔씩 샀다. 웨더스는 자기는 아폴로나리스 탄산수를 섞은 아일랜드 위스키를 한 잔 마시겠다고 했다. 패링턴은 자신의 주머니 사정을 생각하고는 친구들에게 모두들 아폴로나리스 탄산수를 섞어 마시겠느냐고 물었다. 그러나 그들은 자기들은 그냥 독하게 마시겠다고 했다. 그들의 이야기는 점점 열기를 더해갔다. 오핼로런이 한 잔씩 돌리고, 다음은 패링턴이 또 한 잔씩 샀다. 그러자 웨더스는 대접만 받고 있자니 좀 그렇다고 하면서 나중에 무대 뒤로 가서 근사한 여자들을 소개해주겠다고 했다. 오핼로런은 자기와 레너드야 기꺼이 가겠지만, 패링턴은 결혼한 몸이라 아마 가지 않을 거라고 했는데, 이 말에 패링턴은 그런 식으로 나를 조롱하지 말라는 듯 희멀건 눈동자를 굴리면서 좌중을 흘겨보았다. 웨더스는 여기서는 약간만 사겠으니 이쯤하고 나중에 풀벡 가에 있는 멀리건 술집에서 만나자고 제의했다.

스카치 바가 문을 닫자마자 그들은 멀리건 술집으로 우르르 몰려갔다. 그들은 가게 뒤편 방으로 들어가 오핼로런이 조그만 잔으로 나오는 독한 특주를 모두에게 한 잔씩 돌렸다. 다들 취흥이 오르기 시작했다. 패링턴이 또 한 잔씩 내려고 할 때 웨더스가 돌아왔다. 이번에는 웨더스가 독한 맥주를 마셨기 때문에 패링턴은 적이 마음이 놓였다. 돈이 바닥나기 시작했지만 그 정도는 살 수 있었다. 한창 그러고 있는데 커다란 모자를 둘러쓴 젊은 여자 두 명과 체크무늬 정장

차림인 새파란 청년 하나가 들어와 바로 옆 테이블에 앉았다. 웨더스는 그들에게 인사를 건네고는 일행들에게 그들이 티볼리 극장 단원이라고 말했다. 패링턴은 그 중의 한 여자에게 연신 눈길을 보내고 있었다. 그녀의 외모에는 뭔가 끌리는 게 있었다. 유난히도 큼지막한 공작새 빛깔의 푸른 명주 스카프를 모자챙에다 두른 다음 턱 아래에 커다란 나비 모양으로 매듭을 지었고, 팔꿈치까지 올라오는 기다랗고 샛노란 장갑을 끼고 있었다. 패링턴은 아주 우아하게 자주 움직이는 그녀의 통통한 팔을 감탄하는 듯한 눈으로 쳐다보았다. 그러다 잠시 후 그녀가 그의 시선을 의식하자 이번에는 그녀의 커다란 흑갈색 눈을 넋 나간 듯 쳐다보았다. 살포시 흘기는 듯한 눈길이 무척이나 매혹적이었다. 그녀가 그를 한두 번인가 바라보았을 때 그녀의 일행은 막 자리에서 일어나는 참이었다. 그녀는 슬쩍 그의 의자에 부딪치며 "아, 죄송해요!"라고 말했는데, 런던 말씨였다. 그는 그녀가 다시 자기 쪽을 돌아볼 거라고 기대하면서 그녀가 나가는 모습을 쳐다봤지만, 실망스럽게도 그녀는 그냥 나가버렸다. 그는 돈이 다 떨어지고 없는 자신이 정말 미웠다. 또 여러 차례 술을 산 것도, 그것도 웨더스에게 위스키와 아폴로나리스를 대접한 것은 더더욱 병신 짓 같았다. 세상에 딱 하나 미운 놈이 있다면 그건 그냥 공짜로 처먹는 놈이었다. 그는 어찌나 화가 났던지 친구들의 이야기가 하나도 귀에 들어오지 않았다.

152

패디 레너드가 그를 불렀을 때 보니 친구들은 한창 힘자랑에 대한 이야기로 열을 올리고 있었다. 웨더스가 팔뚝 근육을 내보이며 하도 제 자랑을 하고 있었기 때문에 친구들이 조국의 명예를 짊어져 달라며 패링턴을 불렀던 것이다. 패링턴은 소매를 걷어붙이고 자신의 팔뚝 근육을 일행들에게 내보였다. 두 사람의 팔뚝을 서로 비교들을 하다가 마침내는 두 사람이 팔씨름을 한번 하자고 이야기가 되었다. 테이블 위에 있는 물건들을 싹 치우고 그 위에 팔꿈치를 세우고는 서로의 손을 꽉 마주잡았다. 패디 레너드가 "시작!"이라고 외치면 두 사람은 서로의 팔을 테이블 위로 넘어뜨리는 시합이었다. 패링턴은 아주 진지하면서도 굳은 표정이었다.

팔씨름이 시작되었다. 약 30초쯤 지나서 웨더스는 상대방의 팔을 천천히 테이블 위로 넘어뜨렸다. 이런 애송이 같은 녀석에게 졌다는 게 화가 나는데다 창피하기도 한 패링턴은 그렇지 않아도 검붉은 얼굴이 더한층 시뻘개졌다.

"몸으로 밀면 안 되죠. 정정당당하게 해야죠."

패링턴이 이렇게 말하자, 웨더스가 받았다.

"아니, 누가 정정당당하게 안 했습니까?"

"자아, 다시. 삼판양승."

팔씨름은 다시 시작되었다. 패링턴의 이마에는 핏줄이 곤두서고, 창백한 웨더스의 얼굴이 시뻘겋게 변했다. 서로 맞잡고 있는 두 손과 팔이 부르르 떨렸다. 아주 오랜 실랑이 끝에 이번에도 웨더스가 천천히 상대방의 팔을 테이블 위로 쓰러뜨렸다. 구경하던 사람들의 입에서는 경탄의 소리가 새어나왔다. 테이블 곁에 서서 구경하던 급사가 멋도 모르고 아는 척하면서 한마디를 던졌다.

"그래, 바로 그게 기술이야!"

"아니, 도대체 네까짓 게 뭘 안다고 끼어들고 난리야!"

패링턴이 휙 돌아보면서 소리를 버럭 질렀다.

"자, 자!"

오핼로런이 벌겋게 달아오른 패링턴의 얼굴을 보면서 끼어들었다.

"다들 돈을 내보게. 입가심으로 딱 한 잔씩만 더 하는 거야."

*

아주 침울한 얼굴을 한 사내가 오코넬 다리 한쪽 모퉁이에 서서 집으로 돌아가는 샌디 마운트행 전차를 기다리고 있었다. 속은 분해서 부글부글 끓는데다가 복수심으로 가득 차 있었다. 너무나 치욕적이고 그런 자신이 한심하다 보니 술기운도 확 다 달아나버렸고, 주머니에는 겨우 동전 두 푼뿐이었다. 그는 있는 대로 투덜거렸다. 사무실에서는 스스로 일을 망쳐버리지 않나, 전당포에 시계까지 잡혔지, 그런데 그 돈까지 몽땅 다 써버렸으니. 그런데 술마저도 다 깨버렸다.

다시 목구멍이 칼칼해지면서 그는 사람들 열기로 후끈거리는 술집으로 다시 기어들고픈 생각이 간절했다. 애송이 같은 녀석에게 두 판이나 내리 졌으니 장사라는 칭호도 이젠 날아가 버렸다. 울화가 치밀어 가슴은 터질 것만 같았고, 커다란 모자를 쓰고 자기에게 살짝 부딪치며 "죄송해요!"라고 하던 그 여자의 모습이 떠오를 때는 분통이 터져 거의 질식할 것만 같은 기분이었다.

그가 탄 전차는 그를 셸본 거리에다 내려놓았다. 그는 그 육중한 몸을 휘저으며 판잣집들이 늘어선 어두운 담벼락을 따라 걸어갔다. 집으로 들어가기가 죽기보다 싫었다. 샛문으로 들어가니 부엌은 텅 비어 있었고, 부엌 불도 거의 꺼져가고 있었다. 그는 위층에다 대고 버럭 소리를 질렀다.

"에이다! 에이다!"

그의 아내는 작은 키에 얼굴이 뾰족한 여자로, 남편이 맨정신일 때는 남편을 몰아세우기도 했지만 술 취한 남편에게는 거꾸로 면박을 당하는 그런 여자였다. 그들에게는 애가 다섯이 있었다. 자그마한 사내아이가 계단을 달려 내려왔다.

"거기 누구야?"

사내는 어둠 속을 두리번거리며 물었다.

"나야, 아빠."

"누구? 찰리냐?"

"아니 아빠, 톰이야."

"엄마는 어디 있어?"

"성당에 갔는데."

"잘하는구먼……. 내 저녁상은 차려놓았나 모르겠네?"

"응, 아빠. 내가……."

"램프 켜봐. 넌 불도 안 켜고 뭘 어쩌자는 거야? 다른 애들은 자?"

사내애가 램프에 불을 붙이는 동안 그는 의자에 털썩 주저앉았다. 그는 아들의 억양 없는 밋밋한 말투를 흉내 내기 시작했다. "성 당 에 갔 는 데, 성 당 에 갔 는 데, 그 래 요!" 하면서 그는 중얼거렸다. 램프에 불이 들어오자 그는 식탁을 주먹으로 꽝 내리치고는 소리를 버럭 질렀다.

"내 밥 어딨어!"

"내가……차릴게요, 아빠."

사내는 화난 얼굴로 벌떡 일어서면서 화로를 가리켰다.

"저 불로 한다고? 네 녀석이 불을 꺼뜨렸지? 어디 다시 한 번 그러기만 해봐!"

사내는 문 쪽으로 한 발짝 내딛더니만 그 뒤편에 세워져 있던 단장을 집어들었다.

"불을 꺼뜨리다니, 네 버릇을 고쳐놓지!"

팔을 자유롭게 휘두르려는 듯 사내는 소매를 걷어붙이면서 고함을 질렀다.

"아, 아빠……!'

어린아이는 소리를 지르고 울면서 식탁 뒤로 도망쳤지만, 사내는 뒤쫓아가서 아이의 옷자락을 잡았다. 어린아이는 기겁을 하며 사방을 둘러보았으나 달아날 길이 없음을 알자 그만 무릎을 꿇고 앉아버렸다.

"그래, 또 불을 꺼뜨려봐!'

사내는 단장으로 아이를 후려갈겼다.

"한번 맞아봐, 이 못된 놈 같으니라고!'

단장으로 허벅다리를 내려칠 때마다 아이는 아파서 죽겠다고 비명을 질러댔다. 아이는 두 손을 모아 앞으로 쳐들고 있었고 목소리는 무서워서 벌벌 떨렸다.

"아, 아빠! 제발 절 때리지 마세요, 아빠!'

아이는 울부짖었다.

"저요…… 저 기도할게요…… 아빠를 위해서요…… 아빨 위해 기도드릴게요…… 아빠, 절 때리지 마세요…… 그러면 기도드릴게요……."

진흙

여자들의 다과 시간이 끝나는 대로 가도 좋다는 허락을 이미 주임 아주머니에게 받아놓은 터였기에 마리아는 저녁 외출이 무척이나 기다려졌다. 부엌은 아주 말끔히 치워져 있었는데, 취사 담당인 여자는 커다란 구리 가마솥은 얼굴이 훤히 비칠 정도라고 말했다. 불은 활활 타오르고 근처에 놓인 테이블 하나에는 아주 커다란 건포도빵 네 개가 올려져 있었다. 얼핏 보면 썰어놓은 것 같지 않았지만, 좀더 자세히 보면 굵직굵직하면서도 아주 고르게 썰어져 있어 차를 들 때 당장에라도 나누어줄 수 있게끔 되어 있었다. 그 빵은 마리아가 손수 썰어놓은 것이었다.

마리아는 정말로 아주 작은 몸집의 여자였는데, 한편 코와 턱은 아주 길었다. 말을 할 때마다 약간 콧소리가 새어나왔고, 언제나 부드러운 목소리로 "예, 그렇죠." 한다거나 "아니, 그렇지 않잖아요." 하는 식으로 말하곤 했다. 여자들이 빨래통 문제로 옥신각신 싸울 때면 언제나 불러가 화해를 시키곤 했는데, 어느 날은 마리아에게 주임 아주머니가 이런 말도 했다.

"마리아, 당신은 진정한 평화 중재자예요!"

부주임 아주머니와 두 간부 아주머니도 전부터 이런 소리를 듣고 있었다. 그리고 진저 무니도 마리아의 체면을 봐서 참는 거지, 그렇지 않으면 다리미질을 맡고 있는 벙어리 계집아이를 가만두지 않았을 거라고 늘 입버릇처럼 말했다. 누구나 할 것 없이 다들 그렇게 마리아를 좋아했다.

여자들이 다과를 먹는 시간이 6시니까 7시 전에는 나가볼 수 있을 것 같았다. 볼스브리지에서 필라까지 20분, 필라에서 드럼콘드라까지 또 20분, 그리고 물건 사는 데 20분, 이렇게 계산을 해보니 8시 전에는 그곳에 도착할 수 있을 것 같았다. 그녀는 은고리가 달린 지갑을 꺼내 들고 '벨파스트에서의 선물'이라는 글귀를 다시 한 번 읽어보았다. 그녀는 이 지갑을 무척이나 좋아했다. 조와 앨피가 5년 전 성령강림일 휴가 여행으로 벨파스트에 다녀오면서 조가 그녀에게 사다준 선물이기 때문이었다. 지갑 속에는 반 크라운짜리 은화 두 닢과 동전 몇 닢이 들어 있었다. 전차 삯을 내고도 5실링은 족히 남을 것 같았다. 아이들 모두 노래를 불러재끼며 참 멋진 밤이 되겠지! 단지 조만 술에 취해 들어오지 않으면 했다. 술이 조금만 들어가도 사람이 아예 달라져버리는 조이기 때문이었다.

조는 마리아더러 자기 집에 와서 같이 살았으면 좋겠다고 여러 번 말한 적이 있었다. 하지만 자기가 괜히 짐만 될 것 같았고—사실 조의 아내는 그녀에게 무척 잘해주고 있었지만—, 또 한편으로는 세탁소 생활이 마음 편하기도 했다. 조는 마음씨가 착한 사람이었다. 마리아는 조와 앨피를 길러준 사람이었다. 그래서 조는 종종 이런 말을 하곤 했다.

"엄마는 그냥 엄마일 뿐이지만, 마리아는 진짜 내 어머니야."

집안이 풍비박산 나자 그들이 나서서 '등불 밝은 더블린'이라는 지금의 세탁소 일자리를 마리아에게 얻어주었고, 그녀도 그 일이 좋았다. 한때는 신교도들에 대한 강한 거부감 같은 것이 있었으나 지금은 그들도 무척 좋은 사람들이라고 생각하고 있었다. 그녀로서는 다만 그들이 조금 과묵해서 답답한 면은 있었지만 같이 생활하기에는 아주 괜찮은 사람들이었다. 그리고 온실에서 화초를 가꾸는 일도 무척 좋았다. 귀여운 고사리하며 소귀나무를 가꾸고 있었는데, 그녀를 찾아오는 사람이 있으면 언제나 온실에서 가지를 한두 개씩 꺾어 선사하곤 했다. 그녀가 싫어하는 것이 한 가지 있긴 있었는데 그것은 벽 여기저기에 붙여놓은 종교를 선전하는 팸플릿이었다. 그러나 주임 아주머니는 무척 편하게 사람을 대해주었고, 또 매우 점잖은 여자였다.

취사 담당이 모든 준비가 끝났다고 알리자 마리아는 여자들 방으로 들어가서 커다란 종을 울리기 시작했다. 얼마 후 여자들이 둘씩 셋씩 짝을 지어 들어오기 시작했는데, 김이 무럭무럭 나는 손을 속치마로 훔치거나 김이 나는 벌건 팔뚝 위로 블라우스 소맷자락을 끄집어내리고 있었다. 그들은 각자 커다란 찻잔 앞에 자리를 잡았다. 그 앞에 놓인 찻잔에는, 취사 담당과 그 벙어리 계집아이가 커다란 양철통에다가 우유와 설탕을 섞어서 만들어놓은 뜨거운 차가 가득 부어져 있었다. 마리아는 건포도빵을 나누어 주는 일을 맡아 하면서 골고루 네 조각씩 돌아가는지 살폈다. 음식을 먹는 동안 방 안은 웃음과 농담이 넘쳐났다. 리지 플레밍은 오늘 놀러가면 마리아는 틀림없이 반지를 집을 거라고 했지만, 할로윈 데이 전야 때마다 그런 소릴 했던 리지이기 때문에, 마리아는 그냥 웃으면서 반지도 남자도 바라지 않는다는 말밖에는 할 대답이 없었다. 웃는 그녀의 회색빛이 감도는 푸른 눈은 약간 실망한 듯한 수줍은 빛이 흘러나왔고, 코끝이 거의 턱에 닿을 것 같은 모습이었다. 이때 진저 무니가 찻잔을 들면서 마리아의 건강을 위해 건배를 하자고 제안했다. 그러자 여자들은 다들 자신의 찻잔을 식탁 위에다 놓고 소리나게 덜거덕거렸고, 무니는 섞어 마실 흑맥주가 한 잔도 없는 게 못내 섭섭하다고 했다. 그러자 마리아는 그 조그만 체구를 털썩대며 마치 코끝이 턱을 잡으러 갈 듯이 웃었다. 무니란 여자도 다른 보통 여자와 같이 평범한 소견밖에는 없지만, 악의를 가지고 그런 말을 한 것은 아니라는 것을 마리아는 잘 알고 있었기 때문이었다.

그러나 여자들이 차를 다 마시고 취사 담당과 벙어리 계집아이가 뒷설거지를 하기 시작했을 때도 마리아는 역시 기뻤다. 그녀는 자신의 아담한 침실로 들어가 내일은 아침 미사가 있는 날이라는 것이 생각나서 7시에 맞춰진 자명종 시계를 6시로 맞춰놓았다. 그런 후에 일할 때 입는 치마와 장화를 벗고, 나들이 치마는 침대 위에다, 그리고 구두는 침대 발치에다 놓았다. 블라우스도 갈아입고 거울 앞에 서 보니 소녀 시절에 주일 아침 미사에 가느라고 옷을 갈아입던 옛 기억이 떠올랐다. 그렇게나 자주 멋을 내곤 했던 자신의 조그마한 몸매를 보고 있노라니 자신에 대한 묘한 애정 같은 감정이 일었다. 오랜 세월이 지났지만 여전히 귀엽고 아담한 체구였다.

밖으로 나오니 거리는 비에 젖어 길바닥이 번득거리고 있었다. 그녀는 낡은 밤색 레인코트이지만 입고 나오기를 잘했다는 생각이 들었다. 전차는 사람들로 꽉 차 있었고 그녀는 찻간 맨 끝에 있는 등도 없는 작은 걸상에 그 많은 사람들을 마주보고 앉았는데, 그녀의 발끝은 바닥에 닿을락말락 대롱대롱 들려 있었다. 그녀는 앞으로 해야 할 일들을 머릿속으로 정리하면서, 제힘으로 자립하여 자신이 직접 번 돈을 호주머니에 넣고 있다는 사실에 무척 뿌듯했다. 오늘은 아주 멋진 저녁이 될 거라고 기대하고 또 확신을 하기는 했지만, 그래도 하나 아쉬운 구석은 앨피와 조가 서로 말도 안 하는 사이가 되어버린 것이었다. 지금은 걸핏하면 싸워대지만 어린 시절 같이 자랄 때는 그처럼 우애 있는 형제도 없었는데, 그런 게 사람 사는 건가 하며 그녀는 스스로 마음을 달랬다.

그녀는 필라에서 전차를 내려 북적대는 사람들 사이를 빠른 걸음으로 헤치고 지나갔다. 다운스 제과점에 들어갔지만 손님들이 어찌나 많은지 한참을 기다려야 했다. 그녀는 이런저런 잡다한 과자들을 사 넣어 꽤 불룩해진 봉지를 들고 한참 뒤에야 제과점에서 나왔다. 이번에는 또 무엇을 사야 하나 생각하는데, 이젠 정말 뭔가 근사한 것을 사고 싶었다. 사과나 호두 같은 것은 틀림없이 많이 준비했을 듯하여 무엇을 살까 아무리 궁리를 해봐도 겨우 생각나는 것이라곤 케이크 정도였다. 그녀는 건포도를 얹은 케이크를 사기로 마음먹었지만 다운스 제과점의 케이크는 위에다 얹은 아몬드 양이 많지 않기 때문에 헨리 가까지 가서 한 제과점에 들렀다. 여기서도 그녀는 마음에 드는 케이크를 고르느라 한참 망설였는데, 카운터 뒤에 있던 날씬하게 생긴 젊은 여점원은 이런 그녀의 모습에 분명 짜증이 난 듯, 사려고 하는 케이크가 결혼식용 케이크냐고 물었다. 이 말에 마리아는 얼굴을 붉히면서 여점원에게 싱긋 웃어 보였다. 그러나 그 여점원은 정말 그런 줄로 알고 건포도 케이크 한 조각을 두툼하게 잘라내어 포장한 뒤 내밀면서 말했다.

"2실링 4펜스입니다."

드럼콘드라로 가는 전차에 올라탄 그녀는 자신을 못 본 체하는 젊은 친구들을 보면서 줄곧 서서 가게 생겼다고 생각했는데, 어떤 중년 신사가 그녀에게 자리를 양보해주었다. 그는 건장한 체구에 딱딱한 갈색 모자를 쓰고 있었으며, 넓적한 붉은 얼굴에 회색 콧수염을 기르고 있었다. 마리아는 이분이 대령쯤 되는 신사 분이려니 생각하면서 그저 앞만 똑바로 쳐다보고 앉아 있는 젊은 친구들도 이분 같은 예의를 배웠으면 하는 생각이 들었다. 중년 신사는 할로윈 데이와 비 내리는 날씨 이야기를 마리아에게 건넸다. 자기가 보기에는 마리아의 봉지 속엔 어린아이들에게 줄 선물이 잔뜩 들어 있는 것 같다고 하면서, 아이들이란 어린 시절을 재미있게 보내는 게 너무도 당연하다고 말했다. 마리아도 품위 있게 고개를 끄덕이고 살짝 헛기침을 해가면서 지당한 말씀이라고 공감을 표했다. 신사가 너무도 친절히 대해주었기 때문에 마리아는 커넬 브리지에서 전차를 내리면서 고개 숙여 고맙다는 인사를 했다. 그러자 그 신사도 모자를 벗어 들고 부드러운 미소를 지으며 그녀에게 답례했다. 마리아는 떨어지는 빗방울을 맞으며 머리를 숙인 채 비탈길을 따라 올라가면서도, 술이 약간 들어갔다 해도 역시 신사는 쉬이 표가 나게 마련이라고 생각했다.

　그녀가 조의 집에 들어서니 모두가 "야아, 마리아 아주머니 오셨다!" 하고 반가워서 난리였다. 조도 일터에서 돌아와 있었고, 아이들도 모두 나들이옷을 입고 있었다. 바로 옆집에 사는 큰 아가씨 둘도 놀러와 있어 놀이가 한창 벌어지고 있었다. 마리아는 그 두툼한 과자 봉지를 큰아들인 앨피에게 주면서 아이들에게 나누어주라고 했다. 그러자 도널리 부인이 고맙게도 이렇게나 많은 과자를 사왔느냐고 인사를 하면서, 아이들한테도 마리아에게 고맙다는 인사를 하라고 했다.

"고맙습니다, 마리아 아주머니."

마리아는 아빠 엄마를 위해서 특별히 따로 사온 것이 있는데, 두 사람이 분명 좋아할 거라고 하면서 건포도 케이크를 찾았다. 그러나 다운스 제과점 봉지며, 레인코트 양쪽 주머니, 현관의 모자걸이까지 다 찾아보았으나 어디에도 케이크는 없었다. 그녀는 혹 아이들이—물론 저희들 것인 줄 잘못 알고— 먹어버렸나 싶어 물어보았지만, 아이들은 모두 안 먹었다고 대답했는데 그들의 표정으로는 그렇게 자기들을 의심하면 과자도 먹지 않을 것만 같은 눈치들이었다. 이 수수께끼 같은 일에 대하여 모두가 이런저런 각자의 생각을 내놓았지만, 도널리 부인은 마리아가 전차에 두고 내린 것이 틀림없다고 했다. 희끗한 회색 수염을 기른 그 신사와 정신없이 이야기를 나누던 일이 생각나면서, 마리아는 부끄럽기도 하고 화가 나기도 하고, 또 실망한 나머지 얼굴이 빨개졌다. 그 케이크를 내놓고 사람들을 놀라게 해주려는 생각도 허사가 되었고, 2실링 4펜스를 그냥 허망하게 날려버렸다고 생각하니 당장에라도 울음이 터져 나올 것만 같았다.

그러나 조가 그녀를 달래며 난롯가에다 앉혔다. 그는 마리아를 아주 많이 생각해주었다. 회사에서 있었던 일들을 죄다 그녀에게 이야기하면서 지배인에게 했던 멋진 말대꾸를 자랑삼아 몇 번씩이나 늘어놓았다. 조가 그런 말을 해놓고 왜 그렇게 재미있어 하는지 그녀는 영문을 몰랐지만, 그 지배인은 필시 무척 거만한 사람이라서 아마 다루기가 꽤 힘들 것 같다고 말해주었다. 그러자 조는 알고 상대하면 지배인도 그리 나쁜 사람은 아니라고 하면서, 비위만 잘 맞춰주면 아주 괜찮은 사람이라고도 했다. 도널리 부인이 아이들을 위해 피아노를 연주하고, 아이들은 그에 맞춰 춤을 추고 노래도 불렀다. 그러고는 이웃집 처녀 둘이 돌아가며 호두를 나누어주었다. 아무리 둘러봐도 호두까기가 보이지 않자 조는 거의 화를 내다시피 하면서 호두까기도 없는데 무슨 수로 마리아 아주머니가 호두를 까서 드시겠느냐고 질책을 해댔다. 그러자 마리아는 자기는 호두를 안 좋아한다고 하면서 호두까기가 없어도 괜찮다고 했다. 조가 이번에는 흑맥주를 한 잔 하는 건 어떻겠느냐고 권하자, 도널리 부인은 집에 포트 와인도 있으니 그게 더 좋으시다면 드시라고 권했다. 마리아는 아무것도 권하지 않았으면 더 좋겠다고 했으나 조는 끝까지 고집을 피웠다.

그러자 마리아는 조가 하자는 대로 내버려두고, 모두 난롯가에 앉아 옛 시절에 관한 이야기꽃을 피웠다. 마리아는 앨피에 대해 좋은 이야기를 하고 싶었다. 그러자 조는 펄쩍 뛰면서 앨피와 말을 한마디라도 나누느니 차라리 천벌을 받아 죽고 말 거라고 악을 썼다. 마리아는 자신이 그런 말을 꺼내는 게 아니었다고 미안해하면서 사과했다. 도널리 부인은 피와 살이 섞인 형제에게 그렇게 심한 말을 하는 게 부끄럽지도 않느냐고 하면서 남편인 조에게 핀잔을 줬지만, 조는 조대로 앨피는 이제 형제도 아니라고 대들었기 때문에 잘못하면 한바탕 야단이 벌어질 뻔했다. 그러나 조는 오늘은 날이 날이니 만큼 화를 내지 않겠다고 하면서 아내에게 흑맥주나 좀더 내오라고 했다. 이웃집 두 처녀가 할로윈 데이 놀이를 준비해놓고 있었으므로 곧 다시 모두가 유쾌하게 놀기 시작했다. 마리아는 아이들이 아주 신나게 노는 모습과 조와 그의 아내가 그렇게 기분 좋아하는 모습을 보니 흐뭇했다. 이웃집 처녀들은 테이블 위에 물건 몇 개를 얹어놓은 다음 아이들의 눈을 가리고서 테이블로 데려갔다. 한 아이는 기도책을 집었고, 다른 세 아이는 물잔을 집었다. 이웃집 한 처녀가 반지를 집자 도널리 부인은 얼굴이 홍당무가 된 그 처녀를 향해 손가락질을 해댔는데, 그 모습이 마치 '오호, 저 처녀 마음 내가 알지.' 하는 것 같았다. 그 다음은 한사코 마다하는 마리아를 나오게 해 눈을 가린 뒤 테이블로 데려가서는 물건 하나를 집게 했다. 그들이 천으로 눈을 가리고 있는 동안 마리아는 그녀의 코끝이 턱에 닿을 정도로 재미있다고 깔깔거리며 웃어댔다.

그들은 웃고 떠들고 하면서 마리아를 테이블 앞으로 데려갔고, 마리아는 그들이 시키는 대로 한 손을 허공에다 내밀었다. 그녀는 여기 저기 허공에다 손을 휘젓다가 어떤 물건 위로 손을 내려놓았다. 손가락 끝에 뭔가 질퍽한 것이 느껴졌는데 그게 뭔지 말해주는 사람도 없고 또 붕대도 풀어주지 않아 기분이 이상했다. 잠시 주위가 조용하다 싶었는데 갑자기 떠들썩해지며 쑥덕대는 소리와 씩씩거리는 소리가 들렸다. 누군가가 마당이 어쩌고저쩌고 하는 것 같더니, 이윽고 도널리 부인이 이웃집 한 처녀에게 아주 못마땅하다는 듯한 말투로 당장 가지고 가서 내버리라고 하는 소리가 들렸다. 그런 건 놀이가 아니라는 말도 들렸다. 그러자 마리아도 뭔가 잘못됐다는 것을 알고는 다시 물건을 집어들었다. 이번에 그녀가 집어든 것은 기도책이었다.

놀이를 마친 후 도널리 부인은 아이들에게 미스 맥클라우드 작곡의 〈릴〉을 피아노로 연주해주었고, 조는 마리아에게 포도주를 한 잔 들라고 권했다. 곧 다시 모두가 기분이 풀리면서 흥이 났다. 도널리 부인은 마리아가 기도책을 집었기 때문에 올해가 다 가기 전에 아마 수녀원에 들어갈지도 모르겠다고 농담을 했다. 마리아는 조가 그날 밤처럼 자기에게 친절하게 대하면서 재미있는 이야기와 옛 추억담을 들려주는 경우는 아직까지 보지 못했다. 다들 자기에게 정말로 친절하게 대해준다며 그녀는 흐뭇해했다.

이윽고 아이들이 놀다 지쳐 졸아대기 시작하자, 조는 마리아에게 돌아가기 전에 짤막한 옛 노래를 한 곡 불러주지 않겠느냐고 청했다.

도널리 부인도 "마리아 아주머니, 한 곡만 불러주세요!" 하는 바람에 마리아는 어쩔수 없이 자리에서 일어나 피아노 곁에 섰다. 도널리 부인은 아이들에게 조용히 하고 마리아 아주머니의 노래를 잘 들으라고 일렀다. 그런 후에 전주곡을 치고 난 뒤, "자, 마리아!"라고 하니, 얼굴이 빨개진 마리아는 가느다랗게 떨리는 목소리로 노래를 부르기 시작했다. 그녀가 부른 노래는 〈꿈꾸는 나의 삶〉이었다. 2절이 끝나고 난 뒤 그녀는 다시 반복해서 불렀다.

난 꿈꾸었지. 대리석 궁궐에서 사는
시종과 하인들 양옆에 거느리고.
여기 궁궐에 모인 많은 사람들
나는 그들의 희망이요 자랑이었네.

헤아릴 수 없는 재산
대대로 이어져 온 명문의 이름 모두 자랑이어도
내가 꿈꾸는 가장 큰 행복
그대의 변함없는 사랑이어라.

노래가 좀 틀리기는 했지만 누구 하나 뭐라고 하지 않았다. 그녀의 노래가 끝났을 때 조는 무척 감동을 받았다. 그는 누가 뭐라고 하든 옛 시절만큼 아름다운 때는 없으며, 노래 중에는 가여운 밸프(더블린 출신 작곡가로 바이올리니스트이자 가수) 노인의 노래만 한 것도 없다고 했다. 그는 어찌나 눈물을 글썽거렸던지 자기가 찾고자 하는 것도 볼 수가 없어 나중에는 하는 수 없이 아내에게 병따개가 어디 있느냐고 물어봐야만 했다.

가슴 아픈 사건

제임스 더피 씨는 채플리조드(더블린에서 서쪽으로 3마일 정도 떨어진 마을)에서 살고 있었는데, 그 이유는 자신이 더블린 시민이면서도 가능한 한 더블린 시에서 멀리 떨어진 곳에서 살고 싶었기 때문이었고, 또 그곳을 제외한 나머지의 더블린 근교 지역은 모두가 저속하고 현대식인데다가 위선적으로 느껴졌기 때문이었다. 그는 낡아빠진 음습한 집에서 살고 있었는데, 창밖으로는 폐쇄된 양조 증류소와 저 위로는 더블린 시가지까지 흘러가는 얕은 개천이 내다보였다. 카펫도 깔지 않은 방의 사방 벽면에는 그림 한 장 걸려 있지 않았다. 방 안에 들여놓은 가구도 그가 직접 고른 것들이었다. 검은 쇠 침대, 쇠로 된 세면대, 등나무 의자 네 개, 옷걸이 하나, 석탄 통, 벽난로의 재받이와 다리미, 그리고 네모난 탁자와 그 위에 얹은 이중 책장 하나가 있었다. 벽 한쪽 구석에는 흰 나무로 된 선반을 갖다대어 서가로 사용하고 있었다. 침대에는 하얀 침대보가 덮여 있고 침대 발치에는 검은색과 붉은 색 천으로 누빈 담요가 깔려 있었다. 세면대 위에는 조그만 손거울 하나가 걸려 있고, 흰 갓을 씌운 램프 하나가 그나마 낮 동안은 장식품이랍시고 벽난로 위에 놓여 있었다. 하얀 선반으로 만든 서가에는 책들이 두께에 맞춰 아래에서부터 위로 가지런히 꽂혀 있었다. 워즈워드 전집이 제일 아래칸 맨 끝에 꽂혀 있었고, 제일 위칸의 한쪽 끝에는 공책 표지에 사용하는 천으로 제본을 한 『메이누스 교리문답집』이 꽂혀 있었다. 책상 위에는 글 쓰는 용구들이 항상 놓여 있었고, 책상 속에는 자줏빛 잉크로 쓴 하우프트만의 『미카엘 크라메르』의 번역 원고가 놋쇠 핀을 꽂아 묶어놓은 종이 다발과 함께 들어 있었다. 이 종이에 가끔씩 글을 쓰곤 했으며, 비아냥대고 싶을 때면 '바일 빈즈'(영국의 위장약)의 광고 문구를 오려서 종이 묶음의 제일 위쪽 종잇장에다 붙여놓곤 했다. 책상 서랍을 열면 은은한 향내가 새어나왔는데, 그건 마호가니 나무로 만든 새 연필이나 고무풀병, 아니면 넣어두곤 오랫동안 잊어버려서 너무 농익은 사과에서 나오는 냄새였다.

더피 씨는 몸이나 정신이 조금이라도 편치 않은 기미를 느끼게 하는 것은 무엇이든 싫어했다. 중세시대 의사가 그를 보았더라면 토성土星의 운을 타고난 사람이라 성격이 어둡다고 했을 것이다. 그가 살아온 세파를 모두 담고 있는 그의 얼굴은 연한 갈색인 더블린 거리의 색깔 그대로였다. 길쭉한데다가 크기까지 한 그의 머리엔 윤기 없는 검은 머리칼이 자라 있었고, 누르스름한 갈색 콧수염은 보기 흉한 입을 채 가리지도 못하고 있었다. 툭 튀어나온 광대뼈 때문에 인정머리 없어 보이기는 했지만, 세상을 내다보는 갈색 눈썹 아래의 눈매는 전혀 그렇지 않아 보였는데, 늘 본능적으로 회개하는 것뿐인 다른 사람들을 제 마음처럼 반갑게 맞아들이다가 그만 종종 실망하고 돌아서는 사람이라는 인상을 주는 눈이었다. 그는 자기 자신과 일정한 거리를 두고 살았으며, 자신의 행위를 의심스런 눈초리로 곁눈질하며 평가했다. 그는 자기 자신에 관해 글을 쓰는 버릇이 있었는데, 이때도 그는 삼인칭 주어와 과거형 동사를 사용해가며 자기 자신에 대한 문장을 짓곤 했다. 거지에게 절대로 동냥을 주지 않았으며, 단단한 개암나무 단장을 짚고 꼿꼿이 걸어다녔다.

그는 바고트 가에 있는 어느 개인 은행에서 여러 해 동안 출납계원으로 근무하고 있었다. 매일 아침 채플리조드에서 전차를 타고 출근했으며, 점심때는 댄 버크 식당으로 가서 라이거 맥주 한 병과 조그만 접시에 수북히 담은 칡가루로 만든 비스킷을 먹었다. 정각 4시가 되면 일과가 끝났다. 그러면 그는 으레 조지 가에 있는 한 식당에서 저녁을 먹었는데, 이곳에서는 버릇없는 더블린의 젊은 친구들을 피할 수 있어 좋았고, 또 음식값도 상당히 신뢰할 만했기 때문이었다. 저녁이면 주인집 아주머니가 피아노 치는 것을 듣거나, 아니면 교외를 산책하면서 시간을 보냈다. 모차르트의 오페라를 즐기다 보니 가끔은 극장에도 다녔는데, 이게 그의 생활에 있어 유일한 낙이기도 했다.

그는 친구도 동료도 없었고, 교회도 나가지 않았으며, 특별히 믿는 신조 같은 것도 없었다. 그는 다른 사람들과 어울리는 그런 영적인 생활은 전혀 하지 않았다. 다만 크리스마스가 되면 친척들을 찾아보거나, 친척이 세상을 떠났을 때 장례식에 참석하는 정도가 전부였다. 체면 때문에 마지못해 이 두 가지 사회적 의무를 따를 뿐이었지, 시민 생활에 따라다니는 그 밖의 관습들은 전혀 개의치 않았다. 경우에 따라서는 은행 돈을 횡령할 수도 있을 것 같다는 생각이 들기도 했지만, 그런 경우가 아직은 한 번도 없었기 때문에 그냥 평탄한 생활을 계속하고 있었다—그냥 무미건조한 생활이었다—.

어느 날 저녁 그는 로턴더 극장에 갔다가 두 여자 옆에 앉게 되었다. 극장 안은 한산하고 조용해서 공연이 별 재미가 없을 것 같았다. 바로 그 옆에 앉은 여자가 스산한 안을 한두 번 빙 둘러보며 말했다.

"오늘밤 관객이 이렇게도 없으니 이 극장도 참 안됐네! 텅 빈 객석을 보면서 노래 부른다는 건 참 고역인데."

그는 여자의 이 말을 자기에게 말을 걸어달라는 뜻으로 생각했다. 그는 여자가 조금도 어색해하지 않는 것 같아 의외라고 생각했다. 이야기를 나누면서 그는 이 여자를 영원히 자기 기억에 남겨야겠다고 마음먹었다. 그 여자 옆에 앉은 처녀가 그녀의 딸이라는 것을 알게 되자 부인의 나이가 자기보다 한두 살 아래쯤으로 생각되었다. 한때는 미인이었을 것 같은 그녀의 얼굴에는 지적인 풍모도 있어 보였다. 갸름한 얼굴은 윤곽이 뚜렷했다. 눈동자는 짙은 푸른색으로 차분해 보였다. 처음에는 무례한 듯한 눈매였으나 차츰 동공에 힘을 주는 듯 커지는 느낌을 주더니, 어느 순간에 그윽한 감성을 듬뿍 담고 있는 촉촉한 눈매로 변해 있었다. 그러다 눈동자는 얼른 제 모습으로 돌아가고, 반쯤 드러났던 본능은 다시 차가운 분별력 속으로 사라지고 없었다. 통통한 젖가슴을 받치고 있는 아스트라한 모직 저고리가 더욱 도발적인 자태를 풍기고 있었다.

그로부터 몇 주 후에 그는 얼스포트 테라스의 어느 음악회에서 그녀를 다시 만났는데, 그녀의 딸이 한눈을 파는 사이에 좀더 가까워지는 기회를 만들었다. 그녀는 한두 번인가 남편 이야기를 넌지시 비쳤지만, 말투로 보아서는 남편을 조심해야 한다는 그런 뜻은 아닌 것 같았다. 그녀의 이름은 시니코 부인이라고 했다. 남편의 고조 할아버지가 이탈리아의 레그호른에서 더블린으로 이주해 왔다고 했다. 남편은 더블린과 네덜란드 사이를 왕래하는 상선의 선장이며, 아이가 하나 있다고 했다.

우연히 세 번째로 그녀를 만나게 되었을 때 그는 용기를 내어 다시 만나자는 약속을 했다. 그녀는 약속대로 나왔다. 이 만남을 시작으로 두 사람은 이후로 자주 만났다. 그들은 반드시 저녁에 만나 아주 한적한 장소를 택해서 함께 거닐었다. 그러나 더피 씨는 떳떳하지 못한 일을 싫어하는 성미인데다 남의 눈을 피해 만나야만 하는 처지가 되자 부인에게 자기를 집으로 초청해달라고 졸랐다. 시니코 선장은 자기 딸아이에 관한 문제로 착각하고 오히려 그의 방문을 반겼다. 선장은 아내가 자신이 누리는 그런 향락과는 전혀 거리가 먼 여자로 철석같이 믿고 있었기 때문에 다른 외간 남자가 아내에게 관심을 가지리라는 의심은 조금도 하지 않았다. 남편은 집을 비우는 경우가 자주 있었고, 딸은 딸대로 음악 레슨을 한답시고 자주 외출을 했기 때문에 더피 씨는 부인과 단둘이 즐거운 시간을 가질 기회가 많았다. 그나 부인이나 이전에 이런 경험이 전혀 없었기 때문에 서로 어색해한다거나 하는 일도 없었다. 차츰차츰 그는 자신의 생각과 부인의 생각을 서로 나누며 교감하기 시작했다. 부인에게서 책을 빌려 보고, 철학에 관한 이야기도 해주면서, 자신의 지적인 생활에 관한 이야기도 들려주었다. 부인은 그의 이야기에 귀를 기울였다.

딱딱한 이론처럼 늘어놓는 그의 이야기를 부인은 가끔 자신의 생활에서 있었던 이야기로 받아주곤 했다. 그녀는 마치 자식을 달래는 어머니 같은 온화함으로 편안하게 속마음을 다 털어놓아 보라고 그를 유도했다─마치 고해성사를 들어주는 신부 같았다─. 그는 한때 아일랜드 사회당 회합에 나갔던 적이 있었다고 그녀에게 털어놓았는데, 어두컴컴한 석유 등잔불이 켜진 다락방에서 스무 명 남짓 되는 심각한 표정의 노동자들 사이에 끼어 있을 때면 자신이 뭔가 아주 특별

한 존재가 된 듯한 느낌이 들더라고 했다. 그 단체가 세 파로 갈라져 각기 다른 지도자 아래 서로 다른 다락방에서 회합을 가지는 것을 보고는 발을 끊어버렸다고 했다. 노동자들은 토론을 할 때면 겁이 나서 별 말도 못하면서도, 임금에 대한 관심은 너무 지나치더라는 것이었다. 그들은 별로 좋은 인상도 아닌 현실주의자들이었으며, 그들 자신은 꿈도 못 꾸는 한가한 생활을 하는 자들이 만들어놓은 엄격한 규정에 깊은 불만을 가지고 있었다고 했다. 그는 앞으로 몇 세기 동안은 이 더블린에서 사회주의 혁명이 일어날 가능성은 없다고 장담했다.

부인은 그더러 그런 생각을 왜 글로 쓰지 않느냐고 했다. 그는 슬며시 냉소를 띠며 반문했다.

"무엇 때문에요? 1분 동안도 제 생각을 계속해서 정리하지 못하면서도, 입만 살아 있는 그런 작자들과 말싸움을 하란 말인가요? 도덕은 경찰에 떠맡기고, 예술은 흥행꾼들에게 내던져버린 그런 멍청한 중산층 아이들의 비평에다 머리를 숙여라, 이 말인가요?"

그는 더블린 교외에 있는 그녀의 아담한 오두막집을 자주 찾아갔다. 두 사람은 단둘이 호젓하게 저녁을 먹을 때도 있었다. 두 사람이 정신적으로 교감을 나누기 시작했을 때, 조금씩 그들은 자신들의 문제를 서로에게 꺼내기 시작했다. 부인과의 이런 만남은 마치 이국 땅에 버려진 화초를 감싸주는 따뜻한 흙과도 같았다. 어둠이 내려 컴컴해져도 등불을 켜지 않고 그대로 앉아 있을 때도 꽤 많았다. 어둡고 은밀한 방, 두 사람 외에는 아무도 없는 공간, 은은하게 그들의 귓전을 감도는 음악, 두 사람은 서로를 공감하고 이해했다. 이런 공감은 그에게 삶의 생기를 불어넣고, 거칠고 모난 성격을 부드럽게 만들었으며, 정신 생활에서는 감성을 불러일으켰다. 가끔 그는 내면의 소리를 듣는 듯 자신의 목소리에 귀를 기울일 때도 있었다. 그녀의 눈에는 자신이 마치 천상의 사람처럼 보일지도 모른다는 생각도 했다. 그녀의 내면에 숨어 있는 열정을 점점 더 가까이 느낄 때면, 사람 음성 같지 않은 묘한 음성이 자신의 내면에서 우러나오며 영혼은 어쩔 수 없이 외로울 수밖에 없는 것이라고 하는 듯했다. 그 음성은 '우리는 자신을 내줄 수 없다. 우리는 우리 자신이기 때문이다.' 라고 말하고 있었다. 이런 대화가 끝나가던 어느 날 밤 시니코 부인은 여느 때와는 다르게 아주 흥분된 모습으로 그의 손을 정열적으로 붙잡고는 자신의 뺨에다 갖다대었다.

더피 씨는 깜짝 놀랐다. 부인이 자기 말을 이런 식으로 받아들이는 것에 정신이 번쩍 들었다. 그는 일주일 동안 그녀를 찾아가지 않았다. 그러다 그가 만나고 싶다는 편지를 보냈다. 그는 그들의 파멸을 초래한 고해실 같은 그 방 분위기를 피하고 싶었기 때문에, 그들의 마지막 만남은 공원 입구에 있는 어느 조그만 제과점에서 이루어졌다. 쌀쌀한 가을 날씨였지만 두 사람은 추위에도 불구하고 공원길을 거의 세 시간 동안 같이 거닐었다. 두 사람은 교제를 정리하기로 합의했다. 그는 모든 인연은 결국 설움으로 끝나는 것이라고 말했다. 공원을 빠져나온 두 사람은 말없이 전차 정거장 쪽으로 걸었다. 그러나 부인의 몸이 몹시 들먹거리는 것을 보고 그는 그녀의 마음이 혹 약해질까 봐 두려워 재빨리 작별 인사를 하고 그녀를 떠나왔다. 며칠 후 그는 소포 하나를 받았는데, 그 안에는 그의 책과 악보가 들어 있었다.

4년이 지나갔다. 더피 씨는 다시 그렇고 그런 평범한 생활로 돌아와 있었다. 그의 방은 여전한 그의 성격을 반영하듯 깔끔하게 정리정돈 되어 있었다. 새 악보 몇 개가 아래층 방에 있는 악보대에 쌓여 있었고, 서가에는 니체의 책 두 권이 꽂혀 있었는데, 『차라투스트라는 이렇게 말했다』와 『즐거운 학문』이었다. 책상 서랍 안에 있는 종이 다발에는 거의 글을 쓰지 않고 있었다. 시니코 부인과 마지막으로 만난 지 두 달 후에 쓴 글 가운데 이런 구절이 있었다.

"남자와 남자 사이엔 사랑은 불가능하다. 사랑에는 성적인 관계가 있어야 하기 때문이다. 남자와 여자 사이엔 우정은 불가능하다. 둘 사이엔 성적인 관계가 있어야 하기 때문이다."

그는 부인과 마주칠까 봐 음악회도 피하고 있었다. 그동안에 그의 부친은 세상을 떠났고, 은행의 부대표 파트너도 은퇴를 했다. 그는 여전히 아침이면 전차를 타고 시내로 출근을 하고, 저녁이면 조지 가의 한 식당에서 적당히 식사를 하고, 디저트 대신 석간신문을 읽은 뒤 걸어서 집으로 돌아오는 평범한 일상을 보내고 있었다.

어느 날 저녁 콘 비프와 양배추를 입에다 넣으려는 순간 그의 손이 딱 멈췄다. 물병에 기대어 세워놓았던 석간신문의 기사 한 구절을 보는 순간 눈이 멈춰버렸다. 그는 입에 가져가던 음식을 도로 내려놓고 그 기사를 유심히 읽었다. 물 한 잔을 들이키고는 접시를 한쪽으로 치우고, 신문을 둘로 접어 양 팔꿈치 사이에다 놓고 몇 번을 되풀이해서 그 기사를 읽었다. 양배추에서 식어버린 희끄무레한 기름이 접시로 흘러내렸다. 여급이 와서 저녁 식사가 뭐 잘못된 거라도 있느냐고 물었다. 그는 아주 괜찮다고 대답하고는 몇 번 꾸역꾸역 음식을 입에 넣었다. 그런 후에 식비를 지불하고 나와버렸다.

그는 11월의 황혼 속을 빠르게 걸었다. 그의 단단한 개암나무 단장은 규칙적으로 보도를 똑똑 때리고 있었다. 꼭 끼는 더블 단추의 외투 옆주머니에는 누르스름한 《메일》지의 끝자락이 삐죽이 나와 있었다. 공원 입구의 채플리조드로 뻗어 있는 인적이 드문 길에서 그는 걸음을 늦췄다. 바닥을 두드리는 단장 소리가 점점 약해지고, 고르지 못한 그의 숨소리는 거의 한숨이 되다시피 하면서 겨울같이 찬 공기 속으로 얼어붙는 듯했다. 집에 들어오자마자 그는 곧장 침실로 올라가 주머니에서 신문을 꺼내 들고 창으로 들어오는 희미한 불빛 아래에서 그 기사를 다시 읽기 시작했다. 그는 소리를 내지 않고 신부들이 세크레토(소리 내지 않고 입술만 놀리며 드리는 기도)를 드릴 때처럼 입술만 움직이고 있었다. 기사는 다음과 같았다.

시드니 퍼레이드 역에서 부인 역사轢死

가슴 아픈 사건

금일 더블린 시립병원의 대리 검시관의 주도로―레버리트 씨가 부재중이었으므로― 에밀리 시니코 부인의 시신에 대한 검시가 있었다. 사망자의 나이는 43세로 어제 저녁 시드니 퍼레이드 역에서 차에 치여 절명했다. 조사한 바에 따르면 사망한 부인은 선로를 횡단하는 도중 킹스타운 10시발 완행열차에 치여 머리와 우측 허리에 부상을 입고 사망한 것이라고 한다.

사고 열차의 기관사인 제임스 레논의 진술에 따르면 자신은 15년 동안 이 철도회사에서 근무해오고 있으며, 역무원의 출발 신호를 듣고 발차했는데 1, 2초 후에 비명 소리를 듣고 다시 열차를 정지시켰으며, 열차는 서행 중이었다는 것이다.

역무원인 P. 던의 진술에 의하면 열차가 발차하는 순간 어떤 부인 하나가 선로를 막 횡단하려는 것을 보고서 소리를 치며 그쪽으로 달려갔는데, 채 다다르기도 전에 부인은 열차의 버퍼에 치여 땅으로 나뒹굴었다는 것이었다.

배심원 : 부인이 쓰러지는 것을 봤습니까?

증인 : 예.

크롤리 경위는 진술에서 그가 현장에 도착했을 때 사망자는 땅에 쓰러져 있었고 분명히 죽은 것 같았다고 했다. 그는 시체를 대합실로 옮겨놓고 구급차가 오기를 기다렸다고 했다.

57E 치안담당 경찰관도 같은 증언을 했다.

더블린 시립병원의 외과 부과장인 핼핀 박사는 다음과 같은 소견을 내놓았다. 사망자는 아래 늑골 두 개가 부러지고, 오른쪽 어깨에 심한 타박상을 입었으며, 우측 머리 부분의 부상은 넘어지면서 생긴 것인데, 정상적인 사람은 이 정도로는 사망에까지 이르지는 않는다고 보이나 사고를 당하는 순간의 쇼크와 심장마비가 주된 사인인 것 같다는 의견이었다.

H. B. 패터슨 핀레이 씨는 철도회사를 대표하여 이 사건에 대한 깊은 유감의 뜻을 표했다. 그의 말에 의하면 사람들이 선로를 건널 때는 반드시 구름다리를 이용하도록 주의에 만전을 기해왔다면서, 각 역의 횡단보도마다 안내 게시물을 붙이고 자동차단문을 통해서 통제를 해왔다는 것이었다. 사망자는 밤늦은 시각에 플랫폼에서 플랫폼으로 건너다니는 버릇이 있었으며, 이 사건의 다른 여러 가지 정황으로 보아도 기관사에게 과실이 있었다고는 생각하지 않는다고 했다.

시드니 퍼레이드의 레오빌에 사는 사망자의 남편 시니코 선장도 다음과 같이 증언했다. 사망자는 자기의 부인이며, 사고가 발생할 당시 자기는 더블린에 있지 않았고, 사고 당일 아침에야 로테르담에서 돌아왔다고 했다. 자기들은 결혼 생활 22년 동안 행복하게 살아왔는데, 다만 최근 2년 전부터 아내가 술을 과음하는 버릇이 생겼다고 했다.

메리 시니코 양은 최근 들어 어머니가 밤늦게 술을 사러 나가는 버릇이 생겼다고 진술했다. 증인인 딸은 어머니의 음주벽을 고쳐보려고 금주동맹에 가입시키기 위해 여러 차례 노력했다고 하면서, 자기는 사고가 있은 뒤 한 시간 후에야 집에 돌아왔다는 것이었다.

배심원들은 의학적 증거를 심리 및 평결의 근거로 삼아 레논에게는 아무런 과실이 없다는 평결을 내렸다.

대리 검시관은 이번 일은 참으로 가슴 아픈 사건이라고 하면서 시니코 선장과 딸에게 심심한 조의를 표했다. 그는 앞으로는 이와 유사한 사건이 재발하지 않도록 강력한 조치를 취할 것을 철도회사에 요청했다. 그 누구의 과실도 아닌 것으로 결론지어졌다.

*

더피 씨는 신문에서 눈을 들어 쓸쓸한 창밖 풍경을 물끄러미 쳐다보았다. 텅 빈 양조장 옆으로 개천이 소리 없이 흐르고 있었고, 이따금 루칸 거리 근처에 있는 집들에서 불빛이 반짝거리고 있었다. 이렇게 끝나다니! 그녀의 사망 기사를 다 읽고 나니 그는 울화가 치밀었다. 자신이 그렇게 소중하게 간직하고 있는 것을 그녀에게 다 털어놓았다고 생각하니 더 울화가 치밀어올랐다. 그 진부한 문구하며, 아무짝에도 쓸모없는 동정 어린 표현하며, 개죽음과도 같은 참상을 되도록 순화시켜 쓰라고 지시받았을 기자의 문구들이 뱃속을 뒤틀리게 했다. 그녀는 자신만 타락한 것이 아니었다. 그녀로 인해 그 자신도 타락했다는 생각이 들었다. 그녀의 타락한 비행들이 눈앞에 선하게 펼쳐졌다. 비참한 몰골에 비릿한 악취가 진동하는 것 같았다. 이 모습이 내 영혼의 반려자였단 말인가! 술집 바텐더에게 술 한 잔 얻으려고 깡통과 병을 들고 절룩거리며 지나가던 거지들의 모습이 눈앞에 어른거렸다. 아, 정말 이렇게 끝난단 말인가! 그녀가 이 세상을 살아가기엔 너무 벅찼을 것이다. 삶에 대한 의지력도 없고, 쉽게 악습에 빠져버리는, 문명에 의해 짓밟힌 한 낙오자에 지나지 않는 여자였으니까. 그렇지만 어떻게 이렇게까지 무너져버릴 수 있단 말인가! 나는 또 어떻게 그런 여자에게 그렇게 쉽게 혹해버렸단 말인가! 그녀가 자신을 그에게 내던지던 그날 밤이 떠오르면서 더더욱 그녀가 추악하게 느껴졌다. 그런 그녀와 관계를 정리한 것은 그나마 다행한 일이었다는 생각이 들었다.

주위가 어두워지고 기억이 산만해지면서 문득 그녀의 손이 자기 손에 닿는 듯한 느낌이 들었다. 처음에는 충격으로 뱃속이 뒤틀렸는데 지금은 신경마저 혼란스럽게 하고 있었다. 그는 외투와 모자를 허겁지겁 걸치고 밖으로 나왔다. 문간을 나서는데 찬바람이 휙 불어닥치며 옷소매로 파고들었다. 채플리조드 다리 근처에 있는 선술집까지 와서는 안으로 들어가 독한 펀치 한 잔을 주문했다.

술집 주인은 굽실거리면서 술을 따라주었지만 그에게 말은 걸지 못했다. 술집에는 대여섯 명의 노동자들이 앉아 킬데어 군郡에 있는 어떤 양반의 땅값을 두고 이러쿵저러쿵하고 있었다. 그들은 담배를 피워가며 이따금 1파인트짜리 술잔을 기울여가며 이야기를 나누고 있었는데, 바닥에다가 침을 탁 뱉고는 묵직한 장화발로 톱밥을 끌어다가 그 위를 덮곤 했다. 더피 씨는 걸상에 앉아 그들을 물끄러미 쳐다봤지만, 그들이 눈에 들어오지도 않았고 또 소리도 귀에 들어오지 않았다. 얼마 후 그들은 술집에서 나가버렸고, 그는 펀치를 한 잔 더 주문했다. 그는 술잔을 앞에 두고 한참을 앉아 있었다. 술집 안은 너무나 조용했다. 주인은 카운터에 드러눕다시피 해서 《헤럴드》지를 읽으며 하품을 해대고 있었다. 가끔 한적한 바깥 거리에서 전차가 바람을 가르며 지나가는 소리가 들려왔다.

부인과의 지나간 생활을 더듬으며 그녀의 완전히 다른 두 가지 인상을 깊이 생각해보며 그렇게 앉아 있으려니, 문득 그녀가 죽었다는 사실이 실감났다. 그녀는 이 세상에 존재하지 않는 추억 속의 여자가 되어버렸다. 그는 마음이 이상해지는 것 같았다. 어쩔 수 없었던 일 아니냐고 스스로 반문해보았다. 말도 안 되는 기만극을 그녀와 계속해서 할 수도 없는 노릇인데다가, 그녀와 내놓고 같이 살 수는 더더욱 없었다. 자기로서는 최선을 다했다고 생각했다. 그런데 어떻게 나에게 책임이 있단 말인가? 그녀가 이 세상에서 사라지고 난 뒤라서 그런지, 밤이면 밤마다 그 어두운 방 안을 혼자 우두커니 지키고 있었을 그녀가 얼마나 외로웠을는지 이해가 되었다. 나의 삶도 내가 죽어서 없어지고 추억 속의 존재로—누군가가 기억해주는 사람이 있다면— 남게 되는 날까지는 그녀처럼 외로우리라.

9시가 넘어서야 그는 술집에서 나왔다. 춥고 음산한 밤이었다. 그는 첫 번째 문을 통해 공원으로 들어가 비쩍 말라 있는 나무들 아래를 따라 걸었다. 4년 전 부인과 함께 거닐었던 쓸쓸한 오솔길을 걸어보았다. 어둠 속 어딘가에 그녀가 가까이 있는 것만 같았다. 때로는 그녀의 목소리가 귓전을 맴도는 것 같았고, 그녀의 손이 자기 손에 닿는 것만 같았다. 그는 걸음을 멈추고 소리에 귀를 기울여보았다. 왜 그녀를 살려주지 못했던가? 왜 그녀를 그렇게 사지로 내몰았던가? 그는 자신의 양심이 갈기갈기 찢어지는 것만 같았다.

매거진 언덕의 꼭대기에 이르자 그는 잠시 걸음을 멈추고 강을 내려다보면서 더블린 시를 바라보았다. 추운 밤하늘에 빛나고 있는 빨간 불빛들이 정겹게 다가왔다. 언덕 기슭을 내려다보니 저 아래 어두운 공원 담장 밑에 드러누운 사람들의 형체가 보였다. 돈을 주고 남몰래 거래되는 욕정을 보니 절망감이 덮쳐왔다. 그는 자신의 삶은 정직하다고 곱씹었다. 자신은 삶의 향연에서 소외된 이방인이었다는 생각도 들었다. 한 존재가 자신을 사랑했던 것 같았지만, 자신은 그녀의 삶과 행복을 내팽개쳐버렸다. 그녀에게 치욕을 안겨주고 수치스런 죽음을 택하도록 했다. 저 담장 아래 몸을 내던진 인간들이 자신을 바라보면서 빨리 사라져주길 바란다는 것도 모르는 바 아니었다. 나를 원하는 자는 아무도 없어. 내 삶의 이 뜨거운 향연에서 소외된 이방인이란 말이야. 그는 더블린으로 구불구불 휘어져 흘러 들어가는 회색빛으로 반짝이는 강물에 눈길을 돌렸다. 강 저 너머로 킹스브리지 역에서 화물열차 하나가 구불구불 기어나오고 있었다. 마치 깜깜한 어둠 속에서 머리를 받쳐들고 몸뚱이를 뒤틀며 고집스레 기어가는 한 마리 벌레 같았다. 열차는 점점 멀어져 시야에서 사라졌다. 그러나 헉헉거리던 열차의 기관 소리는 그녀의 이름을 계속해서 불러대며 그의 귓전을 맴돌고 있었다.

그는 왔던 길로 되돌아 걸었다. 규칙적으로 내뱉던 기관차 소리의 여운이 여전히 귓전을 울리고 있었다. 그는 지난 추억이 자신의 일같지 않다는 생각이 들기 시작했다. 그는 걸음을 멈추고 나무 밑에 섰다. 그러자 기관차 소리의 여운이 사라져갔다. 어둠 속 어딘가에 있던 부인의 느낌도, 또 속삭이던 것만 같던 부인의 목소리도 모두 사라지고 없었다. 그는 가만히 귀를 기울이며 한참을 서 있었다. 아무 소리도 들리지 않았다. 밤은 칠흑같이 고요했다. 다시 귀를 기울였다. 여전히 칠흑같이 고요했다. 혼자라는 생각이 밀려왔다.

10월 6일의 선거 사무실

잭 노인은 마분지 조각으로 숯을 떠서 허옇게 사그라져가는 숯불 더미 위에 골고루 덮었다. 숯불 더미에 숯이 엷게 뿌려지자 그의 얼굴이 어둠 속으로 잠겼으나, 다시 부채질을 하자 쭈그리고 앉은 그의 그림자가 건너편 벽면에 비치면서 얼굴이 차츰 불빛 앞에 밝게 드러났다. 앙상한 털북숭이 노인네의 얼굴이었다. 젖은 듯한 푸른 두 눈은 불길이 일 때마다 껌벅거렸으며, 침이 묻은 입을 가끔 헤벌리곤 했는데, 입을 다물었을 때는 습관적으로 한두 번 오물거렸다. 가져다 덮은 숯에 불이 붙자 노인은 마분지 조각을 벽에다 세워놓고는 한숨을 내쉬며 말했다.

"이젠 좀 낫겠군요, 오코너 씨."

오코너라는 사람은 머리칼이 회색인 젊은이로, 얼굴에는 부스럼과 여드름이 많아 보기가 좀 흉했다. 그는 엷은 종이에다 담배를 말고 있었는데, 그 소리를 듣자 손을 멈추고 무슨 생각에 잠기는 듯했다.

그러다 그 모습 그대로 담배를 다시 말기 시작하더니 뭔가를 잠시 생각하는 듯하다가 이내 말은 담배 종이에 침을 발랐다.

"티어니 씨는 언제 돌아온다는 말이 있었습니까?"

그는 일부러 쉰 목소리를 내가며 물었다.

"아무 말도 없었는데요."

오코너 씨는 말은 담배를 입에 물고 호주머니를 뒤지더니, 얇은 명함들을 무더기로 꺼냈다.

"성냥을 찾아드리지요."

노인이 말했다.

"아닙니다. 이거면 됐습니다."

오코너 씨가 말했다.

오코너 씨는 명함 한 장을 꺼내 들고는 그 위에 인쇄된 내용을 읽어 보았다.

시의원 선거

왕립거래소 선거구

리처드 J. 티어니(빈민구제법 관리위원)

금번 왕립거래소 선거구 선거에 있어

귀하의 한 표와 후원을 앙망하나이다.

오코너 씨는 티어니 씨의 대리인으로부터 선거운동요원으로 고용되어 선거구의 일부 지역을 담당하고 있었으나, 궂은 날씨 때문에 구두에 물이 스며든 것을 핑계로 들어 위클로 가에 있는 선거 사무소에서 늙은 사환인 잭과 함께 난롯가에서 노닥거리며 하루의 대부분을 보내고 있었다. 두 사람은 짧아진 해가 어둑해질 때부터 줄곧 그렇게 앉아 있었다. 이날은 10월 6일(아일랜드의 애국자인 찰스 스튜어트 파넬이 사망한 날로, 아일랜드의 기념일), 날씨는 음산하고 차가웠다.

오코너 씨는 명함 한쪽을 길게 찢어서 불을 붙인 다음 담배에 갖다 붙였다. 그렇게 하고 보니 그의 저고리 깃에 꽂은 검은 윤택이 나는 담쟁이 잎사귀 하나가 불빛을 받아 반짝거렸다. 노인은 그를 유심히 바라보다가 다시 마분지를 집어들고는 천천히 불길에 부채질을 하기 시작했다. 그러는 동안 오코너 씨는 담배를 태웠다.

"아, 그래요."

노인은 다시 말을 이었다.

"자식 하나 제대로 키운다는 게 보통 힘든 일이 아니지요. 내 자식놈이 저렇게 될지 누가 생각이나 했겠습니까! 가톨릭 학교에 보내고 하면서 할 만큼은 다했는데 결국은 저렇게 술이나 마시고 돌아다니니 말이죠. 좀 사람답게 키우려고 애를 썼는데."

마분지를 내려놓는 노인의 모습이 무척 고달파 보였다.

"이렇게 늙지만 않았어도 녀석의 버릇을 확 고쳐놓을 텐데 말이에요. 녀석을 당해낼 기운만 있다면 그냥 작대기로 녀석의 등짝을 후려 갈기라도 할 텐데. 옛날에는 참 많이도 그랬죠. 그놈 어미가 곁에 붙어서 어쩌고저쩌고하는 바람에 애 버릇을 다 버려놓았단 말이지……."

"그러다 애들 다 버리는 거죠."

오코너 씨가 맞장구를 쳤다.

"암, 그렇지요. 그렇다고 녀석들이 어디 고마워나 합니까. 건방만 늘어서. 내가 한잔했다 싶은 날이면 나에게 대들기조차 한다니까요. 자식놈이 제 아비에게 그런 식으로 대드니 도대체 세상이 어찌 돌아가는 거요?"

"몇 살입니까?"

"열아홉이에요."

"일이라도 좀 시키시지 않고요?"

"아, 그 술꾼 녀석이 학교 졸업하고 난 뒤에 왜 안 시켰겠소? '이젠 널 먹여 살리지 않아. 네 일자리를 구해.'라고 늘 말을 하지만, 일자리를 구하면 더 엉망이야. 만날 술만 퍼대니 말이오."

오코너는 그 심정을 이해한다는 듯이 고개를 끄덕거렸다. 노인은 다시 입을 다물어버리고는 불길만 멍하니 바라보고 있었다. 그때 방문이 열리면서 큰 목소리가 들렸다.

"안녕들 하쇼! 무슨 비밀 회담 장소 같구먼?"

"거기, 누구쇼?"

노인이 물었다.

"어두운 데서 뭣들 하시오?"

사람은 보이지 않고 목소리만 들렸다.

"자넨가, 하인즈?"

오코너 씨가 물었다.

"그래, 날세. 그런데 어두운 데서 뭐하는 거야?"

하인즈 씨가 불빛 쪽으로 다가오면서 물었다.

그는 연갈색 콧수염을 기른 키가 큰 호리호리한 청년이었다. 모자 테에는 금방이라도 떨어질 듯한 빗물 방울이 맺혀 있었고, 외투 깃은 세운 채였다.

"그래, 매트, 재미는 좀 어떤가?"

그가 오코너 씨에게 물었다.

오코너 씨는 고개를 절레절레 흔들었다. 노인은 난롯가에서 일어 서더니 방 안을 이리저리 둘러보고는 초 두 자루를 들고 와서 차례로 불을 붙인 후 탁자 위에 세웠다. 아무 장식도 없는 방 전체가 드러나 자 벌겋게 이글거리던 난롯불의 불기운도 수그러든 듯이 보였다. 방 안의 사방 벽에는 선거 연설문이 한 장 붙어 있는 것 말고는 아무것 도 걸려 있지 않았다. 방 한가운데에는 조그만 탁자가 하나 놓여 있 고, 그 위에는 서류들이 수북히 쌓여 있었다.

"자네, 보수는 받았나?"

하인즈 씨가 벽난로 시렁에 기댄 채 물었다.

"아직 못 받았어. 설마 오늘밤은 우릴 곤경에 빠뜨리지 않겠지."

오코너 씨가 이렇게 대답하자, 하인즈 씨가 껄껄 웃었다.

"걱정 말게. 오늘은 주겠지."

"그 양반이 일을 제대로 하려면 돈 문제도 알아서 해야 하는데 말이야."

오코너 씨가 말했다.

"잭, 노인 생각에는 어떻소?"

하인즈 씨가 비꼬는 투로 이렇게 묻자, 노인은 난로 옆 자기 자리로 가면서 말했다.

"아무튼 돈이 없는 사람은 아닌데. 저쪽 애하고는 다른 양반이죠."

"저쪽 애라니, 누구 말이죠?"

하인즈 씨의 물음에 노인은 비아냥거리듯 말했다.

"누구긴, 콜건이지."

"콜건이 노동자라서 그리 말하는 겁니까? 정직하고 선량하게 살아가는 벽돌공이 뭐가 어때서요? 술장사보다 못하다 이 말이오, 예? 노동자라고 해서 다른 사람들처럼 시정市政에 참여할 권리가 없다는 겁니까 뭡니까, 예? 늘 직함만 떡 내세우고는 유권자라면 아무에게나 굽실거리는 그 잘난 양반들보다야 훨씬 자격 있는 거 아니에요? 안 그래, 매트?"

하인즈 씨가 이렇게 반박하면서, 오코너 씨에게 말을 건넸다.

"자네 말이 옳은 거 같네."

오코너 씨가 대답했다.

"남 앞에서 위축되지 않는 사람이 진짜 정직한 사람이지요. 그는 노동자 계층을 대변해서 출마한 겁니다. 당신이 지지하는 그 양반은 그저 자리가 탐나서 나온 것밖에 없어요."

"물론, 노동자층을 대변하는 사람도 당연히 나와야겠죠."

노인이 말했다.

"노동자로 말할 것 같으면 말이에요."

하인즈 씨의 말이 이어졌다.

"온갖 천대를 다 받으면서도 보수는 쥐꼬리만큼도 안 돼요. 그런데 모든 건 다 노동이 만들어내는 거잖아요. 노동자는 아들이나 조카나 사촌들에게 달콤한 일자리나 만들어주는 그런 짓은 안 해요. 독일 황제 비위나 맞추려고 더블린의 명예에 똥칠을 하는 그런 짓을 노동자는 안 한다 이 말이오."

"그건 무슨 말이오?"

노인이 의아해하면서 물었다.

"내년에 에드워드 왕(영국의 왕 에드워드 2세, 당시 독일 황제인 빌헬름 2세는 그의 숙부)이 온다는데, 그러면 환영 연설을 할거라고 야

단인데도 그걸 모른단 말이오? 아니, 왜 다른 나라 왕에게 굽실거린단 말입니까?"

"우리 후보는 그런 연설에 찬성하는 표는 던지지 않을 걸세. 민족 전선 공천을 받고 나온 사람이잖나."

오코너 씨가 이렇게 말하면서 하인즈 씨를 진정시키려 했다.

"뭐 안 한다고? 한번 두고 보라고, 하는지 안 하는지. 난 알지, 티어니 그 양반 사기꾼이잖아?"

"이런! 그래, 자네 말이 맞을지도 모르지, 조. 좌우지간 그 양반이 돈이나 좀 갖고 나타났으면 좋겠네."

세 사람은 갑자기 말이 없었다. 노인은 숯을 좀더 긁어모으기 시작했다. 하인즈 씨는 모자를 벗어 빗물 방울을 턴 다음 올렸던 외투 깃을 바로잡았다. 그 바람에 저고리 깃에 단 담쟁이 잎사귀가 내비쳤다.

"만약 그분(1891년 10월 6일에 사망한 아일랜드의 애국자인 파넬. 담쟁이 잎은 그를 상징함)이 살아 있다면."

하인즈 씨가 그 잎사귀를 가리키며 다시 말을 꺼냈다.

"환영 연설이니 하는 따위의 소리가 어디 우리 입에서 나와."

"그건 맞는 말이야."

오코너 씨가 맞장구를 쳤다.

"참, 그때가 좋긴 했지요. 그땐 제법 사는 것 같았는데."

노인도 한마디 거들었다.

다시 방 안엔 침묵이 흘렀다. 그때 키가 작달막한 사내가 꽁꽁 언 귀에다 코를 킁킁거리면서 부산하게 문을 밀치며 들어왔다. 그는 후 닥닥 난롯불 앞으로 가더니 마치 부싯돌로 불을 피우는 것처럼 두 손 을 빠르게 비벼대며 말했다.

"돈이 없다네, 이 사람들아."

"헨치 씨, 이리로 앉으시죠."

노인이 자기 의자를 내어주며 말했다.

"아, 일어서지 말아요, 잭. 일어서지 말아요."

그는 하인즈 씨에게 퉁명스럽게 고개를 끄덕이고는 노인이 내어준 의자에 앉았다.

"언저 가에는 다녀왔어요?"

그가 오코너 씨에게 물었다.

"예."

오코너 씨는 호주머니에 손을 넣어 메모지를 찾기 시작했다.

"그라임 씨도 만나봤어요?"

"예."

"그래, 그 양반은 어때요?"

"확답은 않던데요. '어디에다 표를 던질지는 아무에게도 말할 수 없소.' 이렇게만 얘기하던데요. 그렇지만 그분은 별 문제 없을 거 같 아요."

"무슨 근거로?"

"추천인들이 누구누구냐고 묻더군요. 그래서 말씀드렸죠. 내가 버크 신부님 이름도 들먹였거든요. 그러니 잘될 것 같습니다."

헨치 씨는 코를 킁킁거리며 불을 쬐면서 손을 빠르게 비벼대더니 잠시 후 말을 꺼냈다.

"이보시오, 잭. 제발 석탄 좀 가지고 오시구려. 좀 남아 있잖아요."

노인이 방에서 나갔다.

"말이 안 통해. 그 꼬마 자식한테 돈 좀 달랬더니, 뭐라고 하는 줄 알아요? '오, 헨치 씨, 하지만 일만 잘되어가면 어찌 댁의 노고를 잊겠습니까. 나만 믿어요.' 이러더군요. 그 자식 정말 짠돌이예요! 진짜 짠돌이야!"

헨치 씨가 고개를 설레설레 흔들며 말했다.

"내가 뭐라고 하던가, 매트? 사기꾼 티어니라고 했잖아."

하인즈 씨도 거들고 나왔다.

"야, 정말 소문대로 사기꾼이야!"

헨치 씨가 맞장구를 쳤다.

"돼지 새끼 눈같이 쭉 째졌더니 다 이유가 있었구먼. 망할 자식! 있으면 사내답게 좀 내놓을 일이지, 기껏 한다는 소리가 '오, 헨치 씨, 패닝 씨에게 돈 부탁을 좀 해야겠소만…… 돈이 너무 많이 들어가다 보니 말이오.' 이러고 있으니. 정말 지독한 짠돌이야! 그 자식은 불쌍한 자기 아버지가 메리 로路에서 헌옷 장사를 하던 시절을 까맣게 잊어먹은 것 같소."

"그 말이 사실이오?"

오코너 씨가 물었다.

"사실이고말고요."

헨치 씨가 말을 이었다.

"그 얘길 처음 듣소? 그래요, 일요일에는 사람들이 그 가게에 들러 조끼며 바지를 사 입고 나들이를 나가곤 했죠. 그런데 사기꾼 티어니 그 자식의 아버지는 가게 한구석에 조그맣게 생긴 야바위 놀음하는 까만 병 하나를 늘 세워두고 있었죠. 이젠 아시겠어요? 거기서 배운 거죠. 그 자식이 세상을 처음 배운 게 그렇다 이 말입니다."

노인은 석탄 몇 덩이를 가져와서 불 위 여기저기에다 얹었다.

"세상 한번 멋지게 배웠군. 돈도 맞춰 주지도 못하면서 어떻게 남더러 자기 일을 해달라고 해?"

오코너 씨가 응수했다.

"이젠 나도 모르겠소. 집에 가면 아마 차압하러 온 집달리들이 현관에서 죽치고 있을 것 같은데."

헨치 씨가 말했다.

이 말에 하인즈 씨가 껄껄 웃으며 어깨로 벽난로 시렁을 툭 밀치더니 몸을 바로 세우고 떠날 채비를 했다.

"왕인지 에디인지가 오면 만사가 잘 풀리겠지요."

그는 이렇게 말하고 작별 인사를 덧붙였다.

"자, 여러분, 저는 이만 물러갑니다. 나중에 또 뵙기로 하죠. 다들 안녕히 계십시오."

그는 천천히 방 밖으로 나갔다. 헨치 씨도 노인도 아무 말이 없었다. 그러다 문이 막 닫히려는 순간 침울한 표정으로 불길을 바라보고 있던 오코너 씨가 갑자기 큰 소리로 인사를 했다.

"잘가게, 조!"

헨치 씨는 가만히 있다가 잠시 후에 문 쪽을 보면서 고개를 끄덕거렸다. 그러다 불을 들쑤시면서 말했다.

"저 친구 여기엔 왜 온 거죠? 원하는 게 뭘까요?"

"에이, 딱한 조! 저 친구도 우리만큼이나 궁색한 친구죠."

오코너 씨가 담배꽁초를 불길 속으로 집어던지며 말했다.

헨치 씨가 하도 심하게 코를 훌쩍거리면서 침을 자주 뱉어대는 바람에 불길이 꺼져버릴 듯이 피식피식 소리를 냈다.

"내 개인적인 의견을 솔직히 말한다면."

헨치 씨가 말했다.

"저잔 저쪽 선거 사무소에서 보낸 사람 같군요. 저잔 콜건이 보낸 스파이다 이 말이오. '저쪽에서 어떻게 하고 있는지 한번 보고 오게나. 그들이 자넬 의심하지 않을 테니까 말이야.' 이제 감이 좀 잡힙니까?"

"아, 조는 그럴 사람이 아닙니다."

오코너 씨가 대꾸를 했다.

"저자의 아버지야 점잖고 존경할 만한 사람이긴 했죠."

헨치 씨가 말을 받았다.

"가엾은 래리 하인즈 영감! 한창일 땐 좋은 일도 많이 했는데! 그런데 저 친구는 전혀 순수해 보이지 않아. 사람이 궁핍한 거야 이해가 간다지만, 저렇게 남을 등쳐먹고 다니는 놈은 동정할 여지가 없지. 좀 사내답게 배짱도 있고 그래야 하는데, 저 친군 전혀 아니야."

"저 작자가 올 때면 나는 전혀 반갑지 않아요. 자기편 일이나 열심히 할 것이지 여기에 스파이 짓 하러 올 건 뭐랍니까."

노인이 거들고 나왔다.

"글쎄요."

오코너 씨가 담배와 담배 마는 종이를 꺼내면서 자기 생각은 좀 다르다는 듯이 말했다.

"내 생각으로는 조 하인즈는 곧은 사람이에요. 그 친구는 머리도 좋고 글도 잘 쓰죠. 그 친구가 쓴 글을 알고들 계시는지……?"

"굳이 말을 하자면, 힐사이드 단원이나 페니아 단원(아일랜드 독립을 위해 조직된 비밀결사)들은 약아빠진 데가 좀 있죠."

헨치 씨가 말을 가로챘다.

"이런 사기꾼 같은 작자들에 대한 내 솔직한 심경이 어떤 줄 아시오? 그들 중 절반은 저 성城(1922년 더블린의 독립 이전 영국 총독이 사용하던 관저를 말함)으로부터 다 뒷돈을 받고 있단 말이오."

"금시초문인데요."

노인이 말했다.

"이런, 내가 알기로는 분명한 사실이오."

헨치 씨도 지지 않고 받았다.

"놈들은 그 성의 끄나풀들이오…… 하인즈가 그렇다는 얘기는 아니지만…… 제길, 그 작자가 그렇게까지 비겁하겠소만…… 하지만 그 사팔뜨기 애송이 귀족 놈이 하나 있지. 내가 말하는 이 애국자란 작자가 넌지 짐작들 가지요?"

오코너 씨가 고개를 끄덕였다.

"굳이 알고 싶다면 말하지요. 그놈은 서 소령(1803년 애국자 에메트가 더블린에서 반란을 일으키자 그를 체포하여 사형당하도록 만든 군인)의 직계 후손이오! 아, 진짜 애국자 피가 질질 흐르는 놈이지! 제 조국을 동전 너 푼에 그냥 팔아먹을 작자지요. 정말이오. 전능하신 예수님 앞에 무릎을 꿇고, 팔아먹을 나라를 내려주신 것에 감사 기도를 올릴 놈이지요."

이때 노크 소리가 났다.

"들어오시오!"

헨치 씨가 큰 소리로 말했다.

행색이 궁색한 성직자 같기도 하고 가난한 배우 같기도 한 사람이 문을 열고 나타났다. 작달막한 그의 몸을 감싼 까만 옷은 단추가 꼭 채워져 있었는데, 성직자 칼라를 하고 있는지 평신도의 그것인지는 분간이 잘 안 되었다. 초라한 그의 프록코트 칼라는 목을 덮고 있었지만 밖으로 드러난 단추가 촛불에 반사되면서 잘 보이지 않았기 때문이었다. 그는 펠트 천으로 만든 딱딱하고 둥근 모자를 쓰고 있었다. 빗방울로 번쩍이는 얼굴은 축축이 젖은 노란 치즈 같았고, 양쪽 광대뼈 언저리에는 장밋빛 반점이 있었다. 뭔가 실망스러운 듯이 그 유난히 긴 입을 갑자기 째듯이 벌렸지만, 동시에 유난히 푸른 두 눈을 둥그렇게 뜬 모습은 반가워서 놀라는 표정이었다.

"오, 키온 신부님!"

헨치 씨가 자리에서 벌떡 일어서며 말했다.

"신부님이셨군요. 어서 들어오시죠!"

"아, 아니, 아니, 아닙니다!"

급히 사양하는 키온 신부는 마치 어린애를 대하는 듯 입술을 동그랗게 오므렸다.

"들어와 앉으시죠?"

"아니, 아니, 아닙니다!"

정중하고 너그럽게 사양하는 키온 신부의 목소리는 비단결같이 매끄러웠다.

"괜히 방해만 될 거 같군요! 그저 잠깐 패닝 씨가 계신가 하고……."

"그분은 지금 블랙 이글(술집 이름)에 가 계시는데요. 하지만 잠시 들어와 앉았다 가시죠."

헨치 씨가 말했다.

"아니, 아니, 고맙습니다. 별로 중요한 일도 아니에요. 아무튼 정말 고맙습니다."

이렇게 말하면서 키온 신부는 문간에서 돌아섰다. 그러자 헨치 씨는 초 한 자루를 들고 신부가 내려가는 계단을 비춰주려고 문으로 갔다.

"아, 이러지 않으셔도 괜찮습니다!"

"아닙니다, 계단이 너무 어두워서요."

"아니, 아니, 잘 보입니다…… 정말 고맙습니다."

"이제 괜찮으시겠습니까?"

"됐습니다. 고맙습니다…… 고맙습니다."

헨치 씨는 초를 들고 방 안으로 들어서서 탁자 위에 세워놓고, 다시 난롯가에 앉았다. 방 안은 잠시 침묵이 흘렀다.

"그런데 존."

오코너 씨가 마분지로 담뱃불을 붙이면서 말했다.

"왜요?"

"저 사람 정체가 정확히 뭡니까?"

"낸들 알겠소."

헨치 씨가 대답했다.

"패닝 씨하고 무척 친한 것 같던데. 둘이서 캐바나 술집에서 자주 어울린다고 합디다. 저 사람 신부가 맞기는 맞아요?"

"으음, 난 그렇게 알고 있소만…… 소위 검은 양(성직자로서 파계를 일삼는 부류를 칭하는 말)이라는 부류일 거요. 그래도 저런 작자들이 많지 않은 게 다행이지. 하긴 적다고도 할 수 없지…… 이래저래 불행한 인종이라고 할 수밖에……."

"그러면 저 양반은 뭘 해먹고 사는 거요?"

오코너 씨가 물었다.

"그것도 또 하나의 수수께끼죠."

"예배당이나 성당, 아니면 수도원, 또 그런 데 말고라도 어디 소속이 있습니까?"

"아뇨, 제멋에 겨워 저러고 돌아다니는 거죠……. 말이 좀 심했나."

헨치 씨가 이렇게 말하면서 덧붙였다.

"아마 흑맥주 한 다스 정도는 너끈히 해치울걸요."

"말이 나온 김에, 어디 술 좀 없어요?"

오코너 씨가 물었다.

"나도 목이 칼칼한데요."

노인도 맞장구를 쳤다.

"그 짠돌이에게 세 번씩이나 부탁했소이다."

헨치 씨가 대답했다.

"흑맥주 한 다스만 보내줄 수 없느냐고 말이죠. 조금 전에도 또 한 번 부탁하고 오는 길이었어요. 그런데 그 작자는 카운터에 기댄 채 부시장 카울리하고 무슨 긴한 이야기를 하는지 숙덕대고만 있더라 이 말이오."

"왜 좀 알아듣게 이야기를 하죠."

오코너 씨가 말했다.

"아, 부시장 카울리하고 얘기하고 있는데 어찌 또 말합니까. 그래서 눈이 마주칠 때까지 기다렸다가 '별거 아니지만 저 아까 말씀드렸던 그……' 하고 말하니, '알았으니 걱정 마쇼, 헨치 씨.' 이러더라고요. 에라이, 그래도 조금 기대를 했는데, 그 작자는 아예 까맣게 잊어먹고 있더라 이거죠."

"그들끼리 뭔가 거래가 있는 것 같군요."

오코너 씨가 뭔가 집히는 게 있다는 듯한 표정으로 말했다.

"어제 그자들 셋이서 서포크 가의 후미진 곳에서 뭔가 열심히 꾸며대고 있는 걸 내가 봤죠."

"무슨 꿍꿍이인지 알 것 같군요."

헨치 씨가 말했다.

"요즘은 시장 한번 해먹으려면 시의회 돈 안 갖다 쓰고는 절대적으로 어렵지요. 그래야 시장도 만들어주고 하는 거니까. 제기랄! 나도 시의원이나 한번 해볼까나. 어때요? 나도 좀 어울리는 것 같지 않소?"

오코너 씨가 껄껄 웃었다.

"돈 꾸는 일만 제대로 돌아간다면야……."

"시장 관저에서 떡하니 차를 타고 나오는 거죠."

헨치 씨가 다시 말을 이었다.

"버러지 같은 중생들 속으로 말이오. 내 뒤에는 잭 노인이 분칠한 흰 가발을 쓰고 척 서 있고 말이죠. 어때요?"

"그리고 날 의원님의 개인 비서로 삼고 말이죠."

"그럼요. 그리고 키온 신부는 내 전담 신부로 모시고. 그러고는 집안 잔치를 한바탕 벌이는 거죠."

"맞아요!"

노인이 끼어들었다.

"선생은 훨씬 더 멋들어지게 하실 겁니다. 언젠가 시장 댁 문지기인 키건 영감을 만났는데, '그래, 새로 온 시장은 맘에 드시오, 패트? 요즘은 연회도 뜸하다고 들리던데.' 라고 물으니, 그 영감 대답이 '연회요? 걸레 기름을 반찬으로 알고 사는 시장이라오.' 하더라고요. 그

러고 나서 그 영감이 나더러 뭐라고 한 줄 아쇼? 정말 귀가 믿어지지

않는 이야기였소이다."

"무슨 이야기인데요?"

헨치 씨와 오코너 씨의 입에서 동시에 같은 말이 나왔다.

"그 영감 말이 이래요. '더블린의 시장 나으리께서 저녁거리로 고

기를 한 근만 사오라고 한다면 노형은 어떻게 생각하겠소? 높은 양반

사시는 꼴이 그래서야 되겠소?' 이 말에 내가 '허 참!'이라고 했더니,

'시장 저택에서 고기 한 근을 사들이고 있다니까요.' 그 영감이 이러

더라고요. 난 '허 참! 누가 이번에는 시장이 되려나?' 하고 말았죠."

그런데 바로 이때 노크 소리가 들리면서 소년 하나가 고개를 쑥 디

밀고 들어왔다.

"그건 뭐냐?"

노인이 물었다.

"블랙 이글에서 배달 왔는데요."

소년이 비틀거리면서 바구니를 들고 들어와 바닥에 내려놓자 술병

부딪치는 소리가 요란하게 들렸다.

노인은 소년을 거들어 바구니에서 탁자 위로 술병을 함께 옮겨놓

고는 전체 개수를 세어보았다. 다 옮기고 난 소년은 바구니를 팔에

걸치고는 물었다.

"빈 병 있습니까?"

"무슨 병 말이냐?"

노인이 되물었다.

"먼저 마셔야 빈 병도 있을 거 아니냐?"

헨치 씨도 한마디 했다.

"빈 병이 있는지 물어보라고 그랬어요."

"내일 와서 가져가거라."

노인이 말했다.

"야, 이봐! 네가 오패럴 가게에 가서 병따개 좀 빌려다 주련? 헨치 씨가 빌려달란다고 그래. 금방 돌려드린다고 하고. 여기에 바구니 놓고 갔다 와."

헨치 씨가 말했다.

소년이 나가자 헨치 씨는 두 손을 기분 좋게 비비면서 말했다.

"아, 그래도 그렇게 막돼먹은 친구는 아니군. 어쨌든 약속은 지킬 줄 아니까 말이야."

"잔이 없는데요."

노인이 말했다.

"아, 그런 걱정은 접어두시고요, 잭. 자고로 병째로 마셨던 분들이 많으니까요."

헨치 씨가 대꾸했다.

"어쨌든 없는 것보다는 낫군."

오코너 씨가 말했다.

"나쁜 인간은 아니에요. 패닝은 그저 빚이 많아 그럴 뿐이죠. 사람은 잘지만 그래도 마음은 괜찮은 편 아닌가요?"

헨치 씨가 말했다.

소년이 병따개를 가지고 돌아왔다. 노인이 병 셋을 따고 병따개를 소년에게 돌려주려는데, 헨치 씨가 소년을 보고 말했다.

"어이, 너도 한잔할래?"

"저도 주시렵니까?"

소년이 이렇게 말하자 노인은 못마땅해하면서 병 하나를 따서 소년에게 주며 물었다.

"너 몇 살이냐?"

"열일곱입니다."

노인이 더 이상 말이 없자 소년은 병을 집어들고 헨치 씨에게 "고맙습니다, 선생님." 하고는 술을 쭉 마시고 나서 병을 탁자 위에 놓더니 옷소매로 입을 닦았다. 그러고는 병따개를 집어들고 옆걸음을 치면서 문밖으로 나가며 뭐라고 중얼거리듯 인사말을 했다.

"저렇게 해서 망치기 시작하는 거죠."

노인이 말했다.

"바늘 도둑이 소도둑 된다 이 말씀인가요."

헨치 씨가 말을 받았다.

마개를 딴 병 셋을 노인이 나누어주자 세 사람은 동시에 나발을 불었다. 다 마신 다음 세 사람은 제각기 빈 병을 벽난로 시렁 위에 턱 얹고는 흡족한 듯이 숨을 길게 내쉬었다.

"오늘 참 일도 많이 했네요."

잠시 뒤에 헨치 씨가 입을 열었다.

"그랬어요, 존?"

"네, 도슨 가에서는 한두 군데 표를 확보했죠. 크로프튼하고 나하고 둘이서 말이죠. 우리끼리 얘기지만, 알다시피 크로프튼은—물론 사람이야 좋지만— 선거운동 하는 데는 도통 도움이 안 돼요. 지나가는 개한테도 말 한마디 못 붙이니. 내가 한참 떠들고 있으면 그 친군 그냥 멍하니 사람들 얼굴만 쳐다보고 서 있다니까요."

이때 웬 사내 둘이 안으로 들어왔다. 그 중 한 사내는 아주 뚱뚱했는데, 그 푸른 서지 양복이 마치 절구통 같은 몸에서 당장에라도 흘러내릴 것만 같았다. 얼굴은 넓적해서 마치 황소 새끼같이 생겼는데 푸른 두 눈은 왕방울만 한데다 희끗희끗한 콧수염을 기르고 있었다. 다른 사내는 훨씬 더 젊어 보이면서 약해 보이는 체격이었는데, 여윈 얼굴은 깨끗하게 면도질이 되어 있었다. 그는 아주 높은 더블 칼라를 댄 옷에다 챙이 넓은 중산모자를 쓰고 있었다.

"어이, 크로프튼!"

헨치 씨가 뚱뚱한 사내에게 인사를 건넸다.

"호랑이도 제 말 하면 온다더니……."

"술은 어디서 났소? 암소가 새끼를 낳았나?"

젊은 사내가 익살을 부렸다.

"그래, 뭐 눈엔 뭐만 보인다고. 라이언스 자넨 술 냄새부터 맡나!"

오코너 씨가 웃으면서 말을 받았다.

"에이, 선거운동 한다면서 술이나 마시고 그래요. 크로프튼하고 나하고는 밖에서 찬비 맞아가며 표 긁어모으느라 정신이 없는데."

라이언스 씨도 지지 않고 받았다.

"뭐라고? 지금 무슨 소리하는 거요. 난 두 사람이 일주일 걸려서 모으는 표를 단 5분 만에 얻어내는 사람이오."

헨치 씨도 지지 않고 맞받았다.

"흑맥주 두 병만 더 따지요, 잭 영감님."

오코너 씨가 말했다.

"어떻게 따요? 병따개도 없는데."

노인이 말했다.

"잠깐, 잠깐만요!"

헨치 씨가 의자에서 벌떡 일어나며 말했다.

"이런 재주 구경한 적이 있으신지?"

그는 탁자 위의 병 두 개를 집어들더니 벽난로의 시렁 위에 올려놓고는, 난롯불 옆에 앉아 자기 병을 들고 다시 한 모금 마셨다. 라이언스 씨는 탁자 모서리에 걸터앉은 채 모자를 뒤로 젖혀 쓰고는 두 다리를 흔들흔들하면서 물었다.

"내 것은 어느 거죠?"

"이거잖소."

헨치 씨가 대꾸했다.

크로프튼 씨는 상자 위에 걸터앉아 시렁 위에 있는 다른 술병을 뚫어져라 쳐다보고 있었다. 그는 두 가지 이유로 침묵을 지키고 있었다. 하나는―그것만으로도 충분한 이유이기는 하지만― 할 말이 없어서였고, 또 하나는 여기 있는 사람들을 깔보고 있기 때문이었다. 그는 전에는 보수당원인 월킨스의 운동원이었으나, 보수당이 자신들의 후보를 철회하고 궁여지책으로 민족전선 후보자를 지지하기로 전략을 바꾸었기 때문에 지금은 티어니 씨를 위해 일하고 있었다.

얼마 후 "폭!" 하는 소리와 함께 라이언스 씨가 마실 술병의 마개가 날아갔다. 라이언스 씨는 탁자에서 뛰어내려 난롯가로 가서 병을 집어들고 탁자로 되돌아왔다.

"방금 그 얘길 하던 중이오, 크로프튼."

헨치 씨가 말을 이었다.

"오늘 제법 많은 표를 확보했다 이 말이오."

"누구 표를 말이오?"

라이언스 씨가 물었다.

"음, 파크스 한 표, 앳킨슨 두 표, 그리고 도슨 가의 워드도 지지를 약속했소. 역시 점잖은 영감이더군요. 변함없는 멋쟁이에다가, 역시 변함없는 보수당원이고! '그런데 그쪽 후보는 민족전선 아니던가요?' 하고 묻는데, '훌륭한 사람입니다. 조국을 위해서라면 뭐든 다 할 수 있는 인물이지요. 또 세금도 많이 내고요. 시내에 굉장히 큰 저택도 가지고 있고 사업체도 세 군데나 됩니다. 그러니 세금을 줄이는 것이 자신에게도 이익이 되지 않겠습니까? 저명하고 존경받는 시민이며 빈민구제법 관리 위원이기도 한데다, 어느 당에도 가입하지 않은 아주 공정한 인물입니다.' 라고 말해줬죠. 말은 이렇게 해야 하는 법이니까요."

"그런데 왕에 대한 환영 연설 문제는 어떻답디까?"

라이언스 씨가 술을 들이키고는 입술을 훔치며 말했다.

"내 말 좀 들어봐요."

헨치 씨가 말을 받았다.

"내가 워드 노인에게도 말한 바지만, 이 나라에서 지금 필요한 건 자본이오. 왕이 여기를 방문한다는 것은 돈이 굴러 들어온다는 이야기죠. 더블린 시민 전부가 그걸로 덕을 보게 될 거요. 저 부둣가에 문을 닫아걸고 있는 공장들을 보시오, 다들 놀고 있잖소! 우리가 옛날부터 해오던 산업인 제분소, 조선소, 그리고 공장들을 돌리기만 하면 이 나라에 굴러 들어올 돈을 한번 생각해보란 말이오. 지금 우리에게 필요한 건 자본이란 말이오."

"가만, 이것 봐요, 존."

오코너 씨가 끼어들었다.

"우리가 왜 영국 왕을 환영해야 한단 말이오? 파넬 자신도……."

"파넬요."

헨치 씨가 대꾸했다.

"그는 이미 죽었어요. 자, 내 생각은 이렇소. 여기 온다는 그 작자는 노모老母(빅토리아 여왕을 가리킴)가 자리를 오래 지키는 바람에 머리가 희끗희끗해지고 난 뒤에야 겨우 왕위에 오른 사람이에요. 그는 세상 물정을 잘 알고, 우리에게 악의가 없소. 말하자면, 밝은 성격에다가 점잖은 인물로, 제멋대로 하는 사람은 아니라는 말이오. 그는 이렇게 생각할 거요. '선왕께서는 한 번도 이 무지한 아일랜드 백성들을 찾아본 적이 없다. 이제 내가 친히 가서 사정이 어떤지 보고 와야겠다.'라고 말이죠. 그런데 이처럼 우호적인 의도로 찾아오는 사람을 우리가 굳이 모욕을 해야겠소? 어때? 내 말이 맞잖아요, 크로프튼?'

크로프튼 씨는 고개를 끄덕거렸다.

"그러나 결국 지금은 알다시피 에드워드 왕의 생활도 그다지 좋다고만……."

라이언스 씨가 따지듯이 말했다.

"과거지사는 과거지사로 잊어버립시다."

헨치 씨가 다시 말을 받았다.

"나는 개인적으로는 그 사람을 존경합니다. 그도 당신이나 나같이 놀기 좋아하는 평범한 한 인간일 뿐이오. 술 한잔하는 거 좋아하고, 난봉기야 있겠지만, 아마 훌륭한 스포츠맨일 거요. 제기랄, 우리 아일랜드 사람들은 페어 플레이를 몰라요."

"구구절절 옳은 말씀이에요. 하지만 파넬의 경우도 좀 생각해봐야죠."

라이언스 씨가 말했다.

"도대체 두 사람 사이에 무슨 관계가 있다고 그러는 거요?"

헨치 씨가 받았다.

"내 말뜻은 우리에겐 우리의 이상이 있다 이 말입니다."

라이언스 씨도 지지 않고 받았다.

"왜 우리가 그런 위인을 환영해야 된단 말이죠? 파넬의 업적으로 보면 그가 당연히 우리의 지도자가 되어야 하지 않습니까? 그런데 왜 우리가 에드워드 7세에게 그따위 짓거리를 해야 한단 말인가요?"

"오늘은 파넬의 기념일이오. 그러니 더 이상 기분 상하게는 하지 맙시다."

오코너 씨가 끼어들었다. 그러면서 크로프튼 씨 쪽을 돌아보며 덧붙였다.

"파넬이 고인이 되어 우리 곁을 떠났기 때문에 모두들 존경하는 거 아니겠소. 보수당원들까지 말이오."

"폭!"

이때서야 크로프튼 씨 몫의 술병 마개가 날아갔다.

크로프튼 씨는 앉아 있던 상자에서 일어나 난로 쪽으로 갔다. 술병을 들고 돌아오며 착 가라앉은 목소리로 그가 말했다.

"우리 당도 그를 존경하죠. 그는 신사였으니까요."

"바로 그 말이오, 크로프튼!"

헨치 씨가 아주 흥분된 어조로 말했다.

"고양이 우리 같은 국회를 그래도 바로잡고자 한 사람은 그 사람뿐이었으니까요. '앉아, 개들아!', '드러누워, 똥개들아!' 개들을 이렇게 다뤘죠. 들어오시오, 조! 들어오라니까요!"

헨치 씨는 말하다 말고 문간에 하인즈 씨가 있는 것을 보고 말했다.

하인즈 씨는 천천히 안으로 들어섰다.

"흑맥주 한 병만 더 따죠, 잭. 이런, 병따개가 없지! 자, 이리 하나만 주시오. 난로 위에다 놓을 테니."

헨치 씨의 이 말에 노인이 술병 하나를 건네주자 그는 그것을 받아 벽난로의 시렁 위에다 올려놓았다.

"앉게나, 조. 우린 지금 대장(민족전선 당수였던 파넬을 지칭) 이야기를 하고 있는 중이었네."

오코너 씨가 이렇게 말하자 헨치 씨가 맞장구를 쳤다.

"예, 예, 그러는 중이죠."

하인즈 씨는 탁자에 앉으면서 라이언스 곁에 자리를 잡았으나 아무런 말이 없었다.

"누가 뭐라고 해도 이 사람만은 그를 반대하지 않을 거요."

헨치 씨가 하인즈 씨를 두고 말을 꺼냈다.

"내 말이 틀림없죠, 조! 당신은 그를 신처럼 떠받들었잖소!"

"아, 조! 자네가 쓴 그 글 좀 내게 보여주겠나? 뭔지 알겠지? 지금 그것을 가지고 있나?"

오코너 씨가 불쑥 말을 건넸다.

"아, 맞아! 그거 여기 있는 사람들에게 보여주시죠. 이거 들어본 적 있소, 크로프튼 씨? 자, 한번 들어봐요. 아주 멋집니다."

헨치 씨도 거들고 나왔다.

"어서 한번 해보게, 조."

오코너 씨가 재촉했다.

하인즈 씨는 처음에는 이들이 뭘 두고 하는 이야기인지 금방 알아채지 못했으나, 잠시 생각을 해보더니 입을 열었다.

"아, 그것 말이군……. 알았어, 그런데 너무 오래 되어놔서."

"한번 해보게, 이 사람아!"

오코너 씨가 또 재촉을 했다.

"쉬, 쉿! 자, 해보시죠, 조."

헨치 씨도 다시 거들고 나왔다.

하인즈 씨는 머뭇머뭇 꽤 뜸을 들였다. 그러다 침묵이 흐르는 가운데 모자를 벗어 탁자 위에 놓고 일어섰다. 속으로 한번 외워보는 것 같더니, 한참이 지난 후에야 읊기 시작했다.

파넬의 죽음
1891년 10월 6일

그는 한두 번 헛기침으로 목을 가다듬은 뒤 다시 읊어나갔다.

님은 갔습니다.
무관無冠의 제왕 우리 님은 갔습니다.
오, 아일랜드여, 슬픔과 설움으로 울지어다.
현세의 위선자들 무리에 꺾여
님은 쓰러지고 말았으니.

비겁한 도배들의 칼에 맞고 가시니
님 수렁에서 영광의 나라로 오르셨네.
아일랜드의 희망과 꿈은

님을 보내는 불 위에서 사라지니.

궁전과 초옥, 오막살이
아일랜드의 정기가 있는 곳이면
모두가 설움에 묻혔어라.
아일랜드의 운명 내려놓고 님 가셨으니.

조국의 명성 떨치시고
영광의 푸른 깃발 휘날리시며
세계 만방 앞에
조국의 문무文武를 드높이셨을 우리 님.

자유를 꿈꾸신 님, 뜨거운 정열이여.
(아, 슬프도다. 꿈에 지나지 않음이여!)
어리석은 반역자 무리들
님의 사랑을 앗아가도다.

비겁한 반역의 무리들이여, 고개 떨궈라.
한 줌 욕망에 왕을 시역弑逆한 자들이여,
폭도들에게 님을 판 무뢰배들이여,

친구의 탈을 뒤집어쓴 간악한 사도邪道들이여.

치욕은 천년만년 영원하라.

님의 거룩하신 이름 더럽히려다

님의 영예 앞에 무릎 꿇은

그 어리석은 자들의 헛된 이름들.

님 쓰러졌으나 그 모습 당당하다.

최후까지 고귀한 용맹 떨치셨으니

이제 님 가시어

아일랜드의 전설적 영웅 되시다.

님의 영면永眠에는 어떤 다툼의 소리도 없어라!

님 고요히 잠드셨으니, 이제 괴로움도 없어라.

드높은 고귀한 야망, 님을 빛내시니

무한한 영광 님에게 있어라.

그를 이겼도다. 님을 가시게 했도다.

그러나 들어라, 아일랜드여!

님의 영혼 다시금 불길 속을 날아오르리라.

새날의 동이 틀 때 불사조처럼.

자유가 우리에게 내리는 그날
아일랜드 모두가 축제의 잔을 드높이는
바로 그날이 오면
또 하나의 설움에 잔을 들라. 그리고 맹세하라,
파넬을 영원히 기억한다고.

하인즈 씨가 다시 탁자에 앉았다. 낭송이 끝나자 잠시 침묵이 흐르다가 박수 소리가 터졌다. 라이언스 씨마저도 박수를 쳤다. 한참 동안 그렇게 박수 소리가 이어졌다. 소리가 그치자 모두들 자신의 술병을 들고 말없이 들이켰다.

"폭!"

하인즈 씨의 술병 마개가 날아갔으나, 하인즈 씨는 모자를 벗은 채 얼굴에 홍조를 띠고 그냥 가만히 앉아 있었다. 옆에서 술을 권하는 말도 못 들은 것 같았다.

"멋졌어, 조!"

오코너 씨는 이렇게 말하고 흥분한 기색을 감추려는 듯 담배 마는 종이와 쌈지를 꺼냈다.

"자, 어때요, 크로프튼 씨?"

헨치 씨가 큰 소리로 물었다.

"훌륭하지 않나요? 훌륭하죠?"

크로프튼 씨는 아주 멋진 글이라고 칭찬했다.

어떤 엄마

아일랜드 독립협회의 사무차장인 홀로한 씨는 양손과 호주머니에 때문은 서류들을 잔뜩 들고 쑤셔넣고 하면서 음악회를 준비하느라고 거의 한 달 동안이나 더블린을 동분서주하며 돌아다니고 있었다. 그는 다리를 절었는데, 이를 두고 친구들은 그를 절름발이 홀로한이라고 불렀다. 그는 한시도 쉬지 않고 분주하게 뛰어다니면서 길모퉁이에서 사람들을 만나 이런저런 상의를 하기도 하고, 또 메모도 하곤 했다. 그러나 최종적으로 모든 일을 점검하는 사람은 키어니 부인이었다.

미스 디블린은 홧김에 결혼을 해서 키어니 부인이 되어버렸다. 그녀는 고등 수도원에서 교육을 받으며 불어와 음악을 배웠다. 천성적으로 얼굴이 창백한데다 남에게 굽히는 성격이 아니었기 때문에 학창 시절에는 친구도 그리 많지 않았다. 결혼 적령기가 되어서는 이 집 저 집으로 놀러 다녔는데, 그때 그녀는 연주 솜씨와 귀티 나는 태도로 많은 사람들에게 칭송을 받았다. 그녀는 자신의 교양으로 장벽을 치고 그 안에 도사리고 앉아, 누군가 용감한 구혼자가 나타나 그것을 무너뜨리고 자신을 찬란한 삶으로 이끌어주기를 기다리고 있었다. 그러나 그녀가 만난 청년들은 그저 그렇고 그런 인물들이라 그들에게 별 호의를 내보이지 않았으며, 남몰래 달콤한 눈깔사탕이나 오물거리며 처녀의 로맨틱한 꿈을 달래고 있을 뿐이었다. 그런 그녀였지만 혼기가 턱밑까지 차오르면서 그녀의 친구들이 숙덕대기 시작하자, 그녀는 키어니 씨하고 덜컥 결혼을 함으로써 친구들의 입을 쏙 들어가게 만들어버렸던 것이다. 키어니 씨는 오몬드 부둣가에서 구둣방을 운영하는 사람이었다.

그는 그녀보다 나이가 한참 더 많았다. 남편이 늘어놓는 이야기라고 해봐야 덥수룩한 갈색 수염 아래에서 아주 가끔 나오는 이야기들인데, 그것마저 재미라곤 없었다. 결혼 생활을 한 해쯤 겪고 나자 키어니 부인은 이런 남자가 로맨틱한 남자보다는 함께 살기가 편하다는 것을 느끼게 되었지만, 그래도 낭만적인 삶에 대한 그녀의 생각만큼은 결코 버리지 않았다. 남편은 착실하고 근면했으며, 신앙심이 깊어 매달 첫 금요일이면 성당에 꼭 나가곤 했는데, 부인을 동반할 때도 가끔 있었지만 혼자서 갈 때가 더 많았다. 그렇다고 그녀의 신앙심이 흔들리는 일은 없었으며 남편에게도 충실하게 아내 역할을 했다. 좀 낯선 모임에서는 아내가 조금만 눈썹을 치켜도 그는 얼른 일어서서 작별 인사를 하고는 자리를 떴고, 남편이 감기에 시달리고 있을 때면 그녀는 털이불로 그의 발을 감싸주고 따뜻한 펀치를 만들어 대령하곤 했다. 그는 나름대로 자상한 아버지였다. 어떤 조합에다 매주 조금씩 돈을 적립해서 두 딸의 나이가 각각 스물네 살이 되었을 때는 결혼 지참금으로 1백 파운드씩 마련해주었다. 큰딸 캐들린은 좋은 수도원에 보내 불어와 음악을 배우게 했고, 그 뒤에는 왕립 음악학교에 보내 가르쳤다. 해마다 7월이 되면 키어니 부인이 친구들에게 이렇게 말하는 모습을 볼 수 있었다.

"우리 그이가 말이지, 식구들끼리 스케리즈에 피서를 다녀오라고 하지 뭐야."

스케리즈가 아니면 하우드나 그레이 스톤스였다.

아일랜드의 문예부흥운동이 평가를 받기 시작하자 키어니 부인은 딸의 이름을 한번 떨쳐봐야겠다고 생각하고 아일랜드어 선생님을 집으로 모셨다. 캐들린과 여동생이 아일랜드 그림엽서들을 친구들에게 보내면 친구들도 아일랜드 그림엽서를 답신으로 보내오곤 했다. 특별 미사가 있는 날이면 키어니 씨가 가족들을 대동하고 대성당에 갔다. 그럴 때면 미사가 끝난 뒤에 성당 거리 한쪽에 사람들이 모여 있곤 했는데, 모두 키어니 식구들과 친한 사람들이었다. 음악 친구들이거나 아니면 민족전선 사람들이었다. 즐겁게 주고받는 가벼운 이야기들이 끝나면 서로 잘 가라는 악수를 하며 아일랜드 말로 인사를 나누었다. 얼마 되지 않아 캐들린 키어니 양의 이름이 곧잘 그들의 대화에 등장하게 되었다. 그녀는 음악적 재능도 아주 뛰어난데다 아주 상냥한 처녀이며, 게다가 국어운동에도 힘을 쓰고 있다고 칭찬이 자자했다. 키어니 부인은 이 모든 게 만족스러웠다. 그래서인지 어느 날 홀로한 씨가 집으로 찾아와 에인센트 음악당에서 열리게 될 네 번의 대공연에 그녀의 딸을 반주자로 삼고 싶다는 말을 했을 때도 그다지 놀라지 않았다. 그녀는 그를 응접실로 데려가 자리에 앉히고는 술병과 은그릇에 과자를 담아 내놓았다. 그러고는 아주 열을 내어 행사의 세부 사항을 지시하다시피 했는데, 이러쿵저러쿵 조언을 하고 설득도 하다가는 마침내 계약서를 작성했다. 계약서에 의하면 캐들린은 네 번의 반주 공연에 대한 보수로 8기니를 받게 되었다.

홀로한 씨는 광고 문안의 작성이나 프로그램의 구성과 같은 섬세한 일에는 거의 문외한이었기 때문에 키어니 부인에게 도움을 받았다. 부인은 이런 일에 재능이 있었다. 어떤 악사의 이름은 대문자로 쓰고 어떤 악사의 이름은 작은 글씨로 써야 한다는 것도 알고 있었고, 아마도 제1테너는 미드 씨가 희극적인 노래를 부른 그 다음에는 나오려고 하지 않을 거라는 것까지 알고 있었다. 청중의 흥미를 계속해서 끌고 나가기 위해서는 전부터 인기 있는 곡들 사이에 자신 없는 곡들을 살짝 끼워넣기도 했다. 이런저런 조언을 얻기 위해 홀로한 씨는 매일같이 부인을 찾아왔다. 부인은 늘 그를 다정하게 대했고 조언도 아끼지 않았는데, 사실 거의 가족적인 분위기였다. 부인은 술병을 그에게로 내밀며 이렇게 말했다.

"자요, 마음껏 드세요, 홀로한 씨!"

그가 사양치 않고 마시는 모습을 보면서 그녀는 말했다.

"걱정할 거 없어요! 걱정할 거 없어요!"

모든 게 순조롭게 진행되고 있었다. 키어니 부인은 캐들린의 옷섶에 대려고 브라운 토머스 상점에 가서 복숭아 색깔이 약간 도는 예쁜 샤르뮤즈 비단도 사왔다. 꽤 비싼 편이었지만 이럴 때 돈을 안 쓰면 언제 쓰랴 싶었다. 부인은 마지막 공연의 2실링짜리 입장권을 12장이나 구입해서는 그렇게라도 하지 않으면 도무지 올 것 같지 않은 친구들에게 죽 돌렸다. 빠뜨린 일이라곤 하나도 없었다. 그런 그녀 덕분에 모든 준비가 제대로 갖춰졌다.

음악회는 수요일부터 토요일까지 나흘 동안 열리게 되었다. 수요일 저녁에 키어니 부인이 딸과 함께 에인센트 음악당에 와보니 하고 있는 모양새가 도무지 마음에 들지 않았다. 문간에는 저고리에 푸른 견장을 단 젊은 녀석들 몇 명이 빈둥거리고 있었고, 게다가 연주복을 입은 녀석들은 아무도 없었다. 딸과 함께 그 옆을 지나면서 홀의 열린 문틈 사이로 흘낏 객석 안을 들여다보니 녀석들이 왜 빈둥거리고 있는지 알 것만 같았다. 처음엔 시간을 잘못 알고 온 게 아닌가 싶었으나, 그런 것도 아니었다. 시간은 8시 20분 전이었다.

무대 뒤 휴게실에서 협회 사무장인 피츠패트리크 씨를 소개받자 부인은 생글생글 웃으면서 악수를 나눴다. 사무장은 희멀건 얼굴에 작달막한 사나이였다. 부드러운 갈색 중절모자를 아무렇게나 한쪽 머리에 얹고 있었으며, 말씨에는 억양이 없었다. 한 손에 프로그램을 들고 있었는데, 그녀와 이야기를 나누는 동안에도 한쪽 끝을 씹어 종이가 짓이겨져 있었다. 그는 관객이 적어도 그렇게 크게 실망하는 눈치는 아니었다. 홀로한 씨는 표가 몇 장이나 팔렸는지 알리려고 휴게실과 매표소 사이를 연신 들락날락하고 있었다. 악사들은 조바심이 나는지 저희들끼리 수군덕거리며 이따금 거울 속으로 이쪽을 흘끔거리기도 하고, 또 악보를 말았다 폈다 하고 있었다. 8시 반이 거의 다 되어가자 관람석에 있는 얼마 되지 않은 청중들이 이제는 시작하라며 떠들기 시작했다. 피츠패트리크 씨가 들어오더니만 멍청한 웃음을 싱긋 띠며 이렇게 말했다.

"자 자, 신사 숙녀 여러분, 이제는 시작해야 하겠죠."

키어니 부인은 억양 없는 말씨로 해대는 그의 마지막 말을 듣자 경멸의 눈초리로 그를 살짝 흘겼다가 딸에게 격려하듯이 말했다.

"얘야, 준비는 다 됐겠지?"

기회를 보아 부인은 홀로한 씨를 옆으로 불러내 도대체 무슨 영문인지 말해보라고 다그쳤다. 홀로한 씨는 자기로서도 어찌된 영문인지 모르겠다고 했다. 그러고는 네 번씩이나 공연을 갖기로 한 위원회의 계획이 실수였다고 하면서, 네 번은 너무 지나쳤다고 말했다.

"그리고 저 악사들을 한번 보세요!"

키어니 부인이 언성을 높였다.

"물론 다들 열심히 한답시고 하고 있지만, 정말 어중이떠중이들 아니에요?"

홀로한 씨는 악사들이 변변치 않다는 것은 인정했지만, 위원회에서 처음 세 번 공연은 되는 대로 진행시키고 토요일 저녁 공연을 위해 모든 역량을 아껴두기로 결정했다고 말했다. 키어니 부인은 아무런 대꾸도 하지 않았으나, 연주단에서는 그렇고 그런 곡들이 하나씩 지나가고, 그렇지 않아도 많지도 않은 청중들이 점점 줄어드는 것을 보자, 이따위 음악회에 얼마간 돈을 썼다는 게 아깝다는 생각이 들었다. 일이 되어가는 꼬락서니가 마음에 들지 않기도 했거니와, 피츠패트릭 씨가 얼빠진 웃음을 짓고 있는 것을 보고는 그만 화가 머리 꼭대기까지 치밀어올랐다. 그러나 아무 말도 않고 꾹 참으며 어떻게 음악회가 끝이 나나 지켜보고 있었다. 음악회는 10시가 거의 다 되어서 끝이 났고, 사람들은 서둘러 집으로 돌아갔다.

목요일 밤에 열린 음악회는 청중이 조금 늘기는 했지만, 키어니 부인은 공짜 관객들이 자리를 채우고 있다는 것을 금방 알아차렸다. 청중들은 제멋대로들 행동했으며, 장내는 마치 비공식적인 마지막 연습이나 하는 것 같은 분위기였다. 피츠패트릭 씨는 신이 나 있었다. 그래서 그런지 그런 그의 행동을 키어니 부인이 성난 눈초리로 째려보고 있다는 것도 전혀 모르는 눈치였다. 그는 무대의 막 끝 쪽에 서서 이따금 머리를 불쑥 내밀며 발코니 구석에 앉아 있는 자기 친구들과 시시덕거리고 있었다. 그날 저녁에 키어니 부인은, 금요일 공연은 취소하고 토요일 저녁 공연을 성황리에 마치기 위해 전력을 다하기로 위원회에서 결정했다는 사실을 알게 되었다. 이 이야기를 듣자마자 부인은 홀로한 씨를 급히 찾았다. 어떤 젊은 여자에게 주려고 레모네이드 잔을 들고 절뚝거리며 부리나케 나가고 있는 홀로한 씨를 잡아놓고서 그게 사실이냐고 따졌다. 과연 그것은 사실이었다.

"하지만, 물론 계약 내용에는 영향이 없겠지요? 계약서에는 네 번 연주하기로 되어 있으니까요."

키어니 부인이 물었다.

홀로한 씨는 짐짓 바쁜 체하면서, 피츠패트리크 씨에게 말해보라고 했다. 키어니 부인은 슬그머니 걱정이 되기 시작했다. 부인은 피츠패트리크 씨를 불러내어 자기 딸은 네 번 연주하기로 계약서를 썼다고 하면서, 물론 계약서 내용에 따라 위원회에서 공연을 네 번을 하든 말든 간에 자기로서는 처음에 명기한 금액을 받아야 한다고 말했다. 문제의 요지가 뭔지 얼른 이해하지 못한 피츠패트리크 씨는 자기로서는 이 난점을 해결할 방도가 없다는 듯 위원회에 회부해보겠다고 대답했다. 키어니 부인은 화가 치밀어 얼굴이 새빨개졌고, 입으로는 금방이라도 튀어나올 것 같은 물음을 참느라고 무척 애를 쓰고 있었다.

"도대체 그 위원회라는 게 뭐죠, 네?"

이렇게 쏘아붙이고 싶었지만, 숙녀 체면에 할 말이 아니다 싶어 입을 꾹 다물고 참았다.

금요일 아침 일찍 광고 전단지를 한 묶음씩 받은 어린 사내 녀석들이 더블린의 여러 주요 거리로 내보내졌다. 모든 석간신문에는 다음 날 저녁에 마련된 음악의 향연으로 초대한다는 과장된 호평 기사들이 실려 음악 애호가들을 자극하고 있었다. 키어니 부인은 약간 마음이 놓이기는 했지만, 그래도 의구심이 가는 부분은 남편과 상의하는 게 좋겠다고 생각했다. 귀를 기울이며 자초지종을 들어본 남편은 토요일 저녁엔 자기도 동행하는 것이 나을 것 같다고 말했다. 그녀도 좋다고 했다. 그녀는 남편이 매우 듬직하고 확실하고 단호해서 우러러보였는데, 중앙우체국을 맡아도 너끈히 해낼 것만 같았다. 잔재주라고는 별로 없는 사람이었지만, 남성으로서 그의 무게 같은 것은 높게 평가하고 있었다. 남편이 같이 가겠다고 선뜻 나서니 그녀는 반가웠다. 모든 일이 잘될 것 같은 생각이 들었다.

그 대단한 음악회의 밤이 찾아왔다. 키어니 부인은 남편과 딸과 함께 음악회가 열리기 45분 전에 에인센트 음악당에 도착했다. 운이 없는 저녁이 되려는지 비가 내리고 있었다. 키어니 부인은 딸의 옷과 악보를 남편에게 맡겨두고 홀로한 씨나 피츠패트리크 씨를 찾으러 온 장내를 돌아다녔다. 두 사람 모두 코빼기도 보이지 않았다. 안내 원에게 아무라도 좋으니 장내에 위원회 사람이 있느냐고 물으니까, 한참을 옥신각신하더니 베언이라는 이름의 키가 자그마한 여자를 데리고 나왔다. 부인은 그녀에게 위원회의 임원 아무나하고 만나고 싶다는 뜻을 전했다. 베언 양은 임원들이 잠시 후면 올 거라고 하면서 무슨 일로 그러느냐고 물었다. 키어니 부인은 위원회를 단단히 믿고 열정적으로 일할 듯한 그녀의 다소 늙은 얼굴을 뜯어보듯 쳐다보다가 대답했다.

"아니, 됐습니다!"

그 자그마한 부인은 오늘은 관객이 많을 거라고 했지만, 창밖에 내리고 있는 비를 바라보고 있노라니 비에 젖은 쓸쓸한 거리가 그녀의 믿음과 열정을 씻어내고 있었다. 이윽고 그녀는 나지막이 한숨을 내쉬며 말했다.

"아, 어째! 최선을 다한다고 했는데, 정말……."

키어니 부인은 하는 수 없이 휴게실로 돌아왔다.

악사들이 속속 도착하고 있었다. 베이스와 제2테너는 벌써 와 있었다. 베이스를 맡은 더건 씨는 검은 콧수염이 듬성듬성 나 있는 호리호리한 청년이었다. 그는 시내에서 어느 사무실의 문지기를 하던 사람의 아들이었는데, 어릴 적에는 목소리가 울려 퍼지는 그 사무실 홀에서 베이스 음으로 길게 노래를 부르곤 했다. 그런 미천한 상태에서 시작하여 그는 일류급 가수가 되었다. 그는 그랜드 오페라에도 출연한 적이 있었다. 어느 날 밤에는 한 오페라 가수가 몸이 아픈 바람에 그를 대신하여 퀸즈 극장에서 공연한 오페라 마리타나(아일랜드의 가극. 같은 이름의 집시 처녀가 여주인공으로 나옴)에서 왕 역할을 맡은 적도 있었다. 정감 넘치는 목소리와 우람한 발성으로 자기의 노래를 잘 소화하여 청중들로부터 뜨거운 갈채를 받았지만, 운이 없었던지 한두 번 무심결에 장갑 낀 손으로 코를 닦는 바람에 좋은 인상을 그르치고 말았다. 그는 겸손한데다 말도 적었다. '당신'이라는 말이 어찌나 부드럽던지 알아듣지 못할 정도였으며, 성대 보호를 위해 우유보다 독한 음료는 일절 마시지 않았다. 제2테너인 벨 씨는 금발에 키가 작은 사나이로, 해마다 빠지지 않고 페이스 시오일(아일랜드 음악제)에 참가했는데, 네 번째로 참가했을 때 동메달을 수상하기도 했다. 그는 극도로 신경질적이며 다른 테너들을 매우 시기했는데, 그런 성격을 겉으로는 다정한 듯한 태도로 감추고 있었다. 그는 음악회에 나가는 것이 그에게는 얼마나 고역인지 사람들이 알아주기를 바랐다. 그러므로 더건 씨를 보자 그에게로 가서 물었다.

"선생도 여기 출연하시는구려?"

"네."

벨 씨는 같이 고생하게 되었다면서 한 손을 내밀며 말했다.

"자, 악수나 한번 합시다!"

키어니 부인은 이 두 젊은이들을 지나 장내를 살펴보려고 막의 가장자리로 갔다. 좌석은 빠르게 청중들로 채워지고 있었으며, 장내는 다소 들떠 있는 듯 웅성거리고 있었다. 그녀는 다시 자리로 돌아와 남편에게 귓속말로 소곤거렸다. 두 젊은이 모두가, 캐들린이 민족전선 소속인 친구이자 콘트랄토를 맡고 있는 힐리 양과 서서 대화하는 모습을 자주 흘낏흘낏 쳐다보는 것으로 봐서는 캐들린에 관한 이야기를 나누고 있는 게 분명했다. 창백한 얼굴을 한 웬 낯선 여자 하나가 장내를 지나갔다. 여자들의 시선은 깡마른 체구에 약간 색이 바랜 듯한 푸른 드레스를 입고 있는 이 여자를 좇아갔다. 어디선가 저 여자가 소프라노를 맡은 마담 글린이라고 하는 소리가 들렸다.

"어디서 저런 여잘 주워온 거지? 정말 듣도 보도 못한 여잔데."

캐들린이 힐리 양에게 속삭였다.

힐리 양은 웃을 수밖에 없었다. 바로 그때 홀로한 씨가 절름거리며 휴게실 안으로 들어왔기에 두 아가씨는 저 여자가 누구냐고 물어보았다. 홀로한 씨는 런던에서 온 마담 글린이라고 대답했다. 마담 글린은 방 한구석에 서서 악보를 말아 빳빳하게 쥔 채 가끔 커다랗게 눈을 뜨고는 방 안을 이리저리 휘둘러보고 있었다. 그림자 때문에 색이 바랜 그녀의 드레스가 그렇게 표가 나지는 않았지만, 그 대신에 목뼈 뒤에 움푹 들어간 곳이 더 두드러져 보였다. 장내는 웅성거리는 소리가 커지기 시작했다. 제1테너와 바리톤 가수가 함께 도착했다. 두 사람 모두 멋지게 차려입었으며, 풍채도 당당하고 즐거운 모습인데다 다른 사람들보다는 부유해 보였다.

키어니 부인은 딸을 데리고 가서 그들에게 상냥하게 인사를 건넸다. 그녀는 그들과 좀더 이야기를 나누고 싶어서 그들 앞에서 아주 다정한 척하면서도, 눈으로는 절룩거리며 돌아다니는 홀로한 씨를 좇고 있었다. 그들에게 잠시 실례한다는 말을 남기고 곧바로 홀로한 씨를 찾아 밖으로 나왔다.

"홀로한 씨! 잠시 드릴 말씀이 있어요."

두 사람은 복도의 한적한 곳을 찾아갔다. 키어니 부인은 언제 자기 딸에게 공연료가 지급되느냐고 물었다. 홀로한 씨는 그것은 피츠패트리크 씨의 소관이라고 대답했다. 키어니 부인은 그게 피츠패트리크 씨 소관이라는 것은 자기로서는 금시초문이라고 하면서, 자기 딸은 8기니를 받기로 하고 계약서에 서명한 것이기 때문에 그렇게 받아야만 한다고 했다. 홀로한 씨는 그건 내가 알 바 아니라고 잘라 말했다.

"어째서 선생님이 그걸 모르신다고 합니까?"

키어니 부인이 따지고 들었다.

"선생님이 손수 계약서를 가지고 우리 딸애에게 오시지 않았나요? 어쨌든 선생님은 모른다고 해도 나는 알아야겠어요. 반드시 해결을 보고야 말 테니까요."

"그렇다면 피츠패트리크 씨에게 말씀하셔야죠."

홀로한 씨도 냉담하게 말했다.

"피츠패트리크 씨가 무슨 상관인데요. 계약을 했으니 계약한 대로 이행해야 할 것 아니에요!'

키어니 부인이 다시 또 퍼부어댔다.

휴게실로 돌아왔을 때 부인의 두 뺨은 다소 불그레했다. 방 안은 활기를 띠고 있었다. 외출복을 차려입은 두 사내가 난롯가를 차지하고 힐리 양과 바리톤 가수와 정겹게 담소를 나누고 있었다. 두 사람은 《프리맨》지의 기자와 오매든 버크 씨였다. 《프리맨》지의 기자가 온 이유는 시장 관저에서 있을 한 미국인 신부의 강연을 취재해야 하기 때문에 음악회를 기다리지 못하겠다는 사실을 전하기 위해서였다. 그는 기사를 작성해서 《프리맨》지로 보내주면 자기가 기사를 실어주겠다고 말했다. 회색 머리칼에 믿음직한 목소리를 가진 그는 행동도 진중한 사람이었다. 불 꺼진 시가를 손에 들고 있었는데, 그 주위엔 시가 향이 은은하게 감돌았다. 그는 가수니 음악회니 하는 게 너무나 따분하다고만 생각하고 있었기 때문에 한시도 있고 싶은 마음이 없었지만, 그냥 벽난로에 기댄 채 서 있었다. 힐리 양이 그 앞에 서서 웃고 떠들고 있었다. 그는 이 여자가 왜 이리 친절하게 구는지 다 아는 나이였지만, 또 한편으로 젊은 혈기라 그걸 즐기고도 있었다. 여자의 체온과 체취, 그리고 그녀의 살색이 물씬 몸으로 풍겨왔다. 바로 코앞에서 천천히 오르내리는 그녀의 가슴은 바로 그를 위해 일렁이는 가슴이고, 그녀의 웃음과 향기와 추파는 그에게 바치는 애모愛慕라는 것을 느끼며 그는 즐기고 있었다. 이제 자리를 떠나야만 하는 그는 애석한 마음으로 그녀와 작별 인사를 나누었다.

"오매든 버크가 기사를 쓸 거요. 그러면 내가 실어드리겠습니다."

그가 홀로한 씨에게 설명했다.

"이런 고마울 데가, 헨드리크 씨. 당연히 그러시리라 믿습니다. 가시기 전에 뭘 조금이라도 드시죠?"

홀로한 씨가 말로 답례를 했다.

"괜찮은데요."

헨드리크 씨가 말했다.

두 사내는 꼬불꼬불한 복도를 따라 걷다가 컴컴한 계단을 올라가서 한적한 어느 방으로 들어섰는데, 접대원 하나가 몇몇 신사들에게 술병을 따주고 있었다. 이 두 사람 중에 한 사람은 오매든 버크 씨였는데, 그는 이런 방이 있다는 것을 본능적으로 알고 있는 사람이었다. 그는 상냥한 중년 남자로 듬직한 체구를 가졌는데, 편하게 있을 때는 큼직한 실크 우산을 짚은 채 그 듬직한 몸을 받치듯이 서 있었다. 서부 지방식의 대차 보이는 그의 이름은 미묘한 금전 문제를 다루는 데 있어 정신적으로 의지하는 우산과도 같았다. 그는 폭넓은 사람들에게 존경을 받고 있었다.

홀로한 씨가 《프리맨》지 기자를 접대하고 있는 동안, 키어니 부인이 남편에게 어쩌나 큰 소리로 이야기를 해댔던지 남편은 그녀더러 목소리를 좀 낮추라고 말하지 않을 수 없었다. 휴게실 내의 다른 사람들은 이야기가 좀 뜸해졌다. 첫 번째로 무대에 나설 벨 씨는 일어서서 악보를 들고 준비를 하고 있었지만, 반주를 맡은 사람은 꿈쩍않고 그대로 앉아 있었다. 뭔가 잘못된 것이 분명했다. 키어니 씨는 턱수염을 쓰다듬으며 앞만 똑바로 쳐다보고 있었고, 반면 키어니 부인은 캐들린의 귀에다 대고 낮은 목소리로 뭔가를 또박또박 얘기해주고 있었다. 관람석에서는 청중들이 어서 시작하라고 박수를 치고 발을 굴러댔다. 제1테너와 바리톤, 그리고 힐리 양은 다 같이 일어서서 조용히 차례를 기다리고 있었지만, 벨 씨는 청중들이 혹 자기가 늦게 무대에 나섰다고 생각하지는 않을까 싶어 몹시 초조해했다.

홀로한 씨와 오매든 버크 씨가 방 안으로 들어왔다. 순간 홀로한 씨는 방 안의 냉랭한 분위기를 즉시 알아차렸다. 그는 키어니 부인에게로 가서 간곡하게 말했다. 두 사람이 이야기를 하고 있는 동안 객석에서 웅성거리는 소리는 더 커지고 있었다. 홀로한 씨는 얼굴이 벌겋게 달아오르면서 흥분되었다. 그는 사정사정 해보았지만, 키어니 부인은 이따금 딱 잘라 말했다.

"그 애는 안 나가요. 8기니를 받기 전에는 절대로!"

홀로한 씨는 사색이 되어 청중들이 박수를 치고 발을 구르고 있는 장내를 다급히 가리켰다. 키어니 씨와 캐들린에게도 사정해보았다. 그러나 키어니 씨는 턱수염만 계속해서 만지작거렸고, 캐들린은 자기 잘못이 아니라는 투로 새 구두 끝을 꼼지락거리면서 바닥만 쳐다보고 있었다. 키어니 부인이 또다시 말했다.

"돈을 못 받으면 꼼짝도 안 할 거예요."

뭐라고 입씨름을 하던 홀로한 씨가 절룩거리면서 부리나케 밖으로 나갔다. 방 안은 찬물을 끼얹은 듯 조용했다. 이런 침묵에 숨이 막힌다 싶은 순간 힐리 양이 바리톤 가수에게 말을 던졌다.

"이번 주에 패트 캠벨 부인(영국의 유명 여배우로 버나드 쇼의 친구였음)을 만나셨나요?"

바리톤 가수는 그녀를 만나보지는 못했지만 건강하다는 이야기는 들었다고 했다. 더 이상 이야기는 없었다. 제1테너는 고개를 숙이고 허리에 비스듬히 걸친 금시곗줄의 고리를 만지작거리며 세기 시작하더니, 싱글싱글 웃으며 제멋대로 콧노래를 흥얼거리면서 앞사람들의 얼굴을 살피고 있었다. 사람들이 가끔 키어니 부인의 표정을 흘낏흘낏 쳐다보았다.

웅성거리던 장내가 떠들썩해지면서 피츠패트리크 씨가 방 안으로 후닥닥 들이닥치고, 그 뒤로 홀로한 씨가 헐레벌떡 뛰어 들어왔다. 장내는 박수 소리와 발 구르는 소리에 맞춰 휘파람 소리까지 이어져 귀를 째는 듯했다. 피츠패트리크 씨의 손에는 수표 몇 장이 들려 있

었다. 그는 넉 장을 얼른 세어 키어니 부인의 손에 쥐어주고 나서 나
머지 넉 장은 쉬는 시간에 드리겠다고 했다. 그러자 키어니 부인이
말했다.

"4실링이 부족하잖아요."

그러나 캐들린이, 치맛자락을 감아쥔 채 사시나무처럼 떨고 있는
첫 곡목을 맡은 사람에게 "자, 그럼, 벨 씨." 하고 불렀다. 가수와 반
주자는 함께 무대로 나갔다. 장내의 떠드는 소리는 잠잠해졌다. 잠시
조용하더니 피아노 소리가 들렸다.

음악회 전반부는 마담 글린의 노래만 제외하고는 대성공이었다.
이 딱한 여자는 〈킬라니〉를 불렀는데, 성량이 따라주지 못해 헐떡거
리는 목소리인데다 자기 딴에는 노래에 우아함을 더한답시고 기교를
넣어 부른 탓에 억양과 발성이 아주 고리타분한 느낌만 주고 말았다.
그 모양새는 마치 케케묵은 무대 의상을 넣어놓은 옷장에서 불쑥 나
와 서 있는 듯한 꼬락서니였기에, 장내의 싸구려 관람석으로부터 야
유하는 소리가 빗발치듯 날아왔다. 그러나 제1테너와 콘트랄토는 만
장의 갈채를 받았다. 캐들린이 아일랜드의 가요를 선별하여 연주한
것이 많은 갈채를 받았다. 아마추어 극작가이기도 한 어떤 젊은 여자
가 애국시를 열렬히 낭송함으로써 전반부가 끝을 맺었다. 그 순서도
상당한 갈채를 받았으며, 끝나고 나자 사람들은 모두 흡족한 얼굴로
막간의 휴식을 위해 밖으로 나왔다.

휴게실은 줄곧 흥분의 열기로 들떠 있었다. 방 한편에서는 홀로한 씨, 피츠패트리크 씨, 베언 양, 접대원 두 사람, 바리톤, 베이스, 그리고 오매든 버크 씨가 있었다. 오매든 버크 씨는 이번 음악회는 자기가 보아온 것 중 가장 수치스런 공연이었다고 하면서, 캐들린 키어니 양의 음악가로서의 경력은 더블린에서는 이번 사건으로 인해 끝났다고도 했다. 그러면서 바리톤에게 키어니 부인의 행동을 어떻게 생각하느냐고 물었다. 바리톤은 아무 말도 하고 싶지 않았다. 공연료도 이미 받은 몸이라 그저 다른 사람들과 아무 탈 없이 지내고 싶을 뿐이었다. 그러나 키어니 부인이 가수들의 입장도 조금만 고려했더라면 좋았을 거라는 말은 했다. 접대원들과 임원들은 쉬는 시간이 되면 일이 어떻게 벌어질까 하고 이야기에 열을 올리고 있었다.

"나도 베언 양과 같은 생각입니다. 한 푼도 주지 마십시오."

오매든 버크 씨가 한마디 끼어들었다.

다른 한쪽에는 키어니 부인과 남편, 벨 씨, 힐리 양, 그리고 조금 전 무대에서 애국시를 낭송한 그 젊은 여자가 있었다. 키어니 부인은 위원회가 자신을 대하는 자세가 너무 모욕적이라고 했다. 자기는 온갖 수고와 비용을 아끼지 않았는데 어찌 이렇게 대접할 수 있느냐고 열을 올렸다.

나이 어린 여자애라고 다들 만만하게 생각하고 그저 윽박지르면 되는 줄 아는데 그러다간 큰코다칠 것이다, 자기가 남자였다면 어디

감히 이런 식으로 사람을 대할 수 있느냐, 어쨌든 딸의 권리만큼은 반드시 찾고야 말겠다, 바보처럼 속아넘어가지는 않겠다, 마지막 한 푼까지라도 지급하지 않는다면 온 더블린에 소문을 내고 말겠다, 물론 가수들을 생각하면 미안한 일이지만 별다른 방법이 없는 것 아니냐. 부인이 제2테너를 붙잡고 이처럼 하소연하자 그도 부인에 대한 그들의 처우가 옳은 것만은 아니라고 말했다. 그러다 부인은 힐리 양에게도 하소연을 했다. 힐리 양은 저쪽 편 사람들 틈에 끼고 싶었으나, 캐들린과 무척 친한 사이인데다 키어니 댁에 자주 놀러가는 사이여서 그렇게 할 수는 없었다.

제1부가 끝나자마자 피츠패트리크 씨와 홀로한 씨가 키어니 부인이 있는 곳으로 와서 나머지 4기니는 다음 화요일에 있을 위원회 회의가 끝난 뒤에 지급하겠다고 하면서, 만약 부인의 딸이 제2부에 출연하지 않겠다면 위원회는 계약이 파기된 것으로 간주하고 한 푼도 지급하지 않겠다고 말했다.

"난 위원회인지 뭔지 전혀 몰라요!"

키어니 부인이 발끈 화를 내며 말했다.

"우리 애는 계약을 했단 말이에요. 그 애 손에 4파운드 8실링이 쥐어지지 않는다면 저 무대에는 한 발짝도 들여놓지 않을 거예요."

"전 부인에게 정말 놀랐습니다, 키어니 부인. 이렇게까지 하실 줄은 정말 생각조차 못했습니다."

홀로한 씨는 기막힌다는 듯이 말했다.

"당신들이 나한테 하는 처사는 어떻고요?"

키어니 부인도 지지 않고 대꾸했다. 분에 못 이겨 얼굴은 벌겋게 달아올라 있었고, 아무에게나 두 손 들고 달려들 기세였다.

"난 권리를 주장하는 것뿐이에요."

"체면도 좀 생각하시면서 하시죠."

"체면? 체면이라고 했어요? ……참, 딸애가 언제 공연료를 받을 수 있느냐고 묻는 건데, 하나같이 엉뚱한 소리뿐이군요."

그녀는 고개를 빳빳이 쳐들고는 거만한 목소리로 말했다.

"사무장에겐 당신이 얘기해야 되잖아요. 내가 왜 합니까. 사람 그렇게 가지고 놀려고 하지 말아요."

"점잖으신 부인인 줄 알았는데."

홀로한 씨가 한마디 던지고는 부리나케 밖으로 나가버렸다.

이 일이 있은 후 키어니 부인을 비방하는 소리가 여기저기서 들렸다. 누구나 위원회의 처분이 옳다고 했다. 키어니 부인은 분한 나머지 핼쑥한 얼굴로 문간에 서서 딸과 남편에게 온갖 몸짓을 해가며 뭐라고 따지듯 떠들어대고 있었다. 부인은 제2부가 시작되면 임원들이 자기를 찾아올 거라고 생각하고 기다렸다. 그러나 힐리 양이 한두 번은 반주를 자기가 대신 맡아주겠다고 이미 승낙해놓은 상태였다. 키어니 부인은 바리톤과 그 반주자가 무대로 나갈 때 한쪽으로 물러서며 길을 비켜주어야 했다. 그녀는 너무나 화가 난 나머지 잠시 표정이 돌같이 굳어졌다. 그러다 노래의 첫 음절이 귓전을 울리자 딸의 외투를 집어들고 남편을 향해 말했다.

"마차 부르세요!"

남편은 곧바로 뛰어나갔다. 키어니 부인은 딸에게 외투를 입혀서 남편 뒤를 따라 나갔다. 문간을 지나면서 부인은 걸음을 멈추고 홀로한 씨 얼굴을 뚫어져라 노려보면서 쏘아붙였다.

"아직 선생과 일이 끝난 건 아니에요!"

"하지만 전 끝난 걸로 압니다만."

홀로한 씨가 대꾸했다.

캐들린은 순순히 어머니 뒤를 따랐다. 홀로한 씨는 너무나 화가 치밀어올라 심장이 터져버릴 것만 같은 자신을 진정시키느라고 방 안을 왔다갔다했다.

"대단한 여자야! 아, 정말 대단한 여자야!"

홀로한 씨가 중얼거리듯 말했다.

"잘하셨습니다, 홀로한 씨."

오매든 버크 씨가 우산을 짚고 서서 말했다.

은총

마침 화장실을 다녀오던 두 사람이 그를 일으켜 세우려고 해보았다. 그러나 그는 꿈쩍도 하지 않았다. 그는 계단 아래로 굴러 떨어져 웅크린 채 바닥에 누워 있었다. 두 사람이 겨우 그를 바로 눕혔다. 모자는 몇 야드 떨어진 곳에 나뒹굴고 있었고, 엎어져 있었던 터라 옷은 마룻바닥의 때와 오물로 범벅이 되어 있었다. 그는 두 눈을 꼭 감은 채 코를 골듯이 숨을 내쉬었고, 입에서 가느다란 피가 한 줄기 흘러내리고 있었다.

이 두 신사와 급사 하나가 더 붙어서 그를 2층으로 들어다 바의 마룻바닥에 다시 눕혔다. 2분도 채 못 되어서 사람들이 그 주위에 모여들었다. 바의 지배인은 그 사람이 누구이며 같이 온 일행은 없느냐고 일일이 사람들에게 물었다. 그가 누군지 아는 사람은 아무도 없었지만, 급사 하나는 럼주를 그에게 조금 가져다준 적이 있다고 말했다.

"이 양반이 혼자 오셨던가?"

지배인이 물었다.

"아뇨, 일행이 두 분 더 있었는데요."

"그 손님들은 지금 어디 계시지?"

아는 사람이 아무도 없었다. 누군가가 말했다.

"바람을 좀 쏘여요. 이 사람 기절했어요."

주위를 빙 둘러선 사람들이 잠시 물러섰다가 다시 안으로 다가섰다. 바둑판무늬 바닥 위에 누운 그의 머리 가까이에 시꺼먼 핏덩이가 엉겨붙어 있었다. 그의 얼굴이 잿빛처럼 창백해지는 것을 보고 놀란 지배인은 경찰을 부르러 보냈다.

사람들은 그의 윗옷 칼라와 넥타이를 느슨하게 풀어주었다. 그는 잠시 눈을 떴다가 한숨을 내쉬고는 다시 눈을 감아버렸다. 그를 2층으로 들어올린 한 신사는 더럽혀진 실크 모자를 손에 들고 있었다. 지배인은 부상을 입은 이 사람이 누구며, 같이 온 사람들은 어디로 갔는지 모르느냐고 몇 번이고 물어보고 있었다. 바의 문이 열리면서 덩치가 커다란 경찰이 한 명 들어왔다. 경찰 뒤를 쫓아 골목길을 따라온 많은 사람들이 문밖에 모여들어 서로 먼저 창문 안을 들여다보려고 옥신각신하고 있었다.

지배인은 즉시 자기가 알고 있는 대로 이야기했다. 육중하게 생긴 젊은 경찰은 가만히 듣고만 있었다. 뭔가 거짓말에 속고 있는 것은 아닌가 싶은 표정으로 경찰은 지배인과 바닥에 누운 그 사람을 천천히 좌우를 번갈아가며 쳐다보았다. 그러고는 장갑을 벗고 허리춤에서 조그만 수첩 하나를 꺼내 들고 연필 촉에 침을 묻혀가며 적을 준비를 했다. 경찰은 사투리가 섞인 말씨로 취조하듯 물었다.

"이 사람은 누구죠? 이름과 주소는?"

자전거복을 입은 한 청년이 빙 둘러선 사람들 틈을 비집고 나오더니 다친 그 사람 옆에 재빠르게 무릎을 꿇고 앉으면서 물을 갖다달라고 했다. 경찰도 도우려고 무릎을 꿇었다. 청년은 다친 사람의 입에서 피를 닦아낸 다음 브랜디를 가져오라고 했다. 경찰은 같은 말을 명령조로 되풀이했다. 그러자 급사가 브랜디 잔을 들고 급히 달려왔다. 사나이의 목구멍으로 브랜드를 흘려 넣었다. 잠시 후 그는 눈을 뜨고서 주위를 두리번거렸다. 자기를 둘러싸고 내려다보는 사람들의 얼굴을 보더니 어찌된 영문인지 알았는지 일어서려고 애를 썼다.

"이젠 괜찮습니까?"

자전거복을 입은 청년이 물었다.

"예, 아무렇지도 않아요."

다친 사내는 이렇게 대답하고 일어서려고 했다.

그는 부축을 받고 일어섰다. 지배인은 병원에 가라고 하면서 뭔가를 일러주고, 둘러선 사람들 중 몇몇도 뭐라고 충고를 했다. 찌그러진 모자가 다시 사내의 머리 위에 쓰여졌다.

경찰이 한마디 물었다.

"어디 사시오?"

사내는 아무 대답도 하지 않고 자신의 콧수염 끝을 비비틀기 시작했다. 이번 사고가 별로 대수롭지 않은 듯한 표정이었다.

"아무것도 아닌데, 왜 그러쇼."

사내의 말소리가 분명치 않았다.

"어디 사시오?"

경찰이 다시 한 번 물었다.

사내는 사람들에게 마차나 하나 불러달라고 했다. 사람들이 마차를 불러야 하나 어쩌나 하고 있는데, 바 저쪽 맞은편에서 키가 크고 날씬한 얼굴빛이 좋은 한 신사가 기다랗고 노란 얼스터 외투를 걸치고 이쪽으로 건너왔다. 이 광경을 보자 그가 큰 소리로 말했다.

"어이, 톰, 이 사람! 여기는 웬일이야?"

"아무것도 아니야."

사내가 대답했다.

갑자기 나타난 이 신사는 자기 앞에 엉망이 되어 있는 사내의 차림을 살피고는 경찰을 돌아보며 말했다.

"염려 마시오, 경찰. 내가 이 사람을 집까지 바래다줄 테니."

경찰이 경례를 붙이며 말했다.

"알겠습니다, 파워 선생님!"

"자, 가세, 톰."

파워 씨는 친구의 한쪽 팔을 부축했다.

"어디 뼈를 다친 데는 없고? 뭐라고? 걸을 수는 있겠나?"

자전거복을 입은 청년이 사내의 다른 한쪽 팔을 부축했다. 그러자 구경하던 사람들이 갈라섰다.

"어쩌다가 이 지경이 된 건가?"

파워 씨가 물었다.

"계단에서 굴러 떨어졌습니다."

그 청년이 대답했다. 그러자 다친 사내가 중얼거렸다.

"아, 이거 정말 고맙습니다."

"천만에요."

"우리 그럼, 어디서 한잔……."

"다음에, 다음에 하지요."

세 사람은 바에서 나갔고, 구경꾼들도 이 문 저 문으로 빠져나가 골목으로 흩어졌다. 지배인은 사고 현장을 살펴보기 위해 경찰을 데리고 계단 있는 곳으로 갔다. 두 사람은 그 사내가 발을 헛디딘 것으로 결론을 내렸다. 손님들은 다시 제자리에 앉고, 급사는 마루의 핏자국을 닦아내기 시작했다.

그들이 그래프튼 거리로 나오자 파워 씨는 차를 잡으려고 휘파람을 불었다. 다친 사내는 머리를 조아리며 또 고맙다는 인사를 했다.

"아, 이거 정말 고마워서 말이죠. 우리 다시 한 번 만납시다. 내 이름은 커난이라고 합니다."

사고의 충격과 고통이 슬슬 느껴지는지 사내는 술이 좀 깨는 듯했다.

"천만의 말씀을."

청년이 말했다.

두 사람은 악수를 나눴다. 일행은 커난 씨를 마차 위로 끌어다 앉혔다. 파워 씨가 마부에게 행선지를 알려주고 있는 사이에, 사내는 청년에게 감사를 표하며 술 한잔 같이 못 하는 게 섭섭하다고 말했다.

"다음에 하지요."

청년이 말했다.

마차는 웨스트모어랜드 가를 향해 떠났다. 밸러스트 사무소 앞을 지날 때 시계는 9시 반을 가리키고 있었다. 하구에서 불어오는 찬 동풍이 살을 애는 듯했다. 커난 씨는 추워서 웅크리고 있었다. 친구가 도대체 어떻게 된 일이냐고 물었다.

"마……말을 못하겠어. 혀……를 다쳤나 봐."

"어디 봐."

친구는 마차 바닥 위로 몸을 굽히면서 커난 씨의 입 안을 들여다보았지만 잘 보이지 않았다. 그는 성냥불을 켜서 두 손으로 싼 다음 순순히 벌린 커난 씨의 입 안을 다시 들여다보았다. 마차가 흔들리는 바람에 성냥불이 벌린 입 앞에서 날름거렸다. 아랫니와 잇몸에 피가

250

엉겨붙어 있었고, 혀끝이 조금 깨물려서 떨어져 나간 것 같았다. 성 냥불이 꺼졌다.

"입 안이 엉망인데."

파워 씨가 말했다.

"뭐, 괜찮아."

커난 씨는 이렇게 대꾸하고는 입을 다문 채 더럽혀진 외투 깃을 목까지 바짝 올려 감쌌다.

커난 씨는 자신의 직업에 상당한 긍지를 가지고 있는 구식 외판원이었다. 그가 시내로 나갈 때면 언제나 제법 멋진 실크 모자를 쓰고 각반까지 찼다. 이 두 가지 덕분에 언제나 일이 순조롭게 풀리는 것이라고 그는 말하고 다녔다. 또 자신의 영웅인 위대한 블랙화이트의 전통을 이어받아 가끔 그 위인에 관한 옛 일화를 전설처럼 얘기하거나 흉내 내기도 했다. 현대적인 사업 수완으로 겨우 자기 사무실을 하나 마련했는데, 크로우 가에 있는 그의 사무실에는 창문 블라인드 위에 주소와 함께 런던 E.C.라는 회사 이름이 쓰여 있었다. 이 조그만 사무소의 벽난로에는 납으로 만든 양철통 몇 개가 가지런히 놓여 있었고, 창가의 탁자 위에는 검은 액체가 늘 반쯤 채워져 있는 도자기 잔들이 너덧 개 놓여 있었다. 커난 씨는 이 잔으로 차 맛을 보았는데, 차를 한 모금 들이마시고는 입 안에서 한 번 돌린 다음 벽난로 속 쇠살대에다 뱉고 나서 잠시 그 맛을 음미하곤 했다.

파워 씨는 그보다 나이가 많이 어렸는데 더블린 성城에 있는 아일랜드 왕립 경찰청 본부에서 근무하고 있었다. 그가 사회적으로 승승장구하는 모습은 반대로 기울어가는 친구의 모습과 대조를 이뤘지만, 커난 씨가 전성기에 있을 때 그를 알고 지낸 일단의 친구들이 여전히 그를 인간적으로 좋아하고 있다는 사실이 찌그러진 커난 씨의 현재 처지에 어느 정도 위안이 되고 있었다. 파워 씨는 그런 친구들 중의 하나였다. 파워 씨가 어떤 신세를 졌기에 저렇게까지 호의적으로 대해주는 걸까 하고 모두들 수군덕거렸다. 그는 밝은 성격의 젊은이였다.

마차가 글라스네빈 로路의 조그만 집 앞에 멈춰 서자, 커난 씨는 부축을 받으며 집 안으로 들어갔다. 아내가 그를 침대에 눕히는 동안 파워 씨는 아래층 부엌에 앉아 아이들에게 어느 학교에 다니며 무슨 과목을 배우느냐고 묻고 있었다. 아이들—딸 둘과 아들 하나—은 아버지가 꼼짝 못하는데다가 어머니도 자리에 없다 싶자 그와 장난을 치기 시작했다. 그는 아이들의 태도와 말버릇에 깜짝 놀라며 애들이 왜 이럴까 하고 이맛살을 찌푸렸다. 잠시 후 커난 부인이 소리를 지르며 부엌 안으로 들어왔다.

"저게 무슨 꼴이에요! 아, 저이는 저러다가 결국은 가고 말 거예요. 금요일부터 줄곧 저렇게 마셔대고 있으니."

파워 씨는 자기는 모르는 일이며 우연히 사고 현장에 가게 되었다고 아주 조심스럽게 자초지종을 설명했다. 커난 부인은 부부 싸움을 할 때마다 화해를 시켜주던 일과 많은 돈은 아니지만 여러 번 요긴하게 돈을 빌려 썼던 것을 생각하며 이렇게 말했다.

"아, 그런 얘기는 안 하셔도 됩니다, 파워 씨. 선생님은 저이가 늘 어울리는 사람들과는 다른 분이라는 걸 잘 압니다. 그 양반들은 저이 호주머니에 돈푼이나 있다 싶으면 마누라나 자식들 근처에는 얼씬도 못하도록 난리를 치는 사람들이죠. 홍, 아주 멋진 친구들이랍니다! 오늘 저 양반하고 놀았던 친구가 누군가요?"

파워 씨는 고개만 설레설레 흔들 뿐 아무 말도 하지 않았다.

"집에 대접할 만한 것도 없어서 미안합니다."

부인이 말을 이었다.

"하지만 잠시 기다리시면 저 모퉁이에 있는 포가티 가게에 애들을 보낼게요."

파워 씨는 자리에서 일어섰다.

"저이가 돈이나 좀 가지고 들어오나 해서 한참을 기다렸는데. 저 양반은 가정은 안중에도 없나 봐요."

"아, 그래요. 좀 알아듣도록 해보겠습니다. 마틴에게 한번 얘기해보죠. 그 친구라면 뭔가 방법이 있을 겁니다. 언제 저녁에 한번 같이 찾아와서 이야기를 하겠습니다."

부인은 문간까지 나가 그를 배웅했다. 마부가 몸을 녹이느라고 발을 동동 구르고 팔을 휘저어대고 있었다.

"저이를 집까지 바래다주서서 정말 감사해요."

"천만에요."

그가 마차에 올랐다. 마차가 출발할 때 그는 부인에게 기분 좋게 모자를 흔들었다.

"새사람 한번 만들어보겠습니다. 안녕히 계십시오, 커난 부인."

*

커난 부인은 마차가 사라질 때까지 멍하니 쳐다보았다. 다시 정신을 가다듬은 부인은 집으로 들어와 남편의 호주머니를 뒤져보았다.

그녀는 활달하면서도 실리적인 중년 부인이었다. 얼마 전에는 은혼식을 맞이하여 파워 씨가 연주하는 반주에 맞춰 남편과 왈츠를 추면서 정분을 더욱 돈독히 한 적도 있었다. 그녀에게 구혼할 당시의 커난 씨는 호탕한 면이 그렇게 없는 것도 아니었다. 그녀는 지금도 어디서 결혼식이 있다는 소리만 들리면 성당 문으로 달려가 신랑 신부를 보면서, 멋진 프록코트와 보라색 바지를 차려입고, 한쪽 팔에는 점잖게 실크 모자를 걸친 보기 좋게 살찐 쾌활한 사나이와 팔짱을 끼고 샌디마운트의 스타오브더시 교회를 나서던 그 시절을 회상하며 그때의 생생한 기쁨에 도취되곤 했다. 결혼 생활 3주일 후에 그녀는 한 남자의 아내로서 산다는 것에 매력을 잃어버렸고, 그 뒤로 점점 더 염증을 느낄 즈음에는 이미 아이의 어머니가 되어 있었다. 어머니란 역할이 그녀로 하여금 온갖 어려움을 악착같이 이겨내도록 했으며, 25년 동안 남편을 위해 영악하게 살림을 꾸려온 것이었다. 위로 두 아들은 독립해서 살고 있었다. 한 아들은 글라스고의 포목점에서 일하고 있었고, 다른 아들은 벨파스트에 있는 차茶 상점에서 일하고 있었다. 두 아들 다 효자여서 꼬박꼬박 집으로 편지를 보내왔으며 때로는 돈을 부쳐오기도 했다. 다른 아이들은 아직 학교에 다니고 있었다.

다음날 커난 씨는 사무실에다 편지를 보내고서 자리에 누워 있었다. 커난 부인은 남편에게 고깃국을 끓여 주고는 단단히 바가지를 긁었다. 그녀는 남편의 잦은 음주를 날씨가 변하는 것 정도로 당연하게 생각했기에 그가 술 때문에 앓아누울 때는 정성껏 보살피며 반드시 아침을 들게 했다. 생각해보면 저이보다 못난 남편들이 수두룩 널렸으며, 아이들이 다 자라고 난 뒤에는 난폭하게 군 적도 전혀 없는데다가, 조그만 주문이라도 받아내려고 토머스 가 저쪽 끝까지 걸어서 오간다는 것을 그녀는 잘 알고 있었다.

이틀 밤 뒤에 친구들이 그를 찾아왔다. 부인은 그들을 남편이 누워 있는 침대로 안내했는데, 방 안은 아픈 사람 냄새가 코를 찔렀다. 부인은 난롯가 곁에 자리를 내어주었다. 아무 때나 쿡쿡 쑤셔대는 입 안의 통증 때문에 커난 씨는 하루 종일 꽤 짜증을 부렸으나, 그 통증도 많이 가라앉은 상태였다. 그는 베개를 고여놓고 거기에 기댄 채 침대 위에 앉아 있었다. 부기가 빠지지 않아 부어오른 불그레한 뺨은 마치 타다 남은 벌건 숯불을 연상시켰다. 그는 방이 어질러져 있어 미안하다고 찾아온 손님들에게 말했지만, 그러면서도 자기가 연배가 위라는 생각으로 제법 거만하게 내려다보는 듯한 표정이었다.

그는 자신의 친구들인 커닝엄 씨, 머코이 씨, 그리고 파워 씨가 응접실에서 커난 부인에게 털어놓은 계획의 대상이 되어 있다는 사실은 꿈에도 모르고 있었다. 파워 씨의 머리에서 나온 계획이었지만 추진은 커닝엄 씨가 맡아 하기로 되어 있었다. 커난 씨는 본래 신교도 집안 출신이었고, 결혼할 때 가톨릭으로 개종하기는 했지만, 근 20년 동안 성당에는 아직 발 한번 들여놓은 적이 없었다. 그뿐만 아니라 그는 가톨릭 교회를 즐겨 빗대었다.

커닝엄 씨는 이런 일에는 적임자였다. 파워 씨의 친구였지만 나이는 그보다 많았다. 그의 가정 생활은 그다지 행복하지 않았다. 도저히 고칠 수 없는 음주벽을 가진 떳떳하지 못한 여자와 결혼했다는 사실이 알려지면서 사람들은 그를 매우 동정하고 있었다. 그는 아내를 위해서 여섯 번이나 살림을 장만했으나, 그럴 때마다 그의 아내는 남편 명의로 가구들을 다 잡혀먹었다.

모두들 이런 딱한 지경에 있는 커닝엄을 존경했다. 그는 아주 생각이 깊은 사람이었고, 사람들에게 영향력도 큰데다 머리도 좋았다. 오랫동안 경찰 법정에서 여러 사건과 관계해온 이력 덕분에 더욱 날카로워진 인간에 대한 통찰력과 타고난 빈틈없는 성격은, 철학 전반에 대한 지식을 겸비함으로써 더욱 치밀하게 다듬어져 있었다. 그는 아는 것도 무척 많았다. 친구들은 그의 말이라고 하면 다들 존중했고, 그의 얼굴이 마치 셰익스피어를 닮았다고 생각했다.

그 계획을 다 듣고 난 커난 부인은 이렇게 말했다.

"모든 것을 선생님만 믿겠습니다, 커닝엄 씨."

25년 동안 결혼 생활을 해온 그녀에게 꿈이라고는 별달리 남아 있는 게 없었다. 종교도 그냥 하나의 습관처럼 되어버려, 자기 남편 나이쯤 되는 사람들은 죽기 전에도 크게 달라지지 않을 거라고 생각하고 있었다. 이번 사건만 해도 이상하게도 남편은 그렇게 당해도 싸다는 생각이 들면서, 독한 여자라는 소리가 듣기 싫어서 그랬지 그런 것만 아니었으면 남편의 혀가 좀 짧아진들 그게 뭐 그렇게 대수겠냐고 말해버리고 싶은 마음이었다. 그렇다 해도 커닝엄 씨는 능력 있는 사람이고, 종교는 역시 종교적인 힘이 있을 거라는 생각이 한편 들기도 하면서, 이번 계획이 잘될 수 있을 것 같기도 하고, 또 최악의 경우에도 해가 될 것은 없다는 생각이 들었다. 그녀는 종교를 터무니없이 믿고 있는 것은 아니었다. 그녀는 가톨릭 신앙 가운데에서도 성심聖心이야말로 가장 널리 유익한 것이라고 굳게 믿었으며, 성례聖禮 또한 받아들이고 있었다. 그녀의 신앙이라 해봐야 부엌 세계에 한 정된 것이었지만, 경우에 따라서는 밴시(집에 죽을 사람이 있다는 것을 통곡으로 미리 알려준다는 요정)나 성령聖靈의 존재도 믿을 수 있는 여자였다.

손님들은 이번 사고를 두고 이야기를 나누기 시작했다. 커닝엄 씨는 전에 한번 이와 유사한 경우를 본 적이 있다고 말했다. 일흔 살 먹은 어떤 노인이 간질로 발작을 일으켜 자기 혀끝을 깨물어 잘려나갔는데, 나중에 혀가 다시 자랐기 때문에 아무런 흔적도 없더라는 것이었다.

"그래, 하지만 난 일흔이 아니잖아."

아픈 환자가 뚱딴지같은 말을 했다.

"그래, 다행일세."

커닝엄 씨도 같이 익살을 부렸다.

"이젠 안 아픈가 보지?"

머코이 씨가 핀잔을 줬다.

머코이 씨는 한때 제법 명성 있는 테너였다. 역시 전에 소프라노 가수였던 그의 아내는 아직까지 아주 싼값으로 아이들에게 피아노를 가르치고 있었다. 그가 살아온 인생이라는 것이 두 점을 최단거리로 잇는 직선같이 순탄하지만은 않아서 그때그때 머리를 굴려가며 살아야 할 때도 많았다. 중부 철도회사의 역무원으로 일한 적도 있었고, 《아일랜드신문》과 《프리맨즈 저널》사의 광고 모집원, 석탄회사의 시내 위탁판매원, 사립탐정, 부군수의 사무원 등으로도 일했으며, 최근에는 시검시관市檢視官의 조수로서 일하고 있었다. 이 새로운 업무 때문에도 그는 커난 씨의 사건에 관심이 많았다.

"아프냐고? 이젠 별로."

커난 씨가 대답했다.

"그런데 속이 몹시 쓰려. 구역질이 나려고 하는데."

"그건 술 탓이네."

커닝엄 씨가 잘라 말했다.

"아니야, 마차 타고 오다가 감기에 걸렸나 봐. 목으로 자꾸만 뭔가 넘어오는데, 가랜지 뭔지……."

커난 씨가 대꾸했다.

"쓴 위액이야."

머코이 씨가 말했다.

"저 목구멍 아래에서 자꾸만 올라오는데, 속이 메스껍네."

"그래, 그래, 가슴 있는 데 말이지."

머코이 씨가 말했다. 그러고는 자기 말이 맞지 않느냐는 듯 커닝엄 씨와 파워 씨를 동시에 쳐다보았다. 커닝엄 씨는 빠르게 고개를 끄덕거렸고, 파워 씨는 이렇게 말했다.

"아, 끝이 좋으면 다 좋은 거야."

"정말 자네에게 신세 많이 졌네."

환자가 이렇게 말하자 파워 씨는 손을 가로저었다.

"나 말고도 두 사람이 더 있었는데……."

"누구하고 있었는데?"

커닝엄 씨가 물었다.

"어떤 사내인데 이름은 모르겠어. 제기랄, 이름이 뭐라더라? 약간 노랑머리에 키가 작달막했는데……."

"그리고 또 누가 있었지?"

"하포드."

"흥!"

커닝엄 씨가 코웃음을 쳤다.

커닝엄 씨의 이 소리에 모두 입을 다물었다. 그가 무언가 남모르는 비밀을 알고 있다는 것을 눈치챘기 때문이었다. 이런 상황에서 "흥!" 하는 소리는 어떤 도덕적인 의미가 들어 있었다. 하포드 씨는 종종 친구들과 조그마한 모임을 만들어 일요일 정오가 지나면 시내를 빠져나가 교외에 있는 어느 술집을 찾아갔는데, 그 술집 모임의 멤버들은 스스로를 성실한 나그네라고 칭했다. 그러나 그의 동료들은 결코 그의 출신 성향을 잊지는 않았다. 그는 처음 사업이랍시고 한 게 노동자들에게 몇 푼 안 되는 돈을 아주 비싼 이자로 빌려주는 추악한 이자놀이였고, 나중에는 아주 뚱뚱하고 키가 작달막한 골드버그라는 사람과 함께 동업으로 리피 신용은행을 운영하게 되었다. 그가 믿고 받드는 것이라곤 오직 유대인적 윤리관밖에 없었지만, 주위의 가톨릭 교인들은 직접 또는 대리인을 통해 가혹한 빚 독촉에 시달릴 때마다 그를 두고 아일랜드 유대 놈이니 무식쟁이니 하면서 욕을 하고, 그가 백치 아들을 둔 것은 고리대금업 때문에 하느님에게 천벌을 받은 것이라고 했다. 그렇지 않을 때는 그의 좋은 면을 알아주기도 했다.

"그 사람은 그때 어디 간 거지?"

커난 씨가 말했다. 그는 그때 사건을 상세하게 들추고 싶지 않았다. 어떤 착오가 있어서 하포드 씨와 자기가 서로를 놓치고 말았던 정도로만 친구들이 생각해주길 바라고 있었다. 하포드의 술버릇을 아주 잘 아는 친구들은 그만 입을 다물어버렸다. 파워 씨가 다시 말을 꺼냈다.

"끝이 좋으면 다 좋은 거잖아."

커난 씨는 즉시 화제를 다른 데로 돌렸다.

"그 점잖은 젊은 친구, 그 의사 양반 말이야. 그 친구 아니었더라면……."

"그래, 그 친구 아니었으면 과료科料 정도에 그치지 않고 일주일쯤 구류를 살았을지도 모르지."

파워 씨가 맞장구를 쳤다.

"그래, 맞아."

커난 씨가 기억을 되살리려고 하면서 말했다.

"이제 생각나는군. 경찰이 한 명 있었어. 풍채 좋은 젊은 친구 같았는데. 뭐가 어떻게 된 거야, 도대체?"

"자네가 술에 완전히 맛이 갔던 거지, 톰."

커닝엄 씨가 정색을 하면서 말했다.

"그랬지."

커난 씨도 정색을 하면서 말을 받았다.

"자네가 경찰을 구워삶은 모양이야, 잭."

머코이 씨가 끼어들었다.

파워 씨는 세례명(잭이라는 이름)으로 불리는 것을 그리 좋아하지 않았다. 그는 고리타분한 사람은 아니었지만, 최근에 머코이 씨가 자기 부인이 지방 공연이 없는데도 마치 있는 것처럼 보이게 하려고 여행용 가방을 구하러 다닌 일은 잊을 수 없었다. 자기가 속았다는 사실보다도 이런 유치한 장난을 쳐대는 게 너무 기분이 나빴던 것이다. 그래서 마치 커난 씨가 묻기라도 한 듯 그에게 대답했다.

사건의 자초지종을 듣고 난 커난 씨는 몹시 화를 냈다. 그는 아주 투철한 시민의식의 소유자이며, 시 당국과는 서로 우호적으로 지내기를 바라는 사람인데, 시골 촌뜨기들인 그런 작자들에게 그 같은 수모를 당했다는 게 이만저만 열을 받는 일이 아니라고 했다.

"우리가 세금을 내는 게 바보같이 멍청한 그 작자들을 먹이고 입히기 위해서란 말인가? ……정말 멍청이들 같으니!"

커난 씨가 열을 냈다.

커닝엄 씨가 껄껄 웃었다. 그는 근무 시간 동안만은 공무원이기 때문이었다.

"멍청이들이 맞고말고, 톰!"

이렇게 말하고 난 뒤 커닝엄 씨가 텁텁한 사투리로 다소 명령조로 말했다.

"65번, 양배추 받아!"

이 소리에 모두가 껄껄 웃었다. 그 이야기에 어떻게 해서라도 한 다리 끼고 싶은 머코이 씨가 금시초문이라는 듯한 표정을 하고 있었기 때문에 커닝엄 씨가 다시 말을 이었다.

"이봐, 이 이야기는 덩치만 커다란 어벙한 시골 양반들을 모아놓고 훈련을 시키는 교육소에서 나온 것이라네. 경사 나으리가 그 양반들을 벽에다 일렬로 죽 서게 하고는 각자의 접시를 번쩍 쳐들게 한단 말이야."

그는 이상한 몸짓을 해가며 설명했다.

"식사 때 말이야. 경사는 자기 식탁 앞에 엄청나게 큰 양배추통과 삽 크기만 한 커다란 스푼을 턱 올려놓는 거야. 그리고 그 스푼으로 양배추를 건져 올려서는 식당 저쪽으로 던지면 그 불쌍한 양반들은 접시로 그걸 받아야 하는 거야. 그런데 던질 때 '65번, 양배추 받아!' 이러면서 던지거든."

모두가 다시 한 번 껄껄 웃었다. 그러나 커난 씨는 아직도 화가 풀리지 않고 있었다. 그는 신문에 투서하겠다고 말했다.

"여기 오는 그 촌뜨기 같은 작자들은 사람을 저희들 마음대로 이래라저래라 한단 말이야. 말 안 해도 알지, 마틴 자네는. 그 작자들이 어떤 인간들인지 말이야."

커닝엄 씨는 적당히 동의하는 척하면서 말했다.

"세상만사가 다 그런 것 아니겠나. 나쁜 놈이 있으면 좋은 놈도 있고 말이야."

"아, 맞아. 좋은 놈들도 있지."

커난 씨가 그 말이 마음에 든다는 듯 말했다.

"그런 인간들한테는 말 안 하는 게 최고야. 정말이야!"

머코이 씨가 끼어들었다.

커난 부인이 방으로 들어와 쟁반을 탁자 위에 놓으면서 말했다.

"자, 많이들 드세요."

파워 씨가 나눠 돌리려고 일어서면서 부인에게 의자를 권했다. 부인은 아래층에서 다리미질을 하다 왔다고 하면서 사양했다. 그러면서 파워 씨 등뒤에서 커닝엄 씨와 서로 고개를 끄덕거린 뒤 방을 나가려고 했다. 그러자 남편이 큰 소리로 그녀에게 말했다.

"난 뭐 아무것도 없소, 여보?"

"아, 당신 말이에요! 제 손등이나 드릴까요!"

부인이 톡 쏘아붙였다.

남편은 다시 그녀의 뒤통수에다 대고 외쳤다.

"불쌍한 남편에게는 아무것도 못 준다 이 말이지!"

어찌나 우스꽝스런 표정과 목소리였던지 흑맥주 병을 돌리면서 모두들 한바탕 웃어젖혔다.

손님들은 맥주를 잔에 따라 마신 뒤 잔을 탁자 위에 내려놓고 잠시 숨을 돌렸다. 잠시 후 커닝엄 씨가 파워 씨 쪽을 돌아보며 무심코 물었다.

"목요일 저녁이라고 했지, 잭?"

"그래, 목요일이야."

"알았어!"

커닝엄 씨가 재빨리 말을 받았다.

"우리 모두 머올리 집에서 만나기로 하지. 거기가 가장 편할 것 같으니까."

머코이 씨가 말했다.

"그러나 늦으면 안 돼. 문간까지 꽉 들어찰 테니까 말이야."

파워 씨가 진지한 표정으로 말했다.

"7시 반에 만나기로 하지."

머코이 씨가 말했다.

"좋아!"

커닝엄 씨가 대답했다.

"7시 반, 머올리 집에서야!"

잠시 침묵이 흘렀다. 커난 씨는 잠시 눈치를 보다가 자기도 좀 껴들고 싶은 마음에서 물었다.

"무슨 일이 있는 거야?"

"아, 아무것도 아니야. 그저 목요일에 얼굴이나 한번 보자고 하는 것뿐이야."

"오페라 구경인가?"

커난 씨가 재차 물었다.

"아니, 아니야. 그저 잠깐…… 종교상의 일로."

커닝엄 씨는 슬슬 피하는 눈치로 대답했다.

"그래?"

커난 씨가 의아하다는 듯이 말했다.

다시 침묵이 흘렀다. 잠시 후 파워 씨가 솔직한 척하면서 말했다.

"실은 말이야, 톰. 묵상 수련회를 가지려고 하네."

"응, 그래, 그거야."

커닝엄 씨가 거들었다.

"잭하고 나하고 그리고 여기 이 머코이하고, 셋 다 마음을 좀 깨끗이 해보려고 말이야."

그는 은근히 힘을 주면서 이렇게 비유하고는, 자기 말에 자신이 섰는지 계속해서 이야기했다.

"알다시피, 생각해보면 우리 모두 불한당들이 아니라고는 할 수 없잖아. 하나같이 말이야. 응, 하나같이 말이야."

커닝엄 씨는 무뚝뚝하게 같은 말을 한 번 더 하고선 파워 씨를 돌아보며 익살을 부렸다.

"자백하시지!"

"자백하네."

파워 씨가 익살을 받았다.

"나도 자백하네."

머코이 씨도 덩달아 말했다.

"그래, 우리 모두 마음을 깨끗이 씻으러 가는 거야."

커닝엄 씨가 말했다.

잠시 뭔가 생각이 나는 듯한 모습을 보이더니 커닝엄 씨가 환자를 돌아보며 말했다.

"자넨 방금 내가 무슨 생각한 줄 알아, 톰? 자네가 함께한다면 우린 환상의 4인조가 되는데 말이야."

"좋은 생각이야. 우리 넷이서 함께하세."

파워 씨가 거들고 나왔다.

커난 씨는 잠자코 있었다. 이 제안에 그다지 마음이 끌리지는 않았지만, 자기에게서 어떤 정신적인 힘을 친구들이 느끼고 있다는 생각이 들면서, 그게 다 자기의 위신 덕분이라고 생각하며 목에 힘을 주고 있었다. 그는 친구들의 대화를 한참 동안 별 관심 없다는 듯한 태도로 듣고만 있었는데, 친구들은 제수이트 교파에 관한 이야기를 하고 있었다.

"난 제수이트 교파가 그렇게 나쁘다고는 생각하지 않아."

마침내 그도 대화에 끼어들었다.

"교양 있는 교파지. 취지도 괜찮고 말이야."

"제수이트 교파는 교회 중에서도 가장 큰 교파야, 톰."

커닝엄 씨가 힘주어 말했다.

"제수이트 교파의 주교는 교황 바로 다음이라네."

"그건 틀린 말은 아니야."

머코이 씨가 맞장구를 쳤다.

"무슨 일을 제대로 하려면 그리로 가야 한다네. 상당한 영향력도 있고 말일세, 한 예를 든다면……"

"제수이트 교단은 훌륭한 단체지."

파워 씨가 말했다.

"제수이트 교단에는 흥미로운 사실이 하나 있지."

커닝엄 씨가 다시 말을 들고 나왔다.

"다른 교파들은 하나같이 적어도 한 번씩은 다 개혁을 했는데, 이 교파만은 그런 적이 없단 말이야. 이 말은 한 번도 문란해진 적이 없다는 얘기지."

"정말 그래?"

머코이 씨가 물었다.

"사실이네. 역사를 보면 알잖아."

커닝엄 씨가 대답했다.

"또 그들의 성당을 한번 보라고. 거기에 모이는 사람들도."

파워 씨도 거들었다.

"제수이트 파는 상류층 사람들의 구미에 맞아."

머코이 씨가 이렇게 말하자, 파워 씨가 맞장구를 쳤다.

"물론이지."

"그래, 맞아. 내가 그들에게 호감이 가는 것도 그 때문이야. 간혹 세속적이고 거만하고 무식한 신부들이 있기는 하지만……."

커난 씨도 맞장구를 치면서, 말꼬리를 달았다.

"그 사람들도 나름대로는 좋은 사람들이라고. 아일랜드의 성직자들이야 전 세계적으로 존경받고 있으니까."

커닝엄 씨도 거들고 나왔다.

"아, 물론이지."

파워 씨가 또 거들었다.

"유럽 대륙의 일부 성직자들하고는 격이 다르지. 이름값도 못하는 그런 자들하고는 말이야."

머코이 씨도 한몫 끼었다.

"자네 말이 맞을지도 모르겠어."

커난 씨가 수그러지듯 말했다.

"물론 내 말이 맞지. 온갖 세상사와 인물들을 겪으면서 살아온 내가 그 정도 사실을 어찌 모르겠는가."

커닝엄 씨가 의기양양하게 말했다.

손님들은 다시 돌아가며 술을 들이켰다. 커난 씨는 마음속으로 뭔가를 생각하고 있는 것 같았다. 그는 감명을 받고 있었다. 그는 커닝엄 씨를 사람의 외모와 성격을 읽을 줄 아는 사람이라고 높이 평가하고 있었다. 그는 자세한 내용을 물었다.

"아, 그냥 묵상 수련회일 뿐이네. 퍼든 신부가 사회를 보는데, 업계 사람들을 위한 모임이라네."

커닝엄 씨가 대답했다.

"그 사람은 우리에게 그리 까다롭게 굴진 않을 거야, 톰."

파워 씨가 권유하듯이 말했다.

"퍼든 신부라고? 퍼든 신부라······."

커난 씨는 퍼뜩 떠오르지 않는 듯했다.

"아니, 그 신부를 자넨 잘 알 텐데, 톰."

커닝엄 씨가 힘주어 말했다.

"쾌활하고 멋진 사람이지! 우리처럼 세상 물정을 잘 아는 양반이야."

"아…… 그래, 이제 알 것 같군. 얼굴이 좀 붉고 키도 크지."

"바로 그 사람이야."

"그런데 마틴…… 그 신부가 설교는 잘해?"

"음, 아니…… 꼭 설교라고 할 건 아니고. 그냥 친목회 대화 같은 거야, 평범한 이야기를 주고받는."

커난 씨는 생각에 잠기고, 머코이 씨가 말을 이었다.

"톰 버크 신부, 그 양반 대단하던데!"

"오, 톰 버크 신부, 그 사람은 타고난 웅변가야! 자네는 설교를 한번 들어본 적 있나, 톰?"

커닝엄 씨가 맞장구를 쳤다.

"들어본 적 있느냐고? 그래, 듣기야 들어봤지……."

커난 씨가 톡 쏘듯이 대꾸했다.

"그렇지만 신학자로선 그렇게 대단하지는 않다던데."

커닝엄 씨가 말했다.

"응, 그래?"

머코이 씨가 반문했다.

"아, 물론, 그 말이 틀렸다는 것은 아니지만, 그의 설교가 정통 교리에 어긋난다는 이야기가 아주 가끔 들리기는 한다네."

"아! ……굉장한 사람이던데."

머코이 씨가 말했다.

"나도 한번 그 사람 설교를 들은 적이 있지. 설교 제목이 뭐였는지는 생각이 안 나네. 크로프튼하고 나하고 성당 뒷자리에 앉아서……그 성당이 어딘가 하면……."

커난 씨도 알은체하며 끼어들었다.

"본당에서?"

커닝엄 씨가 말했다.

"맞아, 문 근처 뒷자리였어. 주제가 뭐였는지는 생각이 안 나네……그렇지, 교황에 관한 설교였어, 전 교황 말이야. 이젠 분명히 기억나네. 정말 대단했지, 그 언변하며, 또 목소리도 죽여줬지! 정말 기가 막힌 음성이었어! '바티칸의 죄수', 교황을 이렇게 칭하더구먼. 밖으로 나올 때 크로프튼이 나에게 무슨 말을 했느냐 하면 말이야……."

"하지만 크로프튼, 그 사람은 오렌지당원(아일랜드에서 신교와 영국을 옹호하려고 조직된 단체)이잖아?"

파워 씨가 커난 씨의 말을 끊었다.

"물론 그렇지. 그것도 진짜 골수 오렌지당원이지."

커난 씨가 말을 받았다.

"우리 둘이서 무어 가의 버틀러 술집으로 들어갔는데—정말 난 감동받았다고. 믿으면 하느님의 말씀을 들을 수 있다나. 그때 그 친구가 한 말이 아직도 생생하다네. '커난, 우리가 비록 섬기는 교파는 다르지만, 우리의 믿음은 하나라네.' 이러더구먼. 그 잘난 말에 난 머리가 띵하더라고."

"그 말은 의미심장한 것 같은데, 톰. 신부의 설교가 있는 날이면 신교도들이 성당으로 떼를 지어 몰려왔으니까."

파워 씨가 말했다.

"신교와 구교가 그렇게까지 다른 것은 아니잖아. 두 종교 모두 믿는 건……."

머코이 씨가 이렇게 말하면서 잠시 머뭇거리다가 말을 이었다.

"구세주잖아. 그들은 단지 교황과 성모 마리아를 안 믿을 뿐이지."

"그렇긴 하지만, 우리의 종교가 참된 종교지. 오랜 전통을 가진데다 기원이 된 종교잖아."

나지막하면서도 힘 있는 목소리로 커닝엄 씨가 말했다.

"그건 당연한 이야기지!"

커난 씨가 흥이 나서 맞장구를 쳤다.

커난 부인이 침실 문 앞에 와서 누가 찾아왔다고 했다.

"손님이 오셨어요!"

"누군데요?"

"포가티 씨예요."

"아, 들어오게! 들어오게!"

방 안으로 들어서는 얼굴은 갸름하면서도 창백했다. 노란 콧수염은 끝이 동그랗게 말려 올라가 있었고, 놀란 듯한 두 눈 위의 노란 눈썹도 역시 똑같은 모양으로 말려 올라가 있었다. 포가티 씨는 조그만 식료품 가게를 운영했다. 한때는 시내에서 허가를 얻어 술집을 경영하기도 했지만 재정 형편이 여의치 않아 이류 양조업자들과 맺은 계약에 묶이는 바람에 실패를 보았던 사람이었다. 글라스네빈 로路에다 자그마한 가게를 내고, 그 지역의 부인들이 태도가 상냥한 자기를 보고 물건을 많이 사줄 거라는 생각을 스스로 하고 있었다. 그는 품위가 다소 있어 보였고, 아이들도 잘 구슬렸으며, 말씨도 단정했다. 교양도 없는 편은 아니었다.

포가티 씨는 반 파인트짜리 특제 위스키 한 병을 선물로 가지고 왔다. 그는 커난 씨의 안부를 정중하게 묻고 난 뒤 가지고 온 선물을 탁자 위에 놓고는 다른 사람들과 나란히 자리를 차지하고 앉았다. 커난 씨는 포가티 식료품 가게에 외상값이 좀 남아 있었기 때문에 더욱 그 선물이 고맙게 느껴졌다.

"자네가 올 줄 알았네. 그걸 좀 따주겠나, 잭?"

커난 씨가 이렇게 말하자, 파워 씨가 다시 잔심부름을 했다. 잔을 다섯 개 준비해서 위스키를 조금씩 따라놓았다. 새 술을 보자 다시 대화가 활기를 띠기 시작했다. 의자 위에 똑바로 허리를 세우고 앉은 포가티 씨가 유난히 관심을 보였다.

"교황 레오 8세는 이 시대의 등불 중의 한 분이셨지."

커닝엄 씨가 먼저 말을 꺼냈다.

"그분은 라틴 교회와 그리스정교를 통합하려는 원대한 꿈을 가지고 계셨네. 그건 그분 일생의 목표였지."

"그분이 유럽에서 최고 지식인 중의 한 분이었다는 이야기를 종종 하던데. 교황이라는 지위를 떠나서 말이야."

파워 씨도 끼어들었다.

"그랬지. 최고의 석학은 아니었다고 해도 말이야. 그분은 교황으로서는 Lux upon Lux를 주창하셨지. 즉, '광명 위의 광명' 말이야."

커닝엄 씨가 또 받았다.

"아니, 아닙니다. 내 생각엔 그게 아니고, Lux in Tenebris였어요. '어둠 속의 광명' 말이죠."

포가티 씨가 얼른 말을 가로막았다.

"아, 아니라고. Tenebrae가 맞아요."

머코이 씨가 말했다.

"내 얘기 들어봐. 그건 Lux upon Lux가 맞아. 앞전 교황이셨던 비오 4세가 Crux upon Crux를 주창하셨는데, 즉 '십자가 위의 십자가'였지. 두 분 교황의 차이를 잘 보여주고 있잖아."

커닝엄 씨가 자신 있게 말했다.

이 해석에 좌중이 수긍을 했다. 그러자 커닝엄 씨가 이야기를 계속했다.

"레오 교황은 위대한 학자이자 시인이었네."

"얼굴은 억세게 생겼는데."

커난 씨가 말을 받았다.

"맞아, 라틴어로 시를 썼지."

커닝엄 씨가 맞장구를 쳤다.

"그렇습니까?"

포가티 씨가 말했다.

머코이 씨는 위스키를 흡족하게 맛을 보고는, 고개를 내저으며 말했다.

"그건 절대로 농담이 아니야. 내가 자신해."

"우린 그런 거 배우지 못했는데, 톰. 수업료가 주당 겨우 1페니 하던 학교를 다녔으니까."

파워 씨가 머코이 씨처럼 고개를 저으면서 말했다.

"책은 고사하고 옆구리에 흙덩이나 끼고서 그런 가난뱅이 학교를 다니던 사람 중에도 훌륭한 인재가 얼마나 많은데 그래. 옛날 교육 제도가 최고였어. 소박하고 정직한 교육이었으니까. 요즘같이 겉만 번지르르한 교육과는……."

"지당한 말씀."

파워 씨가 맞장구를 쳤다.

"사치스런 교육을 하진 않았죠."

포가티 씨도 거들었다. 그는 사치스럽다는 말을 하고는 어두운 표정으로 술을 마셨다.

"레오 교황의 시 가운데 사진의 발명에 대해서 읊었던 시를 읽은 기억이 나네. 물론 라틴어로 쓴 시지."

커닝엄 씨가 말했다.

"사진에 관해서라!'

커난 씨가 갑자기 큰 소리로 말했다.

"그래."

커닝엄 씨는 이렇게 대답하고 술을 마셨다.

"그래, 생각해보면 저 사진이라는 거 참 신기하지 않아?'

머코이 씨가 끼어들었다.

"아, 물론이지. 위대한 사람은 보는 시각도 다르단 말이야."

파워 씨가 맞장구를 쳤다.

"시인도 말했듯이, '위인과 광인은 일맥상통한다' 는 말씀이군요."

포가티 씨도 한마디 했다.

커난 씨는 뭔가 생각이 잘 안 나는 것 같아 보였다. 그는 어떤 교리에 관한 신교의 학설을 생각해내려고 하다가 결국 커닝엄 씨에게 이렇게 말했다.

"이봐, 마틴. 교황들 중에는…… 물론 지금 교황이나 전 교황은 아

니지만…… 옛날 교황들 중에는…… 뭐라고 할까…… 썩 훌륭하지 못한 이들도 있었지 않나?'

잠시 침묵이 흘렀다. 다시 커닝엄 씨가 말을 꺼냈다.

"아, 물론 더러는 자격이 안 되는 사람들도 있었지…… 하지만 놀랄 일은 바로 이거란 말이야. 그들 중 어느 누구도, 지독한 주정뱅이도, 아주 지독한…… 악당도, 그 어느 누구도 법좌法座에서는 그릇된 교의를 설교한 사람이 아무도 없다는 거야. 자, 이거 놀랄 일 아닌가?'

"놀랄 일이군!'

커난 씨가 맞장구를 쳤다.

"그렇죠, 교황이 법좌에서 설교를 할 때는 무슨 내용이든 그에게는 오류가 없으니까요."

포가티 씨가 설명하듯 말했다.

"그래요."

커닝엄 씨가 말을 받았다.

"저도 교황은 오류가 없다는 그런 이야기는 알아요. 내 기억으로는 그때가 젊었을 땐데…… 아니면 그때가……?'

포가티 씨가 말을 가로막았다. 그는 술병을 들어 다른 사람들에게 조금씩 따라주었다. 머코이 씨는 술이 모두에게 다 돌아가지 못할 듯 보이자 자기 잔에는 술이 남아 있다고 사양했다. 다들 사양해가면서 받았다. 위스키가 잔 속으로 떨어지는 맑은 소리가 잠깐 쉬는 대화의 간주곡인 양 그럴듯하게 들렸다.

"어디까지 이야기를 했지, 톰?"

머코이 씨가 물었다.

"교황은 절대로 잘못이 없다는 얘기였지. 그게 교회 역사상 가장 큰 사건이잖아."

커닝엄 씨가 대답했다.

"어떤 사건이었는데, 마틴?"

파워 씨가 물었다.

커닝엄 씨가 그의 굵직한 손가락 두 개를 쳐들어 보이면서 말했다.

"추기경, 대주교, 주교들로 이루어진 로마 교황단 가운데에서 이설을 강력하게 반대하는 사람이 딱 둘 있었지. 모두 다 찬성했는데도 이 두 사람만 반대를 했는데, 절대로 자신들의 뜻을 굽히지 않았다 이거야!"

"하아!"

머코이 씨는 놀라 입이 벌어졌다.

"그 중 한 사람이 독일 추기경이라고 했는데, 이름이 돌링인지······ 다울링인지······ 아니면······."

"다울링은 독일 사람이 아냐. 그것만은 확실해."

파워 씨가 웃으면서 말했다.

"글쎄, 이름은 어찌되었든 독일 추기경이었고, 또 한 사람은 존 매케일(19세기 아일랜드의 신학자)이었지."

"뭐라고? 튜엄(Tuam, 아일랜드의 유서 깊은 가톨릭 도시로 매케일이 여기서 죽음)의 존 말인가?"

커난 씨가 갑자기 큰 소리로 말했다.

"그게 확실합니까? 난 이탈리아 사람이거나 미국 사람으로 알고 있는데."

포가티 씨가 의심이 간다는 말투로 물었다.

"맞습니다. 튜엄의 그 존이 그 사람입니다."

커닝엄 씨가 이렇게 말하고 술을 들었다. 그러자 다른 사람들도 따라서 술을 들었다. 그러고 나서 말을 계속했다.

"그 문제를 두고 세계 각지에서 온 추기경, 주교, 대주교들과 두 사람 사이에 아주 격렬한 논쟁이 벌어졌는데, 마침내는 교황 자신이 자리에서 일어나 법좌에 올라 무오류설無誤謬設은 교회의 교리라고 선언을 해버렸다네. 그런데 바로 그 순간 그때까지 그렇게 반대를 부르짖었던 그 존 매케일이 자리에서 벌떡 일어나 사자후를 토하면서 이렇게 외쳤다네. 'credo!'라고 말이야."

"'믿습니다!'라는 뜻이잖아요."

포가티 씨가 말했다.

"credo! 이 말은 그 사람의 신앙을 나타내는 말이지요. 교황이 선언하는 순간 그는 곧바로 복종했던 거지요."

"그럼 다울링은 어떻게 되었나?"

머코이 씨가 물었다.

"그 독일 추기경은 승복하지 않았지. 교회를 떠나버렸어."

커닝엄의 이야기는 좌중에게 거대한 교회의 이미지를 심어주었다. 신앙이니 복종이니 하는 말들이 중후하면서도 힘 있는 그의 목소리에 실려 나올 때는 모든 사람들의 가슴을 울렁거리게 했다. 커난 부인이 젖은 손을 훔치며 방 안으로 들어왔을 때 사람들은 엄숙한 분위기 속에 있었다. 그녀는 소리를 죽이고 침대 발치 난간에 몸을 살며시 기댔다.

"딱 한 번 존 매케일을 본 적이 있는데, 살아 있는 한은 영원히 못 잊을 거야."

커난 씨가 침묵을 깨고 말했다. 그는 아내를 쳐다보며 동의를 구하는 모습이었다.

"당신에게 자주 이야기했잖아."

커난 부인이 고개를 끄덕였다.

"그때가 존 그레이 경(더블린 시에 상수도를 창설한 공로자) 동상 제막식 때였지. 에드먼드 드와이어 그레이가 횡설수설 연설을 하고 있었는데, 괴팍하게 생긴 이 노인네가 짙은 눈썹 밑으로 그레이를 노려보고 있더군."

커난 씨는 이맛살을 찌푸리더니 성난 황소처럼 고개를 숙이면서 아내를 노려보았다.

"아!"

그는 탄성을 지르며 찌푸렸던 얼굴을 펴면서 말했다.

"나는 사람 얼굴에서 그런 눈매는 처음 보았네. 마치 '네 이놈, 난 네 속을 다 알고 있어.' 라고 하는 것 같았다니까. 매의 눈 같았어."

"그레이 집안에 쓸 만한 녀석이라곤 하나도 없지."

파워 씨가 한마디 했다.

또다시 잠시 침묵이 흘렀다. 파워 씨가 불쑥 커난 부인을 돌아보더니 싱긋 웃으면서 말했다.

"저, 커난 부인, 우리가 이제부터 이 남편을 독실하고도 경건한 로마 가톨릭교도로 만들어볼 작정입니다."

그는 여기 있는 사람들 모두라는 듯이 팔을 휘익 저었다.

"우리 모두 묵상 수련회에 가서 우리의 죄를 고해할 생각입니다. 하느님도 우리의 이런 마음을 아실 테니까요."

"난 아닌데."

커난 씨가 약간 씁쓰레한 웃음을 지으며 말했다.

커난 부인은 자기가 만족해하는 표시를 내지 않는 게 낫겠다고 생각하고는 이렇게 말했다.

"당신 얘길 듣고 있어야 하는 신부님이 가여우시지."

이 말에 커난 씨가 안색이 바뀌면서 퉁명스럽게 내뱉었다.

"듣기 싫다면 듣지 말라지. 난 그냥 신세타령이나 좀 하려는 것뿐이야. 나도 그렇게 못된 인간은 아닌데 말이지……."

커닝엄 씨가 즉시 말을 가로막고 나왔다.

"우리 모두 함께 악마를 물리칩시다. 악마의 술수와 속임수에 속아 넘어가지 말고."

"마귀야, 물러가라!"

포가티 씨가 이렇게 외치고는 껄껄 웃으면서 좌중을 쳐다보았다.

파워 씨는 잠자코 있었다. 자기가 완전히 한 방 먹은 것 같은 느낌이 들었다. 그러나 얼굴에는 기쁜 표정이 얼른 스쳤다.

"우리가 해야 할 것은 그냥 두 손에 촛불을 들고 영세받을 때 하는 서약을 다시 하면 되는 거야."

커닝엄 씨가 말했다.

"참, 무슨 일이 있어도 초를 가지고 가는 것 잊으면 안 돼, 톰."

"뭐라고? 초를 가져가야 한다고?"

커난 씨가 되물었다.

"아, 그럼."

커닝엄 씨가 대답했다.

"안 돼, 싫어. 촛불만은 안 돼."

커난 씨가 정색을 하고 말했다.

"내가 묵상기도도 하고, 고해도 하고, 또 …… 다른 거 다 하겠지만,

그건 안 돼. 촛불만은 안 돼!"

그는 우스꽝스러울 정도로 얼굴에 잔뜩 힘을 주고 고개를 저었다.

"저 소리 좀 들어보세요!"

아내가 쏘아붙였다.

"촛불은 안 되네."

커난 씨는 좌중이 자기 말을 좀 받아들인다 싶었는지 연신 고개를 좌우로 저어댔다.

"그 요술등 같은 것을 왜 드느냐 말이야."

좌중은 모두 한바탕 웃었다.

"정말 훌륭한 신자로군요!"

아내가 비꼬는 투로 말했다.

"절대로 안 돼, 촛불은! 그것만은 안 돼!"

커난 씨도 지지 않고 고집을 피워댔다.

*

가디너 가에 있는 제수이트 성당은 거의 가득 차 있었다. 그러나 아직 사람들이 속속 옆문으로 들어와 신도의 안내로 복도를 따라 발끝으로 살금살금 걸어가 앉을 만한 공간을 찾고 있었다. 사람들은 옷을 잘 차려입었으며 몸가짐도 단정했다. 성당 안의 등불 빛이 검은 정장에 흰 칼라를 댄 사람들 무리와 여기저기 보이는 트위드 양복을 입은 사람들, 그리고 녹색 무늬가 새겨진 대리석 기둥과 우울한 느낌을 주는 그림들 위로 내려앉고 있었다. 양복을 입은 신사들은 바지를 약간 무릎 위로 치켜올리고 모자를 제자리에 놓은 다음 벤치에 앉았다. 그들은 단정히 앉은 채로 저 멀리 제단 높이 달려 있는 붉은 반점 같은 불빛을 똑바로 쳐다보고 있었다.

설교대에 가까운 한 벤치에 커닝엄 씨와 커난 씨가 앉아 있었다. 그 뒤 벤치에 머코이 씨가 혼자 앉아 있었고, 그 뒤 벤치에 파워 씨와 포가티 씨가 앉아 있었다. 머코이 씨는 일행들과 같은 자리에 앉으려고 했지만 끝내 자리를 잡지 못했던 것이다. 그래서 일행들이 X형으로 앉게 되자, 그는 주사위의 숫자 5와 같은 모양으로 앉았다며 농담을 했지만 아무도 웃어주지 않았다. 그러자 그도 그만두고 말았다. 그런 그도 엄숙한 분위기에 사로잡혀 종교적인 감응을 느끼기 시작했다. 커닝엄 씨는 귓속말로 커난 씨에게 조금 떨어진 곳에 앉아 있는 고리대금업자인 하포드 씨와, 설교대 바로 밑에 새로 선출된 시의원 한 사람과 나란히 앉아 있는 등기업자이며 시장의 측근 참모인 패닝 씨를 보라고 속삭였다. 그 오른편에는 전당포를 세 개나 가지고 있는 마이클 그라임즈 노인과, 구청 직원인 댄 호건의 조카가 앉아 있었다. 저 앞쪽으로는 《프리맨즈 저널》지의 주필인 헨드리크 씨와 커난 씨의 오랜 친구이며 한때 실업계에서 상당한 거물이었던 오캐

롤 씨가 앉아 있었다. 낯이 익은 사람들의 면면이 눈에 띄자 커난 씨는 점점 더 마음이 안정되었다. 그는 아내가 손질해준 모자를 무릎 위에 올려놓은 채 한 손으로는 모자 테를 떨어뜨리지 않을 정도로 가볍게 쥐고, 다른 손으로는 한두 번 옷소매를 잡아당겨서 바로잡았다.

상반신을 흰 법의法衣로 감싼 풍채가 당당한 한 사람이 설교대 위로 힘들게 올라서는 모습이 보였다. 동시에 그 자리에 모인 사람들은 웅성거리면서 손수건을 바닥에 놓고 조심스럽게 그 위에 무릎을 꿇었다. 커난 씨도 다른 사람들을 따라 했다. 설교대에 우뚝 서 있는 신부의 모습이 보였는데, 커다란 덩치의 3분의 2가 불그스레하고 넓적한 얼굴을 앞세우고 교단 위로 불쑥 올라와 있었다.

퍼든 신부는 성단 위의 붉은 불빛을 향해 무릎을 꿇고 앉아, 두 손으로 얼굴을 가리고 기도를 올렸다. 잠시 후 그는 얼굴을 들면서 일어섰다. 사람들도 모두 같이 일어섰다가 다시 벤치에 앉았다. 커난 씨는 다시 모자를 무릎 위에 놓고 잔뜩 긴장한 얼굴로 신부를 바라보았다. 신부는 엄숙하면서도 커다란 동작으로 법의의 넓은 소맷자락을 하나씩 뒤로 젖힌 뒤, 사람들의 얼굴을 천천히 한번 둘러보았다. 그러고 나서 입을 열었다.

"이 세상의 자녀들은 그들 세대에 있어서는 천사들보다도 더 지혜롭도다. 그러므로 불의不義의 재물로 친구를 삼으라. 너희들이 죽을 때 저희들이 너희를 영원한 처소로 영접하리라."

퍼든 신부는 이 구절을 우렁찬 목소리로 자신 있게 설명해나갔다. 그는 이 구절이야말로 성경 가운데에서 제대로 해석하기에 가장 어려운 구절이라고 했다. 이 구절은 언뜻 보면, 예수님이 다른 곳에서 펼치신 고매한 가르침과는 상충되는 내용처럼 보이는 부분이었다. 그러나 그는 청중들을 향해 이렇게 설파했다. 이 구절은 세속적인 삶을 피할 수 없는 운명이지만 그래도 속되지 않게 살아가기를 원하는 사람들을 위한 아주 특별한 가르침으로 여겨진다는 것이었다. 이것은 실업가와 전문직업인을 위한 구절이며, 예수 그리스도께서는 인간성 구석구석을 살피는 혜안의 성령을 지니시어, 모든 사람들이 다 종교적인 생활을 해야만 하는 것은 아니며, 훨씬 더 많은 사람들이 속세 한가운데에서 살아갈 수밖에 없으며, 또 어느 정도는 속세를 위해 사는 것도 필요하다는 것을 알고 계시므로, 이 성서의 구절로 예수께서는 그러한 사람들에게 충고의 말씀을 주시고자, 종교적 삶에는 조금도 관심이 없는 황금 숭배자들을 종교 생활의 모범으로서 그들에게 내보이신 것이라고 했다.

그는 청중에게 이렇게 설명했다.

"내가 오늘 저녁 이 자리에 온 것은 무시무시하거나 대단한 이야기를 하고자 온 것이 아닙니다. 다만 속세를 살아가는 일개 개인으로서 나와 같은 형제들에게 이야기를 하고자 온 것입니다. 실업가들을 위해 이 자리에 온 것이니 그에 맞게끔 이야기하겠습니다. 이런 은유를 해보자면, 나는 여러분들의 영적인 회계원입니다. 여러분 모두가 각자의 그 장부를 펼치시기를 바랍니다. 각자의 영적인 삶을 기록한 그 장부 말입니다. 그리고 정확하게 여러분의 양심과 합치하는지 보십시오.

예수 그리스도는 엄격한 주인님이 아니십니다. 예수님은 저희들의 사소한 잘못도 이해하시고, 가엾게도 타락으로 빠지고 마는 유약한 저희들의 본성도 이해하시며, 이 세상에 여러 가지 유혹이 있다는 것도 이해하시고 계십니다. 우리는 모두 이런 유혹 앞에 놓여 있으며, 때로는 이런 유혹에 빠졌습니다. 우리는 모두 과오를 범할 뻔했으며 또 범하기도 했습니다. 그러나 단 한 가지 여러분에게 부탁하고 싶은 것이 있습니다. 그것은 바로 하느님 앞에 떳떳하고 당당하라는 것입니다. 만약 여러분의 그 장부가 모든 점에서 잘 합치한다면 이렇게 말씀하십시오. '네, 수지 계산을 해보았습니다. 모든 게 다 잘되었습니다.' 라고.

그러나 흔히 그러하듯이 합치하지 않는 부분이 있다면, 그 사실을 인정하고 당당하게 이렇게 말씀하시는 겁니다. '네, 제 장부를 살펴보았습니다. 이런저런 잘못이 있었습니다. 그렇지만 하느님의 은총으로 이렇게 저렇게 바로잡겠습니다. 제 장부를 바로 맞추도록 하겠습니다.'"

사자死者

문지기의 딸 릴리는 말 그대로 발바닥이 닳아빠질 지경이었다. 아래층 사무실 뒤에 있는 자그마한 식기실로 한 신사 분을 안내하여 그의 외투를 받아 걸기가 무섭게 현관의 초인종이 다시 울리는 바람에 널마루 복도를 내달려가 다른 손님을 맞이해야 했다. 여자 손님들까지 맞아들이지 않아도 되는 것은 그나마 다행이었다. 한편 케이트와 줄리아는 여자 손님들이 올 것을 대비하여 위층 욕실을 여자들의 화장실로 마련해놓았다. 케이트와 줄리아는 위층에서 웃고 노닥거리며 법석을 떨다가 층계 꼭대기로 후닥닥 몰려나와 난간 위를 기웃거리기도 하며 아래층의 릴리를 향해 누가 왔느냐고 큰 소리로 물어보기도 했다.

모칸 자매가 해마다 여는 댄스 파티는 언제나 대성황이었다. 파티에는 그녀들을 아는 모든 사람들, 즉 일가친척들, 집안의 오랜 친구들, 줄리아의 합창단 회원들, 성인이 다 된 케이트의 제자들, 심지어 메리 제인의 학생들까지 참석했다. 파티가 싱겁게 끝난 적은 한 번도 없었다. 모든 사람들의 기억으로는 해가 거듭할수록 파티는 아주 성대하고 멋지게 치러졌다. 오빠 패트가 세상을 떠난 뒤에 자매인 케이트와 줄리아는 하나밖에 없는 조카인 메리 제인을 데리고 스토니 배터에 있는 집을 떠나와 어서스 아일랜드에 있는 어둡고 초라한 이 집으로 이사 와서 살게 되었는데, 그 이후로 이 파티는 계속되고 있었다. 그들은 이 집 2층을 그 아래층에서 곡물가게를 운영하는 풀햄 씨로부터 세를 내어 살고 있었다. 그것은 햇수로 치면 지금부터 족히 30년도 더 되는 일이었다. 그 당시 짧은 옷을 입고 다니던 소녀였던 메리 제인이 이제는 집안의 기둥이 되어, 해딩턴 로路에 있는 성당에서 오르간을 맡고 있었다. 그녀는 왕립 음악학교를 나와, 해마다 에인센트 음악당 2층에서 제자들의 음악회를 열었다. 그녀의 제자들 중에는 킹스타운과 돌키 사이의 철로 연변에 살고 있는 상류층 자제들이 많았다. 그녀의 두 고모도 나이는 많이 들었으나 각자 제 몫을 다하고 있었다. 줄리아는 백발이 성성했지만 아직도 '아담과 이브' 음악회의 제1소프라노를 맡고 있었고, 케이트는 나다니기에는 몸이 많이 허약해 뒷방에 있는 낡은 피아노로 초보자들에게 음악을 개인 지도하고 있었다. 문지기의 딸인 릴리가 그들의 살림을 도맡아 했다. 검소한 생활을 하면서도, 먹는 것만큼은 잘 먹어야 한다는 생각들이었기 때문에 무엇이든 가장 최고급의 식품—다이아몬드꼴로 썬 등심, 3실링짜리 차茶, 병에 넣어 파는 최상품 흑맥주 등——을 썼다. 그러나 릴리는 시키는 일을 거의 어긴 적이 없었기 때문에 안주인 셋을 별 탈 없이 잘 모시고 있었다. 잔소리가 좀 있는 것뿐이었다. 그러나 말대꾸를 하는 것만은 용납되지 않았다.

물론 이날 같은 밤에는 그렇게 수선을 떨어대는 것도 당연했다. 그런데 10시가 훨씬 지났는데도 가브리엘 내외는 감감무소식이었다. 게다가 프레디 맬린즈가 술에 취해 나타나지는 않을까 하고 몹시 가슴을 조리고 있었다. 메리 제인의 제자들 앞에서 프레디가 술 취한 꼴을 내보일 수는 없었다. 프레디는 술에 취하면 도저히 다루기 힘든 위인이기 때문이었다. 프레디야 늘 이렇게 늦는다지만, 가브리엘이 왜 이렇게 늦는지는 도저히 이해가 되지 않았다. 그들 자매가 2분마다 난간 있는 데로 와서 릴리에게 가브리엘이나 프레디가 왔느냐고 묻는 것도 바로 이 때문이었다.

"아, 콘로이 선생님."

릴리가 문을 열어주면서 가브리엘에게 인사했다.

"케이트와 줄리아 아주머니는 선생님께서 아예 안 오시는 건 아닌지 걱정들을 하고 계셨어요. 안녕하세요, 콘로이 부인."

"그러셨을 거야. 그런데 우리 집사람이 차려입고 나서는 데는 진득이 세 시간은 걸린다는 것을 아마 다들 깜박하셨나 보군."

가브리엘은 자리에 서서 덧신에 묻은 눈을 탁탁 털어냈다. 그러는 동안에 릴리는 그의 부인을 계단 아래까지 안내하고 나서 위층을 향해 소리쳤다.

"케이트 아주머니, 콘로이 부인께서 오셨어요!"

이 소리를 들은 케이트와 줄리아는 어두운 계단을 발을 구르며 단숨에 내려왔다. 두 사람 모두 가브리엘의 아내에게 키스를 하고 나서, 여기까지 오느라고 초췌해 보인다고 하면서 가브리엘도 같이 왔느냐고 물었다.

"여기 편지처럼 딱 대령해 있습니다, 케이트 이모님! 곧 따라 올라갈게요."

저 아래 어두컴컴한 곳에서 가브리엘의 큰 목소리가 들려왔다.

세 여자가 웃으면서 위층의 여자 화장실로 올라가는 동안, 가브리엘은 여전히 신에 묻은 눈을 열심히 털어내고 있었다. 그의 외투 어깨에는 마치 케이프를 두른 듯이 눈이 얄팍하게 덮여 있고, 덧신 콧머리에도 눈이 묻어 있었다. 외투 단추가 눈에 얼어 뻣뻣해진 프리즈천 사이로 찌그덕거리는 소리를 내면서 삐져나왔을 때, 문 바깥으로부터 싸늘한 향기로운 바람이 문틈과 주름 잡힌 커튼 사이로 새어 들어왔다.

"또 눈이 오나요, 콘로이 선생님?"

릴리가 물었다. 그녀는 앞장서서 식기실로 그를 안내하고 외투 벗는 것을 도와주었다. 가브리엘은 자기의 성姓을 부르는 릴리의 세 음절 소리에 빙긋이 웃으면서 그녀를 힐끔 쳐다보았다. 릴리는 성장기에 있는 몸매가 호리호리한 처녀로, 창백한 안색에 머리칼은 노란색이었다. 식기실의 가스등 때문에 그녀는 한층 더 창백해 보였다. 가브리엘은 릴리가 층층대 맨 아래 계단에 앉아 헝겊 인형을 가지고 놀던 아주 어릴 적부터 그녀를 알고 있었다.

"그래, 릴리, 밤새 내릴 것 같은데."

가브리엘이 대답했다.

그는 위층에서 발을 굴리고 끌고 하는 바람에 식기실의 찬장이 흔들흔들하는 것을 쳐다보다가, 또 어디선가 들려오는 피아노 소리에 잠시 귀를 기울이다가, 선반 머리에 앉아 정성껏 자기 외투를 개고 있는 처녀를 흘낏 쳐다보았다.

"이봐, 릴리, 너 아직도 학교에 다니니?"

다정스런 목소리로 그가 물었다.

"아뇨, 선생님. 졸업한 지 한 해도 더 지났어요."

"아, 그래. 그렇다면 우린 머지않아 신랑하고 결혼식 올리는 네 모습을 보러 가게 되겠구나, 응?"

장난기 섞인 가브리엘의 말이었다.

처녀는 어깨너머로 그를 쏘아보며 쌀쌀맞게 대꾸했다.

"요즘 남자들은 모두 입만 살아서 사람을 곯릴 줄만 알거든요."

가브리엘은 무슨 잘못이라도 저지른 것처럼 얼굴을 붉히면서 그녀를 쳐다보지도 못한 채 덧신을 벗어 던져버리고는 목도리로 자신의 에나멜 구두를 열심히 닦아댔다.

가브리엘은 건장하고 키가 큰 젊은이였다. 아주 혈색 좋은 붉은 두 뺨은 이마까지 그 혈색이 뻗쳐 희미한 붉은 반점 같은 것들이 나 있는 듯 보이기도 했다. 수염이 없는 그의 얼굴에는 잘 닦인 렌즈에 밝은 금테를 두른 안경이 섬세하면서도 예민한 듯한 그의 두 눈 위에서 쉴새없이 번쩍거리고 있었다. 반질반질한 검은 머리칼은 한가운데에서 가르마를 타 귀밑까지 길게 곡선을 그리며 빗어 내렸는데, 모자를 썼던 자리 바로 아래에서는 가볍게 말려 올라가 있었다.

구두를 반짝거리도록 닦고 난 그는 일어서서 조끼를 아래로 바싹 잡아당겨 내렸는데 가뜩이나 뚱뚱한 몸을 한층 더 꽉 조였다. 그리고는 동전 한 닢을 호주머니에서 얼른 꺼내더니, 릴리의 손에 쥐어주며 말했다.

"자, 릴리, 요즘 크리스마스 때잖아? 그래서…… 얼마 안 되는 돈이지만……."

그는 재빨리 문 쪽으로 걸어갔다.

"오, 안 돼요, 선생님! 전 정말로 못 받겠어요."

그를 뒤쫓아가면서 그녀가 소리를 쳤다.

"크리스마스 때잖아! 크리스마스!"

가브리엘은 거의 뛰어가다시피 계단으로 올라가면서 한 손을 휘저으며 제발 받아달라는 시늉을 했다.

릴리는 그가 벌써 계단을 올라가는 것을 보고는 그의 등뒤에다 대고 소리쳤다.

"그럼, 고맙습니다, 선생님!"

그는 응접실 문밖에 서서 치마가 바닥을 쓸어대는 소리와 구두가 찍찍거리며 끌리는 소리를 들으면서 왈츠 음악이 끝날 때까지 기다리고 있었다. 뜻하지 않은 릴리의 톡 쏘아붙이는 말대꾸 때문에 아직까지 마음이 좀 어수선했다. 그래서 그는 이 우울한 기분을 떨쳐버리려고 커프스와 나비넥타이를 다시 한 번 바로잡았다. 그런 다음 조끼 주머니에서 종이 한 장을 꺼내 들고는 연설하려고 적어놓은 요지를 한번 훑어보았다. 로버트 브라우닝의 시에서 인용한 구절을 보면서 조금 망설여졌는데, 오늘 모인 사람들의 머리로는 이해가 좀 어려울 것 같아서 걱정되었기 때문이었다. 사람들이 쉽게 알아들을 수 있는 셰익스피어나 아일랜드 서정시집에서 인용하는 것이 더 나을 듯싶었다. 상스럽게 덜거덕대는 남자들의 구두 굽 소리며, 바닥을 질질 끌어대는 구두 밑창 소리를 듣고 있자니, 자기와는 수준이 판이하게 다른 사람들이라는 생각이 새삼 들었다. 알아듣지도 못하는 시구를 인용하여 괜히 웃음만 사는 게 아닌가 걱정도 되었다. 모두들 자기가 잘난 교양을 뽐내는 거라고 비아냥거릴 것만 같았다. 릴리에게도 말이 안 통했듯이, 그들에게도 말귀가 통하지 않을 것 같았다. 그는 처음부터 연설문을 잘못 마련했다고 생각했다. 그의 연설문은 처음부터 끝까지 완전한 실패작이라는 생각이 들었다.

바로 그때 그의 두 이모와 아내가 부인용 화장실에서 나왔다. 이모들은 둘 다 키가 자그마하고 수수하게 차려입은 노부인들이었다. 줄리아 이모가 1인치쯤 키가 더 컸다. 귀까지 흘러내린 그녀의 머리카락은 반백이었고, 군데군데 그림자가 낀 축 처진 넓적한 얼굴도 같은 색이었다. 튼튼한 체격에 자세도 꼿꼿했지만 느른한 눈과 헤벌린 입은 자기가 어디에 있고, 또 어디로 가는지도 잘 몰라하는 멍한 아주머니 같은 인상이었다. 케이트 이모는 그래도 생기가 있어 보였다. 동생보다 건강해 보이는 그녀의 얼굴은 시들어버린 빨간 사과처럼 주름투성이였는데, 언제나 옛날 방식으로 땋아 내리고 있는 머리칼은 여전히 짙은 밤색을 잃지 않고 있었다.

두 이모는 아주 반갑게 가브리엘에게 키스를 했다. 그는 이 이모들이 끔찍이도 아끼는 조카로, 항만청에 다니는 T. J. 콘로이라는 사람과 결혼한 이미 고인이 된 언니 엘렌의 아들이었다.

"그레타 말로는 오늘밤은 몽크스타운으로 돌아가지 않을 거라고 하던데, 가브리엘?"

케이트 이모가 물었다.

"네."

가브리엘이 아내를 쳐다보며 대답했다.

"작년에 그랬다가 무척 고생했잖소, 여보? 생각 안 나세요, 케이트이모. 그 때문에 그레타가 독감으로 얼마나 고생을 했는지 말이에요. 가는 동안 내내 마차 유리창이 덜거덕거리고, 메리온을 지날 때는 차가운 동풍이 불어닥쳤죠. 아주 대단했어요. 그 바람에 그레타는 그만 지독한 감기에 걸렸잖아요."

케이트 이모는 잔뜩 인상을 찌푸리고 말끝마다 고개를 끄덕여댔다.

"암 그렇지, 암 그렇고말고. 가브리엘, 조심하고 또 조심해야지."

"그렇지만 그레타는 말이에요. 내버려두면 이 눈 속을 걸어서라도 집으로 돌아갈 거예요."

남편의 이 말에 아내가 웃으면서 말했다.

"케이트 이모님, 저 양반 말 듣지 마세요. 얼마나 장난꾸러기라고요. 밤에는 눈에 좋다고 톰에게 푸른 눈가리개를 씌우고, 아령을 하게 한답니다. 또 에바에게는 억지로 오트밀을 먹여요, 글쎄. 애가 가여워 죽겠어요! 오트밀은 보기만 해도 두드러기가 나는 애인데 말이에요! ……아, 그리고 저한테는 뭘 신기려고 하는지 아마 생각도 못하실 거예요!"

그녀가 깔깔 웃으면서 남편을 바라보며 은근히 눈을 흘겼고, 그는 아내의 옷에서부터 얼굴이며 머리를 행복에 겨운 눈으로 찬탄하듯 쳐다보고 있었다. 두 이모도 마음껏 웃었는데, 아내에 대한 가브리엘의 이런 과장된 모습은 언제나 그들의 웃음을 자아내게 했다.

"골로쉬예요! 이게 유행이라네요. 발밑이 젖어 있을 때는 반드시 이걸 신어야 한다는 거예요. 오늘 저녁에도 이걸 신으라고 하더라고요. 전 안 신겠다고 했죠. 다음번에는 아마 잠수복을 사 입히려고 할 거예요."

가브리엘은 겸연쩍은 듯이 웃으며 넥타이를 만지작거렸지만, 케이트 이모는 그 얘기가 그렇게 재미있는지 배꼽을 잡고 웃었다. 줄리아 이모의 얼굴에서는 곧 웃음이 사라지면서 새침한 눈길로 조카의 얼굴을 똑바로 쳐다봤다. 잠시 후 그녀가 물었다.

"그런데 골로쉬가 뭐지, 가브리엘?"

"덧신 말이야, 줄리아!"

케이트 이모가 큰 소리로 말했다.

"아무려면 덧신도 몰라? 신 위에다 덧신는 거 말이야. 그레타, 맞지?"

"네, 거터퍼처(고무의 일종)로 만든 거예요. 저희는 둘 다 한 켤레씩 가지고 있어요. 가브리엘이 그러는데, 대륙에서는 다들 이걸 신는다고 그래요."

"아, 대륙에서."

줄리아 이모는 고개를 천천히 끄덕이며 중얼거리듯 말했다.

"그렇게 이상한 물건도 아닌데 그레타는 아주 우스워하거든요. 뭐,

골로쉬라는 말이 크리스티 가극단(흑인으로 분장한 순회극단)을 연상시키다나요."

"그런데 참, 가브리엘, 물론 방은 보아두었겠지. 그레타 말로는……."

케이트 이모가 눈치 빠르게 화제를 돌렸다.

"아, 방은 문제없습니다. 그레샴 호텔에 하나 얻어놓았습니다."

가브리엘이 대답했다.

"그랬구나, 참 잘했다. 그리고 그레타는 아이들 걱정은 안 해도 되겠지?"

"아이, 하룻밤인데요. 더구나 베시가 잘 돌봐줄 거예요."

"암, 그래야지."

케이트 이모가 다시 말했다.

"그렇게 믿고 맡길 수 있는 애가 있으니 참 마음이 든든하겠다. 우리 릴리 말이야. 요즘 왜 그러는지 모르겠어. 옛날하고는 너무 달라졌어."

가브리엘이 이 점에 관해서 이모에게 뭘 좀 물어보려고 하는 참인데, 이모가 갑자기 말을 끊더니 계단을 내려가 난간 위에 목을 길게 뽑고 기웃거리는 동생의 뒷모습을 내려다보며 못마땅한 듯이 말했다.

"줄리아가 어딜 가는 거지? 줄리아! 줄리아! 어딜 가는 거야, 줄리아?"

층계를 반쯤 내려간 줄리아가 다시 올라와서 나지막이 말했다.

"프레디가 왔어."

그 말과 동시에 박수 소리가 나더니 피아니스트의 마지막 탄음彈音이 울리면서 왈츠가 끝났다는 것을 알렸다. 응접실 문이 안쪽으로 열리며 여러 쌍의 남녀가 밖으로 나왔다. 케이트 이모는 가브리엘을 부리나케 한쪽으로 데리고 가서 그의 귀에다 대고 속삭였다.

"가브리엘, 미안하지만 살짝 내려가서 프레디가 괜찮은지 좀 보고 오렴. 취했거든 올려보내지 말고. 분명 취했을 거야, 분명히."

가브리엘은 계단 쪽으로 가서 난간 너머로 귀를 기울였다. 식기실에서 두 사람이 이야기하는 소리가 들렸다. 잠시 들어보니 프레디의 웃음소리가 들렸다. 가브리엘은 계단을 후닥닥 내려갔다.

"가브리엘이 있으니 한결 마음이 놓이네."

케이트 이모가 그레타에게 말했다.

"저 애만 있으면 마음이 항상 든든하다니까……. 줄리아, 여기 미스 데일리와 미스 파워에게 시원한 것 좀 드리지. 멋진 왈츠를 춰줘서 고마워요. 덕분에 멋진 시간이 됐어요."

큰 키에다 얼굴엔 주름살이 많고, 뻣뻣한 반백의 콧수염을 기른 가무잡잡한 피부의 한 사내가 파트너와 함께 밖으로 나가다가 이 말을 듣고 이렇게 말했다.

"우리에게도 뭐 좀 시원한 걸 주시겠어요, 미스 모칸?"

"줄리아, 여기 브라운 선생과 미스 펄롱도 함께 안내해드려요. 줄리아, 미스 데일리와 미스 파워도 같이요."

"전 여자들한테 인기가 좋죠."

콧수염이 곤두설 정도로 입술을 잔뜩 오므린 채 주름살진 웃음을 지어 보이며 브라운 씨가 말을 꺼냈다.

"미스 모칸, 제가 그렇데 인기가 좋은 이유는 말이죠……."

말을 채 끝맺기도 전에 케이트 이모가 저 멀리 가버리자 그는 젊은 부인 세 명을 안내해서 뒷방으로 들어갔다. 방 한가운데에는 네모난 탁자 두 개가 서로 맞대어져 있었고, 이 탁자 위에다가 줄리아 이모와 문지기 처녀가 커다란 식탁보를 펼치고 있었다. 찬장에는 커다란 접시, 조그만 접시, 술잔, 나이프와 포크 및 스푼 다발이 가지런히 놓여 있었다. 덮개가 닫힌 피아노의 넓적한 윗부분도 선반을 대신해서 음식과 과자가 놓여 있었다. 한쪽 구석에 있는 조금 작은 선반 곁에는 젊은이 두 명이 서서 홉비터(홉으로 만든 쓴 술)를 마시고 있었다.

브라운 씨는 자기가 맡은 부인 세 명을 그리로 이끌고 가서 독하고 따끈한 부인용 펀치를 들어보라고 농담 삼아 권했다. 부인들이 술은 절대로 안 한다고 하자 그는 레모네이드 세 병을 따서 그들에게 돌렸다. 그러고 나서 한 청년에게 잠시 좀 비켜달라고 하고는 술병을 들어 자기 잔에다 위스키를 가득 따랐다. 그가 한 모금 맛보는 모습을 보고 청년들은 대단하다는 듯한 눈길로 그를 쳐다보았다.

"나야 불쌍한 신세지. 이게 의사의 처방이라니깐."

그가 웃으면서 말하자, 쭈글쭈글한 얼굴이 활짝 펴졌다. 이 농담에 세 부인이 배꼽을 잡고 깔깔 웃었는데, 어찌나 심하게 웃었던지 허리와 어깨가 들썩거렸다. 제일 대담한 한 부인이 말을 받았다.

"아이, 브라운 선생님, 의사 선생님이 그런 처방을 내리실 리가 있겠어요?"

브라운 씨는 위스키를 한 모금 더 마신 다음 코맹맹이 소리를 내면서 말했다.

"전 말이에요. 그 유명한 캐시디 부인과 같단 말이에요. 그 부인은 이렇게 말했다지요. '자, 메리 그라임즈, 내가 안 마시고 있으면 마시도록 권해. 난 아무래도 마시고 싶으니까.' 라고 말이죠."

술 취한 벌건 얼굴을 너무 친한 척 들이밀며 상스런 더블린 말씨를 썼기 때문에 부인들은 하나같이 본능적으로 그의 말에 대꾸하지 않고 입을 다물어버렸다. 메리 제인의 문하생 중의 한 명인 미스 펄롱은 미스 데일리에게 좀 전에 연주한 그 아름다운 왈츠 곡목이 무엇이냐고 물었다. 그러자 자기가 무시를 당한 것을 안 브라운 씨는 곧바로 자기와 말이 좀더 통할 것 같은 두 청년 쪽으로 시선을 돌렸다. 그때 얼굴이 빨간 여자 하나가 보라색 옷을 입고 신이 난 표정으로 박수를 치며 안으로 들어서면서 외쳤다.

"카드리유! 카드리유!(네 사람이 한 조를 이뤄 추는 고대식 춤)"

케이트 이모가 그 뒤를 따라 들어오면서 소리쳤다.

"남자 분 둘과 여자 분 셋인데, 메리 제인!"

"아, 여기 버긴 씨와 케리건 씨가 계시잖아요. 케리건 씨, 미스 파워하고 짝이 되시겠어요? 미스 펄롱, 당신 파트너로는 버긴 씨가 어때요? 자, 이렇게 하면 됐잖아요."

메리 제인이 부산하게 말했다.

"그래도 여자는 셋인데, 메리 제인!"

케이트 이모가 또 말했다.

두 청년이 부인들에게 잘 부탁한다는 인사를 하는 사이, 메리 제인은 미스 데일리를 돌아보며 말했다.

"오, 미스 데일리, 마지막에 두 번이나 댄스곡을 연주해주셔서 정말 감사드려요. 그런데 오늘밤은 여자 손님들 수가 너무 모자라서요."

"전 아무래도 괜찮습니다, 미스 모칸."

"그래도 좋은 파트너 분이 계시거든요. 테너 가수인 바텔 다르시 씨죠. 나중에 노래를 한 곡 부탁드릴 참이에요. 더블린이 온통 그 선생님 때문에 떠들썩하잖아요. 아주 멋진 목소리예요! 정말 멋진 목소리죠!"

케이트 이모가 신이 나서 말했다.

피아노 소리가 무도곡의 전주를 두 번 연주하자, 메리 제인은 춤출 일행들을 데리고 재빠르게 방을 나갔다. 그들이 나가자마자 줄리아 이모가 뒤를 살피면서 느릿한 걸음으로 방으로 들어왔다.

"왜 그래, 줄리아? 누구 때문에 그래?"

케이트 이모가 걱정스럽게 물었다.

냅킨을 한 아름 안고 들어오던 줄리아는 뜻밖의 물음이라는 듯이 툭 내뱉었다.

"프레디지 누구야, 언니. 가브리엘하고 같이 있어."

정말 바로 자기 등뒤로 가브리엘이 프레디 맬린즈를 데리고 충계참을 건너오는 것이 보였다. 프레디는 마흔 살쯤 되어 보이는 사나이로 덩치는 가브리엘하고 비슷했지만 어깨가 유난히 둥글었다. 얼굴은 살이 있었지만 창백한 안색이었는데, 다만 축 처진 두툼한 귓불과 넓적한 코 양쪽 끝에만 혈색이 돌았다. 거칠게 생긴 외모에 뭉툭한 코, 툭 튀어나온 까진 이마, 부어오른 듯이 쑥 내민 입술, 무겁게 처진 눈꺼풀과 헝클어진 듬성한 머리 때문에 졸리는 듯한 인상이었다. 그는 좀 전에 가브리엘에게 했던 이야기가 생각이 나서 계단을 올라오면서 집이 떠나가라고 웃어댔는데, 왼쪽 손등으로 연신 왼쪽 눈을 비벼대고 있었다.

"어서 와, 프레디."

줄리아 이모가 인사를 했다.

프레디 맬린즈는 모칸 자매에게 인사를 했는데, 목소리가 중간에

탁 걸리는 습성 때문에 언뜻 보아서는 퉁명스럽게 되받는 것처럼 들렸다. 그러다 찬장 있는 데서 브라운 씨가 그를 쳐다보며 히죽거리고 있는 모습을 보고는 그쪽으로 비틀거리며 방을 가로질러가서 조금 전에 가브리엘에게 했던 이야기를 다시 나지막이 꺼내기 시작했다.

"그렇게 심하지는 않은 것 같지?"

케이트 이모가 가브리엘에게 말했다.

가브리엘은 어두운 얼굴을 하고 있었으나 곧 표정을 풀면서 말했다.

"네, 거의 표는 안 나는군요."

"그래, 행패를 부려선 안 되지! 불쌍한 제 어머니가 신년에는 금주 서약을 시켰다던데. 그건 그렇고, 가브리엘, 어서 응접실로 가자꾸나."

가브리엘과 함께 방을 나서기 전에 케이트 이모는 브라운 씨에게 술 조심하라는 뜻으로 인상을 찌푸린 채 손가락을 흔들어 보였다. 브라운 씨는 대답 대신 고개를 끄덕거리더니, 그녀가 나가고 나자 프레디 맬린즈에게 말했다.

"자, 그럼, 테디, 내가 레모네이드 한 잔 멋지게 따라줄 테니 드시고 기운 좀 차리시게."

이야기가 한참 절정에 달하고 있었으므로 프레디 맬린즈는 이 제안이 귀찮다는 듯이 손을 내저었으나, 브라운 씨는 흩어진 옷매무새나 바로잡으라고 딴전을 피운 뒤 레모네이드를 넘치도록 따라서 그에게 주었다. 프레디 맬린즈는 아무런 생각 없이 왼손으로 그 잔을 건네받고, 오른손으로는 옷매무새를 바쁘게 만지고 있었다. 브라운 씨는 다시 한 번 쭈글쭈글한 주름살을 만들며 웃었는데, 자기 잔에는 위스키를 가득 채웠다. 한편 프레디 맬린즈는 자기 이야기를 채 끝내기도 전에 기관지염에 걸린 사람처럼 쿨룩거리면서 목이 터져라 웃더니, 입도 대지 않은 철철 넘치는 자기 잔을 내려놓고는, 왼손 등으로 왼쪽 눈을 비비며 웃음이 터져 나오는 그 사이사이에 자기가 했던 마지막 말을 하고 또 하고 있었다.

*

가브리엘은 모두가 숨죽인 응접실에서 빠른 연주와 난해한 기법들로 가득 찬 〈아카데미〉곡을 메리 제인이 연주하는 동안 잘 알아들을 수가 없었다. 그는 음악을 좋아하긴 했지만 그녀가 연주하고 있는 곡은 전혀 멜로디가 없는 것처럼 들렸고, 다른 사람들도 비록 자기들이 메리 제인에게 한 곡 쳐달라고 신청한 곡이기는 하지만 그 음악을 이해하는지가 의심스러웠다. 다과실에서 그 음악 소리를 듣고 나와 문간에 서서 듣고 있던 청년 네 명도 잠시 후에 짝을 지어 조용히 나가 버렸다. 그 음악을 이해하는 사람은 두 손을 건반 위로 빠르게 움직이다가 주문을 외우는 순간의 여사제의 손처럼 잠시 쉼표 있는 곳에서 손을 들어올리는 메리 제인과 피아노에 팔꿈치를 괴고 악보를 넘겨주는 케이트 이모뿐인 것 같았다.

묵직한 샹들리에의 불빛 아래 왁스 칠을 해서 반질반질 빛나는 마룻바닥 때문에 눈이 부시자, 가브리엘은 피아노 위의 벽면으로 눈길을 돌렸다. 거기에는 로미오와 줄리엣이 발코니에 있는 그림이 걸려 있고, 그 옆에는 런던 탑에서 살해된 두 왕자(1483년 에드워드 4세의 사망 후 두 왕자가 암살되어 리처드 3세가 왕위에 올랐음)의 그림이 걸려 있었는데, 이것은 줄리아 이모가 처녀 시절에 빨강·녹색·갈색의 털실로 수를 놓아 만든 것이었다. 이모들이 학교를 다니던 그 시절에는 학교에서 저런 자수 놓기를 가르쳤던 것 같았다. 그의 어머니도 어느 해인가 생일 선물로 그에게 보라색 태비네트 천으로 조끼를 만들어준 적이 있었는데, 갈색 새틴으로 안단을 대고 뽕나무 열매로 만든 동그란 단추가 달려 있는 그 조끼에도 조그만 여우 머리가 수놓아져 있었다. 케이트 이모는 어머니가 모칸 집안의 명석한 머리를 그대로 이어받았다고 늘 이야기했지만, 그런 어머니에게 음악적 재능이 없었다는 것은 이상한 일이었다. 케이트 이모와 줄리아 이모는 의젓하고 자상한 자기들의 언니를 언제나 자랑스러워하는 것 같았다. 어머니의 사진이 벽과 벽 사이의 거울 앞에 걸려 있었다. 어머니가 무릎 위에 책을 펼쳐놓은 채 발 앞에 세일러복을 입고 엎드려 있는 콘스탄틴에게 무언가를 가르쳐주고 있는 그림이었다. 어머니는 아들들의 이름도 직접 지었는데, 집안의 위신과 체면을 무척 의식했기 때문이었다. 어머니 덕택으로 콘스탄틴은 지금 밸브리건에서 수석부사제首席副司祭로 있고, 가브리엘도 왕립대학에서 학위를 받을 수 있었다. 가브리엘은 자신의 결혼을 언짢아하며 반대하던 어머니의 모습이 떠오르자 얼굴이 어두워졌다. 어머니가 던진 모욕적인 말들이 여전히 가슴속에 남아 있었다. 어머니는 그레타를 가리켜 한 번은 앙큼한 촌뜨기 계집애라고 한 적이 있었는데, 그건 전혀 당치않은 말이었다. 몽크스타운에 있는 집에서 돌아가시기 전 오랫동안 앓아누워 있을 때 끝까지 곁에서 어머니를 보살펴드린 것은 바로 그레타였다.

그는 메리 제인의 연주가 거의 끝나가는 중이라고 생각했다. 한 소절이 끝날 때마다 반주를 넣으면서 도입 부분의 멜로디를 다시 치는 소리가 들렸기 때문이었다. 그렇게 음악이 끝나기를 기다리는 동안 어머니에 대한 섭섭한 마음이 가라앉았다. 고음부의 옥타브 전음을 몇 번 치고 최종 악장의 저음부 옥타브를 묵직하게 연주하면서 음악은 끝이 났다. 우레 같은 박수 소리가 터지고, 얼굴이 빨개진 메리 제인은 서둘러 악보를 말아 쥐고 바람처럼 방을 빠져나갔다. 가장 열렬히 박수를 치고 있는 사람들은 연주가 시작하자 식당으로 갔다가 피아노 소리가 끝난 것을 듣고는 문간에 돌아와 서 있던 좀 전의 그 청년들 네 명이었다.

랜서(카드리유의 일종인 무도)를 출 차례였다. 가브리엘의 파트너
는 미스 아이버즈였다. 그녀는 솔직한 성격에 다소 말이 많은 젊은
여자로, 주근깨가 있는 얼굴에 갈색 눈이 약간 튀어나와 있었다. 그
녀는 가슴이 파인 옷을 입지 않았고, 칼라에 꽂은 커다란 브로치에는
아일랜드 고유의 격언과 명언들이 새겨져 있었다.

두 사람이 무도장에 서자마자 그녀가 불쑥 말을 꺼냈다.

"선생님께 드릴 말씀이 있는데요."

"저에게요?"

그녀는 진지하게 고개를 끄덕였다.

"그게 뭔데요?"

심각한 모습을 하고 있는 여자에게 웃음을 지어 보이며 가브리엘
이 물었다.

"G. C.가 누구예요?"

그를 쳐다보면서 미스 아이버즈가 반문했다.

가브리엘은 얼굴이 빨개지면서 자기는 모른다는 듯이 이맛살을 찌
푸리려고 하자, 여자가 새침한 얼굴로 쏘아붙였다.

"아, 시침 떼지 마세요! 선생님이 《데일리 익스프레스》(런던에서
발행되는 보수 경향의 신문)에 글을 쓰고 계신다는 거 전 다 알고 있
어요. 부끄럽지도 않으세요?"

"제가 왜 부끄러워해야 하죠?"

가브리엘은 두 눈을 껌벅거리면서 억지웃음을 지어 보이며 대꾸했다.

"참, 선생님을 보면 제가 다 부끄러워요. 어떻게 그따위 신문에다 글을 쓰시죠? 선생님이 친영파親英派인 줄은 몰랐어요."

미스 아이버즈는 사정없이 몰아붙였다.

가브리엘의 얼굴은 당황하는 기색이 역력했다. 그가 매주 수요일마다 《데일리 익스프레스》의 문학란에 글을 써서 15실링의 원고료를 받아오고 있는 것은 사실이었다. 그렇다고 해서 그가 친영파라는 것은 확실히 아니었다. 비평을 써달라고 보내오는 그 책들이 그로서는 몇 푼 안 되는 원고료 수표보다 몇 배나 더 반가웠다. 신간의 표지를 만지작거리고 책장을 넘겨보는 것은 무척이나 즐거운 일이었다. 그는 매일 학교에서 강의를 끝내고 나면 부둣가에 있는 헌책방들, 배철러 가의 히키 서점, 애스턴 부두에 있는 웨브나 매시 서점, 혹은 뒷골목에 있는 오클로이시 서점을 찾아 기웃거리고 다녔다. 그는 이 여자의 공격을 어떻게 감당해야 할지 몰랐다. 문학은 정치적 이념을 초월한다고 말해주고 싶었다. 그러나 그녀와는 오랫동안 친구로 지내왔으며, 처음 대학을 다닐 때부터 지금의 교사 신분에 이르기까지 지위나 경력을 같이 해오고 있는 사이였다. 그래서 그녀에게 아무렇게나 말할 수 있는 처지가 아니었다. 그는 계속 눈을 껌벅거리고 억지웃음을 지어가며, 책의 서평을 쓰는 거지 정치적 색채는 전혀 없노라고 머뭇머뭇하면서 중얼거리다시피 말했다.

파트너를 바꿔야 할 차례가 되었는데도 아직 생각이 어지럽고 마음이 산란했다. 미스 아이버즈는 재빨리 그의 손을 다정하게 잡고는 부드럽고 친근한 어조로 말했다.

"물론, 아까는 농담이었어요. 자, 자리를 바꿔요."

그들이 다시 파트너가 되고 그녀가 대학에 관한 이야기를 꺼내자 가브리엘의 마음도 한결 편해졌다. 그녀의 말로는 친구 하나가 자기에게 브라우닝의 시에 대한 가브리엘의 시평을 보여줬고, 그렇게 해서 그 비밀을 알게 되었다는 것이었다. 그렇지만 서평은 정말 마음에 들었다고 했다. 그러다 그녀가 갑자기 이렇게 말했다.

"참, 콘로이 선생님, 이번 여름에 애런 섬(아일랜드 서쪽에 있는 섬)에 놀러가지 않으시겠어요? 우린 한 달 동안 꼬박 거기서 보낼 작정인데요, 대서양 쪽으로 있는 섬이라 참 멋질 거예요. 선생님도 꼭 가셔요. 클랜시 씨도 간다고 했고, 킬켈리 씨와 캐들린 키어니도 가거든요. 그레타도 가면 참 좋아할 텐데요. 부인 고향이 코나트 맞죠?"

"친정 사람들이 그렇죠."

가브리엘이 짧게 대답했다.

"하지만 선생님만이라도 가시죠?"

미스 아이버즈는 따뜻한 손으로 그의 팔을 붙잡고 조르듯 말했다.

"사실은 어디에 가기로 한 약속이 있어서요……."

"어디로 가는데요?"

"사실, 저는 해마다 몇몇 친구들과 자전거 여행을 떠나니까
요……."

"어디로요?"

"글쎄, 보통 프랑스로 가거나, 아니면 벨기에인데 아마 독일로 갈
지도 모르겠어요."

가브리엘의 대답이 어색했다.

"아니, 왜 우리나라를 둘러보지 않고, 프랑스나 벨기에로 간답니
까?"

미스 아이버즈가 톡 쏘았다.

"아, 그건 그 나라 말도 좀 익히고 기분 전환도 하려고 해서요."

"그러면 우리나라 말은 익히지 않아도 된다 이 말씀인가요? 우리
아일랜드어 말이에요!"

"음, 그렇게 말씀하신다면, 아일랜드어는 제가 주로 쓰는 말은 아
니니까요."

주위 사람들도 아까부터 두 사람을 쳐다보며 그들의 대화에 귀가
쏠려 있었다. 가브리엘은 안절부절 주위를 둘러보며 곤혹스러운 나
머지 이마가 벌겋게 물들었는데도 침착함을 유지하려고 애를 쓰고

있었다.

"그러면 선생님은 자기 조국에 대해선 아무것도 모르면서도 둘러
볼 필요가 없다는 말씀이군요? 자기 나라 사람들과 자기 나라 땅 말
이에요."

미스 아이버즈가 끈질기게 추궁하듯 말했다.

"아, 솔직히 말해서 난 조국이 싫어졌어요, 싫단 말이에요!"

갑자기 가브리엘이 발끈하며 말했다.

"도대체 왜죠?"

가브리엘은 너무 열을 받은 나머지 대답도 하지 않았다.

"이유가 뭐죠?"

아이버즈가 재차 물었다.

둘이 같이 여행을 가기는 가야 하는데 가브리엘이 입을 다물고 있
으니, 이번에는 아이버즈가 열을 내어 말했다.

"그래요, 대답을 못 하시겠죠!"

가브리엘은 화가 난 마음을 드러내지 않으려고 그 기분을 춤에 담
아 아주 열정적으로 춰댔다. 그녀가 싸늘하게 노려보는 것만 같아 그
녀의 시선을 피했다. 그러나 길게 늘어선 줄에서 둘이 다시 만나게
되었을 때 여자가 손을 꼭 잡아주는 바람에 깜짝 놀랐다. 그녀가 눈
을 치켜뜨고 잠시 그를 노려보듯 쳐다보는 바람에 그는 끝내 웃고 말
았다. 그러다 다시 줄이 움직이려고 하자 그녀는 발끝을 세우면서 그

의 귀에다 대고 속삭였다.

"친영파!"

랜서 춤이 끝나자 가브리엘은 저 한쪽 구석으로 자리를 피했는데 거기에는 프레디 맬린즈의 어머니가 앉아 있었다. 그의 어머니는 몸집은 컸지만 기운이 없어 보이는 백발의 노부인이었다. 음성은 아들과 같이 걸리는 듯한 목소리였고 약간 말을 더듬었다. 아들 프레디가 와 있으며, 또 그다지 취하지 않았다는 말도 이미 들었다. 가브리엘은 바다를 잘 건너오셨느냐고 안부를 물었다. 노부인은 글라스고에서 시집간 딸과 함께 살고 있으며, 한 해에 한 번 더블린에 다니러 오고 있었다. 그녀는 아주 조용하게 대답했는데, 편안하게 바다를 잘 건너왔다고 하면서 선장이 무척 세심하게 자기를 살펴주더라는 이야기도 덧붙였다. 또 글라스고에 있는 딸의 집이 참 아름다우며, 그곳 사람들도 참 좋은 사람들이라고도 했다. 노부인이 이야기 보따리를 쏟아내고 있는 동안 가브리엘은 미스 아이버즈와 나누었던 불쾌한 대화를 기억에서 말끔히 씻어버리려고 애를 쓰고 있었다. 물론 그 처녀 아니 부인은, 호칭이야 어찌되었든 간에, 열렬한 아일랜드주의자이지만 모든 일에는 때가 있는 법인데. 그래, 내가 그렇게 대답하지 말았어야 옳았어. 그렇다고 해도 그 여자가 비록 농담으로라도 사람들 앞에서 나를 친영파라고 부를 권리는 없지. 그런데 저 여자는 토끼같이 눈을 동그랗게 뜨고 나에게 따지고 들면서 사람들 앞에서 나를 우스개로 만들려고 했단 말이야.

왈츠를 추고 있는 여러 쌍들 사이로 자기 쪽으로 걸어오고 있는 아내의 모습이 보였다. 그에게 다가온 아내는 그의 귀에다 대고 속삭였다.

"가브리엘, 케이트 이모님이 예전처럼 당신이 거위 고기를 좀 썰어주었으면 하세요. 미스 데일리가 햄을 썰고, 저는 푸딩을 맡아 하고요."

"그러지."

"이 왈츠가 끝나는 대로 젊은 사람들끼리 먼저 자리를 만들어주고, 우리는 우리끼리 자리를 마련하겠다고 하셔요."

"당신, 춤 좀 췄소?"

가브리엘이 물었다.

"물론 췄죠. 못 보셨어요, 제가 춤추는 거? 아이버즈와 무슨 안 좋은 이야기가 있었어요?"

"아무것도 아니야. 왜? 그 여자가 뭐라고 합디까?"

"그런 것처럼 말하던데요. 저 다르시 씨께 노래를 하나 청할 거예요. 자부심이 아주 대단한 사람 같아요."

"말다툼 같은 건 없었어."

가브리엘이 목소리를 깔고 말했다.

"그저 그 여자가 아일랜드 서부지방으로 여행을 가자고 하는 것을 내가 싫다고 했을 뿐인데."

이 말에 아내는 좋아라 하며 두 손을 모으고 깡충 뛰면서 말했다.

"오, 가요, 가브리엘. 골웨이(아일랜드 서해안의 도시)를 다시 한 번 보고 싶어요."

"당신이 가고 싶으면 가는 게지."

가브리엘의 대답이 차가웠다.

아내는 잠시 그를 쳐다보다 맬린즈 노부인을 돌아보며 말했다.

"참 멋진 남편이죠, 맬린즈 아주머니."

그레타가 사람들을 헤치고 무도장을 가로질러 저쪽으로 가고 있는 동안에 맬린즈 노부인은 언제 이야기가 끊어졌느냐는 듯이 스코틀랜드의 경치 좋은 곳들이 어디며, 또 얼마나 아름다운지를 계속해서 가브리엘에게 이야기했다. 사위가 해마다 딸과 자기를 데리고 호수로 낚시를 간다는 이야기와, 사위의 낚시 솜씨가 아주 뛰어나서 어느 날은 아주 커다란 물고기를 낚았는데 호텔 요리사가 요리를 잘해주었다는 이야기들을 늘어놓았다.

가브리엘은 노부인의 이야기가 하나도 귀에 들어오지 않았다. 만찬 시간이 다가오고 있었기 때문에 또다시 연설문과 인용할 시구가 그의 머릿속에 맴돌기 시작했다. 프레디 맬린즈가 자기 어머니를 보러 방을 건너오는 것을 보자 가브리엘은 의자를 내어주고 창문가로 물러 나왔다. 방은 이미 텅 비어 있었고, 뒷방에서는 접시와 나이프가 부딪치는 소리가 들려왔다. 아직 응접실에 남아 있는 사람들도 춤에 지쳤는지 삼삼오오 무리를 지어 조용히 이야기를 나누고 있었다. 가브리엘의 따뜻한 손가락이 가볍게 떨리며 차가운 유리창을 톡 두드렸다. 밖은 참 시원할 것 같은데! 혼자 밖으로 나가 산책을 하면 참 상쾌하겠어! 먼저 강가를 따라 걷다가 공원을 산책하는 거야! 눈이 가지마다 쌓여 하얀 눈꽃을 만들고, 웰링턴 기념비는 하얀 눈 모자를 쓰고 있겠지. 저녁 만찬보다는 그게 훨씬 더 기분이 좋을 텐데!

그는 연설문의 서두 부분을 죽 훑어보았다. 아일랜드인의 친절성, 슬픈 기억들, 여신 세 명, 패리스, 그리고 인용한 브라우닝의 시구. 자신의 서평에서 이미 썼던 구절을 그는 되뇌어보았다. '고뇌하는 음악에 귀 기울이고 있는 자신을 보는 느낌이다.' 미스 아이버즈가 이 서평을 칭찬해주었다. 과연 그녀는 진심이었을까? 아일랜드를 저렇게 사랑한다고 열렬히 떠들어대는 그 이면에는 과연 삶에 대한 그녀만의 남다른 철학이 있단 말인가? 두 사람 사이에 불편한 감정을 느껴보기는 오늘 저녁이 처음이었다. 자기가 연설을 하는 동안 식탁에 딱 버티고 앉아 비아냥거리는 듯한 눈으로 자신을 노려보고 있을 그 여자를 생각하니 그만 김이 탁 새는 것만 같았다. 연설이 잘못되어도 안됐다고 생각도 하지 않을 테지. 이때 문득 좋은 생각이 떠오르면서 자신감이 생겼다. 케이트 이모와 줄리아 이모를 두고 넌지시 이런 식으로 말을 하는 거야. '신사 숙녀 여러분, 우리들 가운데서 황혼기에 있는 세대들은 결점도 있겠지만, 제 생각으로는 나름대로 장점도 있다고 봅니다. 즉, 친절하고 유머 있고 인정이 넘치죠. 그러나 이런 모습들이 우리들 주위에서 새롭게 자라나는 신세대와 이 시대를 고민하고 고등교육을 받은 세대들에게는 부족해 보이는 것이 저로서는 유감입니다.' 아주 좋았어. 이건 미스 아이버즈더러 들으란 소리지. 결국 두 이모들이야 무식한 늙은이라는 얘기가 되지만, 그게 무슨 상관이야?

방 안에서 웅성거리는 소리가 들려 가브리엘은 그쪽을 쳐다보았다. 브라운 씨가 줄리아 이모를 공손하게 부축하고 문 안으로 들어서는 중이었는데, 줄리아 이모는 브라운 씨의 팔을 붙잡고 약간 고개를 숙인 채 싱긋웃고 있었다. 줄리아 이모가 피아노 있는 데까지 가는 동안 여기저기에서 불규칙한 소총 발사 소리 같은 박수가 터져 나왔다. 그러자 메리 제인이 의자에 앉고, 줄리아 이모도 웃음을 감추고 방 안으로 목소리가 잘 들리게 반쯤 몸을 돌리자 박수 소리도 잦아들었다. 전주곡을 들어보니 가브리엘도 알고 있는 곡이었다. 줄리아 이모가 옛날에 즐겨 부르던 〈신부로 단장하고〉라는 노래였다. 줄리아 이모는 힘차고 맑은 목소리로 곡의 장식음을 압도하면서 활기차게 노래를 불렀고, 굉장히 빠르게 나아가면서도 아주 섬세한 음조 하나까지도 놓치지 않았다. 노래하는 이모의 얼굴은 보지 않고 다만 노랫소리만 듣고 있었지만 경쾌하면서도 탄탄하게 흘러내리는 그 노래의 감흥을 가슴으로 느낄 수 있었다. 가브리엘은 노래가 끝나자 다른 사람들과 같이 크게 박수를 쳤다. 보이지 않는 저쪽 방 식탁에서도 박수 소리가 울려나왔다. 사람들 마음속에서 우러나오는 박수 소리다 싶었는지, 낡은 가죽 표지에 자기 이름의 이니셜을 새긴 노래책을 악보대에 다시 놓으려고 허리를 굽히는 줄리아 이모의 얼굴에 생기가 감돌았다. 노래를 좀더 잘 들어보겠다고 고개를 삐딱하게 젖히고 귀를 기울이고 있던 프레디 맬린즈는, 다른 사람들은 모두 그쳤는데도 혼자만 여전히 박수를 치면서 그의 어머니에게 신이 나서 떠들고 있었다. 그의 어머니는 아들의 말이 맞다는 듯 진지한 표정으로 고개를 천천히 끄덕거리고 있었다. 더 이상 박수를 칠 수 없게 되자 그는 갑자기 벌떡 일어서서 부리나케 방을 가로질러 줄리아 이모 쪽으로 가서는 그녀의 손을 두 손으로 부여잡고 뭐라고 떠들었는데, 말이 끊긴다거나 너무 말을 많이 해서 목소리가 걸릴 때마다 그 손을 잡고 흔들어댔다.

"방금 어머니에게도 그런 이야기를 했지만, 전 이렇게 노래를 잘 부르시는 것은 처음 듣습니다. 오늘밤처럼 이렇게 목소리가 좋으신 것은 처음입니다. 자! 제 말 믿으시겠어요? 정말이에요. 이건 제 명예를 걸고 드리는 말씀이에요. 정말입니다. 그렇게 시원한 음성은 들어보지 못했다니까…… 그렇게 맑고 시원한 소린, 한번도."

줄리아 이모는 그가 잡고 있는 손을 빼내면서 활짝 웃는 얼굴로 과찬이라는 뜻으로 무슨 말을 중얼거렸다. 브라운 씨는 손바닥을 활짝 편 채 줄리아 이모 쪽을 가리키면서 마치 청중들에게 대단한 구경거리를 소개하는 사람처럼 주위 사람들에게 말했다.

"미스 줄리아 모칸, 제가 최근 발견한 신성新星!"

그가 아주 흡족한 듯 혼자 껄껄 웃고 있는데, 프레디 맬린즈가 그를 돌아보며 말했다.

"이런, 브라운. 자네는 아무리 해봐도 그런 발견은 못해. 내가 아는 한 이 절반만 한 노래조차 들어본 적이 없어. 이건 솔직히 정말이야."

"나도 그렇다니까. 음성이 훨씬 좋아지셨다니까."

브라운 씨도 맞장구를 쳤다.

줄리아 이모는 어깨를 한 번 으쓱하고는 점잖게 무게를 잡으면서 말했다.

"30년 전에도 목소리는 그리 나쁘지는 않았지요."

"내가 줄리아에게 자주 하는 얘기지만, 줄리아는 그 합창단에서 좋은 세월 다 보내버렸지 뭡니까. 그래도 내 말이라면 절대로 들으려고 하지 않아요."

케이트 이모가 열을 내어가면서 말했다.

그녀는 고집 센 아이를 두고 어찌해야 할지 다른 사람들에게 의견을 구하는 듯한 표정으로 둘러봤지만, 줄리아 이모는 잔잔한 미소를 머금은 채 앞만 바라보고 있었는데, 옛 추억을 회상하는 듯했다.

"이것 봐요. 다른 사람 이야기라곤 아예 귀를 닫아버리고 밤이나 낮이나 그 합창단에서 뼈빠지게 일만 한다니까요. 크리스마스에는 새벽 6시부터 난리예요. 그게 다 누굴 위해서야?"

케이트 이모가 끈질기게 다그쳤다.

"그건 다 하느님의 영광을 위한 것 아니겠어요, 케이트 고모?"

메리 제인이 피아노 의자에서 돌아보며 생긋 웃으면서 말했다.

케이트 이모는 사납게 조카를 쳐다보며 말했다.

"하느님께 영광을 드리기 위해서라는 거 나도 잘 안단다, 메리 제인. 하지만 평생을 바쳐 성가대를 위해 일해온 여자들을 몰아내고, 그 위에 젖비린내 나는 어린애들을 올려 앉히는 짓은 교황님의 처사라 하더라도 절대로 옳은 일은 아니라고 해야지. 교황님이 그렇게 하신다면 교회를 위한 일이기야 하겠지만 공평하지는 않은 거야, 메리 제인, 옳다고 할 수는 없어."

자기로서는 가슴 아픈 일이었기 때문에 케이트 이모는 자신도 모르게 열을 냈던 것이고, 또 계속해서 동생을 옹호해주고 싶어하는 모습이었는데, 메리 제인이 춤추던 사람들이 모두 돌아온 것을 보고 달래듯 끼어들면서 말했다.

"자, 케이트 고모님, 반대 측 종파인 브라운 씨에게 실례가 되지 않겠어요?"

자신의 종교가 언급되자 히죽이 웃고 있는 브라운 씨를 돌아보면서 케이트 이모가 급히 말했다.

"아, 교황께서 옳지 않다는 말은 아니에요. 나같이 어리석은 늙은 이가 어찌 감히 그런 소리를 입에 담을 수 있겠어요. 그래도 일상을 살면서 예절이니 감사니 하는 그런 게 있잖아요. 내가 만약 줄리아의 경우를 당했다면 힐리 신부님 얼굴을 똑바로 쳐다보고 말하겠어요……."

"그런데 있잖아요, 케이트 고모님. 우리 모두 정말 배가 고프거든요. 그리고 속이 허하면 모두들 신경이 아주 예민해지잖아요."

메리 제인이 살짝 말을 막았다.

"또 목이 마를 때도 마찬가지로 신경이 예민해지죠."

브라운 씨가 끼어들었다.

"그러니까 저녁 식사부터 하는 게 낫겠어요. 그런 후에 말씀을 마저 끝내시죠."

메리 제인이 맞장구를 쳤다.

응접실 바깥의 층계참에서 자기 아내와 메리 제인이 미스 아이버즈를 붙잡고 저녁을 들고 가라고 종용하고 있는 모습이 가브리엘의 눈에 보였다. 그러나 이미 모자를 쓰고 외투 단추를 끼우고 있는 미스 아이버즈는 더는 머무를 수 없다고 하면서, 자기는 조금도 시장하지 않을 뿐더러 이미 너무 오래 지체했다고 사양했다.

"그럼 딱 10분 만이라도 있다 가요, 몰리. 그렇다고 늦는 건 아니잖아요."

콘로이 부인이 말했다.

"그렇게 춤을 췄는데 뭐라도 좀 들고 가셔야죠."

메리 제인이 거들었다.

"정말 안 되겠어요."

미스 아이버즈가 극구 사양했다.

"별 재미가 없었던가 봐요."

메리 제인이 하는 수 없다는 듯 말했다.

"아주 재미있었어요, 정말이에요. 그렇지만 이젠 정말 절 좀 보내
주셔야 하겠어요."

"그런데 집까지 어떻게 가시려고요?"

콘로이 부인이 말했다.

"아, 부둣가를 따라 몇 발자국만 가면 되는데요."

가브리엘이 잠시 머뭇하더니 말을 꺼냈다.

"괜찮으시다면, 미스 아이버즈, 제가 댁까지 바래다 드리지요. 그
렇게 굳이 가셔야 한다면 말이에요."

그러나 미스 아이버즈는 뿌리치고 나서며 말했다.

"그런 소리 마세요. 제발 식사들 하시러 들어가세요, 제 염려는 마
시고. 제가 알아서 다 할 수 있으니까요."

"참, 알 수 없는 분이군요, 몰리."

콘로이 부인도 터놓고 말을 받았다.

"빈나트 리브(아일랜드어로 '안녕' 이라는 뜻)."

미스 아이버즈는 큰 소리로 인사를 남기고 웃으면서 계단을 뛰어 내려갔다.

메리 제인은 어리둥절하면서도 속이 상한 듯한 표정으로 미스 아이버즈의 뒷모습을 물끄러미 쳐다보고 있었고, 콘로이 부인은 난간에 기대어 현관문 닫히는 소리가 나는지 귀를 기울이고 있었다. 가브리엘은 그 여자가 급히 가버린 것이 자기 때문은 아니었을까 하고 생각해보았다. 그러나 그 여자는 그렇게 기분 나빠 보이지는 않았다. 웃으면서 떠났으니까 하는 생각이 들었다. 그는 멍하니 계단 쪽을 내려다보았다.

그때 케이트 이모가 식당에서 뭔가 다급한 표정으로 뛰어나와서 거의 두 손을 쥐어틀다시피 하면서 낭패란 듯이 소리쳤다.

"가브리엘은 어디 간 거야? 도대체 어디 있는 거야? 다들 기다리고 있다고. 준비가 다 됐는데 거위 고기를 잘라줄 사람이 없어졌으니!"

"여기 있잖아요, 케이트 이모님!"

가브리엘이 생기 띤 얼굴로 재빨리 소리쳤다.

"필요하다면, 거위를 수십 마리라도 잘라드리지요."

식탁 한쪽 끝엔 살찐 누런 거위 한 마리가 놓여 있고, 그 맞은편에는 껍질을 벗기고 빵가루를 뿌린 커다란 햄 한 덩어리가 리스트 페이

퍼 위에 깔린 파슬리의 잔가지 위에 놓여 있었는데, 그 정강이 부근에는 맵시 있는 종이 장식을 달아놓았으며, 그 옆에는 양념한 쇠고기 한 덩어리가 놓여 있었다. 또 이것들 사이로는 요리 접시들이 두 줄로 나란히 놓여 있었는데, 성당 모양으로 만든 빨간색과 노란색의 작은 젤리가 두 개 있었고, 하얀 크림과 빨간 잼 덩어리가 가득 담긴 얇은 접시 한 개, 자줏빛 건포도와 껍질을 깐 아몬드가 담겨 있는 줄기 모양의 손잡이가 달린 푸른 잎사귀 모양의 접시 한 개, 스미르나 무화과를 네모 모양으로 쌓아둔 같은 모양의 접시 한 개, 너트메그를 갈아서 그 위에 뿌린 커스터드를 담은 접시 한 개, 금박지와 은박지로 싼 초콜릿과 사탕이 수북히 담긴 작은 사발 하나, 그리고 긴 셀러리 줄기를 몇 개 꽂아둔 유리 꽃병이 하나 놓여 있었다. 식탁 한가운데에는 오렌지와 미국 사과를 피라미드 모양으로 쌓아올린 과일 쟁반 하나와 마치 그것을 호위하는 보초병처럼 넓적한 구식 술병 두 개가 놓여 있었는데, 하나에는 포트와인이 들어 있고, 다른 병에는 검은 셰리주가 들어 있었다. 뚜껑이 닫힌 네모난 피아노 위에는 엄청나게 큰 노란 접시에 담긴 푸딩이 손님들을 기다리고 있었고, 그 뒤로는 흑맥주와 에일주酒와 탄산수 병들이 그 겉 포장지의 색깔에 따라 세 열로 정렬되어 있었는데, 앞쪽 두 열은 갈색과 빨간색 레이블이 붙어 있는 까만색이고, 세 번째의 제일 작은 열은 하얀 바탕에 초록색 띠를 두르고 있었다.

가브리엘은 대담하게 식탁 제일 윗자리에 앉아서 칼날을 살펴본 다음 포크를 거위 살 속으로 푹 찔렀다. 그는 이제 아주 마음이 편했다. 그는 고기를 자르는 데 아주 능숙했고, 잘 차려진 식탁 윗자리에 앉는 게 무엇보다도 좋았기 때문이었다.

"미스 펄롱, 무엇을 드릴까요? 날개를 드릴까요, 아니면 가슴살을 드릴까요?"

"가슴살 조금만요."

"미스 히긴스는요?"

"아, 아무거나 괜찮아요."

가브리엘과 미스 데일리가 거위 고기, 햄, 그리고 양념 쇠고기를 담은 접시를 돌리고 있는 동안, 릴리는 손님 사이를 오가며 흰 냅킨에 싼 뜨겁고 바삭바삭한 감자를 담은 접시를 권하고 있었다. 이것은 메리 제인이 생각해낸 것인데, 그녀는 또 거위 고기에 사과 소스를 쓰자고 했지만, 케이트 이모는 사과 소스를 쓰지 않고 담백하게 구운 거위 고기가 자기 입맛에는 맞는다면서, 혹 잘못하면 맛을 버릴 수도 있다고 반대했다. 메리 제인은 자기 제자들에게 시중을 들면서 가장 좋은 고기 조각을 골라 주었으며, 케이트 이모와 줄리아 이모는 남자들에게는 흑맥주와 에일주를, 여자들에게는 탄산수병을 따서 피아노에서부터 식탁까지 날랐다. 웃음소리와 떠드는 소리로 실내는 아주 어수선했는데, 무엇을 달라는 소리, 그 소리에 무엇을 달라고 했느냐고 묻는 소리, 나이프와 포크 소리, 코르크 마개와 유리 마개를 따는 소리들이 뒤범벅되어 아주 떠들썩했다. 가브리엘은 한 번씩 다 나눠주고 나자마자 자기는 먹지도 않은 채 다시 두 번째 고기를 잘라 돌리기 시작했다. 그러자 모두가 그래서는 안 된다고 큰 소리로 난리를 피우는데다 고기 자르는 일도 꽤 힘이 들었기 때문에, 그는 못 이기는 척하고 흑맥주를 한 모금 길게 들이켰다. 메리 제인은 자리를 잡고 조용히 식사를 하고 있었지만, 케이트 이모와 줄리아 이모는 여전히 서로 뒤를 쫓아다니며 맞부딪치기도 하고, 서로 듣지도 않는 이야기를 귓등에다 대고 뭐라고 하거나 핀잔을 줘가면서, 식탁 주위를 종종걸음으로 돌아다니고 있었다. 브라운 씨가 두 이모에게 제발 자리에 앉아 식사를 좀 하라고 사정하다시피 했고, 가브리엘도 역시 간청했지만, 두 이모는 아직 식사할 시간은 넉넉하다며 고집을 피우는 바람에 마침내 프레디 맬린즈가 일어나서 케이트 이모를 붙잡고는 자리에 억지로 앉혔는데, 일동은 그 모습을 보고 떠나갈 듯 웃어댔다.

모두에게 고기를 충분히 돌리고 난 뒤에 가브리엘이 웃으면서 말했다.

"자, 속된 말로 배가 터지도록 더 드시고 싶은 분이 있으면 말씀하십시오."

사람들은 모두 그에게 식사를 좀 하라고 이구동성으로 말했고, 릴리는 그를 위해 남겨두었던 감자 세 개를 그 앞에 내놓았다.

"정 그러시다면, 잠시 동안 제가 없는 걸로 생각해주십시오."

가브리엘은 상냥하게 말하고는 식사하기 전 목을 적시기 위해 술부터 한 잔 마셨다.

그는 저녁 식사를 먹기 시작했지만 대화에는 끼지 않았는데, 릴리가 치우는 접시 소리가 들리지 않을 정도로 대화가 시끄러웠다. 화제는 때마침 왕립극장에서 공연 중인 오페라단 이야기였다. 멋진 콧수염을 기르고 피부색이 가무잡잡한 청년인 테너 가수 바텔 다르시 씨는 그 오페라단의 제1콘트랄토 가수를 극찬했지만, 미스 펄롱은 자기 생각으로는 그녀의 연기가 다소 기품이 떨어진다고 했다. 프레디 맬린즈는 게이어티 극단의 무언극 제2부에 등장하는 흑인 추장의 노래가 지금껏 자기가 들어본 중에서는 최고로 멋진 테너 음성이었다고 말했다.

"들어보셨나요?"

프레디 맬린즈가 식탁 건너편에 있는 바텔 다르시 씨에게 물었다.

"아뇨."

바텔 다르시 씨는 아무 관심도 없다는 듯이 대답했다.

"왜냐하면 전 지금 그에 대한 선생님의 평가를 듣고 싶어서입니다. 전 그 사람이 아주 대단한 목소리를 가졌다고 생각합니다만."

프레디 맬린즈가 설명했다.

"정말 멋진 것들을 찾아내는 건 테디 몫이지."

브라운 씨가 혼잣말하듯이 비꼬면서 말했다.

"아니, 왜 그 사람은 음성이 좋으면 안 된다는 법이라도 있소? 단지 흑인이라서 그렇다는 거요?"

프레디 맬린즈가 날카롭게 쏘아붙였다.

이 물음에 모두들 입을 다물고 있었는데, 메리 제인이 다시 화제를 본격적으로 오페라 이야기로 돌렸다. 제자 하나가 표를 구해줘서 〈미뇽〉을 관람했는데, 매우 훌륭한 작품이었지만 보고 있으려니까 가여운 조지아나 번즈(더블린의 유명한 오페라 가수)가 자꾸 생각나더라는 것이었다. 브라운 씨는 더 옛날로 거슬러 올라가서 더블린을 자주 찾았던 이탈리아 오페라단 얘기를 하면서 티에트 젠스, 일마 데 무르즈카, 캄파니니, 위대한 지우글리니, 라벨리, 아람브로 등이 왔으며, 그땐 그래도 더블린에서 노래다운 노래를 들을 수 있었던 시절이었다고 말했다. 또 옛날에는 매일 밤 왕립극장 꼭대기 층까지 초만원을 이루었다는 얘기며, 어느 날 밤에는 한 이탈리아 테너 가수가 〈병사兵士같이 쓰러지다〉를 불러 다섯 번이나 앙코르를 받았는데, 그때마다 매번 높은음 C로 불렀다는 얘기며, 어떤 때는 청년 관객들이 너무나 열광한 나머지 어느 주연 여배우가 타고 온 마차의 말들을 풀어버리고 자기들이 직접 마차를 끌고 호텔까지 여배우를 데려다 줬다는 얘기를 했다. 그러면서 그는 요즘은 왜 〈디노라〉, 〈루크레치아 보르지아〉 같은 오래된 대곡 오페라를 아예 공연하지 않는 거냐고 따지듯 물으면서, 그런 노래를 소화해낼 만한 성량을 가진 가수들이 없기 때문일 거라고 말했다.

"아, 아니죠. 요즈음도 그때 못지않은 훌륭한 가수들이 많이 있습니다."

바텔 다르시 씨가 말을 받았다.

"어디 있단 말이죠?"

브라운 씨가 톡 쏘았다.

"런던, 파리, 밀라노 등에 있죠."

바텔 다르시 씨도 발끈했다.

"예를 들면, 카루소 같은 이는 선생이 언급한 가수들보다 훨씬 낫다고 할 수 없을지는 몰라도, 적어도 그들과 버금가는 가수죠."

"그럴 수도 있겠지만, 저로서는 믿어지지 않는데요."

"아, 저는 카루소의 노래를 들을 수만 있으면 더 이상 소원이 없겠어요."

메리 제인이 끼어들었다.

"내가 보기엔, 마음에 드는 가수는 딱 한 사람 있었어. 그런데 여기 있는 사람들은 아마 그 가수 이야기를 한 번도 못 들어봤을걸."

뼈에 붙은 고기를 뜯어내고 있던 케이트 이모가 이야기를 거들었다.

"그 가수가 누구예요, 미스 모칸?"

바텔 다르시 씨가 공손하게 물었다.

"그 가수 이름은 파킨슨이에요. 그가 한창 전성기 때 그의 노래를 들었지요. 그 당시는 인간의 목소리로 어떻게 저렇게 순수하고 맑은 소리를 낼 수 있는지 정말 놀라웠어요."

"이상한데요. 전 그 사람의 이름도 못 들었는데요."

바텔 다르시 씨가 의아하다는 표정으로 물었다.

"네, 맞아요. 미스 모칸의 말이 맞습니다. 나도 예전에 파킨슨의 노래를 들은 기억이 있어요. 하지만 아주 오랜 옛날 일입니다."

"정말 맑고 부드럽고 아름다운 목소리를 가진 영국의 테너 가수였죠."

케이트 이모가 감동하는 표정으로 말했다.

가브리엘이 식사를 끝마치자, 커다란 푸딩이 식탁으로 옮겨졌다. 다시 포크와 스푼이 달가닥거리는 소리가 났다. 가브리엘의 아내가 푸딩을 접시에 듬뿍 담아서 식탁에 돌렸다. 그것을 메리 제인이 받아서 산딸기며, 오렌지 젤리며, 블랑망제며, 잼을 얹어 나눠주었다. 그 푸딩은 줄리아 이모가 만든 것이었는데, 자리에 앉은 모든 사람들에게 한결같은 칭찬을 받았다. 그러나 당사자인 줄리아 이모는 푸딩에 갈색이 좀더 나왔으면 좋았을 거라고 했다.

"아, 미스 모칸, 여기 갈색이 있잖아요. 제 이름이 브라운이잖아요."

브라운 씨가 익살을 떨었다.

가브리엘만 빼고 모든 사람들이 줄리아 이모의 성의를 생각해서 푸딩을 조금씩이라도 먹었다. 가브리엘은 단 음식은 절대로 먹지 않았기 때문에 그의 몫으로 셀러리가 준비되어 있었다. 프레디 맬린즈도 셀러리 줄기를 집어들고 푸딩과 함께 먹었다. 그는 셀러리가 혈액에 좋다는 말을 들은데다 그즈음 의사에게 치료를 받고 있는 중이기 때문이었다. 저녁 식사를 하는 내내 말이 없던 프레디 맬린즈의 어머니는 자기 아들이 멜러리 산으로 일주일 정도 휴양을 갈 거라고 말했다. 그러자 식탁의 화제가 멜러리 산으로 옮겨가면서, 그곳의 공기가 정말 신선하고, 또한 수도승들은 찾아오는 손님들을 정말로 반갑게 맞이해주며, 단 한 푼도 구걸하는 법이 없다는 등의 얘기가 나왔다.

"아니, 그게 무슨 말이오?"

브라운 씨가 믿을 수 없다는 표정으로 말했다.

"그곳에 가서 마치 호텔이나 되는 것처럼 온갖 맛있는 것 다 먹고 호강해놓고는 돈을 한 푼도 안 내고 돌아와도 괜찮다 이 말이오?"

"아, 사람들이 떠날 때는 대부분 수도원에 희사는 하지요."

메리 제인이 말을 받았다. 그러자 브라운 씨가 솔직하게 인정했다.

"우리 성당에도 그런 제도가 있으면 좋겠는데 말입니다."

수도사들이 절대로 말을 하지 않으며, 새벽 2시에 일어나고, 관 속에서 잠을 잔다는 이야기를 듣자, 브라운 씨가 깜짝 놀라며 왜 굳이 그런 생활을 하느냐고 물었다.

"그게 수도원의 규율이죠."

케이트 이모가 자르듯이 말했다.

"알아요, 그런데 왜 그래야 하죠?"

케이트 이모는 그게 수도원의 규율이라는 말만 되풀이할 뿐 다른 얘기는 하지 않았다. 브라운 씨는 여전히 이해가 안 간다는 표정이었다. 그러자 프레디 맬린즈가 나서서, 수도사들은 바깥 속세에 사는 사람들이 지은 죄를 자신들이 모두 대신 짊어지고 속죄하기 위해서라고, 손짓을 해가며 열심히 설명했다. 이 설명에도 브라운 씨는 명확하게 이해가 안 되는지 히죽이 웃으며 이렇게 말했다.

"아주 좋은 취지이긴 합니다만, 편한 스프링 침대나 관이나 다를 게 뭐가 있습니까?"

"관은 말이에요, 그들에게 죽음을 생각하도록 만들죠."

메리 제인이 대꾸했다.

화제가 점점 음산한 내용으로 변해가자 식탁에 앉은 모든 사람들이 입을 다물어버리고 말았다. 그 사이에 맬린즈 노부인이 분명치 않은 나지막한 목소리로 옆자리 사람들에게 말하는 소리가 들렸다.

"참 좋은 사람들이야, 수도사들은. 아주 신앙심이 깊은 사람들이야."

건포도, 아몬드, 무화과, 사과, 오렌지, 초콜릿, 사탕 등이 식탁 여기

저기에 올라오고, 줄리아 이모는 모든 손님들에게 포트와인과 셰리주를 권했다. 바텔 다르시 씨는 처음에는 아무것도 들지 않겠다고 사양했으나, 옆에 앉은 사람이 쿡쿡 찔러가며 뭐라고 속삭이자 어쩔 수 없다는 듯이 자기 잔을 채웠다. 마지막 잔들이 채워지면서 이야기는 점점 잦아들었다. 잠시 침묵이 흐르면서 이따금 술 따르는 소리와 의자를 바로잡는 소리만 날 뿐이었다. 세 명의 모칸 여사들도 모두 식탁보만 내려다보고 있었다. 한두 번 기침하는 소리가 들리자, 남자 손님 몇 명이 조용히 하라는 듯 식탁을 가볍게 톡톡 쳤다. 실내가 조용해지자 가브리엘이 의자를 뒤로 밀치면서 일어섰다.

그를 환영한다는 뜻으로 식탁 두드리는 소리가 일제히 한 번 커졌다가 동시에 조용해졌다. 가브리엘은 떨리는 열 손가락으로 식탁을 짚고 선 채 긴장된 웃음을 지으면서 좌중을 둘러보았다. 자기를 올려다보고 있는 죽 늘어선 사람들의 얼굴과 마주치자 그는 고개를 들어 샹들리에를 쳐다보았다. 피아노에서는 왈츠 음악이 흘러나오고 있었고, 응접실 문을 스치는 치맛자락 소리가 들렸다. 바깥에서는 사람들이 눈 쌓인 부둣가에 서서 불 켜진 창들을 쳐다보며 왈츠 음악에 귀를 기울이고 있을지도 모르겠다는 생각이 스쳤다. 그곳 공기는 참 맑겠지. 저 멀리 나무들이 잔뜩 눈을 뒤집어쓰고 있었다. 15에이커의 하얀 벌판 저 너머에는 웰링턴 기념비가 하얀 눈 모자를 쓰고 서쪽을 바라보며 웃고 있겠지.

그는 시작했다.

"신사 숙녀 여러분."

"오늘 저녁에도 예년과 다름없이 저는 아주 즐거운 임무를 맡게 되었습니다. 그러나 언변이 부족한 저로서는 이 소임이 무척 무겁게만 느껴집니다."

"무슨 말씀!"

브라운 씨가 너무 겸손하다는 듯 말했다.

"하지만 여하튼 오늘 저녁의 제 성의만큼은 받아주시길 청하면서, 제가 오늘 이 모임에서 느낀 소감을 말씀드리고자 하오니 잠시 귀를 기울여주시기 바랍니다."

"신사 숙녀 여러분. 우리가 이 온정 넘치는 지붕 아래에서 이처럼 화기애애하게 식탁에 함께 둘러앉은 것은 오늘이 처음이 아닙니다. 또 우리가 이 댁의 훌륭하신 부인들의 따뜻하고 자상한 환대를 받는 것도—아니, 이렇게 말하는 게 더 어울릴지 모르겠습니다만—, 그분들의 환대에 푹 빠져버린 것도 역시 오늘이 처음이 아닙니다."

그는 공중에다가 팔을 한 번 둥글게 젓고는 잠시 말을 멈췄다. 그러자 모든 사람들이 케이트 이모와 줄리아 이모, 그리고 메리 제인을 보면서 웃거나 미소를 보냈고, 세 부인들은 기뻐서 어쩔 줄을 몰라 얼굴이 홍당무가 되었다. 가브리엘은 한층 더 목소리를 높여 말을 이었다.

"해가 가면 갈수록 제가 거듭 절실하게 느끼는 것은, 우리나라의 영예를 한층 더 빛내며 따라서 우리가 열성을 가지고 지켜야 할 전통은 바로 이 환대의 정신이라는 것입니다. 이러한 전통은 제 경험으로 보아서는—저는 적지 않은 나라들을 둘러보았습니다만— 오늘날 여러 나라들 가운데서도 우리 나라만의 아주 독특한 전통이라는 것입니다. 아마 이렇게 말씀하시는 분도 있을 겁니다. 이것이 자랑이라기보다는 오히려 결점이라고 말입니다. 하지만 설사 그렇다고 치더라도, 제 생각으로는 아주 귀중한 결점이고, 오랫동안 소중하게 간직하고 가꾸어나가야 할 결점이라고 믿고 있습니다. 저는 적어도 한 가지는 굳게 믿습니다. 이 집 지붕이 앞서 말씀드린 세 부인들을 보호해 주는 한—그리고 앞으로 수많은 해가 바뀌고 또 바뀌어도 저는 변함없이 그럴 거라는 것을 진심으로 기원하지만— 진실한 마음에서 우러나오는 아일랜드 사람들의 가식 없는 따뜻한 환대의 전통은, 즉 우리의 선조가 우리에게 물려줬고, 또 우리가 후손들에게 물려줘야 할 바로 그 전통이, 여기 우리들 사이에 엄연히 살아 있다는 것입니다."

식탁에서는 과연 그렇다는 웅성거림이 번져나갔다. 무례하게 떠나버린 미스 아이버즈가 지금 이 자리에 없다는 사실이 문득 머리를 스쳤다. 그러자 그는 더욱 자신 있는 태도로 말을 이었다.

"우리들 한가운데에는 새로운 세대가 자라나고 있습니다. 바로 새로운 사상과 가치관에 따라 행동하는 세대들 말입니다. 그들은 이러한 새로운 사상을 진지하면서도 열정적으로 받아들이고 있습니다. 이러한 열정이 비록 그릇된 방향으로 가고 있다고 하더라도, 그들의 열정만큼은 순수하다고 저는 믿고 있습니다. 그러나 우리는 회의의 시대, 다시 말하면 고뇌하는 시대에 살고 있습니다. 그래서 저는 가끔 두려운 생각에 빠집니다. 이 새로운 세대들이, 그들이 비록 교육, 아니 최고의 교육을 받은 세대들이라 할지라도, 이전의 세대들이 지녔던 이런 인간미와 따뜻한 마음씨와 친절한 성품을 결하고 있지는 않은가 하고 말입니다. 오늘밤, 지나간 위대한 가수들의 저 많은 이름을 듣고 있으려니, 솔직히 이런 말씀을 드리고 싶습니다. 우리는 그때보다 더 편협한 시대에 살고 있다고 말입니다. 그 시절은 성대한 시절이었다고 불러도 과언이 아닐 것입니다. 그리고 그러한 시대가 영원히 가버렸다고 해도, 우리는 오늘 같은 이 자리를 통해서 자랑과 애정으로 그 시대를 이야기하고, 세상이 아무리 변한다고 해도 쉽게 사라지지 않을 고인이 된 위대한 사람들의 추억을 마음속에 소중히 간직하자는 것입니다."

"조용히 들어봐요!"

브라운 씨가 큰 소리로 말했다.

"하지만."

가브리엘이 목소리를 부드럽게 낮추며 말을 이었다.

"이 같은 모임에서는 항상 울적한 추억들이 생각나게 마련입니다.

지나간 과거의 일들과 젊은 시절의 기억들, 변해버린 세상과 그리고 오늘밤 더더욱 그리워지는 우리 곁을 떠나가신 분들에 대한 단상들 말입니다. 우리의 인생은 이런 슬픈 추억들을 밟고 지나가야 하는 여정입니다. 그러나 우리가 항상 이런 단상에만 젖어 있다면, 일상의 일들을 자신 있게 해나갈 용기를 잃어버릴지도 모릅니다. 우리 모두에게는 우리의 삶에 책임을 느끼고 또 애정을 쏟으며 열심히 노력하며 살아가야 할 의무가 있으며, 그건 또한 당연한 요구이기도 합니다.

그러므로 저는 과거에 집착하지는 않습니다. 여기 계신 분들에게 케케묵은 도덕을 강요하고자 하는 것도 아닙니다. 우리는 번잡하고 시끄러운 일상에서 벗어나 잠시 여기에 자리를 함께한 것입니다. 우리는 우정이라는 측면에서는 친구로, 그리고 어느 정도는 진실한 동료 의식을 나누는 동지로서, 또—이분들을 뭐라고 불러야 할까요?—더블린의 음악 세계의 세 여신으로부터 초대를 받은 손님으로서 이 자리에 모인 것입니다."

이 비유에 식탁에서는 웃음소리와 함께 박수가 떠나갈 듯 터져 나왔다. 줄리아 이모는 옆에 앉은 사람들에게 가브리엘이 자기더러 뭐라고 했는지를 한 명씩에게 모두 물어보았으나 무슨 말인지 모르는 것 같았다.

"가브리엘이 우리더러 세 여신이라고 하잖아요, 줄리아 고모님."

메리 제인이 얘기를 해주었으나 줄리아 이모는 그 말이 무슨 뜻인지 알아듣지 못하고, 그저 가브리엘을 쳐다보면서 싱긋이 웃었다. 가브리엘은 변함없는 어조로 말을 계속했다.

"신사 숙녀 여러분, 저는 오늘밤 여기서 언젠가 패리스가 했던 것처럼 그렇게 하자는 것은 아닙니다. 저는 세 분 사이에 차이를 두고자 하는 생각은 없습니다. 그렇게 하는 것은 저로서는 외람된 일이며, 또 그렇게 할 수 있는 역량도 제게는 없습니다. 그 까닭은 제가 세 분을 차례로 보니, 그 친절하신 마음이 너무도 지극하셔서, 우리 모두에게 친절 그 자체가 되어버리신 첫째 주인을 택해야 할지, 해마다 젊어지시는 것만 같은 천복을 타고나시고, 오늘밤엔 노래로 우리 모두를 놀라게 하시며 음악적 계시가 되신 그분을 택해야 할지, 아니면 마지막으로 앞의 두 분에 조금도 뒤지지 않는 재원이시며, 명랑하고 근면하시며 훌륭한 조카딸이신 제일 연소하신 분을 택해야 할지, 신사 숙녀 여러분, 저는 솔직히 어느 분에게 상을 드려야 할지 모르겠습니다."

가브리엘은 이모들의 얼굴을 내려다보았다. 줄리아 이모는 커다란 얼굴에 웃음을 활짝 띠고 있었고, 케이트 이모는 눈시울을 적시고 있었다. 가브리엘은 그 모습들을 보고 서둘러 말을 맺으려고 했다. 그는 좌중 모두가 다음 이야기를 기다리며 잔들을 만지작거리고 있을 때, 자기의 잔을 씩씩하게 높이 쳐들면서 큰 소리로 외쳤다.

"자, 이 세 분을 위하여 건배를 듭시다! 세 분의 건강과 재복과 장수와 행복과 번영을 위하여, 그리고 세 분이 각자의 분야에서 스스로 노력하여 쌓아올리신 지위와 그 영예, 그리고 우리들의 마음속 깊이 차지하고 있는 이 분들에 대한 존경과 사랑을 위하여 건배합시다."

모든 손님들이 손에 잔을 들고 일어섰다. 그러고는 앉아 있는 세 부인을 향해 브라운 씨의 선창으로 다 함께 노래를 불렀다.

모두들 즐겁고 신나는 친구들,
모두들 즐겁고 신나는 친구들,
모두들 즐겁고 신나는 친구들,
아니라고 할 사람 하나도 없네.

케이트 이모는 남의 이목은 아랑곳하지 않고 손수건을 꺼내 눈물을 훔쳤으며, 줄리아 이모도 무척 감동하는 모습이었다. 프레디 맬린즈는 푸딩 포크로 장단을 맞추었고, 사람들은 모두 마주보고 서서 노래를 불렀는데, 마치 노래 회합이라도 하는 듯한 광경이었다. 그들은 모두 힘차게 노래를 불렀다.

그의 말이 거짓이 아니라면,
그의 말이 거짓이 아니라면.
그러고는 모두들 다시 돌아서서 세 주인들을 향해 노래를 불렀다.

모두들 즐겁고 신나는 친구들,

모두들 즐겁고 신나는 친구들,

모두들 즐겁고 신나는 친구들,

아니라고 할 사람 하나도 없네.

이어서 갈채 소리가 터져 나오자 식당 문밖에 있는 손님들까지도 따라 박수를 쳤고, 프레디 맬린즈가 포크를 높이 휘두르며 지휘를 하는 가운데 몇 번이고 되풀이되었다.

＊

살을 애는 새벽바람이 손님들이 서 있는 현관 안으로 불어왔기 때문에 케이트 이모가 이렇게 말했다.

"누가 문 좀 닫아줘요. 맬린즈 아주머니 감기 드시겠어요."

"브라운 씨가 밖에 계시거든요, 케이트 고모님."

메리 제인이 대답했다.

"브라운은 안 가는 데가 없어."

케이트 이모가 시큰둥하게 말했다.

그 말투에 메리 제인이 웃어대며 비꼬는 투로 말했다.

"그분은 신경 안 쓰시는 데가 없죠."

"크리스마스 때는 아예 우리 집에서 눌러 살았지 뭐야."

케이트 이모가 똑같은 말투로 말했다.

그러다 이번에는 기분 좋게 활짝 웃으면서 빠르게 말했다.

"하지만 그 사람더러 어서 들어오고, 문 좀 닫아달라고 해, 메리 제인. 설마 그 사람이 내 말을 듣진 않았겠지."

그때 현관문이 활짝 열리면서 브라운 씨가 가슴이 터질 듯이 웃으면서 문간으로 들어섰다. 그는 모조품인 아스트라한 커프스와 칼라가 달린 긴 녹색 외투를 입고 있었고, 머리에는 타원형 털모자를 쓰고 있었다. 그는 눈 덮인 부둣가를 가리켰는데, 가늘고 긴 휘파람 소리가 그곳에서부터 들려오고 있었다.

"테디는 더블린에 있는 마차를 전부 다 부를 참인가 봐요."

브라운 씨가 말했다.

가브리엘이 사무실 뒤편에 있는 식기실에서 외투를 막 걸치고 나오다가 현관을 한번 둘러보면서 말했다.

"그레타는 아직 안 내려왔어요?"

"옷을 입고 있던데, 가브리엘."

케이트 이모가 대답했다.

"저 위에서 누가 피아노를 치고 있는 거죠?"

가브리엘이 물었다.

"아무도 없어. 다들 갔는데."

"아니에요, 케이트 고모님. 바텔 다르시 씨와 미스 오캘러헌은 아직 안 갔어요."

메리 제인이 말했다.

"그럼, 누군가 피아노로 장난을 치고 있는 모양이군요."

가브리엘이 말했다.

메리 제인은 가브리엘과 브라운 씨를 한 번 흘깃 보더니 몸을 떨어 대면서 말했다.

"두 분께서 그렇게 두툼하게 차려입고 나서는 모습을 보니까 제가 다 추워지는군요. 저 같으면 이런 시간에 집으로 돌아갈 생각은 못하겠어요."

"전 이런 시각에 시골길을 어슬렁거리며 걷거나, 아니면 마차를 아주 빠르게 몰아 달리는 것이 가장 신나는 일이랍니다."

브라운 씨가 아주 호기 있게 말했다.

"우리 집에도 한때는 참 좋은 말과 이륜마차가 있었는데 말이야."

줄리아 이모가 서글픈 표정으로 말했다.

"그 잊지 못할 조니 말인가요."

메리 제인이 웃으면서 말을 받았다.

케이트 이모와 가브리엘도 같이 웃었다.

"근데 그 조니란 말이 어디가 그렇게 대단했습니까?"

브라운 씨가 물었다.

"돌아가신 우리 할아버지 패트릭 모칸 어른은 노년에는 아주 신사로 정평이 나 있던 분이셨는데, 아교를 만들어 파셨지요."

가브리엘이 설명하기 시작했다.

"아니야, 가브리엘, 풀 공장을 운영하셨어."

케이트 이모가 웃으면서 말했다.

"좋아요, 아교든 풀이든."

가브리엘이 말을 이었다.

"그 할아버지에게 조니라는 이름을 가진 말이 하나 있었죠. 그 조니가 할아버지 공장에서 방아를 돌리며 일을 했어요. 그것까지는 좋았죠. 그러나 이제부터 조니의 슬픈 이야기가 이어집니다. 어느 날 할아버지는 조니를 타고 공원에서 벌어지는 군대의 열병식에 구경을 가기로 하셨답니다."

"주여, 그분의 영혼을 부디 보살펴주옵소서."

케이트 이모가 측은한 표정으로 기도의 말을 했다.

"아멘."

가브리엘이 말을 이었다.

"그래서 제가 말한 대로, 할아버지는 조니에게 마차를 끌게 하고 제일 좋은 모자에 제일 좋은 칼라를 달아 입고, 제 기억으로는 배크레인 근처인 것 같았는데, 조상 대대로 살고 있던 저택에서 풍채를 뽐내며 떡하니 나오셨죠."

가브리엘의 흉내 내는 모습에 모두들 재밌다고 배꼽을 쥐었고, 맬린즈 노부인마저 같이 웃었다. 그러면서 케이트 이모가 가브리엘의 말을 바로잡고 나왔다.

"아냐, 가브리엘, 배크 레인에 사시진 않았어, 정말이야. 공장만 거기에 있었던 거지."

"조상 대대로 살고 있던 그 저택에서 나오시어……"

가브리엘은 이야기를 계속했다.

"조니를 몰고 가셨죠. 윌리엄 왕 동상이 있는 곳까지는 모든 게 아주 순조로웠죠. 그런데 윌리엄 왕이 타고 있는 말에게 반했던 것인지, 아니면 공장으로 다시 돌아온 줄로 알았던 것인지, 어쨌든 조니 이 친구가 그 동상 주위를 돌기 시작했다는 겁니다."

사람들이 웃고 있는 가운데 가브리엘이 골로쉬 덧신을 신고 현관 안을 빙빙 돌면서 말을 계속했다.

"조니 이 친구가 그렇게 빙빙 돌기만 하니까, 그렇지 않아도 무척 점잔을 빼는 할아버지는 몹시 노여워지셔서 이렇게 말씀하셨답니다. '어서 가요, 이 양반아! 왜 그러나, 이 양반아! 조니! 조니! 참 희한한 일일세! 이 말이 왜 이런지 알 수가 없네!' 라고 말이에요."

가브리엘이 내는 흉내에 모두 집이 떠나가라고 웃어댔는데, 현관문을 두드리는 소리에 뚝 그치고 말았다. 메리 제인이 달려가서 문을 열어주자 프레디 맬린즈가 들어왔다. 그는 추운 날씨 탓에 어깨를 바싹 움츠리고 뛰어와서 그런지 모자는 머리 뒤로 젖혀져 있고, 숨을 헐떡거리면서 더운 김을 토해내고 있었다.

"마차를 한 대밖에 못 잡았네."

그가 투덜거렸다.

"아, 괜찮아요. 강가를 따라가다 보면 또 잡을 수 있을 거예요."

가브리엘이 위로하듯 말했다.

"그러면 되지."

케이트 이모가 거들면서 말했다.

"바람 드는 곳에 맬린즈 아주머니를 앉게 하시면 안 되지."

맬린즈 노부인은 아들과 브라운 씨의 부축을 받으며 현관 층계를 내려선 다음 한참 실랑이를 벌인 끝에야 마차에 올라탈 수 있었다. 프레디 맬린즈가 어머니 뒤를 따라 마차에 올라 한참 동안 어머니의 자리를 바로 챙기느라고 부산을 떨었는데, 브라운 씨도 옆에서 이래라저래라 입으로 거들고 있었다. 마침내 어머니가 편하게 자리를 차지하고 앉자 프레디 맬린즈는 브라운 씨에게 마차에 오르라고 권했다. 두 사람이 한참 동안 옥신각신한 후에 브라운 씨가 마차에 올라탔다. 마부는 무릎을 담요로 덮은 다음 몸을 굽혀 행선지가 어디냐고 물었다. 프레디 맬린즈와 브라운 씨 모두가 차창 밖으로 얼굴을 내밀고 각자 자기 주장을 했기 때문에 마부는 이 말 저 말 듣느라고 정신이 하나도 없었다. 문제는 가다가 어디서 브라운 씨를 내려주느냐 하는 것이었다. 케이트 이모와, 줄리아 이모, 또 메리 제인도 문간에 서서 말을 거든다고 했지만, 역시 서로 다른 방향과 어긋난 이야기만 해대다가 다들 크게 웃어댔다. 프레디 맬린즈는 웃느라고 말도 제대로 하지 못했다. 그는 연신 차창으로 얼굴을 들락거리다가 하마터면 모자를 떨어뜨릴 뻔했는데, 바깥 사람들이 옥신각신하는 이야기를 어머니에게 알려주고 있었다. 그러다 마침내 브라운 씨가 사람들 웃음소리보다도 더 큰 소리로 어리둥절하고 있는 마부에게 외쳤다.

"트리니티 대학을 아시오?"

"예, 선생님."

"좋아요, 트리니티 대학 정문까지 바짝 데려다 주시오. 그러고 나면 다시 갈 곳을 이야기하리다. 아시겠소?"

"예, 선생님."

"트리니티 대학으로 후딱 갑시다."

"예, 분부대로."

마부가 큰 소리로 대답하는 것과 동시에 채찍 소리가 들리면서, 웃음소리와 작별 인사 소리가 뒤섞인 가운데 마차는 부둣가를 따라 덜거덕거리면서 달리기 시작했다.

가브리엘은 다른 사람들과 함께 문간에 나와 있지 않았다. 그는 현관 어두운 곳에서 층계를 쳐다보고 있었다. 첫 번째 층계가 끝나는 부근에 한 부인이 어둠 속에 서 있는 모습이 보였다. 얼굴은 보이지 않았지만, 치마 장식인 적갈색과 앵두색 줄들이 보였는데, 어둠 속에서는 검은색과 흰색으로 비쳤다. 그의 아내였다. 아내는 난간에 기대어 무언가에 귀를 기울이고 있었다. 가브리엘은 꼼짝 않고 있는 아내의 모습에 흠칫했지만, 자기도 같이 가만히 귀를 기울여보았다. 그러나 현관문 앞 계단에서 웃고 떠들어대는 소리 말고는 별다른 소리가 들리지 않았고, 다만 피아노에서 나는 듯한 간헐적인 음률과 어떤 남자의 노랫소리만 가늘게 들려오고 있었다.

그는 현관의 어둠 속에 가만히 서서 들려오는 노랫소리의 선율이 어떤 음악일까 생각하면서 아내를 물끄러미 쳐다보았다. 아내의 모습에는 우아함과 신비감이 서려 있었는데, 마치 뭔가를 상징하고 있는 듯한 느낌이 들었다. 어두운 층계에 서서 멀리서 들려오는 음악에 심취해 있는 여인은 과연 무엇을 상징하는 걸까 하고 그는 스스로에게 물어보았다. 내가 만약 화가라면 저런 아내의 자태를 화폭에 담았을 텐데. 어둠을 배경으로 아내의 푸른 펠트 모자를 그리면 금빛 머리카락이 한층 아름답게 드러나고, 치마의 검은색과 흰색 장식은 선명하게 대비되리라. 이렇게 그린 그림을 '아득한 음악'이라고 이름 지었겠지.

현관문이 닫히고, 케이트 이모, 줄리아 이모, 그리고 메리 제인이 들어왔는데, 아직도 웃음을 참지 못하고 있었다.

"참, 프래디가 지독하죠? 정말 지독한 사람이에요."

메리 제인이 말했다.

가브리엘은 아무 말 하지 않고 아내가 서 있는 층계 쪽을 보라고 가리켰다. 현관문이 닫혔기 때문에 노래하는 소리와 피아노 소리가 더욱 선명하게 들려왔다. 가브리엘은 사람들에게 조용히 하라고 손짓했다. 노래는 아일랜드의 고전 음조를 띤 듯했는데, 노래를 부르는 사람은 가사나 목소리에도 자신이 없는 것 같았다. 멀리서 찬찬히 들려오는데다가 노래하는 이의 목이 쉰 탓에 노랫소리는 아주 희미한 선율을 그려내고 있었는데, 가사까지도 슬픈 내용이었다.

아, 비는 내 머릿단에 내리고
몸은 이슬에 흠뻑 젖어,
차갑게 누운 내 아기…….

"아, 바텔 다르시 씨께서 부르는군요."
메리 제인이 반가워하며 큰 소리로 말했다.
"밤새 부르지 않겠다고 하시더니. 가시기 전에 꼭 한 곡 불러 달래야겠어요."
"아, 그렇게 해, 메리 제인."
케이트 이모가 부추겼다.
메리 제인이 사람들 사이를 헤치고 층계를 향해 달려갔다. 그러나 거기에 다다르기도 전에 노랫소리는 뚝 그쳤고, 피아노도 갑자기 닫혀 버렸다.

"아, 이렇게 아쉬울 수가! 그분이 지금 내려오셔서, 그레타?"

메리 제인이 탄식하듯 말했다.

가브리엘은 아내가 그렇다고 대답하고서 자기들 쪽으로 걸어 내려오는 모습을 보고 있었다. 그 몇 발짝 뒤에 바텔 다르시 씨와 미스 오캘러헌이 내려오고 있었다.

"아이, 다르시 선생님, 우리 모두 노랫소리에 취해 듣고 있었는데 그렇게 무정하게 갑자기 끝내버리실 수가 있어요?"

메리 제인이 언성을 살짝 높였다.

"제가 밤새 졸랐지 뭐예요."

오캘러헌이 말을 받았다.

"콘로이 부인께서도 그랬고요. 그런데 선생님은 감기가 지독해서 노래를 부를 수 없다고 하셨죠."

"아, 다르시 씨, 그건 그냥 한번 해보신 소리죠?"

케이트 이모가 끼어들었다.

"까마귀같이 변해버린 제 목소리가 안 들리나 보죠?"

다르시 씨가 퉁명스레 대꾸했다.

그는 서둘러 식기실로 가서 외투를 걸쳐 입었다. 그의 무례한 말투에 다른 사람들은 말문이 막혔다. 케이트 이모가 이마를 찌푸리고 그런 이야기는 이제 다들 그만두라고 눈짓을 했다. 다르시 씨는 목도리를 알뜰하게 감아 두르고 상을 찌푸린 채 서 있었다.

"날씨 탓이야."

잠시 후 줄리아 이모가 한마디 했다.

"그렇지, 다들 감기에 걸리지. 다들 말이야."

케이트 이모가 얼른 그 말을 받아 말했다.

"들리는 말에 의하면, 이번 눈은 30년 만에 찾아온 대설이라고 하네요. 오늘 조간신문에는 이 눈이 아일랜드 전역에 내렸다고 했어요."

메리 제인이 말했다.

"나는 설경이 참 좋은데."

줄리아 이모가 감정에 젖어 말했다.

"저도 그래요. 하얀 눈이 내리지 않는 크리스마스는 정말 크리스마스도 아니에요."

미스 오캘러헌이 얼른 맞장구를 쳤다.

"그런데 우리 다르시 씨는 눈을 별로 안 좋아하나 보죠?"

케이트 이모가 싱긋이 웃으면서 말했다.

다르시 씨는 목도리를 단단히 감아 두르고 단추를 모두 잠근 채 식기실에서 나오더니 좀 민망하다는 듯이 자기가 감기에 걸리게 된 연유를 이야기했다. 사람들은 저마다 그에게 조언을 했는데, 어쩌다 그렇게 감기에 걸렸느냐고 위로하면서, 밤공기에는 특히 목을 조심해야 한다고 다짐을 받듯이 말했다. 가브리엘은 이 대화에 끼지 않고 있는 아내를 쳐다보았다. 아내는 부채꼴로 나 있는 먼지 긴 창 바로 아래에 서 있었는데, 그녀의 머리칼은 가스등 불빛을 받다 한층 더 진한 금빛을 발하고 있었다. 며칠 전 난롯가에서 그 머리를 풀어 말리던 모습이 떠올랐다. 아내는 그대로 가만히 서 있었는데, 주위에서 오가는 말들이 들리지 않는 듯한 모습이었다. 마침내 아내가 이쪽으로 돌아섰을 때 가브리엘은 아내의 두 뺨이 발그레하고 눈이 반짝거리는 것을 보았다. 가브리엘은 갑자기 가슴속에서 기쁨이 물결처럼 밀려드는 것을 느꼈다.

"다르시 선생님, 조금 전에 부르셨던 그 노래의 제목이 뭐예요?"

아내가 물었다.

"〈오그림의 처녀〉라고 합니다. 그런데 가사가 잘 기억이 나지 않더군요. 왜요? 그 노래를 아시나요?"

다르시 씨가 대답했다.

"〈오그림의 처녀〉……, 노래 제목이 생각나지 않아서요."

아내는 제목을 되뇌었다.

"참 좋은 곡이죠. 오늘밤은 선생님의 목소리가 그래서 아쉽군요."

메리 제인도 한마디 했다.

"자, 메리 제인, 다르시 씨를 성가시게 하지 마라. 다르시 씨에게 다들 그만하세요."

케이트 이모가 끼어들었다.

모두들 떠날 채비가 다 된 것을 보고 그녀는 사람들을 문간으로 데리고 갔고, 거기서 작별 인사가 서로 오갔다.

"자, 안녕히 계셔요, 케이트 이모님. 오늘밤 정말 고마웠어요."

"잘 가거라, 가브리엘. 잘 가, 그레타!"

"안녕히 계셔요, 케이트 이모님. 아주 즐거웠어요. 안녕히 계셔요, 줄리아 이모님."

"아, 잘 가, 그레타, 내가 깜빡 인사를 빼먹었구나."

"잘 가요, 다르시 씨. 잘 가요, 미스 오캘러헌."

"안녕히 계셔요, 미스 모칸."

"잘 가요, 다들."

"모두들 잘 가요, 밤길 조심하고."

"안녕히 계셔요, 안녕히 계셔요."

새벽은 아직도 어두웠다. 누런 암영이 집들과 강 위를 짓누르고 있었고, 하늘은 스러질 듯 아주 낮게 깔려 있었다. 발밑은 질퍽거렸고, 지붕과 강가의 흉벽胸壁과 부둣가 입구에 쳐놓은 철책에는 눈이 길게 쌓여 있거나 뭉친 채로 덮여 있었다. 여전히 가로등은 거무스름한 하늘 아래에서 붉은빛을 발하고 있었고, 강 건너 저편에는 짙은 하늘을 등지고 법원 건물이 위압적인 모습으로 우뚝 솟아 있었다.

아내는 그 앞에서 바텔 다르시 씨와 나란히 걷고 있었다. 갈색 보자기에 싼 구두를 한쪽 팔 아래에다 끼고, 두 손으로는 진흙탕에 닿을까 봐 치맛자락을 잡아들고 있었다. 아내에겐 좀 전과 같은 우아한 모습은 이미 없었지만, 그래도 가브리엘의 눈은 여전히 즐거운 생각에 빛나고 있었다. 피가 혈관 속을 힘차게 흐르고, 머릿속에는 온갖 생각들이 요동을 치면서 자긍심과 행복감과 다정함을 느끼며 자신감이 벅차올랐다.

자기 앞을 사뿐하게 그러면서도 흐트러짐 없이 다소곳이 걷고 있는 아내가 어찌나 사랑스럽게 보이는지, 그는 소리 없이 달려가 아내의 어깨를 감싸안으며 애정이 넘치는 그 멋쩍은 말들을 귀에다 대고 속삭여주고 싶은 충동이 일었다. 아내의 모습이 너무나 연약해 보이기에 그녀를 보호해주고 싶은 마음이 일면서, 또 아내와 단둘이만 있고 싶은 생각이 간절했다. 두 사람만이 나눴던 은밀한 시간의 추억들이 마치 별빛처럼 그의 기억 속으로 부서져 내렸다. 연보랏빛 편지 봉투가 모닝 커피잔 옆에 놓여 있고, 그가 그것을 어루만지고 있다. 새들이 담쟁이넝쿨 사이로 지저귀고, 햇살 가득한 커튼의 그림자가 바닥 위에 망사처럼 펼쳐져 있다. 그는 행복에 취해 식욕조차 없는 것 같다. 사람들로 북적대는 플랫폼에 두 사람이 서 있고, 그는 장갑 낀 아내의 따뜻한 손에 차표를 가볍게 쥐어준다. 추위 속에 아내와 함께 나란히 서서 창살을 댄 유리창 안으로 활활 타는 화로 앞에서 유리병을 만들고 있는 사내를 지켜보고 있다. 무척이나 추운 날씨, 그 차가운 공기 속에서 아내는 그 향기로운 얼굴을 그의 얼굴에 바짝 갖다대고 있다. 갑자기 화로 앞 남자에게 아내가 크게 소리치며 묻는다.

"화로가 뜨거운가요, 아저씨?"

화로에서 나는 시끄러운 소음 때문에 그 남자에게 아내의 말이 들리지 않는 것 같다. 안 들려도 그만이다. 만약 들었다면 그는 무례하게 대꾸를 했을지도 모르는 일이니까.

한층 더 감미로운 희열이 물결처럼 심장에서 넘쳐흘러 그의 동맥 속을 뜨겁게 굽이치며 내달리고 있었다. 아무도 모르는, 또 앞으로도 아무도 모를 그들만이 함께 나눈 순간들이 따사로운 저 하늘의 별빛과도 같이 밝게 부서지며 그의 기억 속으로 흩어져 내렸다. 이러한 기억들을 아내와 함께 나누며, 어려웠던 시절의 기억들은 다 지워버리고 오직 황홀했던 순간들만 되새기고 싶었다. 지나간 그 정도의 세월 속에 자신과 아내의 영혼이 메말라버린 것은 아니라는 느낌이었다. 아이들과 부대끼고, 또 글을 쓰는 직업, 그리고 아내의 살림살이 걱정 속에서도 그들의 영혼은 따뜻하게 살아 숨쉬고 있다는 느낌이었다. 아내에게 썼던 한 편지에 그는 이렇게 적었다.

"이 같은 모든 말들이 나에게는 무미건조하고 차갑게 느껴지는 것은 어인 일일까요? 당신을 부를 만한 따뜻한 이름 한마디가 없어서 그런가요?"

멀리서 들려오는 음악 소리처럼 수년 전에 썼던 이런 글들이 저 먼 과거의 기억으로부터 아련히 피어올랐다. 아내와 단둘이만 있고 싶다는 생각이 욕망처럼 올라왔다. 다른 사람들이 모두 가버리고 난 뒤, 아내와 내가 호텔 방에 들었을 때, 그때는 우리 단둘이리라. 그러면 아내를 다정한 목소리로 불러봐야지.

"그레타!"

아마 아내는 곧바로 알아듣지 못할지도 모른다. 옷을 갈아입고 있을 테니까. 그러다 내가 무슨 말을 했다는 걸 아내는 알겠지. 그러면 고개를 돌려 나를 쳐다볼 테지…….

와인터번 가의 길모퉁이에서 그들은 마차 하나를 만났다. 덜커덕거리는 마차 소리 때문에 서로 대화를 나눌 수 없는 게 그로서는 고마웠다. 차창 밖을 물끄러미 쳐다보고 있는 아내의 얼굴은 피로한 기색이었다. 다른 두 사람도 건물이나 길을 가리키면서 몇 마디 했을 뿐이었다. 말은 음산한 새벽 하늘 아래를 덜컹대는 낡은 마차를 끌며 지친 모습으로 달리고 있었다. 가브리엘은 신혼 여행을 떠나기 위해 부둣가를 향해 달려가던 그 마차 속에 아내와 다시금 앉은 듯한 묘한 기분이 들었다.

마차가 오코넬 다리를 건너고 있을 때, 미스 오캘러헌이 이렇게 말했다.

"오코넬 다리를 건널 때면 항상 흰 말이 지나가는 걸 볼 수 있다고 하던데요."

"이번엔 흰 옷 입은 사람이 보이는데요."

가브리엘이 가볍게 말을 받았다.

"어디요?"

바텔 다르시 씨가 다시 물었다.

가브리엘은 하얀 눈을 군데군데 덮어쓰고 있는 동상을 가리켰다. 그러고는 동상을 향해 다정하게 고개를 끄덕이고 손을 흔들며 기분 좋게 말했다.

"안녕, 댄."

마차가 호텔 앞에 닿자 가브리엘은 마차에서 훌쩍 뛰어내렸다. 그러고는 바텔 다르시 씨가 그러면 안 된다고 만류하는데도 마부에게 마차 삯을 치렀는데, 1실링을 덤으로 더 얹어주었다. 마부가 꾸벅 인사를 하며 말했다.

"새해에는 복 많이 받으십시오, 선생님."

"댁에서도."

가브리엘도 공손하게 인사를 받았다.

아내는 잠시 그의 팔을 잡고 마차에서 내린 후, 보도 연석緣石 위에 서서 마차 안에 있는 사람들에게 잘 가라고 작별 인사를 했다. 아내는 가볍게 그의 팔에 기대고 있었는데, 몇 시간 전 그와 춤을 출 때 가볍게 안겨오던 아내의 모습이 떠올랐다. 그때 그는 자랑스럽고 행복했다. 이런 여자가 나의 아내라는 사실과 아내의 우아하고 정숙한 자태가 무척이나 대견했다. 그러나 지금은 수많은 추억들이 불꽃처럼 다시금 일렁이면서, 처음 안은 아내의 따스한 감촉, 선율이 흐르듯 신비롭고 향기가 피어오르는 듯한 그때의 감촉이 욕망처럼 전신을 아프게 파고들었다. 아내가 잠자코 있는 틈을 타, 그는 아내의 팔을 잡고 자기 허리에 꼭 대었다. 그렇게 호텔 문 앞에 서 있으려니까, 번잡한 생활과 해야 할 일들로부터, 또 가정과 친구들로부터 벗어나 아내와 함께 새로운 모험을 향해서 떠나는 것처럼 마음이 환해지면서 가슴이 두근거렸다.

  호텔 현관에는 한 노인이 덮개를 씌운 커다란 의자에 앉아서 꾸벅꾸벅 졸고 있었다. 노인은 사무실로 들어가서 촛불을 켜들고 나와 계단을 앞장서서 올라갔다. 두 사람은 두껍게 양탄자를 깔아놓은 계단을 사뿐사뿐 밟으며 말없이 노인 뒤를 따랐다. 아내는 고개를 숙인 채 앞서가는 노인의 뒤를 따라 올라가고 있었다. 가녀린 어깨는 짐을 올려놓은 듯 처져 있었고, 치마는 몸을 꼭 조이고 있었다. 아내의 허리를 두 팔로 감싸 꼭 껴안고 싶은 충동이 올라왔다. 아내를 껴안고 싶은 두 팔은 가늘게 떨리고, 이 끓어오르는 육체적 욕망을 참기 위해 꼭 거머쥔 그의 손톱은 손바닥을 깊숙이 파고들고 있었다. 노인은 계단에 멈춰 서서 촛농이 녹아내리는 초를 똑바로 세웠다. 두 사람도 그 아래 층계에서 멈춰 섰다. 정적 속에서 들려오는 쟁반 위로 떨어지는 촛농 소리가 마치 갈비뼈를 두드리는 가브리엘 자신의 두근거리는 심장 소리처럼 들렸다.

복도를 따라 앞서 두 사람을 안내하던 문지기 노인이 한 방문을 열었다. 그러고는 간들거리는 촛불을 화장대 위에다 세워놓고, 아침에 몇 시쯤 깨우러 와야 하는지 물었다.

"여덟 시."

가브리엘이 간단하게 대답했다.

문지기는 전등불을 가리키며 뭐라고 중얼거리듯 변명을 해댔는데, 그러자 가브리엘이 잘라 말했다.

"불은 필요 없어요. 거리에서 비쳐드는 불빛만으로도 충분하니까요."

그러고는 촛불을 가리키며 다시 말했다.

"저 잘생긴 촛불 녀석도 좀 치워주세요."

문지기는 초를 다시 집어들었지만, 생각지도 않은 주문에 당황해서 그런지 움직이는 모습이 굼떴다. 그러더니 잘 주무시라는 인사를 중얼거리며 밖으로 나갔다. 가브리엘은 곧바로 문을 잠가버렸다.

가로등으로부터 흘러들어온 희미한 불빛이 창문에서 방문까지 길게 드러누워 있었다. 가브리엘은 외투와 모자를 침상 위에다 내려놓고 방을 가로질러 창가로 갔다. 그는 창밖을 내다보면서 뜨거워진 감정을 좀 식혔다. 그런 뒤에 뒤돌아서서 빛을 등진 채 옷장에 기대어섰다. 아내는 모자와 외투를 벗고 커다란 거울 앞에 서서 허리춤의 단추를 풀고 있었다. 가브리엘은 잠시 아내를 쳐다보며 그대로 서 있었다. 그러다 그녀를 불렀다.

"그레타!"

아내는 천천히 거울에서 몸을 돌려 기다란 광선을 따라 그에게로 걸어왔다. 아내의 얼굴이 무척 수척하고 지쳐 보였기 때문에, 가브리엘은 뭐라고 말하려 했으나 입이 떨어지지 않았다. 아니야, 지금은 이야기할 때가 아니야.

"당신 피곤해 보이더군."

"조금 피곤해요."

"아프거나 기운 없다거나 하는 건 아니지?"

"아니, 그저 피곤할 뿐이에요."

그녀는 창가로 가서 밖을 내다보았다. 가브리엘은 다시 그녀를 지켜보기만 했다. 그러나 이러다가는 그냥 넘어가 버리게 될 것 같아 불쑥 입을 열었다.

"저, 그레타!"

"왜 그래요?"

"그 친구 맬린즈 말이야, 당신도 알잖아?"

뜬금없이 가브리엘이 물었다.

"네, 그 사람이 왜요?"

"그래, 그 친구, 그래도 괜찮은 사람인데."

가브리엘은 계속 빈말만 해댔다.

"그 친구, 정말 생각지도 않았는데 일전에 내가 빌려준 돈 1파운드를 갚았거든. 브라운을 떨쳐버리지 못하는 게 탈이지. 마음이 그리 모질지 못하다 보니 그게 잘 안 되나 봐."

그는 이제 짜증이 나면서 몸이 떨렸다. 아내는 왜 저렇게 눈치가 없는 걸까? 어떻게 시작을 해야 할지 그도 난감했다. 아내도 무슨 짜증나는 일이 있는 걸까? 그저 돌아서서 내게로 와주기만 하면 되는데! 지금 이런 상황에서 아내를 껴안으면 날 이상한 남자로 생각하겠지. 그래, 먼저 아내의 눈이 따뜻하게 젖어 있는지 봐야 한다. 아, 도대체 아내는 지금 어떤 기분일까?

"그 돈을 언제 빌려주셨는데요?"

잠시 후에 아내가 물었다.

가브리엘은 맬린즈와 꾸어준 돈에 대해 욕설이 튀어나오려는 것을 꾹 참았다. 아내에게 진심에서 우러나오는 마음을 고백하고, 아내의 몸을 으스러질 듯 껴안아 정복해버리고 싶은 생각만 간절했다.

그러나 그는 이렇게 말했다.

"아, 크리스마스 때였지. 그 친구가 헨리 가에 조그만 크리스마스 카드 가게를 냈을 때야."

그는 욕정과 열망에 사로잡힌 나머지 아내가 창가에서 그에게로 오는 소리도 듣지 못했다. 아내는 잠시 그의 앞에 서서 이상하다는 눈길로 그를 쳐다보았다. 그러다 갑자기 발끝을 세우고 그의 어깨를 가볍게 감싸안으며 그에게 키스했다.

"당신은 참 너그러우신 분이에요, 가브리엘."

갑작스런 아내의 키스와 묘한 느낌으로 다가오는 아내의 말에 몹시 기쁜 나머지 가브리엘은 몸을 떨면서 아내의 머리에 두 손을 얹고 손가락이 닿을락말락 머리 뒤로 부드럽게 쓰다듬기 시작했다. 잘 감은 머리칼은 보드랍고 윤이 났다. 그는 행복감에 가슴이 터질 것만 같았다. 정말 바라고 바랐을 때 아내가 알아서 나에게로 와주었다. 혹시 아내도 나와 똑같은 기분인 것은 아닐까? 아마 내가 열렬히 자기를 원하고 있다는 것을 느끼고는 못 이기는 척 내게로 온 것일지도 모른다. 이렇게도 쉽게 아내가 자기에게 몸을 맡겨오고 나니, 가브리엘은 자기가 왜 그렇게까지 쑥스러워했는지 알 수가 없었다.

그는 두 손으로 아내의 머리칼을 어루만지며 그대로 서 있었다. 그러다 한쪽 팔로 아내의 몸을 재빨리 감싸안아 당기며 부드러운 목소리로 말했다.

"그레타, 무슨 생각을 그렇게 하고 있는 거야?"

아내는 대답이 없었다. 그리고 또 온전히 안겨오지도 않았다. 그가 다시 부드럽게 말했다.

"무슨 생각을 하는지 말해봐, 그레타. 나도 아는 일 같은데, 안 그래?"

아내는 잠시 대답을 못하고 있더니, 와락 울음을 터뜨리며 말했다.

"아, 그 노래를 생각하고 있었어요. 〈오그림의 처녀〉 말이에요."

아내는 그를 뿌리치고 침대로 달려가 침대 난간에 두 팔을 걸치고 그 사이에 얼굴을 묻었다. 어리둥절해진 가브리엘은 잠시 멍하니 서 있다가 아내를 뒤따라갔다. 그는 전신 거울 앞을 지날 때, 그 속에 비친 예복을 잘 차려입는 넓은 가슴과 거울을 볼 때마다 스스로도 놀라는 멋진 얼굴과 번쩍거리는 금테 안경을 쓴 자신의 전신을 흘깃 보았다. 그는 아내에게서 몇 발짝 떨어진 곳에 멈춰 서서 물었다.

"그 노래가 어때서 그래? 왜 그리 슬피 우는 거야?"

아내는 숙였던 고개를 들고 어린애들처럼 손등으로 눈물을 닦았다. 가브리엘은 다시 한 번 물었는데, 자신도 모르게 목소리가 너무나 다정스럽게 나왔다.

"왜 그래, 그레타?"

"아주 옛날에 그 노래를 부르던 사람이 생각이 나서요."

"그때 그 사람이 누군데?"

가브리엘이 미소를 지으며 물었다.

"할머니와 함께 살 때 골웨이에서 알고 지냈던 사람이에요."

가브리엘의 얼굴에서 웃음기가 싹 가셨다. 분노 같은 이상한 기분이 마음 한구석에 응어리지면서, 가라앉았던 욕정의 불길이 다시 혈관 속에서 이글거리기 시작했다.

"사랑했나 보지?"

비꼬는 말투였다.

"알고 지냈던 소년이에요. 마이클 퓨리라고. 그 애가 그 노래, 〈오그림의 처녀〉를 자주 불렀거든요. 그는 몸이 아주 약했어요."

가브리엘은 아무 말 없이 가만히 있었다. 몸도 약한 이 소년을 자기가 질투했다고 아내가 생각하지 말았으면 싶었다.

"그의 모습이 눈에 선해요."

아내가 잠시 후 말을 이었다.

"눈이 참 고왔죠. 크고 까만 눈망울이었어요! 또 눈매도 참 좋았죠. 참 좋았어요!"

"아, 그러고 보니 당신은 그를 사랑했나 보네?"

"골웨이에서 살 때 같이 산책을 다니곤 했죠."

가브리엘은 문득 스치는 생각이 있었다.

"그래서 당신은 그 아이버즈라는 여자랑 골웨이에 그렇게 가고 싶어했던 거로군."

그가 차갑게 말했다.

아내는 그를 쳐다보며 어이가 없다는 듯이 말했다.

"무엇 때문에요?"

아내가 쳐다보자 가브리엘은 머쓱해졌다. 그는 어깨를 한 번 으쓱

하고는 말했다.

"내가 어떻게 안담? 그를 만나든지 하겠지."

아내는 그의 얼굴을 외면하고 빛줄기를 따라 창가 쪽으로 말없이 눈길을 돌렸다.

"그 아이는 죽었어요."

이윽고 아내가 입을 열었다.

"겨우 열일곱 살 때 죽었죠. 그렇게 어린 나이에 죽어야 하다니, 너무 가엾지 않아요?"

"뭐하던 친군데?"

가브리엘은 여전히 비아냥거리는 투였다.

"가스 공장에 다녔어요."

아내의 대답에 가브리엘은 별 의미도 없이 비아냥거렸던 것과 가스 공장에서 일했다는 죽은 소년을 두고 쓸데없는 말을 한 자신이 수치스러웠다. 내가 아내와 함께 보낸 그 은밀한 추억과 다정한 기쁨과 욕망에 흠뻑 젖어 있을 때, 아내는 나를 다른 사람과 비교하고 있었다니. 정말 하잘것없는 존재가 되어버린 자신에 대하여 모욕감이 치밀어올랐다. 이모들의 심부름이나 열심히 쫓아다니는 어리석기 짝이 없는 녀석, 신경질적이고 줏대 없는 감상주의자, 속된 인간들을 모아놓고 주둥이만 놀리며 어리석기 짝이 없는 욕망을 그럴듯하게 늘어놓는 가여운 작자……. 온갖 생각이 들면서 거울 앞을 지나며 얼핏 보았던 자신의 못난 몰골이 눈앞에 스쳤다. 그는 본능적으로 불빛 있는 쪽으로 등을 더 돌렸다. 수치심에 이글거리는 자신의 얼굴을 아내에게 보여주고 싶지 않았기 때문이었다.

여전히 냉정하게 추궁하는 듯한 어조로 말하려고 했지만, 그의 목소리는 풀이 죽어 있었다.

"당신은 그 마이클 퓨리와 사랑을 했나 보지, 그레타."

"그때는 그 애를 무척 좋아했어요."

아내의 목소리에는 슬픔이 깔려 있었다.

지금 이런 상태에서는 자신의 열정 속으로 아내를 도저히 끌어들일 수 없다는 생각이 들자, 가브리엘은 아내의 한쪽 손을 쓰다듬으며 말했다. 그도 서글픈 목소리였다.

"그런데 왜 그 어린 나이에 죽었어, 그레타? 폐병이었어, 응?"

"나 때문에 죽은 거 같아요."

아내의 대답을 듣는 순간, 가브리엘은 막연한 공포를 느꼈다. 마치 승리를 예감하는 바로 그 순간, 원한을 품은 어떤 정체 모를 힘이 그 이상한 세계의 힘으로 똘똘 무장을 한 채 달려드는 듯한 두려움이었다. 그러나 그는 다시 생각을 애써 가다듬으며 그런 기분을 떨쳐버리고 아내의 손을 계속 어루만져주었다. 그러나 그는 아내가 스스로 이야기를 해줄 것 같은 느낌이 들었기 때문에 다시 아내에게 캐묻지 않았다. 아내의 손은 따뜻하고 촉촉했다. 그가 어루만져주어도 아무런 반응이 없었지만, 그는 그 옛날 봄날 아침에 아내로부터 처음 받은 편지를 쓰다듬듯이 아내의 손을 계속해서 어루만졌다.

"겨울이었어요. 제가 할머니네 집을 떠나서 이곳 수도원으로 오던 그해, 막 겨울이 시작되던 때였죠. 그때 그 아이는 골웨이에 있는 하숙집에 있었는데, 몸이 아파 바깥출입을 못해서 우터라드에 있는 가족들에게는 편지로 그 소식을 전했어요. 그 아이가 폐병에 걸렸다는 말도 있었는데, 아무튼 그 비슷한 병이라고 했어요. 정확히는 저도 몰랐어요."

아내는 잠시 말을 멈추고 한숨을 내쉬었다.

"가여운 아이였죠."

아내가 다시 말을 이었다.

"저를 무척 좋아했어요. 착한 아이였고요. 우리는, 가브리엘 당신도 알죠, 시골 사람들이 하는 것처럼 같이 산책을 나가곤 했어요. 그는 음악을 공부하고 싶어했지만 건강 때문에 할 수 없었죠. 목소리도 참 좋았는데, 가여운 마이클 퓨리."

"그래서 어떻게 되었는데?"

"그러다가 제가 이곳 수도원으로 오기 위해 골웨이를 떠나야 할 때가 되었어요. 그러자 그 아이는 더 몸이 안 좋아졌죠. 만나서 이야기조차 할 수 없는 정도라서 저는 그 아이에게 편지를 썼어요. 더블린으로 가는데 내년 여름에는 다시 올 거라고, 그때는 몸이 건강해져 있었으면 한다고 말이에요."

아내는 목소리가 너무 흔들려서 잠시 마음을 가라앉히고 다시 이야기를 계속했다.

"그런데 제가 떠나기 전날 밤 넌즈 아일랜드에 있는 할머니 댁에서 짐을 꾸리고 있었는데, 창문에 돌멩이를 던지는 소리가 났어요. 창문이 비가 젖어 있었기 때문에 저도 밖을 볼 수가 없었죠. 그래서 그대로 아래층으로 달려가서 뒤편 정원으로 나가봤더니, 그 아이가 저쪽한구석에서 몸을 벌벌 떨며 서 있었어요."

"그런데 당신은 돌아가라는 소리도 안 했어?"

"저는 당장 집으로 돌아가라고 사정을 하며, 그렇게 비를 맞다간 죽는다고 했죠. 그랬더니 그는 살고 싶지 않다고 했어요. 그때 그 아이의 눈이 너무나 선해요. 그 아이는 담벼락 끝에 서 있었는데, 그 옆에 나무 한 그루가 있었죠."

"그가 집으로 돌아갔어?"

"네, 집으로 돌아갔어요. 그리고 제가 수도원으로 온 지 일주일 만에 그 아이는 죽었어요. 고향인 우터라드에 묻혔죠. 아, 그날, 그 아이가 죽었다는 소식을 듣던 그날을 생각하면!"

아내는 목이 메고 감정이 북받쳐서, 말을 하다 말고 침대 위로 털썩 엎어졌다. 아내는 흐느끼고 있었다. 가브리엘은 어찌할 바를 모른 채 아내의 손을 잡고 있었는데, 그러다 잠시 후 아내의 슬픔에 따라가고 있는 자신이 이상하다 싶어 가만히 아내의 손을 놓고 조용히 창가로 걸어갔다.

*

아내는 깊이 잠들어 있었다.

가브리엘은 두 손으로 턱을 괴고 평안한 표정으로 잠시 동안 아내의 모습을 쳐다보았다. 아내의 헝클어진 머리칼과 반쯤 열린 입술을 보면서 아내의 깊은 숨소리에 귀를 기울이고 있었다. 아내의 삶에도 저런 애틋한 이야기가 있었구나. 한 남자가 아내 때문에 죽었다. 아내의 인생에서 남편인 자신이 얼마나 미약한 역할을 한 존재인가 하는 생각이 들었지만 이제는 마음조차 거의 아프지 않았다. 자고 있는 아내의 모습을 물끄러미 쳐다보면서, 마치 두 사람이 한 번도 남편과 아내로 살아본 적이 없는 남남인 듯한 기분이 들었다. 그는 뭔가를 더듬는 듯한 눈으로 아내의 얼굴과 머리칼을 한참 동안 쳐다보았다. 그러면서 막 피어나던 처녀 시절의 아내의 아리따운 모습은 어떠했을까 하고 그려보려니, 아내가 가여워지면서 형용할 수 없는 따뜻한 동정심이 우러났다. 그는 아내의 얼굴이 이제는 아름답지 않다고 생각하고 싶지는 않았지만, 마이클 퓨리가 그렇게 목숨을 내던진 그때의 아름다운 얼굴은 이미 아니라는 것을 알고 있었다.

아내는 아마 모든 이야기를 다 하지는 않았을 것이다. 그의 두 눈은 아내가 옷을 벗어 걸쳐놓은 의자로 향했다. 속치마 끈 하나가 마룻바닥에 늘어져 있었다. 장화 한 짝은 윗부분이 꺾여서 접힌 채 똑바로 놓여 있었고, 다른 한 짝은 옆으로 넘어가 있었다. 한 시간 전에는 이상하게 왜 그렇게 감정이 달아올랐던가 하는 생각이 문득 스쳤다. 어디서 그런 감정이 들었던 것일까? 이모님 댁에서 저녁 식사를 하면서? 말도 안 되는 그 만찬 연설을 하면서? 포도주 기운에 춤을 추다가? 현관에서 작별 인사를 나눌 때 그 즐거운 기분에서? 눈 내린 강가를 걷던 그 기쁨에서? 가여운 우리 줄리아 이모! 그녀도 또한 패트릭 모칸 할아버지와 그의 말 조니처럼 머지않아 이 세상을 떠나겠지. 저녁 파티에서 줄리아 이모가 〈신부로 단장하고〉를 부를 때 잠시 수척해 보이던 그녀의 모습이 떠올랐다. 아마 머지않아 바로 그 응접실에서 검은 상복을 입고 실크 모자를 무릎 위에 둔 채 내가 앉아 있으리라. 차일이 내려지고 케이트 이모가 내 곁에 앉아 코를 훌쩍이면서 줄리아 이모가 세상을 떠난 경위를 이야기하리라. 이모를 위로할 말을 생각해보지만 떠듬거리며 별 소용도 없는 말만 하고 있으리라. 그래, 그래, 얼마 남지 않았는지도 몰라.

방 안 공기가 서늘하게 그의 어깨를 감싸왔다. 그는 조심스레 이불 밑으로 몸을 펴고 아내 곁에 누웠다. 우리 모두 하나씩 하나씩 그림자가 되어 사라지는 것이다. 그렇다면 늙어서 기력이 쇠해 쓸쓸히 사라지는 것보다는, 한창 불타오르는 넘치는 정열을 안고 대담하게 저 세상으로 가버리는 것이 더 나을 것이리라. 자기는 살고 싶지 않다고 말하는 그 연인의 그 눈길을, 바로 옆에서 자고 있는 내 아내가 그렇게 오랜 세월 동안 마음속에 소중히 간직하고 있었다는 사실이 새삼스레 느껴졌다.

관용의 눈물이 가브리엘의 눈에 가득 어리었다. 그는 한 번도 어느 여인에 대해 그와 같은 감정을 느껴본 적이 없었다. 그러나 그런 감정이 바로 사랑인 것만 같았다. 눈물은 점점 더 글썽거리고, 빗물이 뚝뚝 떨어지는 나무 아래 서 있는 한 청년의 모습이 희뿌연 어둠 속에 보이는 듯했다. 그 곁에서 다른 형체들도 보였다. 그의 영혼은 이미 수많은 사자死者들의 무리가 살고 있는 저곳으로 다가가 있었다. 사자들의 무리가 어지럽게 어른거리고 있었지만 그들의 형체를 뚜렷이 볼 수는 없었다. 자신이라는 존재는 어딘지도 모르는 희뿌연 세상 속으로 사라져가고, 사자들이 한때 나서 살았던 이 세상 덩어리는 녹아내리면서 쪼그라들고 있었다.

유리창에서 투둑 투둑 소리가 들리자 그는 창문 쪽을 쳐다보았다. 눈이 또다시 내리기 시작했다. 그는 가로등 불빛을 머금고 비스듬히 내리고 있는 잿빛 눈송이를 졸린 눈으로 쳐다보았다. 나도 서쪽으로 길을 떠나야 하는데. 그래, 신문이 맞겠지. 이 눈은 아일랜드 전역에 내리겠지. 어두운 중부 평원을 온통 뒤덮겠지. 민둥산 언덕에도 내리고, 또 앨린의 늪(아일랜드 동남부에 있는 늪)에도 사뿐히 내리고, 좀 더 서쪽으로는 샤논 강(아일랜드의 제일 긴 강)의 굽이치는 시퍼런 물결 위에도 소리 없이 내리리라. 마이클 퓨리가 묻혀 있는 언덕 위의 쓸쓸한 공동묘지 구석구석에도 이 눈은 내리리라. 비뚤어진 십자가와 묘석 위에도, 조그만 대문의 뾰족한 문설주 위에도, 말라버린 가시나무 위에도 두껍게 눈이 쌓이리라. 온 누리를 뒤덮으며 흩날리는 눈송이의 아스라한 소리를 들으며 그의 영혼은 천천히 스러졌다. 마치 다시는 내리지 않을 최후의 하강인 양 살아 있는 모든 사람들과 죽은 사람들 위로 눈은 소리 없이 흩날리고 있었다.

작가와 작품 해설

제임스 조이스의 생애와 작품 세계

제임스 조이스는 아일랜드 출신의 소설가로, 독창적인 문체와 실험적 언어 구사로 잘 알려진 현대 소설문학의 거장이다. 『율리시스』(1922) 『젊은 예술가의 초상』(1916) 『피네간의 경야』(1939) 등의 대표적인 작품에서 보여주듯이, 소설기법에 있어서 조이스의 혁신적인 실험은 내면의 의식의 흐름이라는 수법을 광범위하게 채용하고 있다. 또한 신화와 역사 그리고 문학으로부터 차용한 상징적 도구들이 아주 복잡한 의미 구조로 얽히면서 배열되고, 스스로 창작한 독특한 언어와 문구 그리고 암시 등이 절묘하게 배합되면서 구사되고 있다.

조이스의 독창적인 문체와 다른 작가들에 미친 영향력으로 보아 그는 단연 20세기 최고 작가 중의 한 명이다. 그의 작품에 대하여 쏟아진 엄청난 양의 학술적 관심만 보아도 그가 얼마나 중요한 작가인지 쉽게 알 수 있다. "조이스의 문학에 대한 학술적 비평을 탐색하는 작업은 단순히 그 비평들을 찾고자 하는 것이라기보다는, 그 수많은 비평들 가운데 의미 있는 내용을 걸러내는 작업이라고 하는 것이 적절하다."라는 말이 있을 정도로 수많은 연구와 비평들이 쏟아져 나오면서 이런 현상을 일러 '조이스 산업'이라는 용어가 생겨날 정도다.

　제임스 조이스가 그의 작품에서 표현한 삶은 바로 자신의 삶이었다고 해도 과언이 아니다. 제임스 조이스는 1882년 2월 2일 더블린에서 태어났다. 아버지 존 스태니슬러스 조이스는 중류사업을 하다가 실패를 하면서 갖은 직업을 전전했기 때문에 가계가 항상 궁핍하였다. 게다가 급하고 거친 성격에 주벽도 심했다. 이런 포학한 남편 밑에서 묵묵히 가정을 꾸린 어머니 메리 머레이는 아버지보다 열 살 연하로 로마 가톨릭 신봉자였으며 상당한 수준의 피아노 연주자였다. 가난한 살림에도 불구하고 그의 가족은 언제나 중산층의 삶과 품위를 유지하려고 애를 썼다. 『더블린 사람들』의 「이블린」 「분풀이」 등에서 묘사되고 있는 가장의 가부장적인 권위와 폭력에는 조이스 자신의 유년시절이 투영되어 있음을 느낄 수 있다. 이런 환경에서 조이스의 교육은 주로 제수이트 교단에 의해 이루어졌고 조이스 역시 성실한 자세로 학업에 열중했다.
　1902년 더블린 유니버시티 칼리지를 졸업할 즈음 조이스는 자신의 종교와 가족 그리고 조국 아일랜드와 지배자 영국에 대한 충성에 회의를 느끼며 문학이 자신의 운명적 직업이라는 각성을 하게 된다.

1904년 노라 바나클을 만나 가정을 꾸린 제임스 조이스는 가족들과 함께 유럽의 여러 도시들을(폴라, 트리에스테, 취리히, 로마, 파리 등) 전전하며, 학교 교사와 개인 가정 교사 등으로 경제문제를 해결하거나 때로는 후원을 받아가면서 왕성한 작품 활동을 벌인다. 제1차 세계대전이 발발한 1914년에 처녀작 소설인 『더블린 사람들』을 발표하고, 조이스의 자전적 소설인 『젊은 예술가의 초상』을 1916년에 발표하는데, 이 작품에서는 조이스 자신의 출생에서부터 예술을 위해 더블린을 떠나는 결심을 하기에 이르기까지의 과정을 주인공 스티븐 디달러스를 통해 아주 냉철하면서도 복잡 미묘한 심리로 그려내고 있다. 이 작품은 처음에는 그다지 많이 팔리지 않았지만, 나중에는 미국의 시인인 에즈라 파운드 같은 창의적이고 진보적인 영향력 있는 문인들로부터 호평을 받게 되면서 조이스의 창작 활동에 대한 후원도 이어지게 된다.

1914년 유명한 『율리시스』가 영국의 《에고이스트》지와 미국의 《리틀 리뷰》지에 연재되면서 세상에 모습을 드러내게 된다. 법원이 『율리시스』의 내용에 대해 외설 판정을 내리면서 벌금까지 물었지만 그 반대여파로 오히려 『율리시스』에 대한 호기심과 인지도는 크게 높아졌고, 『율리시스』가 책으로 출간될 즈음 비평가들은 조이스의 문학적 파격을 아인슈타인과 프로이드의 학문적 업적에 비견하고 있었다.

또한 T.S.엘리엇는 『율리시스』를 읽고, '고전적 신화를 현대적인 삶의 모습으로 엮어내는 조이스의 이런 문학적 수법은 과학적 발견에 비견될 만하다.' 라고 극찬을 하고 있기도 하다.

제임스 조이스는 『율리시스』의 이런 서사적 문학의 영역을 뛰어넘으려는 노력을 17년 간 진행된 『피네간의 경야』에서 여실히 보여주고 있다. 『율리시스』의 각성된 의식으로 더블린을 일깨우려는 태도와는 달리, 이 작품에서는 더블린 밤의 삶의 모습을 그려내고 있다. 어둠과 꿈속의 경험을 묘사하는 새로운 언어가 필요했던 조이스는 다의적이고 경구적인 표현과 문장을 여과 없이 구사하는데, 조이스를 잘 아는 가까운 지인들조차도 그 모호한 의미에 혀를 내두를 정도였다. 이런 의미적 모호성에 대한 에즈라 파운드의 의문에, 조이스는 이렇게 대답하고 있다.

"이 새로운 작품은 밤을 배경으로 하고 있다. 그러니 낮에처럼 그렇게 분명하게 보이지 않는 게 당연하지 않겠나?'

제임스 조이스의 문학에 대해 '전통문학적 기술記述의 파괴' 와 '파격적이고 실험적 수법' 이라는 수식어가 항상 따라다니지만, 보다

적절하고 정확한 설명은 아마 비평가 에드먼드 윌슨의 다음과 같은 분석인 것 같다.

"제임스 조이스는 『율리시스』에서 '우리의 삶은 과연 어떤 모습이며 그 본질은 무엇인가' 라는, 좀더 자세히 말하자면 한순간 한순간 스쳐 지나가는 삶의 단면의 본질은 무엇인가' 라는 명제를 언어의 의미와 기능의 극한까지 끌어올려 아주 자세히 그리고 온 열정을 다해 곧바로 우리의 의식 속에 던져 넣고자 했다."

작품 줄거리 및 해설

제임스 조이스의 첫 단편집인 『더블린 사람들』은 그 자체로도 매우 중요한 문학사적 의의를 가지는 작품이지만, 더 나아가 조이스의 후기 작품에 나타나는 다양한 문체들의 토대가 된 실험적이면서도 선구적인 작품이다. 그래도 『더블린 사람들』은 후기 작품에 비해 보다 전통적인 담화구조와 문체를 사용하고 있기 때문에 독자들에게는 『율리시스』, 『젊은 예술가의 초상』 등과 같은 조이스의 다른 작품들보다는 좀더 친근하고 쉽게 다가갈 수 있을 것 같다.

외부적으로는 현실적인 강제와 내면적으로는 도덕적 타락으로 인한 무기력하고 마비된 더블린 사람들의 삶이라고 하는 이 소설의 핵심 주제는, 끊임없는 외부적인 힘의 간섭과 자신에 대한 불확실성 속에서도 사회적 존재로서 자신의 입지를 확립하기 위해 부단히 노력하고 있는 젊은 세대들에게 상당히 흥미 있는 작품이 되리라 생각된다.

『더블린 사람들』은 영국 역사와 세계사 속에서 식민지적 지배를 당하고 있는 아일랜드의 현실을 단면적으로 그려내고 있다. 따라서 조이스가 묘사하고 있는 작품 속의 다양한 인간관계뿐만 아니라 그가 처했던 아일랜드의 역사적 상황과 정치 및 종교적 환경에 대한 이해가 있어야 작품을 보다 쉽게 이해할 수 있다.

조이스는 아일랜드의 사회와 문화를 마비시켜버린 두 가지 요인으로 로마 가톨릭교회와 영국의 지배를 들고 있다. 정치적으로는 신교도 국가인 영국의 지배하에 있으면서 종교적으로는 구교인 로마 가톨릭의 지배를 받고 있는 이중적인 정치 종교 환경이 작품 속에서 나타나는 더블린 사람들의 기회적이고 모순적인 삶과 어우러지고 있다.

그 결과 아일랜드는 20세기로의 전환 시점에 서구유럽에서 가장 가난하고 낙후된 나라로 전락해 있었다. 조이스의 이런 불만스런 의식을 반영이라도 하듯 마비된 더블린의 이미지는 아주 집요하면서도 적나라하게 그리고 조금의 연민도 없이 이 소설 전편에 드러나고 있다.

앞서 『더블린 사람들』이 조이스의 다른 작품에 비해서 쉽게 읽을 수 있다고 했지만, 사실은 매우 난해한 작품이다. 특히 작가인 조이스의 집필의도와 주제의 배열과 흐름 등을 이해하지 않고 읽는다면 그저 무미건조한 독백을 흘려보내는 듯한 느낌마저 들 수도 있을 것이다. 특히 배경 묘사나 등장인물의 심리상태나 그 변화에 대한 묘사가 세밀하지 않은데다가, 그것마저도 상징적인 도구나 소재를 통해 슬쩍 지나가듯이 던져버리는 조이스의 독특한 표현기법 때문에 각 작품 전체의 주제나 메시지가 쉽게 잡히지 않는다.

먼저 시간적 흐름에 관한 조이스의 집필의도에 관해서 살펴보면, 『더블린 사람들』은 단순히 인간의 발전과 성숙 단계를 차례대로 서술해놓은 단편들을 모아놓은 소설이 아니다. 조이스는 『더블린 사람들』이 더블린이라는 한 도시와 그 속에서 순수에서 삶의 현실에 눈을 떠가는 시민들의 성장을 함께 나타내고자 한 소설이라고 자평하면서 집필의도를 이렇게 밝히고 있다.

"나는 내 조국 아일랜드의 정신의 역사를 엮어내고자 했다. 나는 더블린을 그 무대로 택했고, 그 이유는 더블린에서 '마비된 도시'의 전형을 느꼈기 때문이다. 나는 이 소설에서 인생의 네 가지 단면, 즉 소년기, 청년기, 중장년기, 그리고 사회적 활동의 시기로 나누어, 아무런 의식도 없이 그저 무기력한 삶을 살아가고 있는 더블린 시민들을 드러내려 했다. 각 단편들도 이런 분류순으로 편집되어 있다. 나의 작품 대부분은 윤리적인 의미를 담아내고 있으며, 자신이 보고 들어온 기성의 모든 것들을 감히 글로써 바꾸려 하는, 나아가 그것의 폐부를 낱낱이 드러내는 작업은 실로 대단한 용기가 아니면 안 된다는 신념을 가지고 집필에 임했다."

조이스가 분류한 시기에 따라 『더블린 사람들』의 작품들을 분류해 보면 다음과 같다.

첫 번째 소년기 : 「자매」「이상한 아저씨」「애러비」
두 번째 청년기 : 「이블린」「경주가 끝난 뒤」「두 건달들」「하숙집」
세 번째 중장년기 : 「뜬구름」「분풀이」「진흙」「가슴 아픈 사건」
네 번째 사회적 활동기 : 「10월 6일의 선거 사무실」「어떤 엄마」
　　　　　　　　　　　　「사자死者」

다음은 『더블린 사람들』 전 작품을 관류하고 있는 주제를 살펴본다.

1914년 런던에서 발간될 때도 『더블린 사람들』은 그에 앞서 상당한 논란을 불러일으켰는데, 글에 등장하는 소재들이 누가 보아도 한 눈에 알 수 있을 정도로 노골적이었기 때문이다. 즉 이 소설은 성직매매, 남색男色, 술주정, 아동학대 및 여성에 대한 폭력, 도박, 매춘, 갈취, 자살 등 인간들의 볼썽사나운 행동거지들로 넘쳐나고 있다. 그리고 더블린의 거리나 공원들, 특히 상점이나 술집 철도회사 등이 실명 그대로 표현되었기 때문에 추잡스런 이미지를 불러일으켰기 때문이었다(이전의 작가들은 소재의 이름을 바꾸거나 익명으로 처리하는 것이 관행이었다). 사실 자세한 실명이 거론된 소재의 당사자들로부터 법적인 대응이 있을 것을 염려하여 출간이 몇 년간 늦어지기도 했다.

제임스 조이스 이전에도 '있는 그대로를 모두 드러낸다'는 자연주의로 알려진 프랑스 문필가들이 19세기에 있었지만, 조이스의 『더블린 사람들』만큼 그렇게 분명하고 적나라하게 사실적으로 드러낸 작품은 일찍이 없었다.

그렇지만 예술과 오락 등 모든 면에서 훨씬 더 자유로운 생각과 태도를 보여주고 있는 오늘날에는(사실, 「하숙집」에서 다루고 있는 소재인 혼전성교는 그 당시에도 그리 큰 죄악이나 금기로 여기지는 않았다), 이 소설을 처음 읽는 독자들은 줄곧 별 재미도 없이 건성으로 읊고 지나가는 듯한 스토리에 자신이 지금 무엇을 읽고 있는지도 모르는 듯한 느낌을 받는다. 이런 느낌 때문에 『더블린 사람들』이 가지고 있는 보다 깊고 보편적인 메시지를 이해하지 못하는 것이다. 이 소설에서 다루고 있는 놀랍고 자세한 소재들, 즉 나무들을 경외의 눈길로 보다 보면 이 소설의 주제, 즉 숲을 보기가 어려울 것이다. 물론 그 숲이라는 것도 결코 기분 좋은 곳은 아니지만 말이다. 왜냐하면 『더블린 사람들』의 세 가지 핵심 주제는 '마비(무기력)'와 '타락'과 '죽음'이기 때문이다. 이 모든 주제는 바로 첫 번째 단편인 「자매」에서 모두 드러나서 전 작품을 관류하여 마지막 중편인 「사자死者」에서 끝을 맺고 있다.

『더블린 사람들』은 더블린이라는 한 도시와 그 사람들을 그려내는 조이스의 독특한 문체를 아주 잘 보여주고 있다. 그는 자신이 설정한 등장인물들을 윤리적 관점에서 묘사해 들어가면서, 주관적인 동정심과 객관적인 냉정함을 균형 있게 보여주고 있다. 이러한 균형 감각을 통해 사실적인 단면과 정서적 공감이 동시에 잘 드러나고 있다. 이러한 조이스의 독특한 문체는 희롱조의 냉정한 어구, 미묘한 말 한마디, 아주 신중하고도 교묘한 어조와 이미지의 제시, 그리고 등장인물의 내면과 행동 사이의 갈등의 묘사에서 아주 잘 드러나고 있는데 가장 대표적인 작품은 역시 첫 번째 단편인 「자매」이다.

사실, 첫 번째로 수록된 단편 「자매」는 『더블린 사람들』의 전 작품의 주제를 포괄하고 있는 대표작품이라고 할 수 있다. 얼핏 보면 익명의 소년 주인공의 담담한 눈으로 전개되는 무미건조한 듯한 줄거리지만, 이 작품을 이해할 수 있다면 모든 작품을 이해할 수 있을 정도로 조이스의 작가적 의도와 필력이 집중된 작품이라 할 수 있다.

「자매」를 시작하는 첫 문장이자 『더블린 사람들』 줄거리 전체의 도입부인 그 첫 표현에서 플린 신부의 세 번째이자 마지막인 치명적인 졸도가 묘사되고 있다. 바로 아일랜드의 정신적 지주인 로마 가톨릭 신부의 '전신마비'를 통해 건전하고 자율적인 정신과 활력을 잃어버린 불구의 더블린을 묘사하면서, 더 나아가 플린 신부의 성직매매 사실을 통해 도덕적·윤리적으로 타락한 더블린을 시사하고 있다. 그 뒤에 주인공 소년이 중풍으로 죽은 플린 신부의 창백한 얼굴을 꿈에서 보는데, 죽음으로 상징되는 패배감과 무력감에 찌들어 도저히 회생의 희망이 없어 보이는 식민지 아일랜드의 운명과 현실을 묘사하고 있다.

여기에서 조이스가 드러내고자 한 것은, 뇌출혈로 쓰러진 플린 신부로 대변되는 마비된 더블린과, 플린 신부의 죽음으로 상징되는 더블린의 정신적·도덕적 죽음, 그리고 성직매매로 시사하고 있는 이런 정신적 죽음이 초래하는 윤리적·사회적 타락이다.

그리고 전신마비로 누워 있는 플린 신부를 두고 어린 주인공이 그 상태가 어떤지 도저히 실감이 나지 않는다는 독백과 코터 영감이 설명을 한답시고 횡설수설하는 장면, 그리고 마을 사람들이 그의 죽음을 별다른 의미 없이 받아들이는 모습은 곧 자신들의 삶의 가치와 그

의미에 대한 인식이 마비되어버린 더블린 사람들의 역사적 무지와 몰가치적인 의식을 비유하고 있는 것이다.

「이상한 아저씨」에서 주인공은 피전 하우스(Pigeon House)로 비유되고 있는 '짜릿한 모험'을 해보고 싶어 하지만, 정신도착 증세를 보이는 이상한 아저씨에게 방해를 당하는 장면이나, 「애러비」에서도 술에 취해 늦게 귀가한 삼촌 때문에 주인공이 바자회에 늦게 가게 되면서 결국 소녀에게 약속한 선물을 사지 못하고 돌아오게 되는데, 도착증이나 술 취한 삼촌 역시 마비의 한 유형으로 드러내고 있다.

「이블린」에서도 술주정과 폭력을 일삼는 아버지가 지배하는 죽음과도 같은 가혹한 더블린의 삶으로부터 벗어나고자 하지만 결국은 떠나지 못하고 부둣가에서 얼어붙어 버리는 모습 역시 기성세대를 포함한 모든 세대의 마비 증세를 암시하고 있다.

조이스는 이러한 마비의 한 유형으로 오랜 세월동안 얽매여 온 전통과 권위에 대한 속박을 드러내고 있는데, 「이상한 아저씨」에서 주인공이 구경을 하고자 한 피전 하우스가 바로 그것으로, 새로운 것을 찾아 나서는 모험의 상징으로 내세우면서도, '비둘기(pigeon)'라는 귀향본능을 가진 용어를 선택함으로써, 다시 원상으로 돌아올 수밖에 없는 운명을 묘사하고 있다.

이러한 귀향본능과 마비 증세는 또 하나의 상징인 원의 이미지로 드러나고 있다. 「경주가 끝난 뒤」의 출발점과 종착점이 같은 경주로와 「두 건달들」과 「사자死者」에서 등장인물들이 계속해서 어딘가를 가고 있지만 결국은 다시 제자리로 돌아오는 설정 등에서 볼 수 있다. 가장 대표적인 것은 「사자死者」에서 하루 종일 풍차 돌리는 일을 하는 조니라는 이름의 말이 윌리엄 왕 동상 앞에 이르러 더 나아가지 않고 그 주위를 계속해서 도는 장면이다.

일반적으로 원은 결혼식 피로연이나 무도회같이 단합과 즐거움의 상징이지만, 조이스는 더 이상 나아가지 못하고 오랫동안 반복되어 온 삶의 굴레라는 의미로 사용하면서 역시 마비의 한 상징으로 표현하고 있다.

바로 이 귀향본능, 즉 하릴없는 허망한 귀향이 『더블린 사람들』 전편을 흐르고 있는 또 하나의 주제로, 「이블린」 「뜬구름」 「이상한 아저씨」 그리고 「진흙」에서 잘 나타나고 있다. 이는 새로운 것을 향해 틀을 깨고 나가려고 하지만 결국은 아무것도 하지 못하고 빈손으로 돌아올 수밖에 없는 아일랜드의 비운의 현실을 상징하고 있다.

『더블린 사람들』은 다수의 단편들이 소설 첫머리에 귀향본능의 주제를 담고 있다. 그 중에서도 가장 대표적인 작품이 「이블린」이다. '커튼에 밴 찌들은 크레톤 냄새가 이블린의 후각을 자극하는 장면'에서 크레톤 냄새는 오랜 세월 동안 자신의 삶과 정신적 가치가 되어버린 인습을 상징하며, 이블린 자신(커튼으로 상징)을 태워버리거나 소설에서 묘사하고 있듯이 거대한 바닷물로 씻어내지 않는 한 도저히 벗어날 수 없는 굴레인 것이다. 결국은 문득 가슴을 때리는 종소리와 어머니의 모습으로 상징되는 그 인습적 삶에 대한 각성(앞에 말한 후각의 상징)으로 얼어붙은 듯 무심한 눈길로 연인을 쳐다보는 장면은 바로 오도 가도 못하는 꽉 막힌 막다른 골목길에 처한 모습인데, 소설 첫 머리에 '마지막 집'이라는 막다른 길의 암시를 하면서 그곳을 나와 다시 집으로 돌아가는 구두 발자국 소리로 이블린의 '귀향'의 본능적 심경을 미리 드러내고 있다.

『더블린 사람들』의 또 하나의 주제인 '타락' 역시 다양한 모습으로 묘사되고 있다. 「자매」에서 플린 신부의 성직매매는 작품 속의 모든 유형의 타락을 대표하는 상징적인 범죄행위다. 정신적 지주인 로마가톨릭 성직자의 타락을 통해 아일랜드의 모든 사회·문화적 타락과 윤리·도덕적 타락을 시사하고 있다.

「이상한 아저씨」「애러비」에서는 타락한 기성세대에 유린당하는 소년기의 순수한 감정과 사랑이 묘사되고 있으며, 「뜬구름」「분풀이」「어떤 엄마」는 유년의 눈에 비친 기성세대의 타락을 묘사하고 있다. 「두 건달들」에서 사내들이 무위도식하면서 여자의 돈을 갈취하기 위해 전전긍긍하는 모습과 「하숙집」에서 딸인 폴리를 내세워 젊은 청년들을 유혹하면서 하숙집 장사를 하는 무니 부인은 기성세대 남녀의 세속적인 타락을 잘 묘사하고 있다. 「10월 6일의 선거 사무실」에서 정치적 신념이나 열정에서가 아니라 돈을 위해 특정 후보를 위해 일하면서도 그를 경멸하고 비난하는 모습과 친구를 위해 나서지만 그 이면에는 특정한 종교적 이해가 깔려 있는 「은총」은 각각 정치 · 종교적 타락의 일면을 묘사하고 있다.

『더블린 사람들』의 마지막 주제인 '죽음'은 이 소설 전체에 대한 조이스의 작가적 메시지를 전달하고 있다. 첫 작품인 「자매」에서 플린 신부의 죽음으로 시작한 이 소설은 「사자死者」에서 마이클 퓨리의 죽음으로 이야기를 맺고 있다. 즉, 소설 전체의 구성도 죽음에서 시작하여 죽음으로 환원하는 '귀향본능'의 틀 속에 있다. 이 두 죽음은 전혀 다른 의미와 메시지를 전달하는 듯하지만, 좀더 깊이 살펴보면 두 죽음에 대한 조이스의 작가적 의도가 같은 맥락 속에 있다는 것을 알 수 있다.

먼저, 「자매」에서 플린 신부가 전신마비로 죽음을 맞는 장면은 더블린의 무기력한 현실과 정신적 · 윤리적 사망을 상징하지만, 한편으로는 주인공이 플린 신부가 죽었는데도 마을 분위기도 또 자신도 그리 크게 애석한 느낌이 들지 않는다고 독백하는 장면과, 죽은 신부의 집에 들어가려다 말고 돌아 나와서 햇볕 따뜻한 보도를 따라 걸으며 상점 창문에 걸려 있는 연극 포스터를 일일이 들여다보며 즐겁게 걸음을 옮기는 장면에서, 조이스는 '플린 신부의 죽음이라는 어둡고 가슴 아픈 사건을 배경으로, 그의 사랑을 독차지하다시피 했던 어린 주인공이 애도와 실의는커녕 오히려 밝고 가벼운 마음으로 세속적인 것(연극 · 종교적 이념에서 벗어나 현실에 대한 인식과 문제의식을 상징)에 대해 흥미를 내보이는' 사실을 의도적으로 드러내고 있다. 햇볕, 연극 포스터 등은 플린 신부의 죽음의 원인과 깊이 관련된 주인공이 그 심리적 압박과 현실적 속박에서 벗어나는 심리상태를 묘사하는 이미지 도구들이다. 즉, 플린 신부의 죽음으로 상징되는 더블린의 정신적 사망에서 기성의 권위 및 가치의 사멸을 드러냄과 동시에, 어린 주인공의 태도에서 새로운 정신과 가치의 발흥을 기대하고 있는 것이다.

죽음에 대한 조이스의 이런 이중적이고 반어적인 의도는 「사자死者」에서 마이클 퓨리의 죽음에 대한 가브리엘의 심경을 묘사하는 장면에서 여실히 드러나고 있다. 그렇게 어린 나이에 세상을 떠났지만 어떤 이상(자기 아내에 대한 마이클 퓨리의 사랑)을 위해 젊은 날 그렇게 자신을 불태워버리는 것이 늙어서 병들어 죽어가는 것보다 훨씬 더 아름다울 거라고 독백하는 가브리엘을 통해 조이스는 플린 신부의 추악한 세속적 죽음을 바라보는 주인공의 모습에서 내보인 더블린에 대한 희망을 애잔하게 드러내고 있다. 이러한 작가의 심경은 「10월 6일의 선거 사무실」에서 파넬의 죽음을 낭송하는 장면과 연결된다. 즉, 마이클 퓨리의 순수한 사랑 속에 조국 아일랜드에 대한 충성과 애정을 대입시키면서, 문득 자기는 순수한 사랑을 해본 적이 있었던가 하고 독백하는 가브리엘을 통해 조국의 현실에 이방인이 되어버린 더블린 사람들의 마비된 국가관과 민족정신을 꼬집고 있는 것이다.

플린 신부라는 노인의 죽음, 그리고 마이클 퓨리로 상징되는 청년의 죽음은 더블린 사람들의 전 세대적 죽음을 의미하기도 하지만, 조이스는 후자의 죽음을 묘사하면서 더블린의 미래에 대한 희망을 아일랜드의 온 전역을 뒤덮으며 내리는 하얀 눈 속에 담아 흩뿌리고 있는 것이다.

이러한 조이스의 작가적 의도는 이후의 작품인 『젊은 예술가의 초상』에서도 잘 드러나고 있다. 조이스는 아일랜드에 대한 비난이 아니라 외부 세력인 로마 가톨릭과 영국에 대한 화살을 돌리면서도, 『더블린 사람들』에서는 등장인물들의 장점에 대해서는 매우 인색함을 보여주고 있다. 그의 이런 인색함은 『율리시스』에서도 변함이 없지만, 그에 앞서 이런 더블린의 고질적 병폐인 마비와 타락과 죽음으로부터 벗어나고자 노력하는 한 청년을 그리고 있는데, 바로 조이스 자신으로 상징되는 인물로 『젊은 예술가의 초상』의 주인공인 스티븐 디달러스인 것이다.

　제1차 세계대전이 발발하는 1914년에 출간된 『더블린 사람들』, 미 증유의 재앙을 초래했던 세계대전과 같은 해에 세상에 나온 이 소설은 더블린이라는 한 도시를 배경으로 하고 있지만, 어쩌면 소위 서구 문명으로 대변되는 '현대' 를 살아가는 우리 모두가 '더블리너스 (Dubliners)' 인지 모른다. 지금으로부터 백 년도 채 지나지 않은 그 당시에는 커다란 정신적 충격과 사회적 물의를 일으켰던 이 작품이었건만, '무슨 재미로 이 소설을 읽는지 잘 모르겠다' 라고 하는 어느 문학도의 말에서 느끼듯, 일상이 되어버린 '마비와 타락과 죽음' 이라는 더블리너스의 트라이앵글 속에 갇혀 '이기와 탐욕과 다툼' 이라는 물질적 상업주의의 교조敎條를 마치 마약처럼 흡입하며 생존하고 있는 현대의 군중들의 지극히 단편적인 자화상의 일면이라고 하면 지나친 억측일까?

역자 후기

　'아니, 뭐가 이렇게 재미가 없어? 이런 내용을 작가가 왜 이리도 진지하게 이야기를 하고 있는 거야? 요즘의 세태에 비하면 작품 속의 등장인물들의 행위나 사고는 그저 약간 파렴치한 정도에 지나지 않잖아. 굳이 범죄라고 해봐야 성직매매 정도인데 말이야⋯⋯.'

　역자가 학창시절 처음 『더블린 사람들』을 읽었을 때 느낀 소감이다. 팽팽한 긴장감이나 극적인 반전이라고는 찾아볼 수 없는 그저 담담하고 무미건조한 시각으로 일관하는 작품 전체의 줄거리와 쉽게 들어오지 않는 각 작품의 주제와 작가의 의도는, 마치 속이 없는 밀가루 빵을 꾸역꾸역 씹어 넘기고 난 뒤의 밋밋한 맛과 텁텁한 목구멍 같은 느낌이었다. 그리고 솔직히 말해서 작가가 제시하고 의도하는 메시지와 상징들이 당시의 수준으로는 이해하기가 무척 어려웠다. 제임스 조이스의 문학을 처음 접하는데다가 아일랜드의 역사와 풍습에 대한 지식까지 없었으니 당연한 일이었을 것이다.

지금 이 책을 접하는 사람들 가운데에는 당시의 역자와 같은 감상을 가질 독자들이 있을 것이다. 역자의 입장에서는 독자들을 위해 보다 자세하게 옮기는 것이 당연하다 하겠으나, 사실 『더블린 사람들』에서 조이스는 심리적 배경이나 의식의 흐름을 구체적으로 묘사하지 않고 짤막한 어구 또는 주위 환경이나 사물을 통해서 가볍게 그리고 무심히 내던지기 때문에 그 모든 것을 친절하게 우리말로 옮긴다는 것은 가능하지도 않거니와 오히려 작품의 고유한 성격과 깊은 수준을 훼손하는 우를 범하는 결과만 초래할 위험이 있다.

그래도 번역을 하면서 좀더 자세하게, 또 독자들이 이해하기 쉽게 옮기고 싶어 입과 손이 들먹거리던 순간들이 한두 번이 아니었다.

「자매」에서 줄거리가 끝나갈 무렵 엘리자가 플린 신부가 성배를 깨트리게 된 사연을 이야기하면서 "…it was the boy's fault…"('같이 있던 애가 잘못해서 그랬다고 하더군요' 라고 번역되어 있다)라고 하는데, 이 작품에서 the boy는 여기서 딱 한번 언급될 뿐이다.

그러면 the boy가 누구인지 분명히 밝혀져야 작품 전체의 내용이 보다 명확하게 이해되고 나아가 주인공인 소년의 심리상태까지 정확하게 느낄 수 있다. 이때 the boy는 막연히 신부와 같이 있었던 아이를 지칭하지만, 엘리자와 숙모의 대화로 보면 두 사람 모두 이 아이가 누군지 알고 있다는 느낌이다(물론 영문법적으로는 정관사 the의 표현으로 이 사실이 바로 드러나고 있기는 하지만). 그러면 이 아이는 누굴까? 바로 주인공 소년이다. 이 작품에서 등장하는 소년은 주인공 말고는 아무도 없다. 그렇지만 조이스의 의도로 보면 the boy를 구체적으로 밝히고 싶지 않은 것 같다. 그냥 중얼거리는 듯한 가벼운 말로 고개를 끄덕이며 조용히 주고받는 대화로 처리하고 있는 장면만 보아도 그렇고, 또 소년에 대한 아무런 질책이나 힐난의 표시도 없는 무심한 말투에서 보아도 그렇다. 그렇다고 이 부분을 자세히 번역한다고 해도 이러한 분위기와 어감은 도저히 살려낼 수가 없는 것이다. 그저 플린 신부가 아끼고 총애하는 소년이기에 같이 있었고 그런 자리에 같이 있을 만한 소년은 주인공밖에 없다는 사실을 드러내면서 소설 앞부분에 플린 신부의 죽음을 전해 듣는 주인공 소년의 모습과 심리상태와 연결시키고 있는 것이다. 즉, the boy를 통해 플린 신부의 죽음에 대한 소년의 죄의식을 이해할 수 있으며, 꿈속에서 플린 신부와 만나는 장면과 플린 신부의 성직매매에 대한 관용의 심리 역시 이해할 수 있는 것이다. 그리고 플린 신부의 죽음을 확인하고 난 뒤에, 성배를 깨트려 플린 신부를 죽음으로 몰고 간 자신의 잘못에 대한 부담감을 떨치고 양지바른 길을 따라 극장 포스터를 즐기면서 홀가분해진 마음으로 걸어가는 모습까지 이해할 수 있는 것이다.

그러다 이 부분에 이르러 엘리자의 말에 의해 문득 자신의 과오가 드러나며 이를 받는 숙모의 말에서 마을 사람들 대부분이 소년 자신으로 인해 플린 신부가 사망했다는 사실을 알고 있다는 사실을 알게 되는데, 바로 the boy가 이런 모든 정황과 심리상태를 연결해주고 있는 것이다. 이런 부분이 바로 번역의 어려움이며 한계인 듯하다. 조이스의 작품은 특히 이런 표현들과 상징이 많기 때문에 이해하기 어렵고, 또 이해하기 어려운 만큼 재미도 없는 것일 거다.

역자가 번역하면서 머리가 주뼛 섰던 경우가 몇 번 있었지만, 「이블린」의 마지막 장면은 그 중에서도 압권이었다. 종소리가 이블린의 가슴 깊이 때리고 프랭크가 그녀 자신을 깊은 심해로 잡아끌고 들어가는 환상에 잠깐 빠졌던 이블린이 다시 눈을 뜨고 그를 멀찍이 바라보는 마지막 장면이다.

'Her eyes gave him no sign of love or farewell or recognition.'
이 짧은 문장 하나를 이렇게 길게 번역했다.
'그를 쳐다보는 그녀의 눈길에는 사랑도 작별의 아쉬움도 담겨 있지 않았다. 그냥 낯선 사람 하나를 쳐다보고 있었다.'

『더블린 사람들』의 핵심 주제 중 하나인 '마비'의 절정을 보는 순간이다. 프랭크가 이블린에게서 한순간에 지워져버리는, 그러면서 불현듯 이블린의 의식상태가 두려워지는 순간이다. 모든 것이 얼어붙어 버린 것 같은 창백한 흑백 스냅 사진이다.

이처럼 단순하면서도 무미건조한 색채, 그러나 그 어떤 화려한 컬러보다도 더 많은 이미지와 메시지를 드러내는 조이스의 솜씨, 바로 『더블린 사람들』이다. 그가 던지는 도무지 색채라곤 드러내 보이지 않는 인간의 의식의 뿌리와 심리의 근저이기에 더더욱 깊이 그 속으로 독자들을 잡아당기는 것, 바로 조이스의 마력魔力이다.

작가 연보

1882년 2월 2일 더블린 교외의 남쪽 브리턴 스퀘어(Brighton Square West in Rathgar)에서 John Stanislaus Joyce와 Mary Jane Joyce의 장남으로 출생.

1884년 형제들 중 조이스와 가장 가까웠고 조이스의 전기 집필에 크게 기여했던 동생 Stanislaus Joyce 태어남. 가족이 처음으로 더블린의 캐슬우드(Castlewood) 가로 이사함.

1887년 조이스 가족의 식구수가 늘자(3남 1녀) 킹스타운(Kingstown)의 남쪽 브레이(Bray)로 이사 감. 이때 살던 집이 『젊은 예술가의 초상』시작 부분에 묘사되고 있는 집임. 이 작품에 나오는 유모인 Dante(그녀의 본명은 Heran Conway임)와 함께 살았음.

1888년 9월에 조이스가 '여섯 살 반'이라는 어린 나이에 명문 예수회 학교인 클롱고우즈 우드 칼리지(Clongowes Wood College)에 보내짐.

1890년 파넬(Charles Stewart Parnell)이 Irish Home Rule Party 당수직에서 물러남.

1891년 파넬 사망(10월 6일). 조이스는 11년 뒤에 『더블린 사람들』에 포함되어 있는 「10월 6일의 선거 사무실」에서 파넬을 추모함. 조이스가 파넬을 배신한 힐리에 대하여 시저를 배신한 브루투스에 빗대어 「힐리 너마저(Et Tu, Healy)」라는 조이스 최초의 문학 작품인 시를 씀.

1892년 경제적인 이유 때문에 조이스는 클롱고우즈 우드 칼리지를 중퇴하고, 대가족인 식구들은(4남 4녀) 블랙록(Blackrock)으로 이사했다가, 다시 더블린 중심가로 옮김.

1893년 같은 예수회 학교인 벨베디어 칼리지(Belvedere College)에 들어감. 마지막 동생이 태어남(4남 6녀).

1894년 2월에 아버지와 함께 남아 있는 가족 재산을 처분하기 위해 코크

(Cork)에 감. 가족들은 드럼콘드라(Drumcondra)로 이사했다가 다시 노스 리치먼드(North Richmond) 가로 이사함. 처음으로 우수 작문상을 수상함. 처음으로 램(Lamb)의 『율리시스의 모험(Adventures of Ulysses)』을 읽고 율리시스를 '나의 최고의 영웅'이라고 기록해 둠.

1897년 작문 대회에서 같은 학년 중 아일랜드 전역에서 가장 우수한 글로 뽑힘.

1898년 벨베디어 칼리지를 졸업하고 지금의 University College, Dublin인 당시의 왕립대학(Royal University)의 영문과에 입학함. 입센의 작품을 탐독하기 시작했으며, 아일랜드 문예부흥운동이 일어나는 시기였으나 대륙문학에 심취한 조이스는 비판적 태도를 보임. 가족은 여전히 이곳저곳 이사를 전전함.

1900년 조이스가 Literary and Historical Society에서 자신의 에세이인 「Drama and Life」를 낭독함. 조이스의 첫 출판물인 『Ibsen's New Drama』가 《Fortnightly Review》지에 실리고 입센으로부터 호평을 받음. 런던을 방문한 조이스는 Music Hall에 가담하여 시와 운문극 등을 쓰며, 처음으로 epiphany에 관한 메모를 시작함.

1901년 아일랜드 문예극장(Irish Literary Theatre)과 편협한 민족주의를 공격하는 에세이 「The Day of the Rabblement」가 학생 잡지인 《St. Stephens》에 의해서 거부된 후 조이스가 이를 사비를 들여 출판함.

1902년 아일랜드 시인 James Clarence Mangan에 대하여 '끊임없는 확고한 문학적 영감'이라고 칭송한 그의 에세이가 《St. Stephens》에서 출판됨. University College, Dublin을 졸업하고 왕립의학대학에 입학함. 의학을 공부하기 위해서 파리로 떠남. 더블린에 있는 《Daily Express》에 서평을 쓰기 시작함.

1903년 파리에서 의학 공부를 단념하다시피 하고 거의 대부분의 시간을 공립도서관인 Bibliotheque Ste. Genevieve에서 독서하면서 보냄. 어머니가 위독하다는 전보를 받고 4월에 아일랜드에 돌아옴. 어머니의 죽음(8월 13일).

1904년 「예술가의 초상(A Portrait of the Artist)」이라는 에세이를(첫 장편인 『젊은 예술가의 초상』의 단초가 된 작품) 씀. 시집 『실내악(Chamber Music)』을 제작하고, 『더블린 사람들』에 포함되는 「자매(The Sisters)」와 「이블린(Eveline)」을 《Irish Homestead》에 발표. 자서전적 소설인 『젊은 예술가의 초상』의 모태가 되는 『스티븐 히로』에 대한 집필 시작. 6월 10일에 그의 아내가 될 Nora Barnacle 을 만남. 6월 16일에 첫 데이트를 함. 10월 8일 노라와 함께 아일랜 드를 떠나 유럽에 감. 취리히를 거쳐 나중에는 유고슬라비아의 폴 라(Pola)에서 영어 교사로 일자리를 얻음.

1905년 트리에스테(Trieste)로 옮겨서 벌리츠 학교(Berlitz School)에 취직. 7 월에 첫아이 Georgio가 탄생함. 10월에 동생 스태니슬라우스 조이 스가 가족에 합류함(그가 1955년 사망할 때까지 이곳에서 살게 됨). 『실내악』을 런던과 더블린 출판계에 의뢰하였으나 모두 거절됨. 『더블린 사람들』의 원고를 더블린의 출판업자인 Grant Richards에 게 의뢰하여 계약까지 맺었지만 나중에 원고를 반송해 옴.

1906년 로마로 가서 은행원으로 일하게 됨. 『더블린 사람들』 속의 작품을 구상하였으나, 나중에는 사실 『율리시스』를 쓰려고 했다고 고백 함. 대신 「사자(The Dead)」를 쓰기 시작함.

1907년 로마에서 다시 트리에스테로 돌아온 후 개인 영어 교습을 함. 7월 26일에 딸 Lucia가 태어남. 런던에서 『실내악』이 출판됨. 『더블린 사람들』의 마지막 이야기인 「사자」가 완성됨. 『스티븐 히로』를 『젊은 예술가의 초상』으로 고쳐 쓰기 시작함.

1908년 『젊은 예술가의 초상』의 세 개의 장을 끝내지만 집필을 일단 보류함. 경제적 곤궁으로 가정이 매우 어려움.

1909년 이탈리아 작가인 에토레(Ettore Schmitz)와의 교분과 격려로 『젊은 예술가의 초상』의 집필에 다시 들어감. 더블린에 최초의 영화관을 세우는 문제로 트리에스테에 있는 투자자 컨소시움을 대표해서 더블린에 갔다 옴. 영화관 Volta를 개관함.

1910년 실패하고 『더블린 사람들』도 출판이 연기됨. 조이스의 누이동생인 Eileen이 함께 트리에스테로 돌아와서 조이스 가족에 합류함.

1912년 가족과 함께 아일랜드를 마지막으로 방문함. 검열 문제로 편집자와 다툼. 인쇄된 『더블린 사람들』의 출판이 파기되자 화가 난 조이스는 「분화구로부터의 가스(Gas from a Burner)」라는 글을 씀.

1913년 예이츠(W. B. Yeats)를 통해서 조이스가 처음으로 에즈라 파운드(Ezra Pound)와 접촉함. 그란트 리차드(Grant Richards)가 다시 『더블린 사람들』에 관심을 보임.

1914년 처음 접촉했던 이래로 많은 우여곡절을 겪으며 출판업자 Grant

Richards가 『더블린 사람들』을 출판함. 런던에서 《Egoist》지에 『젊은 예술가의 초상』이 연재되기 시작함. 『망명자들(Exiles)』과 『율리시스』를 집필하기 시작함. 제1차 세계대전 발발.

1915년 『망명자들』이 완성됨. 영국 시민인 조이스는 전쟁 중 오스트리아 당국에 의해서 축출될 위기에 봉착했으나 중립을 지키겠다는 서약을 한 후 가족들과 함께 스위스 취리히로 망명하도록 허용되어 그곳으로 이사 감. 예이츠와 파운드의 지원하에 영국왕립문학재단(British Royal Literary Fund)의 후원을 받으면서 『율리시스』집필이 계속됨.

1916년 『젊은 예술가의 초상』과 『더블린 사람들』이 뉴욕에서 출판됨. 파운드의 추천으로 British Civil List로부터 지원금 받음.

1917년 『율리시스』의 첫 세 에피소드를 완성함. 위버 여사(Harriet Shaw Weaver)의 재정적 지원이 시작됨. 위버 여사의 경제적 원조로 창작에만 전념할 수 있게 됨. 위버 여사의 소유인 《Egoist》지에 『율리시스』의 연재를 계약함.

1918년 《Little Review》지에 『율리시스』의 연재가 시작됨. 『망명자들』이

런던에서 출판됨. 맥코믹 (Harold McCormick) 부인으로부터 재정적 지원받음.『율리시스』의 아홉 편의 에피소드가 완성됨.

1919년 아일랜드 독립전쟁 발발. 조이스가 칼 융(Carl Jung)에게 정신분석을 받아보라는 맥코믹 부인의 요청을 거절하자 지원이 끊어짐.

1920년 조이스와 에즈라 파운드가 처음으로 만남. 조이스는 에즈라 파운드의 제안을 받아들여 파리로 이사함.

1921년 법원에서 《Little Review》지에 외설적이라는 이유로『율리시스』의 연재 중단명령에 따라 연재 멈춤.『율리시스』가 완성됨.

1922년 『율리시스』가 파리에서 비치 여사(Sylvia Beach)가 운영하는 서점인 Shakespeare and Company에 의해서 출판됨. 조이스는 그의 40번째 생일날 축하선물로 미리 두 권을 받음. 아일랜드 내전 발발. 남편의 반대에도 불구하고 아일랜드 내전 기간 중에 노라는 아이들을 데리고 그녀의 고향인 골웨이(Galway)를 방문함.

1923년 『피네간스 웨이크(Finnegans Wake)』로 출간될 작품이『진행 중인 작품(Work in Progress)』라는 이름으로 집필되기 시작함. 아일랜드 내전 종식됨.

1924년 《Transatlantic review》에서 『진행 중인 작품』이라는 이름으로 『피네간스 웨이크』 첫 부분을 출판함.

1927년 두 번째 시집 『Pomes Penyeach』이 Shakespeare and Company에 의해서 출판됨.

1928년 『진행 중인 작품』의 일부인 「Anna Livia Plurabelle」을 출판함.

1929년 역시 『진행 중인 작품』의 일부인 「Tale Told of Shem and Shaun」을 출판함. 『율리시스』가 불어로 번역됨. 조이스가 비다코비치(Nicolo Vidacovich)와 함께 Synge의 희곡 『Riders to the Sea』를 이탈리아어로 번역함.

1930년 『율리시스』에 대한 첫 연구서인 길버트(Stuart Gilbert)의 『James Joyce's Ulysses』가 조이스의 자문을 받아 출판 됨. 역시 『진행 중인 작품』의 일부인 「Haveth Childers Everywhere」가 파리와 뉴욕에서 출판됨.

1931년 자녀들의 합법적인 상속권을 위해 7월 4일에 조이스와 노라가 런던에서 정식으로 결혼을 함. 12월에 조이스의 아버지가 사망함.

1932년 딸 Hellen에게서 첫 손자인 Stephen James Joyce 태어남. 조이스가 손자의 탄생을 축하하고 아버지의 죽음을 애도하기 위해서 「Ecce Puer」를 씀.

1933년 미국 뉴욕법원의 울시(John M. Woolsey) 판사가 『율리시스』는 외설적이지 않다는 판결을 내리고 출판을 허용함.

1934년 『율리시스』가 뉴욕의 Random House에서 출판됨. 버젠(Frank Budgen)의 『James Joyce and the Making of Ulysses』가 조이스의 자문을 받아 런던에서 출판됨. 『진행 중인 작품』의 일부인 「The Mime of Nick, Nick and Maggies」를 출판함.

1936년 『Collected Poems』가 뉴욕에서 출판됨.

1937년 『진행 중인 작품』의 일부인 「Storiella as She is Syung」을 런던에서 출판함.

1939년 5월 4일 『피네간스 웨이크』가 런던에 있는 Faber & Faber 출판사와
뉴욕에 있는 Viking에서 출판됨. 그러나 조이스는 57번째
생일에 맞추어서 미리 받아 봄. 제2차 세계대전 발발.

1940년 프랑스가 나치에 점령된 후 조이스는 다시 중립국 스위스 취리히
로 이주함.

1941년 위궤양 때문에 수술을 받은 후 1월 13일에 58세의 나이로 사망함.
취리히의 Fluntern 묘지에 묻힘.